QUERVERLAG

DENNIS STEPHAN

UND IN MIR EIN OZEAN

ROMAN

Alle Charaktere und Handlungen in diesem Roman sind frei erfunden. Ähnlichkeiten mit lebenden und toten Personen mögen daher vorkommen, sind aber unbeabsichtigt.

Umschlag und grafische Realisierung von Sergio Vitale unter Verwendung einer Vorlage (©photocase) von Manuela Ancutici. Stern-Vignette ©Freepik.

Druck und Weiterverarbeitung: Finidr
ISBN 978-3-89656-281-4
Printed in the Czech Republic

Bitte fordern Sie unser Gesamtverzeichnis an:
Querverlag GmbH
Akazienstraße 25, 10823 Berlin
www.querverlag.de

Für die wunderbare Frau, die mich großzog.
Bevor auch sie zu Seeschaum wird.

PROLOG

Manchmal werde ich seekrank, wenn ich durch Wien spaziere. Dann muss ich mich für einen Moment setzen – Parkbänke gibt es hier genug – und kann die leichte Benommenheit und die aufkommende Sehnsucht nur mit Gedanken an die Küste bekämpfen. Mit Gedanken an jenen Ort, an dem das Land so flach und genügsam ist, als wäre es nie mit Plattentektonik in Berührung gekommen. Als hätte es das Wellenschlagen immer schon ganz selbstverständlich der See überlassen.

Dann sehne ich mich nach dem kalkbleichen Haus oben in den Dünen, umringt von Sandsegge und Meerfenchel. Nach der Gegend, in der man nach dem Echium noch suchen musste wie nach einem verborgenen Schatz oder der eigenen Zukunft. Nach damals, als noch eine Magie von ihm ausging wie von allen Geschichten, aus denen wir unsere Kindertage und die späteren Erinnerungen an sie errichten.

Hier in Wien blüht der Echium den ganzen Sommer über verschwenderisch auf den Wiesen und Äckern – vor allem aber dort, wo nichts anderes zu blühen vermag. Selbst wenn Anfang Juni die Stadtgärtner mit ihren fahrbaren Mähmaschinen alle Grünflächen bis kurz oberhalb des Erdbodens zurückscheren, ist der Echium die erste Pflanze, die sich wieder blicken lässt. Mitten in der Stadt, umringt von Asphalt und Pflaster, züngelt sein hypnotisches Blau um die borstigen Stängel.

Ich erinnere mich an das allererste Mal, dass ich die zarten Blüten in Flammen stehen sah, in jener Nacht, als sie meinen Vater vertrieb. Himmelblaue Kronblätter in roter Glut.

Von da an war ich mir sicher: Wenn der Echium brannte, löste sich meine Mutter von den Dingen, die das Unkraut zuvor an sie gebunden hatte. Konsequent und ohne Weg zurück.

In jener Nacht und mit dieser unscheinbaren Pflanze beginnt meine Geschichte. Alles, was davor geschah, kennen nur die Wellen, die Sonne und der Mond. Und meine Mutter.

ERSTER TEIL

Kannst den stürmischen Nordwind du spüren,
so streich die Segel und schließe die Türen.

Ich war vier Jahre alt, als mein Vater mit allem ging, was ihn ausmachte – sogar mit meiner Erinnerung an seinen Namen. Alles andere ließ er uns. Anders konnte ich mir das Haus und das großzügige Grundstück in den Dünen nicht erklären. Dort wuchs ich auf, zwischen Meersenf und Heidekraut, wo der Wind Geschichten erzählt, die sich jenseits unseres Horizontes zutragen.

Meine Mutter war die schönste Frau, die ich je kennengelernt habe. Meine Erinnerungen an sie sind so alt wie meine Großhirnrinde. Grob gezeichnete Gedankenbilder, unscharf durch Kinderaugen gesehen, aber hell. Wie ein Blick in die Sonne durch einen Schild aus leicht gespreizten Fingern. Das war meine Mutter für mich: das Licht.

Sie hasste die Zivilisation, in der wir lebten, aber sie liebte die Gegend, in die ich hineingeboren wurde. Die kühle Brandung und den scharfen Wind und die salzige Kruste, die alles überzog wie Patina. Als ich klein war, leckte ich jenen staubigen Schleier von allem, was ich am Strand finden konnte: von Steinen, Muschelschalen, Tang, sogar von sonnengetrockneten Krebskörpern. Die metallische Salzigkeit dieser gepökelten Delikatessen war so unbeschreiblich scharf, dass meine Zunge früher oder später zu prickeln begann, bis ich aus Verzweiflung versucht war, mit Meerwasser nachzuspülen – das Verhängnis eines jeden Schiffbrüchigen. Stattdessen eilte ich nach Hause, mit offenem Mund und hängender Bernhardinerzunge, nahm die Abkürzung durch das Naturschutzgebiet und das schlechte Gewissen beim Zertreten bedrohter Tier- und Pflanzenarten in Kauf. Endlich angekommen, riss ich keuchend und würgend die Kühlschranktür auf und goss mir Kuhmilch direkt aus dem Getränkekarton in den Rachen, um den schier unstillbaren Brand zu löschen. Meine Mutter belächelte jede einzelne dieser Wiederholungen.

Der aschfarbene Holzschutz unseres Hauses war nie intakt gewesen. Soweit ich zurückdenken kann, schälte er sich immer schon an der Wetterseite von der Fassade – pergamentartig wie abgestoßene Schlangenhaut. Das Haus hatte längst einen neuen Anstrich verdient, aber dafür fehlte meiner Mutter wohl die Geduld. Mich hingegen kümmerte es später einfach nicht mehr. Ich überließ das Haus sich selbst, so wie ich auch mir selbst überlassen worden war.

Kurz bevor ich das Haus vermietete, hatte Yusuf einmal die Idee geäußert, wir könnten es burgunderrot streichen und nur die Fensterrahmen weiß lassen, um ihm einen skandinavischen Look zu verleihen. Ich hatte protestiert. Das Haus sollte bleiben, wie es seit meiner Kindheit war. Genau so wollte und habe ich es in Erinnerung behalten: als eines der wenigen Dinge in meinem Leben, die konstant blieben.

Was meine Mutter an jenem Ort hielt und immer halten würde, war die Rauheit der Natur. Zumindest dachte ich das bis zu jenem Tag meines achtzehnten Geburtstags. Sie liebte diese Rauheit.

Nichts dort draußen trägt eine Maske oder verstellt sich eines anderen wegen. Das hat die Natur uns Menschen voraus. Nichts an ihr ist geheuchelt.

Für mich war auch an meiner Mutter nie etwas geheuchelt. Aber vielleicht war das auch nur die Einschätzung eines Kindes. Vermutlich ist es ein Urinstinkt, kindliches Vertrauen in die Frau, die uns zur Welt bringt, unseren Hunger stillt und uns das Laufen lehrt. Vermutlich hält auch jedes Kind seine Mutter für die schönste Frau der Welt. Meine aber war die schönste und – zumindest unter all den Müttern meiner Klassenkameraden – auch die jüngste.

Gerade einmal einundzwanzig war sie gewesen, als sie mit mir schwanger wurde. In der Schule erzählte ich, sie sei eine Tochter des Meeres, der vor vielen Jahren der Liebe wegen Beine gewachsen waren – keiner meiner Klassenkameraden widersprach. Und wenn ich meine Mutter beobachtete, wie sie draußen in den Dünen spazieren ging, ihre Füße nackt im Schlick versanken, der Nordwind an ihrem Seidenkleid zerrte und ihr Blick wehmütig und ruhelos den Horizont absuchte, glaubte ich meinen Lügen beinahe selbst. Dann zeichnete ich grobe Bilder mit fetten Wachsmalstiften, die ihre Menschwerdung dokumentierten, bevor sie von den anderen Kindern, die mein Seemannsgarn allmählich satthatten – den Raufbolden, denen keine Lehrerin Einhalt gebieten konnte oder wollte –, zerfetzt wurden. Ich hasste die Schule. Hasste Mathe und Deutsch und Erdkunde. Nur Kunst liebte ich. Kunst und Religionsunterricht.

»Zeig mir das mal, kleiner König. Was hast du da?«

Meine Mutter zog an der Kordel, die ich um den Hals trug, und brachte das kleine hölzerne Kreuz zum Vorschein, das unter meinem T-Shirt verborgen gewesen war. Es war ein simpler Schmuck, selbst gebastelt: zwei Stöckchen, gekreuzt aufeinandergebunden.

»Was ist das?«

»Das haben wir in Religion gemacht.«

»Ist das der Weltenbaum?«

»Nein. Ein Kreuz.«

»Und was bedeutet das Kreuz?«

Ich überlegte einen Augenblick.

»Es steht für Jesus.«

»Jesus?«, hakte sie nach. »Wer ist das?«

»Jesus Christus. Der Sohn Gottes, der für unsere Sünden gestorben ist.«

Sie ließ das Kreuz wieder in meinem Kragen verschwinden und klopfte mir sacht gegen die Brust, sodass ich das Holz über meinem Herzen spüren konnte.

»Keiner stirbt für deine Sünden, kleiner König. Für unsere Sünden sind nur wir selbst verantwortlich.«

»Mama, was sind Sünden eigentlich?«

»Das ist nur ein Wort für alle Dinge, die den Männern der Kirche nicht gefallen.«

»Und wieso gefallen sie den Männern nicht?«

»Weil sie uns unseren freien Willen nicht gönnen und weil sie auf ein sehr altes Buch hören, das wiederum von längst gestorbenen Männern geschrieben wurde, die mit der Realität nichts mehr zu tun haben.«

Ich grübelte.

»Hör mir zu, kleiner König: Es ist gut, an etwas zu glauben – sehr gut sogar. Aber es ist nicht gut, den Verstand auszuschalten. Weißt du, was sonst passiert? Man rennt wie ein Lemming in einer Gruppe Orientierungsloser. Weißt du, was mit Lemmingen passiert?«

»Sie fallen ins Wasser.«

»Ganz genau. Sie stürzen allesamt von den Klippen in den Tod. Die hinteren sehen den vorderen dabei zu, aber statt darüber nachzudenken und anzuhalten, laufen sie weiter und stürzen sich selbst in die See. Keine Religion der Welt sollte dich davon abhalten, selbst zu denken.«

Sie gab mir einen Kuss auf die Stirn, kämmte mit den Fingern meine Locken und schickte mich zum Spielen nach draußen.

Nach diesem Gespräch keimte Misstrauen in mir auf. Ich hörte meiner Lehrerin weiterhin zu, wenn sie davon erzählte, wie das Meer auf Moses' Befehl hin Männer und Pferde des Pharao verschlang, und trällerte die Lieder mit, die sie auf ihrer verstimmten Akustikgitarre zum Besten gab. Aber meine Skepsis wuchs wie mein kindlicher Körper von einem Moment auf den anderen um eine Schuhgröße.

Es war das erste Mal, dass ich in einen Konflikt mit meinem Glauben geriet. Kein zerreißendes inneres Ringen, aber ein kritisches Hinterfragen und Abwägen fremder Weltanschauungen. Letzten Endes siegte meine Mutter – wie sie ihr Leben lang über mich siegen würde. Zusammen mit meinem ersten wackeligen Milchzahn fiel der christliche Glaube von mir ab. Ich wollte den Religionsunterricht nicht mehr besuchen. Meine Mutter schrieb die Unterrichtsbefreiung mit königsblauer Tinte auf cremeweißes Blütenpapier und händigte sie der Lehrerin persönlich aus – triumphierend, auf ihre eigene, stille Art und Weise.

Siegen, das konnte sie gut. Vor allem, wenn es um mich ging. Nicht nur über mich, sondern auch durch mich. Zum Beispiel, als sie mich die zweite Klasse überspringen ließ, obwohl nicht nur die Lehrer ihr davon abgeraten hatten, sondern auch die Schulpsychologin. Ich sei noch nicht so weit, auch wenn der IQ-Test etwas anderes vermuten lasse. Sie ignorierte das. Vielleicht, weil sie davon überzeugt war, dass ich meinen eigenen Rhythmus hätte, und weil mein »abweichendes Sozialverhalten«, wie es die Psychologin nannte, ihr insgeheim gefiel. Letztlich setzte sich meine Mutter durch. Das Kreuz um meinen Hals wich einem Haifischzahn, aufgefädelt auf einem dünnen Lederband, den sie mir eines schönen Tages schenkte und der an Ort und Stelle blieb – für eine halbe Ewigkeit.

Für eine lange Zeit hatten meine Mutter und ich nur einander. Und das war keineswegs schlimm. Mir fehlte es an nichts. Keinem Kosmonauten wäre es gelungen, in unser Universum vorzudringen. Ein mystisches Universum voll eigensinniger Rituale, vertrauter Regelmäßigkeiten und belebter Dinge, die Außenstehende für tot hielten.

»Die Natur ist uns heilig, Arthur.«

Das war es, was ich bei ihr lernte: dass selbst Äste schreien, wenn man sie entzweibricht.

Der Baum der Göttin ist weise und hold. Tu ihm ein Leid, und ihr Fluch ist dein Sold.

Bei abnehmendem Mond badeten wir alle Silbergegenstände, die unser Haushalt hergab, in einer Aluminiumwanne voll Salzwasser – Tafelbesteck, alte Tee- und Kaffeekannen und den Schmuck meiner Mutter, umringt von Windlichtern und der murmelnden Brandung in der Ferne.

Manchmal entzündeten wir ein kleines Feuer in dem alten Kamin, der als einziges Relikt einer ehemaligen Fischerhütte auf unserem Grundstück zurückgeblieben war. Jeden Frühling siedete meine Mutter über dieser Feuerstelle ihre schwarze Seife aus Holzkohle und Schachtelhalm. Sie brachte mir bei, wie viel Fett man der Lauge langsam hinzufügen musste, bis sich eine puddingweiche Creme ergab, die man in rechteckige Holzförmchen oder saubere Herzmuschelhälften gießen konnte. Mit dieser Seife wurde die Haut so unwirklich weich wie Kaschmirwolle, und Zähne blitzten weißer als nach jeder Prophylaxe. An anderen Abenden machten wir draußen im Garten Popcorn.

Neun Hölzer sind für den Kessel gut, lass sie brennen in sanfter Glut.

Ich atmete das rauchige Aroma ein, während die Holzscheite in der Glut zerbarsten und die Maiskörner im Kessel zum Springen brachten, und schlief irgendwann zusammengerollt im wuchernden Gras ein.

Meine Mutter hingegen schlief nie. Oder zumindest sah ich sie nie schlafen. Sie wurde von einer Melancholie wach gehalten, die nichts und niemand zu tilgen vermochte – nicht einmal der Schlaf mit seinen tröstenden Traumbildern. Und obwohl sie selbst innerlich und äußerlich nie gänzlich zur Ruhe zu kommen schien, waren ihre sanfte Stimme und die Berührung ihrer kühlen, seidenen Hände das beruhigendste Schlafmittel, an das ich in meinem ganzen Leben je gekommen war.

Wenn ich einmal tatsächlich nicht einschlafen konnte, summte sie Geschichten.

»Ich bin die große Mondin«, flüsterte sie mir manchmal lächelnd zu, während ihre Hände über die Wellen meiner Haare schipperten. »Und du, mein kleiner Freund, wirst eines Tages der gehörnte Sonnenkönig sein.«

Dann lachte ich, weil es ihre Art war, mit den Händen ein Geweih über meiner Stirn zu formen, und ich plötzlich wie Bambis strenger Vater aussah. Sie wiegte mich in eine Welt, die sich jenseits von Gut und Böse bewegte. Jenseits von Recht und Unrecht. Eine Welt aus unendlichen Farben und Schattierungen, die nichts Geringeres in ihrer Balance hielt als das Universum selbst.

Meine Mutter unterschied sich von den Müttern anderer Kinder, wie auch ich selbst mich von Gleichaltrigen unterschied. Andere Kinder hatten zwei Elternteile, ich nur einen. In der ersten Klasse wurden wir aufgefordert, Bilder unserer Eltern mit in die Schule zu bringen. Die anderen Kinder rahmten ihre mit krakeligen Buntstiftbalken und Glitzerstaub. Ich fasste das Foto meiner Mutter mit Möwenfedern ein.

Über meinen Vater wurde nie gesprochen. Er existierte in unserem Universum nicht. Und obwohl meine Mutter mir immer wieder von der Dualität der Kräfte erzählte, von den Polaritäten, ohne die nichts wäre und die selbst ohne alles nichts wären, von der Erdgöttin und dem Himmelsgott, von der Hassliebe zwischen Feuer und Wasser, Erde und Luft, männlich und weiblich, einen Vater erwähnte sie nie.

Das hielt mich nicht davon ab, nach ihm zu suchen. Oder besser gesagt, nach Spuren zu suchen, die er zurückgelassen haben könnte. Nach Umzugskartons oder blauen, fest zugeschnürten Müllsäcken, die, im Keller gelagert, aus der Mode gekommene Hemden und Hosen beinhalteten. Nach Fotoalben auf dem Dachboden oder alten Liebesbriefen in ihren Tagebüchern. Nichts von alledem fand ich.

Es war, als hätte mich meine Mutter in einem Blumentopf großgezogen; ohne fremde Hilfe, einzig mit liebevoller Hingabe und Sorgfalt, dem richtigen Maß an Gartenerde und Wasser. Als hätte es nie einen schöpferischen Moment wie die Zeugung gegeben. Oder als hätte der Echium, dessen geisterhaft glühendes Hologramm ich in kalten Novembernächten noch immer in der glimmenden Asche des Kamins erahnen konnte, jedes Ångström meines Vaters ausgelöscht. Als wäre er nie existent gewesen.

Vor meiner Geburt hatte sie an keinem Ort lange gelebt, sondern war dem Frühling oder der Liebe oder einer anderen Naturgewalt, die ich noch nicht begreifen konnte, gefolgt wie ein Zugvogel. Sie war einer dieser Freigeister, die weißen Tee nippend den Sonnenaufgang beobachten und mit einer Horde künstlerischer Individualisten Häuser besetzen, nicht, um gegen etwas Bestimmtes zu rebellieren, sondern schlicht, um zu demonstrieren, dass sie aufbegehren können.

Ich weiß, dass Männerherzen entbrannten, wo immer sie lachte, denn nachdem mein Vater uns verlassen hatte, kamen andere. Es waren nicht viele, und sie blieben nicht lang – manche sogar nur für eine Nacht, andere ein paar Wochen. Die meisten waren Aussteiger. Hippies, Auswanderer auf der Durchreise, die keine Ahnung vom Leben in der Wildnis hatten, sich aber trotzdem als Selbstversorger betitelten. Mit Seemannsstoppeln und Filzlocken, Perlenschmuck und Tätowierungen.

Tjark zum Beispiel war so ein Aussteiger. Er war vielleicht neunundzwanzig, braun gebrannt wie geröstete Haselnüsse und mit ausgeblichenen Strähnchen im Haar. Er blieb für drei Wochen, zeigte mir, wie man mit Flaschenböden Laub und Stroh entzündet und Speerspitzen aus Walnussästen schnitzt. Und er brachte mir bei zu pfeifen – mit zwei Fingern zwischen den Zähnen und zunächst viel Spucke in den Handflächen. Ich erwischte mich dabei, dass ich zu Tjark aufblickte, ihn anhimmelte. Er war der Vater, den ich nie hatte und den ich unbedingt behalten wollte. Auch meiner Mutter entging meine stille Anbetung nicht. Sie hielt Abstand und verfolgte unser Treiben aus unauffälliger Entfernung mit einem freundlichen Lächeln auf den Lippen, aber argwöhnisch verengten Mandelaugen.

Wenn sich die beiden liebten – laut, lang und voll leidenschaftlicher Hingabe –, dann lauschte ich heimlich den Geräuschen, die sie von sich gaben. Zählte die Seufzer der Federkernmatratze und wünschte, die Körper der beiden würden sich nie wieder trennen.

Ich war neun Jahre alt und kein sexuelles Wesen. Mich erregte die Szene nicht körperlich. Stattdessen streichelte sie etwas in mir, das ich nicht näher definieren konnte. Es war ein warmes Gefühl, wie heißer Kakao mit Schlagsahne, und hüllte mich in Gänsehaut.

»Ich hoffe, Tjark bleibt«, rutschte es mir eines Tages heraus, als ich durch das Küchenfenster beobachtete, wie er seinen rostbraunen Ford Fiesta auslud.

Meine Mutter zog die Hände aus dem Abwaschwasser, trocknete die schlanken Finger an einem Handtuch und legte mir eine Hand auf die Schulter.

»Keiner bleibt, Arthur. Keiner. Gewöhn dich nicht an ihn.«

Von diesem Tag an zog sie eine imaginäre Grenze zwischen sich und Tjark – erst war es nur ein feiner glühender Strich auf dem Boden, der bald zu einem mannshohen, stacheldrahtumwundenen Bollwerk der Unerreichbarkeit wurde. Und schließlich vertrieb sie ihn aus unserem Paradies.

Ich bekam nicht die Gelegenheit, mich zu verabschieden. An einem diesigen Augustmorgen wachte ich auf, und sein Auto war verschwunden.

Es roch nach Brand. Das Haus lag noch unter der milchigen Diffusion des Morgens aus noch nicht ausgeschlafenen Gliedmaßen, längst erwachten Sinnen, nie zur Ruhe gekommenen Sehnsüchten und verschlafenen Gedanken. Durch die Hintertür konnte ich meine Mutter im Garten beim alten Kamin knien sehen. Neben ihr im Gras rastete die schmutzige Setzschaufel, mit deren Hilfe das blau blühende Unkraut aus unserem Garten entfernt worden war. Still und heimlich hatte der Echium drei Stängel hinter dem Haus getrieben. Nun führten die Flammen ihren vernichtenden Prozess gegen sie. Und wieder einmal verschwand das Blau des Echiums aus unserem Leben. Die feuchte Seeluft jenes Morgens legte Wasserwellen in Mutters Haar.

Ich ahnte, ich würde Tjark nicht wiedersehen. Und so war es auch.

Im Sommer 1999 lernte ich schließlich Pelle kennen. Er war neu in meiner Klasse und zusammen mit seinen Eltern frisch aus Ludwigshafen zugezogen. Pelle war anders, und das gefiel mir an ihm auf Anhieb. Unsere Klassenkameraden bezeichneten ihn als Geist, weil seine Haut so blass und dünn war, als könnte man bei den richtigen Lichtverhältnissen durch ihn hindurchschauen. In den Beugen, an den Ellenbogen und Schienbeinen riss sie von Zeit zu Zeit auf wie Pergamentpapier und juckte ihn so erbärmlich, dass er sie sich des Nachts – bewusst im Wahn und unbewusst im Schlaf – mit gewetzten Fingernägeln vom wunden Fleisch schälte.

Um seine Neurodermitis zu lindern, hatten seine Eltern sich Rügen ausgesucht – das Klima, die Sonne, das Salzwasser. Pelles Haar war weißblond, selbst seine Augenbrauen und Wimpern. Vom Schicksal war er doppelt gezeichnet. Das Wort Albino hörte ich damals nie, nur seinen Spitznamen: Geist.

Pelle war ein Außenseiter, genau wie ich. Vielleicht bedeuteten wir einander deswegen so viel. Bis zu diesem Zeitpunkt hatte ich nie einen Freund gehabt, war immer nur das Kind gewesen, das nicht zu Geburtstagsfeiern eingeladen wurde, weil man munkelte, das würde Unglück bringen. Und es stimmte: Einmal hatte ich mich in den Kuchen gesetzt, aber nur, weil die Mutter ihn auf meinem Stuhl zwischengeparkt hatte, um den Tisch abzuräumen. Pelle war der erste Freund, den ich mit nach Hause brachte, und meine Mutter schloss ihn sofort ins Herz. Für sie war er die unschuldigste aller Seelen, eingepackt in transparente Futterseide. Irgendwann fand sie ihren eigenen Spitznamen für ihn, der im direkten Kontrast zum Spott unserer Mitschüler stand: Engel.

Zwar waren Geister transzendent und überirdisch, aber ihnen haftete immer etwas Schmerzliches an. Leid und Frevel banden sie an das irdische Leben und trieben sie in ruhelosen Nächten umher. Engel waren ihr genaues Gegenstück; sie waren reines Licht, Liebe und Hoffnung.

Pelle brachte das Lachen in meinen Alltag. Er hielt das Rad des Jahres an, ließ immer Sommer sein. Nur so kann ich mir erklären, wieso das Wetter in all meinen Erinnerungen immer heiter gewesen war. Wieso es in meiner Kindheit keinen wirklichen Winter gegeben zu haben schien.

Fast jeden Tag verbrachten Pelle und ich am Strand, machten die Dünen zu unserem sandigen Abenteuerspielplatz, mit weiß gecremten Gesichtern und verbrannten Schultern. Und wir gingen baden – natürlich gingen wir baden. Wir stürzten unsere halbstarken Körper, die wagemutigen Hühnerbrüste voran, in die kalten Fluten, bis unsere klappernden Kiefer unsere abendblauen Lippen nicht mehr geschlossenen halten wollten und wir frierend den Heimweg antraten.

Weit hinaus schwammen wir nie – ich nicht, weil meine Mutter mich immer schon vor den mächtigen Strömungen gewarnt hatte, und Pelle nicht, weil er nicht einmal schwimmen konnte. Ich versuchte einige Male, es ihm beizubringen, ohne Erfolg.

Aber das war nicht schlimm, denn in jenem Sommer unseres Kennenlernens – und in denen danach – fanden wir andere Beschäftigungen. Wir rissen Röhrkohl aus dem Schlick und trugen die nach Chlor duftenden Büschel zu meiner

Mutter, die sie kochte – manchmal mit Milch, um den salzigen Geschmack auszutreiben – und wie Grünkohl servierte, bis wir uns fast übergeben mussten und hoch und heilig schworen, andere Nahrungsquellen aufzuspüren. Wir sammelten Muscheln und Steine, rund geschliffene Glassplitter und andere Schätze und errichteten unseren Drachenhort in den Dünen.

Gesellschaft gefiel mir. Ich hatte sie nie merklich vermisst, aber vielleicht nur deshalb, weil ich nie in ihren Genuss gekommen war. Pelle übernachtete oft bei mir; dann saßen wir oben in meinem Zimmer unterm Dach, öffneten die Fenster und hielten mit dem Fernglas Ausschau nach Geisterschiffen. Pelle hatte mir vom Fliegenden Holländer und anderen Fleuten erzählt, die mit Mann und Maus in der See versunken waren und sich seither in jeder Vollmondnacht vom Meeresgrund erhoben und an die Oberfläche stiegen. In unserer Fantasie erblickten wir die schimmernden Wracks in jeder einzelnen Nacht.

»Misch!«, forderte Pelle mich auf und überreichte mir die ausgefransten, speckigen Karten, während meine Mutter das Abendessen zubereitete.

Ich nahm das Kartendeck in die Hände, teilte es in zwei gleich große Stapel auf und riffelte diese ineinander. Das Ganze wiederholte ich dreimal. Dann legte ich den Stoß Kante auf Kante und verdeckt vor uns.

Pelle krempelte die Ärmel seines Pullovers auf, blätterte die oberste Karte des Türmchens um und raunte: »Wer du bist? – Der Weidenbaum.«

Die Karte zeigte den gepressten, silbrig-grünen Zweig einer Trauerweide, und wir reckten fordernd die Hälse nach meiner Mutter.

Mild lächelnd stimmte sie unserem Orakelspruch zu und erklärte: »Der Weidenbaum ist ein Mensch, der sich oft im Schatten aufhält. Ein in sich gekehrtes Gewächs, sensibel und sehr intuitiv in seinem Charakter. Ein gefühlvoller und zurückhaltender Mensch mit einem großen Herzen.« Sie warf mir einen stolzen Blick zu, so als würden wir ein Geheimnis miteinander teilen.

Nachdem ihr Singsang verflogen war, mischte Pelle die Karten noch einmal und zog dann selbst eine.

»Was ich bin? – Die Birke.«

»Die Birke weiß immer, wo es langgeht. Du bist hilfsbereit, eine bescheidene Seele, sehr diszipliniert. Du bist eine Frohnatur, siehst immer das Licht am Ende des Tunnels. Die Birke ist der Anfang. Der November. Der Anfang einer Reise.«

Pelle strahlte bis über beide Ohren wie blank geputztes Weißblech. Nichts bis auf das dumpfe Geräusch an der Haustür vermochte diesen Heiligenschein zu zerstören. Es klang wie ein schwerer Vogel, der in eine Fensterfront gerast war.

Pelle und ich sprangen von unseren Stühlen, aber meine Mutter hielt uns zurück, noch ehe wir einen Blick in den Flur werfen konnten.

Wieder pochte es an der Haustür. Dieses Mal als arrhythmisches Trommeln.

»Wer ist das, Mama?«

»Ich weiß nicht, kleiner König. Räumt die Karten zusammen und geht nach oben, ja? Spielt oben weiter«, murmelte sie abwesend. »Na los! Husch, husch!«

Wir gehorchten – blieben aber auf der letzten Stufe sitzen, sodass wir hören konnten, was unten vor sich ging. Die Welt der Erwachsenen war das aufregendste Mysterium, an dessen Rand wir stoßen konnten. Aufregender als alle Fantasiewelten, die wir erdachten, oder die Zeichentrickserien, die wir mit klebrigen Schnuten vor Pelles Fernseher schauten. Anders als unsere Vorstellungskraft, in der Gut und Böse immer so klar voneinander getrennt waren, dass es ein Leichtes war, sie auseinanderzuhalten, war die Welt der Erwachsenen nicht vorhersehbar. Sie war unberechenbar. Böses schien manchmal wunderschön zu sein, und vermeintlich Schönes besaß in Wahrheit ein hässliches Antlitz.

Als meine Mutter die Tür öffnete, fiel eine junge Frau in die Stube. Sie atmete rasselnd und sprach hektisch und mit belegter Stimme. Ihr Körper war ein Erdbeben.

»Es tut mir so leid! Es tut mir so leid, dass ich schon wieder störe. Ich wusste nicht … wusste nicht, wohin ich gehen sollte. Ich …«

»Alles gut. Beruhige dich. Was ist los?«

Die junge Frau schlang die Arme um meine Mutter und vergrub das Gesicht in ihrer Schulter. Wie eine bebende Statue hielt Mutter sie in ihren Armen und glättete mit ihren fürsorglichen, beruhigenden Handflächen die zerzausten Haare der Fremden.

»Komm mit in die Küche«, flüsterte sie, aber die Frau reagierte nicht, sondern weinte weiter. »Hat er dich wieder angefasst?«

Pelle und ich umklammerten die gedrechselten Geländerstäbe und drückten die Ohren dazwischen, um das Flüstern zu verstehen, das die blutig gebissenen Lippen der Besucherin von sich gaben, blieben aber erfolglos.

Wenn meine Mutter etwas gut konnte, dann zuhören. Die Frauen im Ort wussten das. Und sie wussten, dass sie über Talente verfügte, die sie nicht nur von den ersten Anzeichen des Älterwerdens, sondern auch von ihren alltäglichen Qualen und Verfehlungen befreien konnten. Mit ungebrochener Geduld lauschte sie den Sorgen der Frauen, brühte rabenschwarzen Bohnenkaffee oder milden Jasmintee und redete erst dann, wenn die Beichten ausgesprochen waren und die alten und jungen tränenden Augen erwartungsvoll ihre Weisung forderten.

»Er ist wieder zu mir gekommen«, weinte die Frau. »Schon wieder.«

»Wir müssen das der Polizei melden«, hauchte meine Mutter tröstlich und bestimmt.

»Nein«, protestierte die Frau. »Nein. Er wird mich umbringen.«

»Aber er wird nicht aufhören.«

»Bitte …«

Mutter parkte das Mädchen auf einem der Hocker, wo es wie eine Marionette halb zusammengeklappt sitzen blieb. Dieselben kühlen Finger, die mich spät abends in den Schlaf streichelten, zupften jetzt die Strähnen aus dem angeschlagenen Gesicht mit den wunden, nektarinenfarbenen Lippen.

»Niemand wird mir glauben. Niemand wird … Ich kann nicht. Bitte. Bitte.«

»Ist schon gut«, hauchte meine Mutter und küsste die Schläfen der jungen Frau, die nicht aufhören wollte zu weinen.

»Ich habe meine Periode nicht bekommen.«

»Wie viele Tage bist du schon drüber?«

Wieder begann der Körper des Mädchens zu beben. Erst eine weitere feste Umarmung vertrieb die Ungeheuer.

»Neun«, keuchte sie, nach Atem ringend. »Was soll ich bloß machen?«

»Heute Nacht bleibst du hier. Ich werde dir das Gästebett zurechtmachen und dir einen Tee kochen«, begann meine Mutter bestimmt. »Ich will, dass du diesen Tee austrinkst, auch wenn er nicht schmeckt. Ich weiß, da sind ein paar ungenießbare Kräuter drin, aber er wird dir helfen, sodass du dir um eine Schwangerschaft keine Sorgen machen musst.«

»Und was ist mit ihm?«

»Das überlässt du dem Schicksal und denen, die nachhelfen. Der Mensch erntet, was er sät. Alles, was ich von dir brauch, ist …«

Sosehr wir uns auch bemühten mitzubekommen, was meine Mutter der Frau ins Ohr hauchte, wir verstanden es nicht. Der Wasserkessel und das Klirren von Einmachgläsern und Flaschen drängten sich zwischen uns und die Wohnküche. Abgeschnitten von den Dingen, die uns nichts angingen, hatten wir keine andere Wahl, als den Rückzug anzutreten. Also sprangen wir, mit der Gewissheit beladen, Zeugen von etwas Unaussprechlichem geworden zu sein, in mein Bett und zogen die Decke über unsere Köpfe, ohne die Beläge auf unseren Zähnen mit Schlämmkreide zu bezwingen. Bis heute schwöre ich, dass ich in jener Nacht aus Ehrfurcht vor der seltsamen Situation meine erste Karies züchtete.

Wenige Herzschläge, nachdem wir in die Laken gehüpft waren, setzte sich meine Mutter auf unsere Bettkante und tätschelte das Dach über den schwer arbeitenden Maschinen unserer Gedanken. Sie wusste, dass wir sie belauscht hatten – daran bestand kein Zweifel. Trotzdem sprach sie uns nicht darauf an, sondern besiegelte unser Zubettgehen wie üblich mit einem Kuss der Fürsorge. Und mahnte uns im selben Atemzug, dass Geheimnisse große Macht über Menschen hätten und nur denen anvertraut würden, die sorgsam mit ihnen umzugehen wüssten. Die qualvollen Geräusche, die in jener Nacht aus dem Badezimmer drangen, ignorierten wir mit knirschenden Kiefern und unruhigen Muskeln. Wir klammerten uns aneinander – die dürren Ärmchen und Beinchen verschlungen wie Laugenbrezeln – und summten Kinderlieder. Über den Besuch jener Nacht hüllten wir uns in Schweigen. Er unterschied sich von den Besuchen, die meine Mutter in sich ankündigender Schwärze sonst empfing. Unterschied sich von ihren seltenen Liebhabern oder einer untreuen Ehefrau mit schlechtem Gewissen. Worin genau, das begriff ich damals noch nicht.

Drei Nächte darauf erwachte ich aus einem unheilvollen Traum. In diesem war ich über einen düsteren, geräuschlosen Strand geirrt. Über mir baumelten Millionen rot glühender Sterne, aufgehängt an hauchdünnen Kupferdrähten. Ich kletterte über die Wellenbrecher und stieß auf den Körper eines Mannes, der bis zu den Hüften im Schlick begraben war. Um seine Taille war ein Reif aus Eisen geschraubt. Als ich mich vorsichtig um den nackten Torso bewegte, musste ich mit Schrecken feststellen, dass seine grässlich verzerrte Visage mit weit aufgerissenem Rachen und leeren Augenhöhlen in den schwarzen Himmel zeigte. Junge Krebstiere quollen aus seinem Mund und landeten im Sand …

Mein eigener Schrei des Entsetzens riss mich aus dem Schlaf. Mein Körper war nass und wie in Eiswasser getaucht. Das Fenster stand offen; die Nacht hauchte kühle Dunkelheit in mein Zimmer. Als ich es schloss, erspähte ich den Schatten meiner Mutter durch den Garten wandeln, als käme sie von einem gewöhnlichen Mitternachtsspaziergang. Ich aber wusste, dass es nicht die Schlaflosigkeit war, die sie zu so später Stunde in die Dunkelheit getrieben hatte, sondern ein kleines Bündel geheimer Zutaten, fest verschnürt, das sich längst in der Erde begraben fand. Die Nacht war ihr Verbündeter und der Neumond der einzige Beobachter ihres seltsamen Treibens in fremden Vorgärten.

Etwa zwei Wochen später berichtete die Tageszeitung von einem furchtbaren Unglück vor der hiesigen Küste. Der amtierende Polizeipräsident war wie so oft mit Kameraden aus Kindertagen bei bestem Wetter hinaus aufs Meer gesegelt. Entgegen allen Vorhersagen schlug das Wetter binnen weniger Augenblicke in ein böses Unwetter um. Der Sturm packte die Jacht und ließ Fock und Großsegel wie panische Flügel flattern. Als sich der Baum, von den Naturgewalten ergriffen, losriss, zertrümmerte er binnen eines Herzschlags die Wirbelsäule des obersten Polizeibeamten. Er stürzte in die Fluten, blieb jedoch mit dem Boot verbunden – sein Oberkörper hatte sich in einem Tau verfangen. Die anderen Männer konnten ihren Kameraden vor dem Ertrinken bewahren, keine menschliche Hilfe aber war in der Lage, den Schaden zurückzunehmen, den der Unfall hinterlassen hatte: Für den Rest seines Lebens war der Querschnittsgelähmte von seinem Amt pensioniert und auf die häusliche Pflege seiner Ehefrau angewiesen. Letztere hatte sich oft gefragt, ob ihr Mann wohl hinter ihrem Rücken andere Frauen vögelte. Nun war es einerlei – seinen Unterkörper würde er nie wieder gebrauchen können.

Das merkte ich mir: Der Schwarzmond ist der beste Zeitpunkt, sich mit der dunklen Seite aller Dinge zu beschäftigen – einschließlich unserer eigenen.

In dem Sommer, als ich vierzehn wurde, kannte ich jeden Stein, jede Muschel, jedes angespülte Seetangblatt. Zumindest schien es mir so. Mein ganzes Leben hatte ich an diesem Ort verbracht, an dem Hochhäuser Mangelware waren und das Meer so allgegenwärtig, dass manches Einzelkind behauptete, einen großen Bruder zu haben, der unablässig auf ihn einredete.

So wie ich. Der Strand, die Dünen, jedes einzelne Gewächs im Nationalpark waren mir so vertraut, dass ich sie mit geschlossenen Augen finden konnte.

Ganz anders mein eigener Körper. Über ihn verlor ich allmählich jede Kontrolle – und das liebte ich, denn nichts war aufregender als das Neue, das Unbekannte in einer Welt der Regelmäßigkeiten.

Den Startschuss der Metamorphose, die ich in jenem Sommer durchlebte, gab der Hypothalamus – ein gerade einmal daumengroßer Teil meines Zwischenhirns, der jede Zelle in meinem Körper zur Teilung aufrief, bis ich praktisch von heute auf morgen gute zehn Zentimeter in die Höhe geschossen war und meine Stimme wie eine ungeölte Fahrradkette klang.

Pelle ging es ähnlich. Wir frönten diesem neuen Körperbewusstsein wie einer Safari durchs Unbekannte, maßen unsere Kräfte täglich beim Armdrücken und verglichen den Wuchs unseres Schamhaars, das sich von glattem Flaum in störrisches Ostergras verwandelte. Es war auch die Zeit, in der sich meine Träume mehrten und veränderten. Sie wurden so diffus wie kurzsichtiges Augenlicht oder ein unscharfes Urlaubsfoto. In viele dieser Träume konnte ich bewusst eingreifen. Mir war klar, dass ich schlief und sich alles, was ich wahrnahm, nur in meiner Vorstellung abspielte. Das machte es mir leicht, Einfluss auf meine Traumwelt zu nehmen, sie zu manipulieren und zu meinen Gunsten zu verändern.

Meine Mutter vergrößerte den Abstand zwischen uns, gab mir Raum zum Wachsen. Wie die violett blühende Mandragora pflanzte sie ihren Sprössling in ein größeres Gefäß, das ein optimales Wurzelwachstum zuließ. Das war wunderbar. Andere Jugendliche hassten ihre Eltern für die Zwänge und nervigen Verpflichtungen. Ich dagegen lebte mein Leben, wie ich es wollte. Musste mich um nichts im Haushalt sorgen, nichts essen, was ich nicht wollte.

Doch meine Sicht auf meine Mutter veränderte sich. Mich begannen ihre Liebhaber zu stören. Als Kind sah ich in ihnen nur romantische Seefahrer, die ihre Leidenschaft und Sehnsucht nach langer Zeit auf hoher See an der unwirklich schönen Sirene entzündeten. Damals aber erklärte sich mir erstmals die Triebhaftigkeit ihrer kurzen Beziehungen – und das berührte mich peinlich.

Ich machte mir Gedanken darüber, was andere wohl über uns denken mochten, provozierte oft Streit, nicht um des Streitens willen, sondern weil ich mit meiner eigenen Unsicherheit kämpfte. Für meine Mutter war das ein Affront gegen ihre Erziehung und ihre Lehren.

Ich habe dich zum selbstständigen Denken erzogen. Du musst niemandem gefallen. Lebe dein Leben nach deinen eigenen Vorstellungen. Die anderen sind morgen schon Staub im Wind.

☆

»Ich glaube, ich habe mich in Anna verliebt«, gestand mir Pelle eines Tages unweit der Kleinen Stubbenkammer an der Kreideküste. Mehrmals in der Woche radelten wir anderthalb Stunden von unserem Dorf bis in den Nationalpark. Möwen pflügten die Wolken über uns, während die Brandung den weißen Gipsfuß der Felsen zwanzig Meter unter uns aushöhlte.

Pelle tat Gleiches mit meinem Kopf – Mädchen waren bisher nie Thema unserer Gespräche gewesen. Aber ich kannte Anna. Sie ging in unsere Parallelklasse, war ein Mädchen mit kastanienbraunem Haar, Wimpern bis zum Mond und zarten rosa Lippen.

»Wie kommst du darauf?«

»Keine Ahnung. Es fühlt sich so an. Hab immer gedacht, sie würde mich nicht mögen. Aber ich glaube, sie mag mich auch.«

Ich warf einen Stein hinab in die schäumenden Fluten. Das Meer schluckte ihn nimmersatt in einem Happs hinunter. *Weg.*

»Was macht man in so einer Situation?«, wollte er von mir wissen.

»Ich weiß nicht. Vielleicht fragst du sie einfach?«

»Was soll ich sie fragen?«

»Keine Ahnung.«

Das vorwurfsvolle Kreischen der Seevögel kreiste uns ein.

In jenem Moment – der Wind im Gesicht, unsere Zukunft am Horizont, unsere Freundschaft in unserem Rücken – war ein eigenartiges Gefühl in mir gekeimt. Ein neidisches Sehnen, das erst dann durch den Boden der Seele bricht, wenn unser Wir sich letztlich aus der kindlichen Unschuld schält und ein leidendes Wesen zurücklässt, das fortan auf der Suche nach Erlösung sein wird.

In den Tagen und Wochen, die folgten, wuchs das seltsame Gefühl in mir heran wie eine bösartig wuchernde Zelle und drängte meine Organe auseinander. In der Schule konnte ich mich auf nichts konzentrieren, nachts nicht einschlafen. Zu schnell schlug mein Herz. Manchmal hatte ich das Gefühl zu ersticken.

Pelle und ich begegneten Anna hin und wieder auf dem Weg von der Kantine zum Pausenhof. Ich spürte die Hitze, die sie mit ihrem scheuen Lächeln in dem Körper neben mir entzündete und die dessen zerfurchte Haut auf seltsame Art und Weise heilen ließ.

Pelle schrieb sich in den Sportkurs der Schule ein, um zu trainieren. Ich enthielt mich. Es war, als spürte ich zum ersten Mal in meinem Leben den Motor, der meine Mutter antrieb und vom Schlafen abhielt. Als die stacheligen Kastanienfrüchte an den Bäumen aufplatzten, war ich mir sicher, dass ich ebenfalls verliebt war. Womöglich in dasselbe Mädchen.

»Kannst du mir mal sagen, wieso du dein Essen nicht anrührst?«

Meine Mutter hatte mich im Garten entdeckt, wo ich unter dem alten Walnussbaum, vor Blicken und Blitzschlag geschützt, zwischen den weißen Bettlaken kniete, die flatternd auf der Leine trockneten, und mit ihren Orakelkarten hantierte.

»Weil ich Steckrüben zum Kotzen finde«, antwortete ich patzig, die Karten schnell zusammenschiebend, sodass sie auf keinen Fall die Gelegenheit bekam, mein Blatt zu deuten.

»Was ist mit dir los?«

»Weiß nicht, was du meinst.«

»Erzähl mir doch nichts. Du läufst rum wie ein Bild von Dürer, isst kaum noch was, bist mies gelaunt und befragst jeden Tag die Karten.«

»Und?«

»Wenn ich es nicht besser wüsste, würde ich denken, mein Sohn sei unglücklich verliebt.«

Kaum geworfen, steckte ihr Pfeil auch schon im schwarzen Zentrum der Zielscheibe. Ich widersprach ihr nicht. Wohl deshalb setzte sie sich zu mir ins Gras, genau dort unter meinen Lieblingsbaum, und streichelte die grünen Halme unter sich mit ihren Handflächen.

»Möchtest du darüber sprechen?«

»Das bringt doch nichts.«

»Vielleicht doch.«

Mein jugendlicher Stolz wollte protestieren, aber das Kind in mir warf sich in ihre weit geöffneten Arme. »Anna«, murmelte ich. »Sie weiß es aber nicht.«

»Wieso nicht?«

»Weil das peinlich wäre, okay? Und unpassend.«

»Und meinst du, sie mag dich auch?«

»Ich glaube, sie mag einen anderen. Das ist ja das Problem.«

Wort für Wort zerrte sie meine unausgesprochenen Ängste ans Tageslicht.

»Dieses Leben ist zu kurz, um nicht aufrichtig zu sein, Arthur. Wenn wir erwachsen sind, ärgern wir uns bloß über die Dinge, die auszusprechen wir nicht mutig genug waren. So ist das, wenn man älter wird.«

»Haben alle Erwachsenen Liebeskummer?«

»Die einen mehr, die anderen weniger. Aber eigentlich hat jeder Erwachsene ein gebrochenes Herz.«

»Warum?«

»Weil alles in diesem Universum kurzlebig ist.« Sie entzog dem Gras ihre Liebkosung und wies hinaus in die Ferne. »Alles, was du siehst, wird früher oder später zerbrechen und sich auflösen. Steine, Bäume, Menschen, Beine, Tiere. Unser Herz ist keine Ausnahme, mein Sonnenkönig. Darum verlieben wir uns, sooft wir können, und geben uns nur den schönen Seiten des Lebens hin: Hingabe ist das einzige Gefühl, das die Vergänglichkeit für wenige Augenblicke aufhebt.«

»Warst du in meinen Vater auch verliebt?«, rutschte es mir heraus.

Schon im gleichen Moment bereute ich die Frage. Ich wusste, ich betrat gefährliches Terrain. Dieser geheime Garten gehörte einzig meiner Mutter, seine Grenzen zu überschreiten konnte einen ewigen Ausschluss aus dem Paradies bedeuten. Am liebsten hätte sie mir erzählt, ich wäre ohne männliche Zeugungskraft auf die Welt gekommen oder irgendeiner Auster entstiegen.

»Ich war schon in so viele Dinge verliebt, Arthur«, antwortete sie schließlich mit seidenen, schnarrenden Stimmbändern. »Aber alles ist vergänglich. Nichts bleibt. Das ist traurig, aber die Wahrheit. Und selbst wenn wir wollten, könnten wir daran nichts ändern.«

Ihr letzter Satz war Winterluft – kühl und feucht. Ihr Atem stob in einer zarten Wolke aus ihrem Inneren. Sie raffte den wallenden Stoff ihres Sommerkleides, erhob sich, knöpfte die grobmaschige Strickjacke zu und wandte sich von mir ab.

Bevor sie verschwinden konnte, rief ich ihr nach: »Was soll ich jetzt machen?«

Sie verharrte einen Moment, drehte sich dann ganz leicht in meine Richtung, ohne mich anzusehen.

»Möchtest du dieses Mädchen unbedingt für dich haben?«

»Ja.«

»Egal, wen oder was es dich kostet?«

»Ja«, blieb ich hartnäckig wie unüberlegt.

Sie nickte ihre eigene Erkenntnis ab wie das unabwendbare Schicksal und unausweichliche Lektionen.

Echium.

An jenem Tag legte meine Mutter mir einen geistigen Schlüssel in die Hand, ein Geheimnis, das sie zur Königin der Herzen machte. Das Schlüsselloch aber musste ich selbst finden. Noch in derselben Nacht hielt ich nach dem magischen Blau Ausschau, dessen stachelige Rispen meiner ersten Sehnsucht Heilmittel sein sollten.

Ich war so unschuldig. Taube Hände und schmutzige Fingernägel trug ich nach Hause. Und natürlich das blühende Unkraut.

Annas Lippen waren klebrig und süß, dick bepinselt mit Aprikosenlipgloss. Als sie mich zum ersten Mal zu sich einlud, wähnte ich mich am Ziel meiner Träume. Zuvor hatte ich sie auf meinem Gepäckträger oft zu den Kreidefelsen gefahren, wo ich sonst mit Pelle Cola schlürfte und über das Erwachsenwerden sinnierte.

Das Nachtlicht von einem übergeworfenen Seidentuch gedimmt, unsere Sinne von zwei Flaschen zu hastig geleerten Alcopops und dem dazugehörigen Placeboeffekt benebelt, lagen Anna und ich in ihrem Bett und hielten einander in den Armen. Tauschten zaghafte, platte Lippenberührungen. Neben uns, in einer trüben Vase auf dem Fensterbrett, strahlte das kleine Sträußchen Blumen, das ich ihr zwei Wochen vorher geschenkt hatte, ohne ein einziges welkes Blatt.

Anna zog mir das T-Shirt über den Kopf, ich strampelte mich aus meiner Hose. Kleiderlos war sie weicher als Puderzucker und rosiger als gefärbtes Marzipan. Ich küsste ihre kleinen spitzen Brüste – ganz vorsichtig. Ich saugte ihren Duft auf. Ich berührte ihre zitternden Hüften, küsste auch ihren Venushügel, der kaum mehr als eine leichte Erhebung war und unbeschreiblich gut nach Buttermilch duftete. Ich hauchte meinen Atem über ihn wie über eine zu heiße Speise. Zwischen ihren Schenkeln rauschte der brandende Ozean.

Er verschlang mich ohne Vorwarnung – warm und weich und feucht legte er sich um mich.

Das, was wir zu wollen meinen, unterscheidet sich oft von dem, was wir wirklich wollen. Ein zarter, aber entscheidender Unterschied. Manchmal liegen die beiden Dinge so dicht beieinander, dass nicht einmal ein Blattgoldstreifen dazwischenpassen würde. Als Jugendlicher entscheidet man alles aus dem Bauch heraus, weil der Verstand wegen Umbaus auf unbestimmte Zeit geschlossen ist und einem die Erfahrung fehlt. An jenem Abend nahm ich nicht nur Annas Unschuld, sondern mir selbst auch meine eigene.

Während mich in den Tagen nach unserem ersten Mal eine kühle Gleichgültigkeit überkam, schöpfte Anna alle Möglichkeiten aus, mir ihre Zuneigung zu bekunden. Sie schrieb mir Briefe – endlose Zeilen schnörkeliger Mädchenbuchstaben und stilisierter Verzierungen. Sie wartete vor der Schule, um mich mit ihrem Aprikosenmund zu begrüßen. Sie kreppte sich die kastanienbraunen Haare und schwärzte ihre Wimpern mit Kosmetik, die sie womöglich erstmals in einem Drogeriemarkt gekauft hatte. Niemand konnte übersehen, wie hoffnungslos vernarrt sie war – auch Pelle nicht. Darum verabredeten wir uns nach der Schule auf unserem Kreidefelsen. Ich war vor ihm da, weil ich keine Sport-AG besuchte. Als er endlich ankam, war sein Gesicht zornig. Er sprang vom Rad, warf es zur Seite und stürmte auf mich zu. Instinktiv richtete ich mich auf und trat vom Abgrund weg. Sein Faustschlag traf mein Jochbein mit unbarmherziger Zielstrebigkeit und entschlossener Härte.

Ich strauchelte zurück. Pelle war größer als ich und kräftiger. Wir hatten uns noch nie geprügelt – und nie gestritten.

»Was hast du dir dabei gedacht?«, schrie er, während er mich am Kragen packte und zu sich zog. »Ich hab dir vertraut.«

Ich spürte den Sog der Klippe wenige Meter hinter mir. Pelle stieß mich von sich. Meine Wange schwoll im Zeitraffer an.

»Es tut mir leid«, stammelte ich.

»Es tut dir leid?«, wiederholte Pelle. »Du warst mein Freund. Mein bester Freund. Ich habe dir alles anvertraut.«

»Ich weiß.«

»Ich hab dir davon erzählt, wie verliebt ich in Anna bin. Andauernd hab ich dir davon erzählt.«

»Ich hab das nicht gewollt.«

»Du wusstest, was du machst. Du hast sie sogar hierhergebracht. An unseren Ort.« Pelle hatte die Maske des Zorns fallen lassen – nun stand er entblößt und verletzt vor mir. Mit offenen Armbeugen und trockenen Ekzemen an Hals und Oberarmen. »Du hast mich verraten.«

»Stimmt nicht.«

»Hast du!«

»Ich wollte auch …«, begann ich, ohne nachzudenken. »Ich hatte mich auch verliebt.«

»Aber doch nicht in dasselbe Mädchen, Arthur. Doch nicht in Anna.« Pelle warf die Fäuste in die Luft, als könnte er den Wind verletzen. Es war mir lieber als ein weiterer Schlag ins Gesicht.

»Es ist einfach über mich gekommen. Ich hab nicht nachgedacht.«

»Und genau das ist das Schlimme. Du hast nicht nachgedacht.«

Er verringerte den Abstand zwischen uns, ich tat einen Schritt nach hinten und stieß an den Rand der Felsen. Winzige Gesteinssplitter rieselten in die Brandung hinab. Wir standen Aug in Aug. Ein Stoß hätte genügt, mich in den nassen Tod zu schicken. Pelle war sich dieser Tatsache bewusst; das konnte ich in seinen geröteten Augen lesen. Er war sich seiner Überlegenheit bewusst. Aber er missbrauchte sie nicht, sondern trat den Rückzug an.

Es sollte das letzte Mal gewesen sein, dass ich Pelle so nah war.

»Ich will es rückgängig machen!«, schrie ich. Kaum hatte ich die Haustür aufgestoßen, war sie der Anschlagrichtung mit solch einer Wucht gefolgt, dass die Scheibe in ihr zerbrach. Wohnzimmer, Küche, Speisekammer waren leer. Ich riss die Hintertür auf, durchbrach das Moskitonetz und rannte in meine Mutter, die dem Lärm gefolgt war.

»Was ist denn mit dir passiert?«

Ich schlug ihre fürsorgliche Berührung von meinem pochenden Veilchen.

»Ich muss es rückgängig machen. Hörst du? Ich will Pelle nicht verlieren.«

»Was hat Engel mit Anna zu tun?«

»Das spielt doch keine Rolle. Ich will, dass du mir sagst, wie ich es beenden kann«, forderte ich mit bebendem Körper und jugendlicher Ungeduld.

»Das kannst du nicht.«

»Was soll das heißen?«

»Wenn du einen Damm sprengst, wie willst du die Wassermassen zurückholen?« In ihrer Stimme lag der bittersüße Klang der Genugtuung. »Alles ist im Fluss und nimmt seinen Lauf. Auch das, was wir wirken, und die Konsequenzen tragen wir selbst. Sei das nächste Mal vorsichtiger mit deinen Wünschen.«

Sie ließ mich auf der Terrasse stehen und brachte den Korb Walnüsse, die sie gesammelt hatte, in die Küche. Meine Verzweiflung folgte ihr.

»Du hast das gemacht!«

»Wovon redest du?«

»Es ist deine Schuld. Du hast mir gesagt, wie ich es anzustellen habe«, heulte ich aus Wut und Verzweiflung.

»Ich habe dir lediglich den Hammer in die Hand gegeben. Für den schiefen Nagel bist nur du verantwortlich.«

»Das war eine Falle.«

»Nein, mein Herz«, zischte sie. »Das nennt sich Kausalität. Ohne einen geworfenen Stein zerspringt die Scheibe auch nicht. Vorausgesetzt, man rennt sie nicht ein wie ein Irrer. Wir ernten, was wir säen, immerdar.«

Wo das murmelnde Wasser sich kräuselnd bricht, ein Kiesel, geschnippt, sei dir Unterricht.

Ich schlug mir ihre hallenden Sonntagsschulweisheiten aus dem Kopf.

»Zum Teufel! Warum tust du so was?«, schrie ich und fegte den Korb vom Tisch. Hirnförmige Nüsse schossen über die Bodendielen.

»Von klein auf habe ich dir beigebracht, dass niemand außer uns selbst für unsere Taten verantwortlich ist. Du hast dir etwas vom Kosmos gewünscht, und dein Gebet wurde erhört. Nun lebe damit.«

»Hast du das meinem Vater auch gesagt, bevor du ihn aus dem Haus geworfen hast, hm? Dass er sich auf dich eingelassen hat und nun mit den Konsequenzen leben muss? Hast du ihm gesagt, du bist gefeit gegen die Liebe und dass er jetzt gehen muss?«

Sie verzog das Gesicht in einer Mischung aus Raserei und Verletzung, besann sich dann aber wieder. Ohne ein weiteres Wort verließ sie die Küche in Richtung Garten und ließ mich mit dem Chaos zurück, das ich verursacht hatte.

»Du hast ihn vor die Tür gesetzt, du … du … Scheiße!«, schrie ich ihr nach, umringt von runzeligen Nüssen in der Küche stehend und um Pelles verlorene Freundschaft und Annas geraubte Unschuld heulend. Erst in all dieser Bitterkeit begriff ich, was mir vorher nicht klar gewesen war: Meine Eifersucht hatte nicht Pelle gegolten, sondern Anna. Ohne Pelle wurde ich zu der gleichen einsamen Seele, die ich vor unserer Freundschaft gewesen war.

Er sprach nie wieder mit mir und zog ein Jahr später mit seiner Familie zurück nach Rheinland-Pfalz.

Nach jenem Streit verschlechterte sich die Beziehung zu meiner Mutter. Es war, als hätte ich selbst einen Keil zwischen uns getrieben. Als hätte ich einen heiligen, unantastbaren Baum im Stamm gespalten, sodass weder Tau noch Teer ihn hätten kitten können. Mein Leben lang hatte ich sie und ihre Schönheit als gütige Muttergöttin verstanden, nun sah ich in ihr mehr und mehr die grausame Kaltherzigkeit einer zynischen Hexe.

Hatte sie mich vielleicht willentlich zum Außenseiter erzogen, damit sie in ihrer Rolle als Ausgestoßene nicht allein war? Alles, was sie mich gelehrt hatte, stellte sich der Gesellschaft entgegen, konnte, nein wollte mit ihr nicht konform gehen. Von der schwarzen Holzkohleseife, mit der ich mich wusch, während andere Jungen nach dem Schwimmen moschusherbe Duschgele miteinander teilten, bis zu ihrer Abneigung gegen christliche Feiertage und in geheuchelter Nächstenliebe überreichte Weihnachtsgeschenke. Sie hatte mir eine geistige Waffe vererbt, den Umgang mit ihr aber mir selbst überlassen.

In den folgenden Jahren spürte ich ihre Verstimmung und Rastlosigkeit in unserem Haus wachsen wie die Pflanzen auf der Fensterbank oder mein eigenes Haupthaar, das abzuschneiden ich mich weigerte. Meine Mutter wurde zu einem ruhelosen Gespenst, das bis spät in die Nacht über die Strände geisterte und sich seine raren Liebhaber für wenige lustvolle Nächte ins Nest holte, um ihre leer gesaugten Schalen am nächsten Morgen aus dem Haus zu kehren.

Irgendeine Gewalt schien sich ihrer mit jedem Monat und jedem Jahr, das ins Land zog, stärker zu bemächtigen. Sie spannte Leinentücher über Holzrahmen, griff in randgefüllte Farbeimer und legte Bilder in kühlen dunklen Lagen übereinander. Jeden Tag warf sie sehnsüchtige Gedichte oder ungeschliffene Worte in ihre Tagebücher, die ich nicht zu lesen bekam. Egal wie sehr ich mich bemühte, ihre Aufzeichnungen zu finden, sie hielt sie unter Verschluss.

Die Töpfe und Tiegel, in denen sie Naturkosmetika anrührte, um sie durch ganz Deutschland zu verschicken, wurden immer seltener aus den Schränken geholt. Der Mörser zerstieß kaum mehr als das Meersalz zum Würzen unserer Speisen.

Manchmal erwischte ich sie heidnische Folklore summend im Garten zwischen wild wuchernder Wegwarte und duftendem Lavendel – an derselben Stelle, nahe dem Walnussbaum, wo sie auch 2006 am Tag des großen Sturms saß, als kein Blatt mehr im Garten zu finden war und sich der Boden in Schlamm verwandelt hatte.

Es war ein Wunder, dass danach überhaupt noch etwas auf dem Küstenstreifen wuchs, genauso wie das, was an jenem zerrissenen Nachmittag geschehen war, für sich genommen ein Wunder war. Ein Wunder oder ein Mysterium. Oder beides.

Letztlich verstrichen die Jahre im Rhythmus der kaum wahrnehmbaren und doch existenten Tiden. Ich kam in die dreizehnte Klasse und arbeitete auf mein Abitur hin.

Am Morgen meines achtzehnten Geburtstags erwachte ich mit einem seltsamen, wolkigen Gefühl in der Magengegend. Ein frischer Wind pfiff durch die undichten Fenster und verkündete einen neuen Tag. Die Sonne hing noch wie eine überreife Quitte hinter dem Horizont. Ich griff nach Spiralblock und Stift und versuchte, mir meinen letzten Traum in Erinnerung zu rufen. Dies schrieb ich auf das gerasterte Blatt Papier:

Das Meer ist verschwunden. Zurück bleibt Ebbe, die bis zum Horizont reicht. Ich laufe durch die Wüste aus wellenförmigem Meeresboden, aber da ist nichts und niemand, auf den ich stoßen könnte. Nur der Himmel über mir und der trockengelegte Schlick zu meinen Füßen.

Für einen Moment betrachtete ich die krakelige Schrift und spielte mit dem Gedanken, die Seite herauszureißen, doch ich tat es nicht. Stattdessen schlug ich die Bettdecke zurück und ging ins Bad. Morgendliche Stille lag über dem Haus, körniger Schlaf in meinen Augenwinkeln. Aus der Hausapotheke nahm ich eine Flasche Kräuterbitter und drei Verschlusskappen davon auf nüchternen Magen, um der seltsamen Leere in mir entgegenzuwirken.

Als ich nach unten kam, musste ich feststellen, dass meine Mutter noch nicht wach zu sein schien. Für gewöhnlich entzündete sie eine Lebenskerze zu jedem meiner Geburtstage, die dann den ganzen Tag über brannte. Eine routinierte Geste, die ein Ritual geblieben war, auch wenn sich die Kühle zwischen uns nicht mehr erwärmt hatte.

Ich öffnete die Hintertür und schlüpfte barfuß über die vermoderten Trittplatten in den Garten. Das Gras war noch taunass, das Gartentor schnappte hinter mir.

Von einer unbekannten Furcht angetrieben, watete ich durch die schneekalten Dünen hinab zum Strand, um zu sehen, ob das Meer noch an Ort und Stelle oder längst auf und davon war. Ich atmete auf: Weiß funkelnd lag das Wasser vor mir, gurgelte noch schlaftrunken vor sich hin.

Wieder im Haus, schaufelte ich Kaffeepulver in den Maschinenfilter und warf zwei Scheiben Weißbrot in den Toaster.

Vielleicht hätte ich wie jeden Morgen gefrühstückt und wäre dann einfach zur Schule geradelt, wenn die Unterlagen auf dem Küchentisch nicht mein Misstrauen geweckt hätten – die Papiere, säuberlich geordnet und mit einem Quarzkristall beschwert, der sonst auf dem Kaminsims seinen Platz hatte.

Ich schob die Unterlagen neugierig auseinander. Eine Übertragungsurkunde war darunter, ein auf meinen Namen ausgestelltes Sparbuch, ein Dutzend Versicherungsscheine und ein Schenkungsvertrag, der auf meine Unterschrift hoffte – die Tinte meiner Mutter in der unteren linken Ecke des Blattes war schon vor Wochen getrocknet.

Was war das alles?

Ich rief nach ihr, erhielt aber nur Schweigen als Antwort. Die Treppe erklomm ich in wenigen Sekunden, zwei Stufen gleichzeitig nehmend, klopfte an ihr Schlafzimmer und öffnete die Tür ungebeten. Der Raum war leer, ihr Bett gemacht, die Schranktüren standen offen.

Ich warf einen Blick in sein Inneres und glotzte unter baumelnden Kleiderbügeln hindurch gegen die Schrankwand. Ihre Kleidung war verschwunden.

Ich riss die Schubladen ihres Nachttischchens auf, zerrte die Leere darin ans Tageslicht. Ihre Skizzenbücher, Schals, der Flakon Sandelholzduft … Alles war weg. Erst auf diese Seltsamkeit hingewiesen, musste ich feststellen, dass in der Diele unten ihre Schuhe fehlten. Ich suchte im Garten. Im alten Kamin baumelte der geschwärzte Kessel ungerührt vor sich hin – leicht vorwurfsvoll, denn der Rost begann allmählich am Eisen zu nagen. Ihr Auto stand nicht vor dem Haus, plättete kein einziges Gänseblümchen in der Einfahrt.

Wollte sie etwas besorgen? Hatte sie gesagt, dass sie für eine Zeit wegmüsse? Sie war nie verreist. Nicht ein einziges Mal.

Ich fand auf den Stufen zur Eingangstür Platz und wartete fünf Minuten, aber nichts passierte. Wieder ging ich um das Haus herum in den Garten. Auch dort setzte ich mich – ins hohe, feuchte Gras. Wenig später war mein Hintern kalt und nass. Die Blätter des Walnussbaums raschelten im Wind, während die Wärme der Sonne die Tränen von den Blättern hauchte.

Ich war allein.

Als die Heuschrecken ihr kratziges Konzert begannen, war meine Mutter noch immer nicht zurück. Vielleicht war ich naiv, aber auch die einfallende Dämmerung konnte meine Hoffnung auf ihre baldige Rückkehr nicht in die Knie zwingen. Also saß ich weiterhin dort, flocht Kränze der Ungewissheit, trotzte den gierigen Angriffen der Stechmückenschwärme und lauschte den zirpenden Insekten. Am Firmament hatte sich die Nacht längst ausgebreitet – ein ungewollt vergossener Tintenklecks, der sich unaufhaltsam ausdehnte, bis er auch den letzten Lichtstreifen verschlungen hatte.

ZWEITER TEIL

Neuerung wird der Ostwind entschleiern.
Erwarte und bereite dich vor auf das Feiern.

»Woher kommst du?«, wollte er an meinem ersten Diensttag wissen. Wir standen beide in der Herrenumkleidekabine unter dem flackernden kalten Licht einer Neonröhre. Er hatte seinen Zivildienst fast abgeschlossen, nur noch wenige Wochen waren zu überstehen. Ich sollte sein Nachfolger werden.

»Ostsee.«

»Cool. Woher genau?«

»Ist das wichtig?«, gab ich ihm trotzig zur Antwort, während ich mir den weißen Kasack über den Kopf zog und meine Klamotten im Spind einschloss. Als ich sie ausgesprochen hatte, tat mir meine Patzigkeit leid, aber ich konnte sie nicht ungeschehen machen – und mich entschuldigen auch nicht. Ich erinnere mich gut an die Zeit in der Pflegeeinrichtung und daran, wie kraftlos, leer und unkommunikativ ich mich fühlte, als ich in Hamburg ankam. Jedes gesprochene Wort tat im Hals weh wie eine sich anbahnende Angina, die kein Ingwertee der Welt hätte verhindern können. So blieb mir nichts anderes übrig, als die Bitterkeit zu schlucken und ein einsilbiger Gesprächspartner zu bleiben.

»Dann halt nicht«, stöhnte der Zurückgewiesene – der sich mir später als Till vorstellte – und warf mir ein magnetisches Namensschild zu. Es prallte an mir ab, weil ich nicht genug Reaktionsvermögen besaß, es zu fangen, schepperte zu Boden und flitzte unter die Bänke, von wo ich es träge herauffischte, um es mir mit ebenso gleichgültigem Elan an die Brust zu pinnen. Ich folgte ihm, blieb aber immer ein paar Schritte zurück.

Meine Mutter war nicht wiedergekommen. Neun Tage lang hatte ich gewartet, eingehüllt in ihre Decke auf der Terrasse. Hatte ihren langsam dünner werdenden Duft eingeatmet und beobachtet, wie die Sonne auf- und unterging. An einem Mittwochnachmittag hatte es an der Tür geklingelt. Ich war aufgesprungen, über meine eigenen Füße gefallen, hart auf der Türschwelle gelandet, hatte mich aufgerappelt und war zum Eingang gehechtet. Als ich die Tür aufriss, war meine Euphorie der Trübsal der letzten Tage gewichen.

»Guten Abend, Arthur. Ich hab mir Sorgen gemacht. Du warst schon seit über einer Woche nicht im Unterricht.«

Meine Klassenlehrerin hatte mit ineinandergefalteten Händen vor mir gestanden, das angegraute Haar hochgesteckt, Ohrläppchen und Hals von untertassengroßem Holzschmuck beschwert. »Eine Krankschreibung ist auch nicht im Sekretariat eingegangen. Geht's dir nicht gut?«

Ich muss schrecklich auf sie gewirkt haben: fahl, übernächtigt, ausgehungert, ohne es selbst bemerkt zu haben. Ein Vogeljunges mit zerzaustem Gefieder.

»Arthur?«, hatte sich Frau Heinrich noch einmal erkundigt, ohne den besorgten Blick von meiner leeren Gestalt zu nehmen.

»Ich warte auf meine Mutter«, hatte ich paralysiert geflüstert.

»Wo ist sie denn?«

»Ich weiß nicht. Ich warte schon seit einer Weile.«

Sie hatte einen Schritt auf mich zu gemacht, aber ich war zurückgewichen und lehnte die Tür an, sodass nur noch ein Spaltbreit Außenwelt in mein kleines Universum fallen konnte.

»Wissen Sie, ob ich sie als vermisst melden kann?«

»Das kommt darauf an, wie lange sie schon weg ist. Und ob sie zu dir etwas gesagt hat.«

»Nichts«, erinnerte ich mich. »Sie hat nichts gesagt.«

Frau Heinrich strich den gemusterten Stoff ihrer Tunika glatt, dort, wo ihr Busen endete und der sich allmählich andeutende Menopausenbauch begann.

»Ich reich die Krankschreibung morgen nach«, versicherte ich ihr, fügte ein »Versprochen!« hinzu und schloss die Tür, ohne sie zu verabschieden. Es hatte einige Augenblicke gedauert, bis das vertraute Knarren der Bodenplanken Frau Heinrichs Rückzug verkündete. Ich selbst war zurück in den Garten gewandelt, von wo aus ich ihr Damenrad in der Ferne davonklappern hörte. Erst als das zitternde Schutzblech leiser geworden und schließlich in der Ferne verstummt war, hatte ich zu weinen begonnen. Ich war gerade volljährig geworden und heulte dennoch in der gleichen zerrissenen Tonlage wie ein verlassenes Fuchsjunges.

In jenen Sommerwochen fiel ich durch meine Abiturprüfungen – nicht, weil ich versagte, sondern weil ich sie nicht einmal antrat. Meine Fehltage hatten sich unentschuldbar addiert – ebenso wie die ungenutzt verstrichenen Tage. Eine Krankschreibung hatte ich nie eingereicht. Die Schule bot mir an, das Schuljahr angesichts meiner Situation, die sich schnell herumgesprochen hatte, zu wiederholen. Aber ich schlug das Angebot aus. Mir war alles schlicht egal. Ich hatte Kartoffeln, Schwarzwurzeln und Rüben mit bloßen Händen aus der Erde gegraben, sammelte die letzten Walnüsse vom Baum und trank das chlorierte Leitungswasser aus dem Hahn, um möglichst nicht das Haus verlassen zu müssen. Ich war zu einem beweglichen Teil des Gebäudes geworden, genauso marode wie der Dachstuhl, genauso blind wie die verschmutzten, grün getönten Kellerfenster. Nachts hatte ich in den Dünen gesessen, die nackten Füße im körnigen Boden vergraben und die unwirkliche Bewegung des Meeres beobachtet, das sich in einem schier aussichtslosen Kampf aus Wiederholungen vorwagte, um mit der gleichen sprudelnden Kraft wieder zurückzufallen. In der unruhigen Schwärze vor mir hatten die Bojen rot und die Positionslichter winziger Schiffe geglommen. Ich erinnere mich daran, mich niemals einsamer gefühlt zu haben als in jenen stillen Nächten mit der Brandung.

Der Duft des Verfalls lag bereits in der Luft, als die Einberufungsmeldung des Bundes eintrudelte. Ich hatte das maschinell erstellte Schreiben mit seinen standardisierten Phrasen gelesen und zum ersten Mal seit den vielen einsamen Wochen einen Silberstreifen am dunklen Horizont erahnt. Hatte das hässliche Stück Papier nicht als Angriff gesehen – nicht wie seinen Vorgänger –, sondern als einen Eispickel, der in der Lage war, mich aus meiner Starre zu befreien. Im Frühjahr war der Musterungsbescheid ins Haus geflattert. Ein an mich adressierter Brief. Meine Mutter hatte ihn demonstrativ auf dem Küchentisch platziert, wo er nach der sechsten Stunde auf mich wartete.

»Was ist das?«, hatte ich gefragt, ohne eine Antwort von ihr zu bekommen. Als ich die Aufforderung zur Tauglichkeitsprüfung überflog, verloren meine Knie ihre Stabilität, wurden fleischfarbener Pudding. Meine Mutter füllte sich eine Schale mit kochendem Teewasser und trat durch den schief angebrachten Fliegendraht hinaus auf die Terrasse, ohne mich eines Blickes zu würdigen.

Sie fragte nicht, weil sie genau wusste, was es war.

»Die wollen, dass ich zum Bund gehe«, quakte ich verzweifelt und folgte ihr. Sie saß da, in ihrem Schaukelstuhl aus gebogenen Ahornstäben, und wippte im Takt der entfernten Brandung, blickte nicht einmal auf, bis ich das Schreiben vor ihr auf den Gartentisch legte.

»Und?«

»Wie, und?«, fragte ich empört. »Was soll ich machen?«

»Willst du denn zur Bundeswehr?«

Ihre hellen Augen funkelten wie Aquamarine.

»Natürlich nicht«, zischte ich zurück. Dass ich den Dienst an der Waffe verweigern würde, stand außer Frage. Ich war zum totalitären pazifistischen Sensibelchen herangereift. Als Kind hatte ich ertrinkende Bienen und Wespen aus offenen Limonadengläsern gefischt und bitterlich geweint, wenn auf Schulausflügen andere Kinder Blätter von den Bäumen rissen. Ich machte keinen Unterschied zwischen Menschen-,

Tier- oder Pflanzenleben. Alles war eins und gleich, so hatte sie es mich gelehrt, obgleich es nicht ihrer Natur entsprach, an die Macht des Friedens zu glauben. Für sie galt das Gesetz der Natur: *Wenn dich jemand bedroht, dann verteidige dich. Fressen oder gefressen werden. Das Leben ist ein ewiger Kampf um Licht, Nahrung und Fortpflanzung.*

»Dann sag es ihnen«, schlug sie mit spitzen Lippen vor, nippte an ihrem Tee und stellte die Tasse – eine formlose, selbst getöpferte Schale mit gesprungener Glasur – auf dem kleinen Gartentisch ab. Damals war Frühjahr, und ich roch den aufsteigenden Duft von Blüten und Honig aus ihrem Tee, Monate, bevor die Blätter der Sommerlinden selbst mit klebrigem Tau benetzt waren.

»Wie denn?«

Sie schloss die Augen. Ich werde nie vergessen, wie sie dabei aussah. So resigniert und weit entfernt von mir, obwohl ich nicht einmal einen halben Meter vor ihr stand. Zwei-, dreimal hob und senkte sich ihr Busen, bis sie die Lider wieder aufschlug und sich ihre Augen verändert hatten. Sie waren immer noch Aquamarine – wenn auch eine Nuance heller. Als hätten die wenigen Sekunden ihnen Pigmente entzogen und meiner Mutter selbst noch irgendetwas anderes. Am nächsten Tag besorgte sie mir im Karrierecenter den KDV-Antrag und führte mich durch den bürokratischen Dschungel, von dessen Existenz ich nicht einmal etwas geahnt hatte. Unter ihrer Anleitung schrieb ich ein dreiseitiges Glaubensbekenntnis voll schnörkeliger Sätze, die in ihrem lianenartigen Wuchs alle Sachlichkeit des Schreibens überwucherten. Dennoch hatte ich Erfolg damit.

Für den Musterungsarzt – ein zerknitterter, grauhaariger Alligator Ende fünfzig mit asphaltfarbenem Schnauzer – war ich ein gefundenes Fressen und ein leicht zu erlegender Happen gewesen. Er hatte mir den Stempel »wehrdiensttauglich« aufgedrückt – wenn auch mit Einschränkung. Nicht weil er es nicht anders gewollt hätte, sondern weil meine Körpergröße schlicht nicht dem militärischen Optimum entsprach. Ich hatte seine stählerne Bosheit hingenommen, wohl wissend, dass er aus mir ohnehin keinen Soldaten machen würde. Kurz bevor ich das Arztzimmer verließ, hatte ich verkündet, dass ich einen Ersatzdienst leisten würde. Und er hatte es hingenommen wie ein Massengrab seine Toten oder wie ein Mann, der wusste, dass manche Metalle nur klägliche Waffen abgeben.

Als das zweite Schreiben in jenem Spätsommer eintraf, wurde mir bewusst, dass meine Zeit gekommen war. Nur durch Zufall stieß ich auf eine Anzeige in der *Ostsee-Zeitung,* die meine Mutter markiert hatte, bevor sie verschwunden war. Es war eine Pflegeeinrichtung in Hamburg. Ich wusste weder, wieso sie gerade die Hansestadt ausgewählt hatte, noch ob sie in der Einrichtung wirklich einen potenziellen Zivildienstplatz vermutete. Wir hatten keine Verwandten in Hamburg oder je über die Stadt gesprochen. Aber genau diese Tatsache – dieses Rätselhafte, das sie mit all den anderen Fragezeichen zurückgelassen hatte – entzündete neue Hoffnung in mir: Was, wenn es kein Zufall war? Was, wenn sie genau dort auf mich wartete? Was, wenn sie Gründe hatte und ich nicht verlassen worden war? So viel kann ich sagen: In Hamburg fand ich kein vertrautes Gesicht.

☆

Hamburg war ein Haufen fischköpfiger Unmenschen. Kaltblüter in den schillerndsten Schuppen, glatt und unhaltbar. Zu meinem Erschrecken roch die Stadt weder nach Verkehr noch Abgasen. Sie roch schlimmer – nach gar nichts. Hamburg war hektisch und laut und jeder dort nur bedacht auf die Befriedigung seiner eigenen Bedürfnisse. Um die Stadt lag in jenem Herbst ein nicht enden wollendes Band aus Traurigkeit und Tristesse. Die Zweieinhalb-Zimmer-Wohnung teilte ich mir mit einem kiffenden jungen Mann in meinem Alter, Jörg. Ich hatte vorher noch nie Marihuana gerochen, aber die Zeit in der WG machte mich immun gegen jegliches künftige Bedürfnis nach Gras. Selbst später in Amsterdam konnte ich an keinem Coffeeshop vorbeimarschieren, ohne die Luft anzuhalten oder mich darauf zu konzentrieren, nicht zu kotzen. Jörg belächelte mich und meine naive Erscheinung. Ich war ein rohes Landei, das durch die geteerten Straßen einer Millionenstadt kugelte. Meine schulterlangen Haare und das wenige Zeug, das ich von zu Hause mitgebracht hatte, machten mich zur perfekten Zielscheibe seiner dezenten Häme. Ich schien weder modisch noch mental in die viel zu grelle Gegenwart zu passen. Zu Hause war alles anders gewesen. Meine Kindheit hätte man mit pastellenen Farben malen können – mit zarten Sandtönen, verwaschenem Grün und blassem Blau. So wie ich es später auch tat, als mir Daniëlle beibrachte, dass ein mit Baumwollstoff bespannter Keilrahmen nicht nur eine Leinwand ist, sondern ein heilendes Gespräch mit uns selbst. Hamburg hingegen war tiefes Seegrau und matschiges Weiß. Zumindest in den ersten Monaten. Jörg war zu stoned, um mir je zu sagen, welches Bild er sich von mir tatsächlich hinter schweren Lidern gemalt hatte. Vielleicht das eines Waschlappens oder einer Tunte. Oder womöglich beides.

»Und das ist Frau Albrecht«, erklärte mir die Pflegedienstleiterin Ines, während wir zur morgendlichen Patientenvisite die Zimmer abklapperten. Die Oberschwester war eine Tonne von Frau, eines jener kolossalen Weinfässer, dessen eiserne Ringe gerade einmal mit Müh und Not imstande sind, die Dauben beisammenzuhalten. Sie roch auch wie ein altes Weinfass – immer leicht säuerlich. Ich hatte sie vom ersten Moment an gehasst, da ich im Zimmer der Dienstleitung vorstellig wurde und sie mich über ihre Bonbonschale hinweg angeschaut hatte, die nie leer war, sondern immer gut gefüllt mit in knisterndes Cellophan gewickelten Kamellen. Ines war kein guter Mensch. Das spürte ich.

Die Stiftleitung zog es vor, ihre greisen Kranken als Besucher zu bezeichnen, nicht als Patienten. Für mich hingegen waren sie genau das: geduldig wartende Sterbliche auf ihrem Weg in die Ewigkeit. Genauso irreführend war der Name der Einrichtung: Carpe Diem. Im Carpe Diem nutzte niemand den Tag, wie das geflügelte Wort einem weismachen wollte. Das Pflegepersonal nutzte allenfalls die Nacht. Aber davon hatten die Bewohner nichts. Das Heim roch an jeder Ecke nach bitterer Medizin und Vergänglichkeit. Weder die zurechtgetrimmten Elefantenfüße in ihren glasierten Übertöpfen noch die farbenfrohen Schals und Gardinen vor den immer verschlossenen Fenstern konnten an der Tatsache etwas ändern, dass dieser Ort Lebensfäden verzwirnte, um sie bequemer durchtrennen zu können. Ich sah den Tod in jeder Bettpfanne, aber ich erkannte ihn nicht. Dazu war ich zu jung.

Ich begrüßte die Patientin, die mit kurzsichtigen Augen und aufgesperrtem zahnlosem Mund aus ihrem Bett in unsere Richtung stierte, während die Oberschwester die Vorhänge aufriss und das Fenster auf Kipp öffnete. Das Zimmer müffelte nach Duftaufstellern und Mundgeruch. Die Schrankwand war mit lächerlich vielen Schachurkunden gepflastert.

»Das ist unser neuer Zivi, Frau Albrecht«, ratterte die Schwester ihren abgegriffenen Text herunter und führte mich zum Bett. »Sagen Sie einmal Moin zu Arthur.«

»Was für kleine Hörnchen es hat«, lispelte der unbezahnte Mund ergriffen, während sich die dürren Finger der Patientin mir entgegenstreckten. »Noch ganz samtiger Bast.«

»Guten Morgen, Frau Albrecht«, stotterte ich, während ihre trockenen, schrumpeligen Fingerkuppen mir über die Stirn fuhren.

»Och, es ist doch schon Abend, Lütter.«

»Frau Albrecht bekommt Memantin. Nicht wahr, Frau Albrecht? Die Medikamente machen sie manchmal ein wenig biesterig. Vor allem kurz nach dem Aufstehen.«

»Mitnichten«, erwiderte die Sedierte so eingeschnappt wie plötzlich, als wären alle Schmerz- und Beruhigungsmittel ausgegähnt wie das letzte bisschen Traum. »Biesterig macht mich diese furchtbare Inneneinrichtung hier.«

»Sehr komisch, meine Liebe«, entschuldigte sie die Oberschwester, halb erbost, halb beschämt. »Wichtig ist, dass wir Frau Albrecht immer schön im Auge behalten. Sie hat schon für viel Unruhe hier gesorgt. Ist es nicht so, meine Gute?«

»Machen Sie, dass Sie wegkommen, Sie garstiges Puddinggesicht.«

Vor uns ging eine ans Bett gelehnte Krücke scheppernd zu Boden, die ihr Ziel, die Pflegedienstleiterin, nur knapp verfehlt hatte. Diese zog mich zurück in Richtung Tür, aus dem Zimmer, auf den Flur. »Wir schauen nachher noch einmal nach Ihnen, Frau Albrecht. Das Frühstück wird in einer halben Stunde gebracht. Unser neuer Zivi kümmert sich drum.« Ines hatte die Tür zugezogen, wie man ein Schott schließt, um sich vor möglicher Unruhe abzuschirmen. »Es sind nicht alle Besucher so undankbar wie Frau Albrecht«, erklärte mir das Puddinggesicht versöhnlich, als wir unsere Visite fortsetzten.

»Haben die Menschen hier kein Zuhause?«

Die Oberschwester blieb auf dem Gang stehen, schob mit der Zunge den Drops von einer Wange in die andere und schaute mich misstrauisch an.

»Wir sind jetzt ihr Zuhause«, spie sie hervor, sodass ganz deutlich wurde, dass das Wort wir in diesem Zusammenhang keine Gemeinschaft beschrieb, sondern lediglich ein einsilbiges Pronomen war.

So lernte ich zwei Dutzend Todgeweihte kennen. Frau Albrecht, eine siebenundsechzigjährige plattdeutsche Witwe mit fortgeschrittener Demenz, war eine von ihnen. Es lag etwas Seltsames in den Umständen unserer Bekanntschaft – nicht nur in dem Krückenwurf, der schließlich nicht mir gegolten hatte, sondern in etwas anderem. Ich spürte, dass wir beide nicht dort waren, wo wir sein sollten. Was für eine merkwürdige Zeit das war.

Am Nachmittag setzte ich mich mit knurrendem Magen und Wadenkrämpfen unter die flackernden Deckenleuchten der Umkleidekabine und versuchte zu heulen, aber es funktionierte nicht. Nichts funktionierte.

»Na, wie lief dein erster Tag?«, unternahm Till einen neuen Versuch, mit mir ins Gespräch zu kommen, als wir uns zum Feierabend umzogen. Er streifte sich seine Arbeitskleidung vom Körper und warf sie in einen großen Wäschesack. Sein Oberkörper war im fahlen Licht der Neonröhren weiß wie die Schnittstelle einer halbierten Zwiebel und ein Musterbeispiel für antrainierte Muskellosigkeit. Tills Haar war in stümperhafter Heimarbeit schwarz koloriert und der schräg geschnittene Pony mit gleich viel Hingabe und Haarspray auf eine Weise vor das linke Auge frisiert, dass es ihn zu einem nach rechts verschobenen Zyklopen machte. Typen wie Till waren an meiner alten Schule als Emos bezeichnet und in unserem Städtchen mehr als verspottet worden, sodass es kaum mutige Stilquerschläger gab. Genauso wie ich oder meine Mutter waren Emos Außenseiter, und das wiederum machte uns irgendwie zu Verbündeten. Meine Mutter hatte jede Form des Widerstandes gegen die Gesellschaft geliebt. Während panische, bigotte Eltern an die Schulleitung appellierten, derlei modischen Satanismus in Bildungseinrichtungen zu verbieten, indem sie einheitliche Schuluniformen vorschlugen, erkannte ich im Mundwinkel meiner Mutter immer ein zartes Lächeln der Anerkennung, wenn wir in der Stadt einem aufsässigen Jugendlichen begegneten. *Verkleidete Seelen*, hatte sie manchmal vor sich hin gesagt, während wir Punker, Emos oder andere Rebellen hinter uns ließen. Ich glaube, manchmal war sie fast enttäuscht, dass ich völlig unauffällig herumlief und mir aus Kleidung genauso wenig machte wie aus Nachhilfestunden.

»Es war okay«, antwortete ich, ohne ihn anzusehen.

Er stieß die dürren Beine in seine zerschlissene Karottenhose und schlüpfte in seine Schachbrettslipper. »Okay?«

»Ich wurde mit Lebensmitteln beworfen, angehustet, vollgekotzt, gekratzt und beinahe gebissen«, resümierte ich meinen ersten Arbeitstag. »Es war okay. Reicht dir das?«

Till lachte. Das Diastema zwischen seinen zwei großen Schneidezähnen bot genug Platz, um eine Salzstange passieren zu lassen. Es war erst Tills Zahnlücke, die mir ihn wirklich sympathisch machte.

»Wie sieht's aus? Wollen wir noch was trinken gehen?«, fragte er.

»Nee, ich muss los.«

»Noch was vor?«

»Genau.«

»Na dann. Bis morgen.«

»Bis morgen.«

Er hielt mir die Faust entgegen und wartete auf meine Erwiderung des Knuckle-Grußes. Ich hingegen blieb reglos sitzen und starrte auf seine Fingerknöchel.

»Die Fäuste müssen sich berühren, Arthur.«

Erst da begriff ich das alberne Ritual und tippte meine Faust gegen seine. Zwei Sekunden später war er verschwunden.

Till machte es mir einfach, allein zu sein. So abstoßend ich die Großstadt auch fand, ich liebte die Anonymität an diesem Ort der unruhigen Seelen. Ich versank im Gedränge der U- und S-Bahnen.

Nachts konnte ich nicht schlafen. In Jörgs Zimmer zitterten ununterbrochen die Boxen seiner Stereoanlage in grauenhaft schiefen Tönen und dunklen Bässen. Er selbst war zu schläfrig unter dem Einfluss von Mary Jane, als dass er sich daran gestört hätte. Und wenn ich es dann fertigbrachte, zur Ruhe zu kommen, und mein Körper endlich die Turbinen verlangsamte, dann träumte ich von meiner Mutter und dem Meer. Manchmal wiegte ich wie auf Wellen, so unruhig war mein Schlaf, bis ich mich benommen zurück in die Realität geschaukelt hatte, oder ich folgte der leise säuselnden Stimme meiner Mutter durch meine eigene Traumlandschaft, kühl und grau wie der November. Wenn ich aus dem Schlaf schreckte, war mein Kissen in Salzwasser getränkt. Aus zwei lecken Bullaugen auf der Vorderseite meines Gesichtes sprudelte der ungebändigte Ozean der Gefühle, ohne dass ich ihn hätte zähmen können. So stieg ich viele Tage noch vor der Morgenröte aus dem Bett, zog Jeans, Sweatshirt und Anorak über und fuhr raus an die Elbe, wo der Fischmarkt bereits aufgebaut wurde und die Lichter der Kräne und Kähne auf dem Wasser schaukelten. Ich beobachtete das Geschäft der Markttreibenden mit Fisch, Obst und Gemüse und ließ mich von dem sprudelnden Wirrwarr an Menschenseelen treiben.

»Guten Morgen, Frau Albrecht.«

Ich platzierte das Tablett neben die Rommékarten, gefasst darauf, dass die alte Dame das gesamte ausgelegte Deck mit unbarmherziger Angriffslust durch den Raum schleudern könnte, aber sie tat es nicht. Stattdessen blieb sie resignierend arrogant auf dem Platz und warf einen misstrauischen Blick über ihren Kartenfächer: »Haferschleim?«

»Haferbrei und ein Glas Orangensaft«, bestätigte ich Frau Albrechts Rücken das Essen, da sie es nicht für nötig befunden hatte, sich zu mir umzudrehen. Trotzig schob sie das Saftglas an den Rand des Tisches.

»Passen Sie auf, dass Sie den nicht umkippen. Die Knüppelkuh Ines würde Sie nur zu gern aus einer Schnabeltasse trinken sehen. Diesen Triumph gönnen wir ihr aber nicht, okay?«

»Der Orangensaft steht ziemlich sicher, vielen Dank«, sträubte sich die Alte gegen mein Wohlwollen und ließ das Glas an Ort und Stelle.

»Der Orangensaft kippt um, wenn Sie ihn …«

»Junger Mann, Sie reden hier mit einer erwachsenen Frau, nicht mit einem Kleinkind!«

»Ich meine auch nur … Dann bon appétit.« Ich schob den Servierwagen an, um die Frühstücksausgabe fortzusetzen, wurde aber zurückgehalten.

»Können Sie spielen?«

»Wie bitte?« Während ich noch perplex von ihrem plötzlich wechselnden Sprachstil auf die missmutig graue Portion Brei starrte, wandte sich Frau Albrecht in einer knackenden Halbdrehung des Oberkörpers auf ihrem Stuhl zu mir um und schaute mich verständnislos an: »Haben Sie Heringe in den Ohren? Ich habe gefragt, ob Sie Rommé spielen können.«

»Ich kann«, antwortete ich, »aber ich habe leider keine Zeit. Die anderen warten auch auf ihr Essen.«

»Nun, dann werden Sie vielleicht ein andermal etwas Zeit finden?«

Es war das erste Mal, dass die garstige Hanseatin mich fast freundlich um etwas bat. Aus diesem Grund versprach ich ihr, nach dem Frühstück eine Runde gegen sie zu bestreiten. Das fiel mir dabei auf: Wenn man Menschen eine Freude macht, wirken sie weniger alt. Ganz so, als würde die Illusion der Vergänglichkeit von ihnen abfallen und nur das Licht ihres Sommers zurücklassen.

Ich war gerade auf dem Weg zurück in die Küche, da klirrte und rumste es im Speisesaal. Ein Bewohner hatte seinen Rollator mit fast chirurgischer Präzision in Frau Albrechts Tisch manövriert, obgleich sein gebrechlicher Körper eigentlich nur vorgehabt hatte, über seine eigenen Füße zu stürzen. Während eine Pflegerin dem Mann auf die Beine half, blieb Frau Albrecht wie erstarrt vor ihrem Kartenspiel sitzen und betrachtete die orangefarbenen Tränen sonnengereifter Zitrusfrüchte, die das umgestürzte Glas über dem Tisch entleert hatte. Ihr verdutzter Blick traf meinen, noch bevor ich auf die Idee gekommen war, einen Lappen zu organisieren.

Was ich an Hamburg wirklich liebte: die Backsteinarchitektur – von flammend rot bis aubergine – und die stuckverzierten Altbauten in St. Georg. Den kleinen Floristen auf der Schanze, dessen komplette Inneneinrichtung aus nicht mehr als einem spartanischen Tresen mit Kasse und kartonweise am Boden versammelten Schnitt- und Topfblumen bestand. Das Rudel stählerner Kräne, das man von den Landungsbrücken aus am diesigen Horizont grasen sehen kann.

Was ich an Hamburg wirklich hasste: die Hektik, mit der sich die Menschen durch die Stadt bewegten und dabei jeden über den Haufen rannten, der ihren Weg kreuzte. Die Obdachlosen, die an jeder Ecke ihren Apfelkornatem in die eisige Luft bliesen oder unter der Kersten-Miles-Brücke kampierten – in einem Lager aus durchgelegenen Matratzen, Kunststoffplanen, Einkaufswagen und verklebten Wolldecken.

Der Sold, den ich während des Zivildienstes erhielt, war mein erstes selbst verdientes Geld, und ich hielt ihn zusammen, so gut ich nur konnte. Wofür, das wusste ich damals nicht. Ich hatte keinen materiellen Traum, auf den ich hinsparte. Ich wollte kein Auto, kein teures Handy, keinen Computer. Ich brauchte nichts, was ich mir mit Geld hätte kaufen können. An einem Gewürzstand auf dem Fischmarkt stieß ich beim Stöbern auf ein Sandelholzöl, das mich sofort an meine Mutter erinnerte – an die samtene, holzige Note ihrer Haut und das weizenblonde Haar. Konnte ich nicht schlafen, rieb ich mir das Öl in Schläfen und Nacken und träumte von meiner Kindheit, als die Sonne noch Wärme spendete und der Mond Geheimnisse für sich behielt.

Drei Orte in Hamburg besuchte ich, wann immer sich mir die Möglichkeit dazu bot. Die Sternwarte in Bergedorf mit ihrer unscheinbaren Bibliothek in den historischen Räumlichkeiten gehörte dazu. Vor allem bei schlechtem Wetter, wenn es diesig draußen war und der Regen wie ein zerrissener grauer Schleier über die Hansestadt wehte und niemand sonst auf die Idee gekommen wäre, das Observatorium zu besuchen, zahlte ich gern sechs Euro fünfzig – nicht um in den Himmel zu schauen, sondern um mich durch den gesamten Literaturbestand des Fachgebiets Astronomie und Astrophysik zu lesen. Denn die Bibliothek blieb immer erstaunlich still, und genau das war es, was ich an ihr so liebte. Natürlich, hin und wieder verirrte sich ein Student der Universität Hamburg hierher zur Vorbereitung eines Vortrages oder Ausarbeitung vierzigseitiger Aufsätze mit obskuren Titeln wie *Die Transversalgeschwindigkeit der Andromedagalaxie und ihre prognostizierbare Auswirkung auf unsere Milchstraße in einem definierten Zeitraum von vier bis zehn Milliarden Jahren.* Die Antworten auf all diese wissenschaftlich umschriebenen Fragestellungen waren durchweg identisch: Alles ist im ständigen Wandel, nichts ist für immer.

Alles, was du siehst, wird früher oder später zerbrechen und sich auflösen. Hingabe ist das einzige Gefühl, das diese Vergänglichkeit für wenige Augenblicke aufhebt, las ich zwischen den Zeilen der nüchternen Abhandlungen großer Männer der Wissenschaft. Es war die unsichtbare Handschrift meiner Mutter, die all die vielen niedergeschriebenen Worte, all die sprachlichen Ausschweifungen und überhebliche Eloquenz studierter Forscher belächelte. Seitenweise kartografierte Gestirne und mathematisch berechnete Umlaufbahnen lagen in über siebzigtausend Büchern um mich versammelt, und keines von ihnen brachte die Wahrheit besser auf den Punkt als jene Frau, die selbst längst vergangen war.

Neben der Bibliothek besuchte ich regelmäßig das Tropenaquarium im Tierpark Hagenbeck. So seltsam das klingen mag, aber es erinnerte mich an Pelle, auch wenn er ebenfalls zu den Geistern der Vergangenheit gehörte. Auf Rügen hatten wir keinen wirklichen Zoo gehabt. Der Tierpark Sassnitz befriedigte unsere kindliche Neugier mit einem umfangreichen Bestand an einheimischen Wildtieren, aber kaum ein wirklicher Exot fand sich in den Gehegen. Das war okay, denn wir kannten nichts anderes, und was wir in Büchern lasen und sahen, reichte uns. In Hamburg hingegen war das anders. Stundenlang studierte ich die Fischarten, klebte wie unter einem Zauber stehend an den blau schillernden Glaswänden, die die Besucher von der vorgetäuschten Unterwasserwelt trennten. Ich zählte das lautlose Kiemenflattern der Riffhaie in ihrer nassen Schwerelosigkeit und bewunderte das Farbenspiel der Anemonenfische. Hin und wieder versuchte ich mich an Körperstudien der Meeresgeschöpfe, die meinen ästhetischen Erwartungen alle nicht gerecht wurden und zerknüllt in der Mülltonne landeten. Das Aquarium ließ mich von einer Welt träumen, die sich weit jenseits des mir bekannten Ostseeraums abspielte, in Wassern, die so warm waren wie die Pfützen nach einem Sommerregen und so klar und cyanfarben, wie es das heimische Meer am Scheitel Deutschlands nie gewesen war.

Und schließlich waren da die Landungsbrücken, mein Ort der stillen Opfergaben. Dort saß ich an manchen frostkalten Wochenenden, blickte hinaus auf das Hafenbecken und beobachtete in der Ferne die stählernen Kräne, die wie gigantische starre, am Horizont fixierte Giraffen über den Wasserweg wachten. Touristen und Verliebte kamen bei Wind und Wetter dort hinaus, um verwackelte Fotos von sich zu schießen oder ihre Liebesschlösser an Brückengeländern zu befestigen. Sie alle brachten ihre Sehnsüchte und Träume an diesem Ort dar, darauf hoffend, dass diese die Zeit überdauerten. Ich war mir damals schon sicher, dass Liebe auch nur ein unedles Metall ist, das langsam vom Rostfraß vertilgt wird, und dass keine dieser lächelnden Fotografien zwei- oder gar dreimal betrachtet werden würden. Eher landeten sie im Müll oder wurden von einem über seine Erwartungen gestolperten Menschen als Relikt eines Herzschmerzes aufbewahrt, während sie für den anderen schlicht an Bedeutung verloren. Dort an der Nordelbe schnürte ich meine kummervollen Gedanken in himmelblaues Seidenpapier und verfütterte sie an die stummen Stahlgiraffen, während mein Körper und meine Seele unter der Novemberkälte zitterten.

Durch die zugezogenen Vorhänge drängte bereits die Dunkelheit des Dezembers in den Salon. Frost blühte in den Winkeln der Fenster. Das Licht im Carpe Diem war wie immer komafördernd gedimmt.

»Sie sind dran«, flüsterte ich vorsichtig. Mein Feierabend hatte vor einer Stunde begonnen. Frau Albrecht räusperte sich, so als wollte sie mich darauf hinweisen, dass sie ganz genau wüsste, wer nun an der Reihe war. Dann griff sie zitternd nach der ersten Karte auf dem Stapel und sortierte sie in ihr Blatt.

»Sie müssen auch eine ablegen, wenn Sie nicht können.«

»Herrgott, das weiß ich«, schnalzte Frau Albrecht.

»Ich habe bloß so eine Ahnung.«

»Sie wissen auch nicht alles, mein Lieber.«

»Natürlich nicht«, entgegnete ich ihr.

»Sie sind ein Spökenkieker, was?«

»Ein was?«

»Ein Spökenkieker.« Erst nachdem sie ein Pikass abgelegt hatte, sah sie mich an. »Sie haben das zweite Gesicht. Ich weiß es. Ich habe es schon gewusst, da habe ich Sie gerade erst gesehen.«

Ich verstand nicht, worauf sie hinauswollte. Hielt ihre Worte für wirres Geblubber der in ihrem Blutkreislauf gelösten Pharmazeutika. Ich zog eine Karte.

»Als ich ein kleines Mädchen war, hatten wir eine Nachbarin, die war genauso wie Sie: ruhig, verschlossen, abweisend. Aber nicht, weil sie unfreundlich war oder die Menschen hasste, sondern weil sie sich von allem abschirmen musste, was sie umgab. Von all den Menschen mit ihren großen und kleinen Wehwehchen. Sie war zu sensibel für die Gesellschaft. Darum sah man sie kaum. Es gibt solche Menschen, wissen Sie.«

Ich bemühte mich, ihrer Geschichte zu folgen, denn sie weckte etwas in mir. Ein Interesse an anderen Menschen vielleicht, das irgendwo zwischen Rügen und Hamburg eingeschlafen war. Frau Albrecht war vollständig ergraut und ihr Haar zu einem pflegeleichten Kurzhaarschnitt zurückgetrimmt. Ich fragte mich, wie meine Großmutter wohl ausgesehen haben mochte. Ich hatte nie eine gehabt. Auch keinen Großvater. Meine Familie hatte immer nur aus mir und meiner Mutter bestanden.

»Manche Nachbarn brachten ihre kranken Kinder zu der Frau. Man gab ihr Milch und Butter oder etwas anderes, was man entbehren konnte. Und sie machte sie gesund. Sehen Sie das hier?«, Frau Albrecht tippte sich an den schlaffen Hals, der wie eine Karte aus Altersflecken und Falten die Spuren der Vergangenheit wiedergab. Zwei kleine, kreisrunde Krater konnte ich unter ihren Fingerkuppen ausmachen. »Das ist alles, was von den Windpocken übrig geblieben ist.«

Ich dachte an die verzweifelten Frauen, die uns im Schutz der Dämmerung in unserem Haus an der Küste aufgesucht und Mutters Rat erbeten hatten. An das Mädchen mit den zersprungenen Lippen und die Schreie, die mich durch die Nacht begleitet hatten. Diese Frauen hatten meiner Mutter alles für ihre Kunde gepfändet: Geld, Schmuck, Münzen, ihr Haar, sogar ihre Tränen. Ich kann mich nicht entsinnen, dass Mutter je irgendetwas davon verlangt hätte.

»Wo ist Ihre Mutter?«, riss mich Frau Albrecht aus meinen grauen Erinnerungen.

»Tot«, log ich.

»Und hat sie Ihnen beigebracht, wie Sie mit dieser Gabe umgehen, bevor sie starb?«

»Nein«, log ich wieder.

Ich habe dir lediglich den Hammer in die Hand gegeben. Für den schiefen Nagel bist nur du verantwortlich, raunte ihr Echo. Pelle, Anna, Himmelbrand. Ich hörte das dumpfe Kugeln der Walnüsse auf ungeölten Holzdielen. Sah das leuchtende Blau des Echiums, bevor er mir die Hände zerstach. Ich spürte das zufriedene, aber auch selbstgefällige Lächeln meiner Mutter über meinen Liebeskummer und den Versuch, ihn zu tilgen. *Die Worte Wirklichkeit soll'n sein, wenn sie geschmiedet sind im Reim* Schluss damit.

»Frau Albrecht, ich habe keinen Schimmer, wovon Sie sprechen. Wir sitzen jetzt schon zwei Stunden an diesem Spiel, und das hier ist die längste einundzwanzigste Runde, die ich in meinem ganzen Leben je versucht habe, hinter mich zu bringen. Ich würde gern Feierabend machen.« Ich legte meine Karten demonstrativ offen und starrte die alte Bewohnerin bestimmt an

»Nur zu, gehen Sie«, krächzte sie. »Sie haben sicher noch anderes zu tun. Manchmal vergesse ich bei all den Pillen und Kapseln und Tropfen, mit denen sie einen hier stopfen, dass es noch ein Leben außerhalb der Vorhölle gibt.«

Noch im selben Augenblick tat mir Frau Albrecht leid. Ich hatte nicht gewusst, wovon sie sprach. Ich hatte nur Vermutungen, die mir nicht gefielen, und Gedanken, die mir seit Jahren nicht mehr durch den Kopf gegangen waren. Die senile Dame strich unaufgefordert und anstandslos das Kartendeck zusammen und wünschte mir einen guten Abend. Ich rief nach der Nachtschwester. Die fette Ines kam unfreundlich grunzend zu uns.

Vor den Umkleiden traf ich wieder einmal auf Till, der sich immer dann aus der Unsichtbarkeit schälte, wenn ich überhaupt nicht mit ihm gerechnet hatte.

»Moin!«

»Hey. Hast du Feierabend?«

»Jo. Hatte Spätschicht«, antwortete er. »Und was machst du noch hier? Du hast doch früh angefangen, oder nicht?«

»Ja, schon. Aber ich hatte Frau Albrecht versprochen, dass ich mit ihr noch Karten spiele.«

»Na, wenn du sonst nichts zu tun hast, als den Seniorenentertainer zu spielen.« Till lachte. »Wenigstens bewirft sie dich nicht mit Götterspeise.«

»Bewirft sie dich denn mit Götterspeise?«

»Nö, aber Herr Paul.« Till wies auf den violetten Schatten an seiner Stirn, der durch den Emo-Pony verdeckt war, kämmte denselben aber Sekunden später wieder an Ort und Stelle.

»Muss ein gefrorener Wackelpudding gewesen sein.«

»Nö. Herr Paul hat sich nur nicht die Mühe gemacht, das Zeug aus dem Schälchen zu kratzen.«

»Autsch!«

»Und soll ich dir was verraten? Ich glaube, dass dein Kartenass, Frau Albrecht, nicht unschuldig ist. Die stachelt den Paule zu solchen Aktionen auf.«

»Ich werde sie bei Gelegenheit mal fragen«, versprach ich und schulterte meinen Eastpack, bereit zum Abmarsch.

»Hey, Arthur. Hast du heute noch Lust, was trinken zu gehen. Oder etwa wieder etwas vor?« Er lächelte, als hätte er mich längst einer Lüge überführt, knipste sein Magnetnamensschildchen von der Brust und verstaute es in der Tasche seines Kasacks.

Ich wollte ausweichen. Wollte mich umdrehen und wortlos und ohne Erklärungen davonspazieren, mich zurückziehen in das kahle Zimmer in der grauenvollen Wohnung. Mich zusammengefaltet wie eine Geburtstagskarte in einem Schuhkarton verstauen. Ich wollte allein sein – obwohl ich seit Monaten nichts anderes war als das.

»Ich kenn eine nette Bar auf dem Kiez«, schlug Till vor – und ich schließlich ein. Seit Pelle hatte ich mit keinem Freund mehr den Abend verbracht.

Vor mir auf dem Tisch errichtete ich einen Berg aus Bierdeckelschnipseln, dem Till keine weitere Beachtung schenkte. Wir saßen in einer kleinen dunklen Schenke irgendwo auf St. Pauli, zwei Flaschen Astra Urtyp zwischen uns, von denen ich meine immer wieder an die Lippen führte, um zu trinken, obwohl mir das herbe Gebräu nicht wirklich schmeckte. Bier, das habe ich in den Jahren danach gelernt, ist – wie Wein, Kaffee und Zigaretten – eines der Dinge, die nach jedem Mal ein bisschen besser schmecken.

»Magst du My Chemical Romance?«

»Was ist das?«

»Dein Ernst? Eine Band.«

»Noch nie gehört.«

»Was hörst du denn so für Musik?«

»Eigentlich gar keine.« Ich überlegte kurz und verbesserte dann: »Eigentlich alles außer Reggae.« Und nahm noch einen Schluck Bier.

»Und kennst du Placebo?«

Ich schüttelte den Kopf.

»Ich glaube, die würden dir gefallen. Ist so 'n bisschen alternativ. Warte!« Er kramte unter dem Tisch in seiner Umhängetasche und holte einen schwarzen MP3-Player hervor. »Hör mal rein. Ich hab die sogar drauf.« Ohne Wenn und Aber abzuwarten, reichte er mir einen der Kopfhörer und steckte sich den anderen selbst ins Ohr. Die Musik der Band war düster, übernatürlich und irgendwie magisch. Skelettdürre Vocals gekleidet in einen dicken Mantel aus elektronischen Tönen. Till hatte recht, mir gefiel die Musik. Mir gefiel sie sogar sehr.

So saßen wir einige Minuten zusammen, verbunden durch eine USB-Schnittstelle und eine erste Gemeinsamkeit.

»Sag mal, wo du herkommst, Arthur«, forderte er mich auf. »Oder ist das immer noch egal?« Till zog den letzten Rest Bier aus seiner Flasche und stellte sie wieder ab. Ich mochte die schwarzen Leder- und die bunten Konzertbänder an seinen Handgelenken.

»Von der Insel«, antwortete ich.

»Aus England?«

»Nee.« Ich lachte. »Von der Insel Rügen, meinte ich.«

»Ah, okay. Weit weg von zu Hause. Geil!«

»Ja. Ein bisschen.«

»Hattest du keinen Bock mehr auf deine Alten, oder wieso machst du deinen Zivi in Hamburg?«

»Meine Alten«, flüsterte ich. Ob ich keinen Bock mehr auf sie hatte? Wohl eher umgekehrt. Mein Vater hatte nie Interesse an mir gehabt, und meine Mutter war gegangen, ohne sich zu verabschieden. Wie hätte die Baumkrone kein Interesse an ihren Wurzeln haben können?

»Meine Eltern sind tot«, log ich.

»Das tut mir leid.«

»Muss es nicht. Es ist schon lange her. Ich war noch sehr klein.«

Till strich sich den geschwärzten Pony aus dem Gesicht: »Darf ich fragen, was passiert ist? Weißt du, mein bester Freund ist vor zwei Jahren gestorben.« Seine letzten Worte stoben aus seinem Inneren wie Atemwölkchen in klirrender Dezemberluft.

»Ein Autounfall«, spann ich weiter. »Ich war gerade einmal fünf oder sechs oder so, und wir waren auf dem Weg ins Kino. Das haben wir jedes Wochenende gemacht. Mein Vater hat mir jedes Wochenende Popcorn gekauft, obwohl meine Mutter es gar nicht gut fand, dass ich das klebrige Zeug futterte. Na ja. Ein Reh ist uns vors Auto gesprungen, mein Vater hat versucht auszuweichen und ist direkt in eine Baumgruppe gerast.«

»Scheiße.«

»Ja.«

»Das tut mir leid.«

»Muss es nicht. Wie gesagt, ist lange her.« Ich genoss die Lügen, die ich ihm auftischte. Zum ersten Mal in meinem Leben lag meine Biografie in meinen eigenen Händen. Mit meiner Fantasie konnte ich das Bild selbst gestalten. Wie ein Kind, das zum ersten Mal vor einem Tuschkasten sitzt und den Feinhaarpinsel satt in Farbe taucht, saß ich nun vor Till und malte mein eigenes Leben vor ihm auf.

»Und dein bester Freund? Hatte er auch einen Unfall?«

»Nein. Leukämie.«

»Das ist Krebs, oder?«

»Ja, Blutkrebs. War ziemlich schlimm.«

»Das glaube ich dir.«

»Schlimmer als im Carpe Diem.«

Ich lachte. Er bleckte die Zahnlücke.

»Gott sei Dank ist es bei mir bald vorbei.«

»Wie lange musst du noch?«

»Zwei Wochen.«

»Wie gut.«

Er nickte. Zwei Transvestiten wackelten in die Kneipe. Ich beobachtete die beiden riesigen gefiederten Gestalten wie ein Vogelkundiger. Sie torkelten zum Bartresen und besetzten die Barhocker neben einer Gruppe Biker, die die unechten Damen erst argwöhnisch betrachteten und sie dann schäkernd in ihre Runde aufnahmen. Gemeinsam becherten sie Wodka-Shots und brüllten vor Lachen.

»Du hast morgen die Frühschicht, richtig?«

»Genau.« Ich setzte das Bier an die Lippen und trank.

»Dann viel Spaß mit der fetten Ines.«

»Ich hasse sie.«

»Jeder hasst sie. Sie ist ein Ungeheuer. Der Zivi vor mir hat sie immer Monstro genannt – wie der Wal in *Pinocchio*.«

»Wie kann jemand wie sie in der Pflege arbeiten?«, fragte ich eher rhetorisch.

»Weil Krankenschwester zu ihrer Zeit wahrscheinlich ein gut bezahlter und solider Beruf war. Mit Interesse hatte das sicher nichts zu tun. Die hat so viel Mitgefühl wie eine rostige Bärenfalle.«

Ich nickte traurig, wohl wissend, dass ich am nächsten Morgen wieder von der Oberschwester herumkommandiert werden würde.

»Ich glaube, ich muss jetzt langsam mal los.«

Till warf einen Blick auf sein Nokia. »Ja. Komm, lass uns gehen. Das Bier geht auf mich!«

Ich verabschiedete Till mit dem obligatorischen Knuckle-Gruß an der S-Bahn und entschied mich, noch ein Stück an den Landungsbrücken zu spazieren, um meine verqualmten Klamotten auszulüften. Hamburg bei Nacht war eine andere Stadt. So wie manche Menschen bei Nacht zu völlig anderen werden. So wie meine Mutter bei Nacht eine völlig andere war – rastlos, getrieben vom Mond und von ihren Sehnsüchten –, wurde diese aufgeräumte Stadt bei Einbruch der

Dunkelheit zu einem triebhaften, zwielichtigen Ort, an dem unanständigen Geschäften nachgegangen wurde, laut und unverschämt. Ich passierte die Davidwache und das längst geschlossene Sankt-Pauli-Museum, vorbei an der Herbertstraße, wo hinter Sichtschranken als Paradiesvögel verkleidete Stadttauben aus müden Kehlen gurrten, um zahlungswillige männliche Kunden anzulocken. In der Herbertstraße spielten die Jahreszeiten nur eine untergeordnete Rolle, war jede Nacht Brunftzeit. Drei Dinge regierten diesen sechzig Meter langen Laufsteg: Geld, Appetit und Befriedigung. Jeder, der dort landete, besaß zumindest eines der drei und tauschte es vor Verlassen der Geschäfte gegen ein anderes ein. Auch die Herbertstraße war bei Tag ein anderer Ort, wenn die bonbonfarbenen Fassaden der Freudenhäuser eher nach Winkelgasse als nach Rotlichtmilieu aussahen. Auf Rügen hatte es keine Prostitution gegeben, oder vielleicht doch, aber in meiner heilen Welt war sie nie ein Thema gewesen.

Unweit der Hafenstraße begannen zwei Gestalten, mir zu folgen. Ich schlug nach rechts in eine Nebenstraße ein, Schritte dicht hinter mir. Wieder nach rechts. Eine verschlossene Tür versperrte schließlich den Weg. Sackgasse. Als ich mich umwandt, traf mich ein so harter Schlag direkt auf den Unterkiefer, dass ich glaubte, meinen Zahnboden klingen zu hören. Ich strauchelte, wurde aber von dem anderen Mann gepackt und in Richtung des Schlägers gedreht. Er schrie mir ins Ohr, wollte mein Geld, mein Handy. Nichts davon hatte ich. Ich versuchte, meine rot gefrorenen Finger in meine Hosentasche zu schieben, um nach meinem leeren Portemonnaie zu fischen, doch sobald ich es ausgehändigt hatte, stieß mich der Typ zu Boden. Unter seinem ersten Tritt brach das knöcherne Gerüst meiner Nase. Ich spürte die Fraktur tief in meinem Schädel summen, ehe mir tiefrotes Blut aus den Nüstern schoss und über Mund, Kinn und Asphalt rann. Ein letztes Mal stempelte sich die Faust des Schlägers in mein Gesicht wie in noch warmes Siegelwachs, dann ergriffen die beiden Unbekannten die Flucht und ließen mich im Frost zurück. Unter meinen Lidern verschwammen die Konturen der Gasse, während mein Gesicht pulsierend anschwoll. Als ich mich auf die Seite legte, erbrach ich das grässliche Mittagessen aus der Kantine und das Bier, das Till mir ausgegeben hatte. Sterne flimmerten in meinem Blickfeld und verwandelten die ersten dreißig Zentimeter oberhalb des Straßenpflasters in die Milchstraße. Ich war allein, wie in den letzten sechs Monaten.

Der Spalt zwischen meinen auseinanderklaffenden Lippen flüsterte den blutigen Namen meiner Mutter. Dann wurde es warm. Tränen sickerten in meine Lider und aus ihnen heraus, während mein langsamer werdender Atem in der kühlen Luft zerstob. *Warum bist du nicht da, wo du sein solltest?* Die Frage galt uns beiden, mir und ihr.

In meinem Augenwinkel öffnete sich eine Tür. Aufgeregtes Schnattern und eine Mischung aus abgestandener Luft und billigem Parfum wehten mir entgegen. Das konnte unmöglich die Anderswelt sein.

»Hey, du?« Ein Schatten legte sich über mich. »Kannst du mich hören?« Ich öffnete meine verklebten Augen. »Ruf gefälligst einer mal den Krankenwagen? Hey, Kleiner, kannst du mich hören?«

Ich nickte in Richtung des Mannes. Sein Gesicht hing kopfüber. Er bleckte die überkronten Zähne zu einem zufriedenen Lächeln. »Kein Ding, Kleiner. Du hast nur ordentlich eins auf die Mütze bekommen. Das wird schon wieder.«

Gott sei Dank, dachte ich, ich hatte nur ordentlich eins auf die Mütze bekommen. Der Mann kniete sich neben mich und strich mit seinen schwarzen Gucci-Lederhandschuhen durch mein verklebtes Haar. »Alles gut, Kleiner. Wir bringen dich ins Krankenhaus. Die Gänse hier sind zu blöd, um den Telefonhörer von einem Dildo zu unterscheiden.«

Ein anderer Mann stieß zu uns und erhielt Anweisungen. Ich wollte vor Schmerzen schreien, als sie mir aufhalfen, aber ich brachte nur ein versandetes Röcheln hervor. Dann landete ich auf der Rückbank einer E-Klasse-Limousine und betete inständig, nicht den champagnerfarbenen Innenraum zu besudeln.

»Es wird alles gut, Kleiner«, hörte ich meinen Helfer vom Beifahrersitz aus in den hinteren Fahrzeugteil brummen. »Gleich da, Kleiner.«

So machte ich die Bekanntschaft von Gunther Gruber. In der Notaufnahme diagnostizierte der Unfallarzt eine Nasenbeinfraktur, geplatzte Lippen, ein blaues Auge, eine angebrochene Rippe und diverse kleine Prellungen. Neben einer einwöchigen Krankschreibung und einer lächerlichen Pflasterschiene trug ich etliche Analgetika nach Hause, von denen ich nach ärztlicher Verordnung viermal zwei Tabletten täglich einnahm, obwohl ich schon zwei Tage später keine Schmerzen mehr verspürte. Die Medikamente wickelten mich in watteähnliche Zustände und halfen mir dabei einzuschlafen. Brachten mich zurück an die Küste und legten mich in das satte grüne Gras unter dem Walnussbaum, wo ich zusammengerollt wie ein Insekt schlafen konnte, ohne irgendwen oder irgendetwas fürchten zu müssen.

Mein Retter hatte nicht auf mich gewartet. Er pflegte eine Abneigung gegen Krankenhäuser und Neonlicht, aber hatte seinen Chauffeur dazu angehalten, bei mir zu bleiben und mich nach der Behandlung nach Hause zu bringen. Eine Woche nach dem Überfall hielt dieser mit demselben Mercedes, aber vollständig ausgetauschten Sitzbezügen vor meiner Wohnung und lud mich zu einem Essen ins Park-Hyatt-Hotel ein. Ich zögerte zunächst, ließ mich dann aber überzeugen und folgte der Einladung. Wie hätte ich sie auch ausschlagen können? Ich stand in seiner Schuld.

Gunther Gruber, das fand ich heraus, war nicht nur einer der reichsten Hotelerben der Hansestadt, sondern ganz Deutschlands und hatte überall seine Finger im Spiel – ob sein Name nun draufstand oder nicht. Nicht zuletzt war er stiller Teilhaber einer Handvoll Edelbordelle der Hansestadt.

Darüber hinaus – so sonderbar das auf den ersten Blick auch scheinen mochte – war er ein bekennender Anhänger der lutherischen Kirchenlehre und gläubiger Christ. Zum Frühstück empfing er mich in einem weißen Anzug von ausgesprochener Hässlichkeit, aber ungeheurem Geldwert.

»Da bist du ja«, begrüßte er mich mit weit ausgebreiteten Armen an einem reich gedeckten Tisch. »Ich dachte schon, der alte Fritz würde die Adresse nicht mehr finden. Setz dich, setz dich. Ich habe nicht gewusst, was du essen möchtest, also habe ich von allem etwas bestellt.« Er lüftete demonstrierend eine der Servierglocken, die sich vor ihm auf dem Tisch versammelten, und enthüllte ein dampfendes Rinderfilet, umringt von Babykartoffeln und grünem Spargel.

»Ich hoffe, du bist kein Vegetarier. ›Alles, was sich regt und lebt, das sei eure Speise‹«, lachte er und schob sich eine Gabel voll Pasta zwischen die Keramikzähne. Ich setzte mich ihm gegenüber und legte mir die Stoffserviette auf den Schoß.

»Greif ruhig zu, mein Freund.«

»Vielen Dank, aber …«

»Was macht der Zinken? Alles wieder, wie es sein soll?«

Ich beobachtete einen Moment diesen seltsamen Gönner, wie er dort in seinem weißen Sportjackett Spaghetti alle vongole verspeiste, dann griff ich nach einer Schale grüner Bohnen und begann, meinen Teller zu beladen.

»Ich habe mich noch gar nicht vorgestellt«, fiel mir auf. »Und auch noch immer nicht bedankt. Stattdessen futtere ich jetzt Ihr Essen weg.«

»›Weigere dich nicht, dem Bedürftigen Gutes zu tun, wenn deine Hand es vermag‹«, rezitierte Gunther das Buch der Bücher.

»Ich heiße Arthur.«

»Schön, dich auf so unblutige Weise wiederzusehen, Arthur. Du kannst mich Gunther nennen. Was machst du denn so? Gehst du noch zur Schule? Eine Ausbildung? Sag nicht, du studierst?«

»Ich mache meinen Zivildienst. In einem Pflegeheim.«

»Das ist großartig. Soziales Engagement ist großartig. Hier, probier die Pasta.« Er griff nach der Nudelzange und schaufelte mir ungefragt die Venusmuschelpasta auf den Teller. »Als ich in deinem Alter war, da war Zivildienst die absolute Ausnahme. Das haben nur die Softies gemacht oder die Schwulen. Alle anderen haben ihren Dienst an der Waffe geleistet. Alles Idioten, wenn du mich fragst.«

»Und Sie? Sie waren kein Idiot?«

»Nein. Ich habe mich freigekauft«, lachte er. »Oder zumindest mein alter Herr. Das Leben ist sonniger, wenn deine Familie einen Namen und Moneten hat, weißt du?«

Ich nickte, obwohl ich selbstverständlich nicht wusste, und drehte ein Band Spaghetti auf meine Gabel.

»Du bist nicht von hier, oder?«

»Nein.«

»Aber aus dem Norden bist du.«

»Rügen«, antwortete ich mit vollem Mund.

»Man sieht es dir an. Die markanten Augenbrauen, das helle Haar. Ich glaube, du wirst mit deinem Gesicht einmal viel Geld verdienen.«

»Ich bin kein Model.«

»Ich rede nicht vom Modeln, mein Kleiner. Ich rede von Präsenz. Hinter zwei Dingen ist unsere Gesellschaft her: Geld und Schönheit. Mit dem einen kannst du das andere kaufen, und beide bedeuten Macht.«

Schönheit bedeutet Macht, wiederholte ich gedanklich. Das wusste ich bereits, ohne dass es mir klar war. Meine Mutter hatte Macht besessen – nicht nur durch ihr Mitwissen über die Leichen in den Kellern unserer Nachbarn, sondern durch ihre ungeheure Schönheit. Missgunst und hässliche Worte waren die Folge, aber nur, weil jeder ihre Schönheit beneidete und heimlich begehrte. *Ich bin die große Mondin*, hörte ich sie auf meiner Bettkante sitzend flüstern. *Und du wirst eines Tages der gehörnte Sonnenkönig sein.* Wenn die Zeit reif ist.

»Das Problem mit der Schönheit ist, dass sie vergeht.« Gunther nahm einen Schluck des strohgelben Weißweins und spülte sich damit den Mund. »Aber an diesem Punkt bist du noch lange nicht, mein Freund. Und bis es so weit ist, hast du noch genug Zeit.«

»Genug Zeit wofür?«

»Um Gottes wunderbaren Garten Eden zu genießen.« Gunther wogte ätherisch mit schwerelosen Gliedern auf seinem Platz und richtete das Gesicht Richtung Himmel. Ich wusste nicht, was ich von ihm halten sollte. Er war ein seltsamer Kauz mit schlechtem Geschmack und ohne Manieren, aber genau das machte ihn zu etwas Besonderem. Er strahlte Selbstsicherheit aus, weil er auf Knigge und gute Sitten pfiff und dabei trotzdem ein gutes Herz zu haben schien.

»Hast du noch einen Moment Zeit, Arthur? Komm mit.«

Gunther ließ mir weder eine Wahl zu antworten noch aufzuessen. Seine Frage war von rhetorischer Natur. Schon war er aufgesprungen, hatte die Stoffserviette in das Gedeck gefeuert und war in Richtung Lobby unterwegs. Ich folgte ihm, während zwei Servicekräfte hinter uns routiniert die Tafel abräumten. Draußen wartete noch immer der Mercedes.

»Los, Arthur, steig ein, ich will dir etwas zeigen.«

Ehe ich mich's versah, saß ich erneut auf der Rückbank seines Autos – dieses Mal in seltsamer Gesellschaft. »Zum Michel, Fritz«, wies er den Chauffeur an und lachte wie ein großes Kind in der Achterbahn, als der Wagen anfuhr.

Wir bogen auf die Steinstraße. Der Tag war blass und zerrissen. Hin und wieder zeigte sich die Sonne, aber wie so oft nur für wenige Sekunden, ehe sich erneut eine Wolke vor sie schob.

»Was haben Sie in der Nacht in der Gasse gemacht?« Ich war nicht gut in Small Talk.

»Ich habe mit ein paar Frauen gefeiert. Spaß gehabt. Das sind anständige Damen, mit Sinn fürs Geschäft.«

»Prostituierte?«

»Genau, mein Junge.« Wieder bleckte Gunther die im Dentallabor modellierten Zähne. Für ihn schien das Leben ein einziges Dauergrinsen zu sein – das gefiel mir an ihm. Er brummte kurz, als wir an der Ampel vor dem bedrohlichen Wappen der Scientology-Kirche auf grünes Licht warteten. Wir überquerten Nikolai- und Alsterfleet.

»Du glaubst doch an Gott, oder?«

»Ich weiß nicht so recht«, log ich.

»Halten Sie hier an, Fritz«, warf Gunther nach vorn zum Fahrer. »Wir laufen das letzte Stück.«

Ich öffnete die Tür und stieg aus dem Wagen, während Gunther dem Fahrer noch eine grobe Zeitangabe machte und dann ebenfalls auf die Straße stieg. Ich fragte mich, was die Leute wohl von uns denken mochten. Dass wir nicht aus der gleichen Welt kamen, konnte jeder Einäugige sehen – ich in meinem tannengrünen Kapuzenpulli und Gunther in seinem weißen Sportsakko.

»Ich habe noch vor vier Jahren auch nicht geglaubt. Alles Unsinn. Dünnpfiff. Bibelstunden sind was für hässliche Hausmütter und impotente Familienväter, hätte ich dir damals gesagt. Aber dann begriff ich Gott. Begriff, dass wir alle Teil seiner Schöpfung sind. Und dass er auf uns aufpasst und möchte, dass wir aufeinander aufpassen.«

Ich folgte seinem enthusiastischen Laufschritt, seiner nebulösen Geschichte allerdings nicht. Was Gunther an jenem Tag aussparte, war, dass sich vier Jahre zuvor ein Kleinkaliberprojektil durch seine rechte Geheimratsecke geschlagen und ihm fast die Lichter ausgepustet hatte. Wie durch ein Wunder hatte sein Schädelknochen die Kugel so weit gebremst, dass sie ihm nicht das Gehirn zerriss, sondern irgendwo im Gallert seines Frontallappens stecken blieb. Als Gunther nach sechsmonatiger Reha das Laufen wiedererlernt hatte, suchte er den zielsicheren Schützen, dem es um ein getürktes Geschäft ging, das ihm durch den korrupten Millionär durch die Lappen gegangen war, auf – aber nicht, um ihn ans Kreuz zu schlagen, sondern um ihn auszuzahlen. Gunther bestand darauf, dass ihm auf der Schwelle zwischen Tod und Leben der liebe Gott erschienen war. Und dieser wollte den Hotelerben auf der guten Seite der Macht wissen.

Ein Obdachloser irrte am Straßenrand auf vorbeigehende Passanten zu, wurde aber von niemandem eines Blickes gewürdigt. Er trug seinen weißen, dunstigen Atem als einzigen Besitz neben den zerlumpten Klamotten mit sich durch den eisigen Tag. Als wir den verwüsteten Mann erreichten, zog Gunther ein Bündel zerknüllter Geldscheine aus seiner Gesäßtasche, in ihrer Unordnung zusammengehalten von einer goldenen Klammer. Er zupfte einen Schein heraus und drückte dem Mann die knisternde Hundert-Euro-Note in die Hand, ohne seinen Weg zu unterbrechen.

»Nächstenliebe, mein Kleiner, das ist das Einzige, was Gott von uns verlangt. Nächstenliebe. Und Gottesliebe. Himmel, Gottesliebe ist noch weitaus wichtiger.«

Ich blickte mich nach dem fassungslosen Obdachlosen um, bis sein schmutziges Gesicht immer unschärfer wurde. Schließlich kamen wir vor dem Hauptportal der St.-Michaelis-Kirche zum Stehen – diese war so riesig, dass mir bereits beim Blick auf den Turm schwindelig wurde.

»Na los. Worauf wartest du?«

Ich hatte nie zuvor ein Gotteshaus von solchen Ausmaßen gesehen. Und nie mehr Kitsch in einem einzigen Bauwerk. Das große Schiff, die Seitenflügel, alles war in Weiß gehalten. Weißer Marmor, weiße Galerie. Dazu goldener Stuck und Pastelltöne. Einzig in die hölzernen Sitzreihen verliebte ich mich sofort. Ich streckte die Hände seitlich nach ihnen aus, um sie im Vorbeigehen zu berühren, während wir den Mittelgang passierten, bis wir im Zentrum der Kirche standen. Ich wusste, was meine Mutter zu alledem gesagt hätte – gar nichts. Sie hätte die Nase gerümpft, als wäre sie in der Kammer auf ein faules Ei gestoßen, hätte sich angewidert umgeschaut und den Pfarrer spüren lassen, dass er und sein Dogma an all der Armut dieses Planeten Schuld trugen.

Mutter verachtete jede Form des institutionalisierten Glaubens. Eines Tages, ich war sechs oder sieben und spielte im Erdbeerbeet, standen zwei bieder gekleidete Vertreterinnen an unserem Gartenzaun. Die eine in einem mintgrünen Kostüm, die andere in getüpfeltem Rock und Pullunder. Beide hatten zurückgeknotete Frisuren und allmählich ergrauendes Haar. Eingekämmte Spinnweben, dachte ich. Die Augen meiner Mutter folgten den mickrigen Schatten der beiden Personen, die über den Rhabarber fielen.

»Guten Tag. Mein Name ist Beate, und das ist meine Begleiterin Monika. Wir würden mit Ihnen gern über Gott sprechen.«

Die Skepsis meiner Mutter wich einem listigen Grinsen, das von den beiden Frauen wie geplant als pure Freundlichkeit gedeutet wurde.

»Über *welchen* Gott möchten Sie denn sprechen?«, gab meine Mutter zurück, während sie sich aufrichtete, die knolligen Rhabarberwurzeln in den Korb fallen ließ und sich mit dem schmutzigen Handrücken die feuchte Anstrengung aus der Stirn wischte.

»Na, über Ihren Gott«, piepste die Frau im getüpfelten Rock.

»Oh, ich habe viele Götter, sie haben bloß keine Namen«, lächelte meine Mutter. »Aber kommen Sie nur herein. Ich hocke schon seit einer Stunde hier im Gemüse und wollte ohnehin gerade Tee machen. Darf ich Ihnen eine Tasse anbieten?«

»Sehr gern.« Während sich die beiden Damen auf den Weg zum Tor machten, zwinkerte meine Mutter mir zu. Sie wies den beiden einen Platz im Schatten des Nussbaumes zu und verschwand für einen Augenblick im Haus. Die seltsamen Tanten musterten misstrauisch das Windspiel aus ausgeblichenen Treibhölzchen, Muscheln und Glastropfen, das in den Ästen über ihnen klimperte, und breiteten einige Broschüren auf dem morschen Gartentisch aus. Ich beobachtete sie von meinem Platz in den Erdbeeren aus, ohne mich zu rühren oder eines ihrer kläglichen Lächeln zu erwidern. Meine Mutter kam mit einem Tablett zurück, schenkte den Damen dampfenden, bittergrünen Tee in die gesprungenen Tassen und schaufelte, ohne zu fragen, unanständig viel Zucker hinterher, bis die eine vor Aufregung zu hicksen begann. Schließlich nippten die steifen Tanten an ihren heißen Getränken und rümpften die Nasen, entschlossen, die eigenartig schmeckende Erquickung abzustellen. Der drängende Blick meiner Mutter ließ die Tassen jedoch noch ein zweites Mal zu den Mündern der Frauen wandern, die, höflich, wie sie waren, nicht eher absetzten, bis ihre Gastgeberin anerkennend nickte.

»Sie haben ja eine entzückende kleine Dame«, log Monika und deutete auf mich.

»Oh, lassen Sie sich von den langen Haaren nicht täuschen, meine Liebe. Das ist mein kleiner König Arthur.«

»Oh«, protestierte die Tante gegen einen Aufschrei ihrer eigenen Moral, fing sich dann aber wieder und setzte ihr unsicheres Grinsen fort: »Ein süßer kleiner Mann.«

»Er verkleidet sich so gern. Manchmal verwandelt er das ganze Haus in ein Theater.«

»Die Fantasie eines Kindes«, schwärmte Beate.

»Neulich hat er in einem Ladenfenster eine Puppe gesehen, die er unbedingt haben wollte. Was halten Sie davon?«

»Nun, vielleicht wäre ein Rennauto ein besseres Spielzeug, nicht wahr?«, griente sie hysterisch.

»Aber er wollte doch diese Puppe. Wieso sollte ich ihm dann ein Rennauto kaufen?«

Die erste unangenehme Stille schlich sich zwischen meine Mutter und die Damen. Was Letztere nicht wussten, war, dass die Stille Mutters Freund war. Ein höriges Tier, das für ein wenig Futter aus ihrer Hand sogar das Geplapper zweier alter Schachteln reißen würde.

»Darf ich fragen, wer Sie sind, meine Damen?«

»Wir sind die Zeugen Jehovas«, strahlte Beate.

»Die Kämpfer des allmächtigen Gottes im Himmel«, fügte Monika voller Stolz hinzu.

»Mein Gott, Kämpfer sind Sie? Sie sehen gar nicht wie Soldaten aus?«

Die beiden Frauen glotzten nicht schlecht aus der prüden Wäsche ob der unverschämten Äußerung zu ihrer weichlichen Physiognomie.

»Aber das sind wir, meine Liebe«, setzte Beate hinterher. »Wir kämpfen für den lieben Gott, jeden Tag.«

»Jeden Tag? Kein Wunder, dass Sie so fertig dreinschauen.«

Die beiden überhörten die erneute Gemeinheit wie die vorherige.

»Jeden Tag sammelt der Teufel unglückliche Seelen ein, um sie in sein ewiges Feuerreich zu holen. Wir wollen diese Verirrten zurück ins Himmelreich führen.«

»Hat Ihr Teufel Langeweile?«, fiel meine Mutter ihr erneut ins Wort. Die Gesichter der Besucherinnen wurden zornig und auch ein wenig ratlos.

»Sie glauben doch an den allmächtigen Schöpfer, meine Liebe?«

»Ich glaube an die Schöpfung. Ich glaube an das All und die Leere, an die Wüste und an den Ozean. Ich glaube an Geburt und das Sterben, an die trostlose Einöde und das fruchtbare Ackerland.«

»All das, mein Kind, hat der Allmächtige geschaffen«, strahlte Beate.

»Aber wenn Ihr Allmächtiger all das geschaffen hat, wer hat dann den Allmächtigen geschaffen?«

Monika und Beate tauschten verwirrte Blicke. Meine Mutter hingegen hatte das Spiel auf ihrer Seite. Was war zuerst da: das Huhn oder das Ei?

»Ich verrate Ihnen etwas, meine Damen: Ihr Teufel ist eine Erfindung, um das Leid auf der Erde zu erklären. Aber es gibt keine Erklärung dafür. Leid und Tod und Zerstörung gehören zum Leben wie Freude und Leben und Harmonie. Alles gleicht sich aus. So etwas wie Fairness gibt es nicht. Gut und Böse sind vom Menschen erfundene Kategorien. In der Natur gibt es weder das eine noch das andere. Verstehen Sie, was ich Ihnen sagen möchte?«

»Sie sind auf dem Holzweg, mein Kind. Gott …«

»… ist nur der Name für ein Instrument, mit dem man diejenigen unterjochen kann, die nicht in der Lage sind, selbstständig zu denken. Wenn Sie also das nächste Mal vor einem bärtigen Übermann in die Knie gehen, dann nutzen Sie diese Position für mehr als ein Gebet – davon hat dann auch er mehr.«

»Das ist ja wohl …«

»… unerhört!«

»Komm, Monika, diese Seelen hier sind nicht mehr zu retten. Es tut mir um den Kleinen leid, bei solch einer Mutter. Wie ein Mädchen sieht er aus, spielt mit Puppen …«

Das Teeservice klirrte. Die Gesichter der Damen glühten limettensauer. »Ketzerische Blasphemie, Sünde, Teufelswerk«, sprudelte es noch aus ihren gackernden Schnäbeln. Meine Mutter hatte nicht gelogen. Ich hatte tatsächlich eine radikal amputierte Barbie in der Hand, die meine Mutter mir erst kurz zuvor gekauft hatte.

»Bei Mond und Sonne und Meer und Land«, rief meine Mutter den abmarschierenden Himmelssoldaten hinterher, »Durchfall soll sie strafen allesamt.«

Kopfschüttelnd verschwanden die Zeugen Jehovas von unserem Grundstück und ließen das schallende Gelächter meiner Mutter hinter sich. Ich hätte gern gewusst, was den beiden Damen später wohl durch den Kopf ging, als die Überdosis Abführmittel, die meine Mutter ihnen eingeflößt hatte, zu wirken begann.

Wenn dich jemand nach deiner Bibel fragt, zeige ihm die feinen Adern auf der Unterseite eines Ahornblattes. Wenn sie deine Götter sehen wollen, lenke ihre Blicke in die Kronen der mächtigen Eichen. Unsere Orgeln spielen im säuselnden Wind und im reißenden Flusslauf. Das Dach unserer Kirche ist das Firmament. Merk dir das, kleiner König. Merk dir das.

Vor uns erhob sich das Altarbild, das Jesus mit segnenden Gesten zeigte. Darüber hing ein weiterer Jesus – die gleichen Hände, diesmal ans Kreuz geschlagen. »Allein Christus, mein Junge«, hallte Gunthers imposante Stimme von den Kirchenwänden wider, »Jesus allein ist der Heilsbringer. Er starb für unsere Sünden. Er allein hat die Macht, die Todgeweihten zu retten.«

Eine Gänsehaut überzog meinen gesamten Körper und stellte mir die Nackenhaare auf. Wie, fragte ich mich, konnte man mit durchlöcherten Gliedmaßen die Sünden von den Todgeweihten nehmen? Meine frühere Religionslehrerin kam mir in den Sinn. Ich hatte ihre Geschichten aufgesogen wie ein Schwamm, bis meine Mutter mich ausgewrungen hatte.

Keiner stirbt für deine Sünden.

»Allein die Schrift!«, riss mich Gunther aus meinen Tagträumen. »Gott offenbart sich uns allein in der Heiligen Schrift. Was dir diese ganzen esoterischen Trantüten erzählen, von wegen Gott steckt in dir … Unsinn! Nicht in der Natur, nicht in den Vögelchen, nicht in deinem Kopf, allein in der Schrift!«

Ich wollte mich umdrehen, in das selbstgefällige Grinsen blicken, den Kopf schütteln und Gunther widersprechen. Ich wollte ihm sagen, dass der Funke in allem steckt, was ist; dass selbst Flusskiesel eine Seele besitzen und dass sogar Blumenkelche Wärme ausstrahlen, aber ich war mir nicht mehr so sicher. Mehr noch: Ich war mir sicher, dass das, was ich für richtig hielt, nur ein Trugschluss war. Also blieb ich stumm in dieser gigantischen Halle voll Prunk und biblischer Motive stehen – vor mir auf dem Altar das aufgeschlagene Testament, um mich herum die leblosen Augen vergoldeter Figuren.

»Gott scheißt auf deine Taten, mein Freund. Sauf, gib Geld aus, fick schöne Frauen, überfall eine Bank – egal. Wonach Gott dich richtet, weiß nur er allein. Allein seine Gnade lässt dich ins Clubhaus über den Wolken. Allein durch deinen Glauben.«

Licht fiel durch die Fensterbögen in die gigantische Leere und tauchte uns in gleißendes Weiß. Ich spürte meine Mutter in diesem Meer aus blendendem Christentum ertrinken. Und genau das war es, was ich wollte. Ich wollte ihr dabei zusehen, wie sie die Wasserprobe nicht bestand. Wie sie, von ihren eigenen Überzeugungen gefesselt, eintauchte, bis ihre Atemblasen weniger wurden.

»Hier, das ist meine Nummer. Solltest du je irgendetwas brauchen, dann melde dich bei mir. Egal, was es ist, egal, zu welchem Preis.«

Ich nahm den bekritzelten Zettel entgegen und betrachtete ihn. Von einem Mann wie Gunther hatte ich eine teuer bedruckte Visitenkarte erwartet, aber letztlich war es unlogisch. Wozu hätte ein Millionär eine Visitenkarte gebraucht – er brauchte kein Aushängeschild. Ich war kaum aus dem Wagen gestiegen, da bretterte der Mercedes auch schon davon. Zu Hause versteckte ich Gunthers Nummer in meinem Notizbuch – nicht vor Jörg oder irgendjemandem, sondern vor mir selbst. Ich war ein achtzehnjähriges Kind, das nie einen Vater gehabt hatte, von seiner alleinerziehenden Mutter verlassen und in einer Stadt lebend, in der es niemanden kannte. Diese Zahlenfolge war verlockend. Ich hätte sie bloß wählen müssen und einen Mann beschworen, der sich wirklich für mich zu interessieren schien – und der mir noch dazu angeboten hatte, mir die Welt zu Füßen zu legen. Geld und Schönheit bedeuten Macht. Das eine besaß ich, und das andere konnte ich durch Gunther auf Abruf haben. Und Macht bedeutete, nicht allein zu sein. Das zumindest glaubte ich damals.

An einem stürmischen Tag, genau einen Tag nach Weihnachten, trat ich die Spätschicht an. Eigentlich ein ganz normaler Abend, aber etwas war anders. Die Pflegerinnen scharrten aufgebracht und euphorisiert zugleich durch die Gänge. Die fette Ines, in ihrem gestärkten Cardigan, fing mich im Personalzimmer ab.

»Du!«, kommandierte ihr knubbeliger Zeigefinger. »Ab in den ersten Stock mit dir! Du kannst deiner Busenfreundin Frau Albrecht sagen, in meinem Haus werden meine Ruhezeiten befolgt. Wenn sie ihre Medizin nicht nimmt, wird es Konsequenzen geben.«

»Tut sie nicht?«

»Sonst würde ich das doch wohl nicht sagen, oder?« Ines wies mich an, ihr zu folgen. Wir nahmen den Fahrstuhl. Ich beobachtete ihr hässliches, von Garstigkeit entstelltes Gesicht im Spiegel des Aufzugs und suchte darunter vergeblich nach dem naiven Mädchen mit den Schlaufenzöpfen, das irgendwann in einer fernen Vergangenheit vor dem Radio gesessen und Buntstiftbilder gekritzelt haben musste. Vielleicht waren genau diese nie gut genug gewesen …

Als wir unseren Weg über den hygienisch-funktionellen, aber wenig ansprechenden Vinylboden fortsetzten, erklärte sie mir, Frau Albrecht weigere sich, vom Bett ihres Freundes Herrn Paul abzurücken. Dieser läge seit den frühen Morgenstunden in einem Fieber, das für einen gesunden Erwachsenen nicht weiter tragisch gewesen wäre, für einen alten Menschen wie ihn jedoch lebensbedrohlich. Als wir die Tür zu Herrn Pauls Zimmer öffneten, warf Frau Albrecht blind den nächstbesten Gegenstand nach uns.

»Ich warne Sie, meine Liebe«, zischte Ines. »Zwingen Sie mich nicht dazu, Sie vom Personal fixieren zu lassen.«

Als Frau Albrecht mich erkannte, fiel ihr der nächste Gegenstand sacht aus der Hand, und sie ließ sich zurück auf den Stuhl neben Herrn Paul sinken. Ich ging ein paar Schritte hinein, sodass ich einen Blick auf den greisen Herrn mit den schütteren schlohweißen Haaren werfen konnte. Neben ihm träufelte ein Infusionsbeutel salzige Tränen über einen dünnen Schlauch in seine rechte Armvene. Ines blieb hinter mir im Türrahmen stehen. Als ich am Bett angekommen war, ging ich in die Hocke und blickte über den unruhig träumenden Körper zu Frau Albrecht.

»Sie müssen Ihre Medizin nehmen, Frau Albrecht«, flüsterte ich. »Sie können hierbleiben, aber Sie müssen Ihre Medizin nehmen.«

»Sie kann nicht hierbleiben«, brummte Ines besserwisserisch.

Frau Albrecht schüttelte geistesabwesend den Kopf – den Blick nicht von dem Gesicht des alten Mannes nehmend.

»Sie müssen ihm helfen«, flüsterten die schmalen trockenen Lippen, während Frau Albrecht Herrn Paul über die fiebrige Stirn strich, an der man hätte Zigaretten entzünden können. Ich hörte die ungeduldige Ines hinter mir scharren.

»Frau Albrecht …«

»Helfen Sie ihm, Arthur«, insistierte sie und griff über das Bett und den Kranken hinweg nach meinem Arm. »Ich weiß, dass Sie es können.« Ich sah die Furcht vor Verlust in ihren grauen trüben Augen und erkannte darin mein eigenes Spiegelbild. Es war silbrig-schwarz wie die angelaufene Silhouette einer Statue.

»Bitte«, flehte sie erneut.

»Also gut«, zerschlug Schwester Ines drohend den Augenblick zwischen uns. »Sie haben es so gewollt, meine Liebe«, und verschwand auf dem Korridor, um einen der bulligen hirnlosen Pfleger zu rufen, die die Befugnis besaßen, alten Menschen mit wenig Mühe und körperlicher Überlegenheit ihren Willen aufzuzwingen.

»Frau Albrecht, ich kann Ihnen nicht helfen, aber Sie müssen Ihre Medizin nehmen.«

»Nicht mir, *ihm* sollen Sie helfen.«

»Wie?«

Schneeflocken stoben an die Fensterscheiben hinter ihr und gingen in Graupel über. Herr Paul stöhnte leise zwischen uns. Sein Körper hatte zweiundachtzig Jahre tadellos funktioniert, hatte Sonnenbrände überstanden und Windpocken, hungrige Nachtkriegszeiten und goldene Jahre der Fülle. War einen Halbmarathon gelaufen, hatte einen Oberschenkelbruch weggesteckt und zwei Kinder gezeugt, die irgendwo in der Normandie und in Thailand ihr Leben lebten, ohne an ihren Vater zu denken. Ich hatte meinen Vater nie kennengelernt, und trotzdem hatte er sich immer wieder in meine Gedanken geschlichen. Wann hatte ein Menschenleben zu enden, und wann war es wert, fortgesetzt zu werden?

»Sie wissen, Sie können – nicht wahr, mein Junge?«

Ich wusste es nicht, aber ich erinnerte mich an die Sommergrippe, die ich 1997 ausgestanden hatte – mit dem fahlen Geschmack von Krankheit auf der Zunge, einem explodierenden Schädel und Schüttelfrost. Meine Mutter hatte kalte Wickel um meine Waden gelegt und mir Kräutertees eingeflößt, aber die Influenzaviren hatten sich nicht in die Flucht schlagen lassen. Als der Quecksilberstreifen des Thermometers hinauf auf vierzig Grad geklettert war, legte sie mir einen blanken Pfennig in die Hand, schloss meine Finger um das Kupferstück, küsste mir die Knöchel und säuselte mit sanfter Stimme: »Lieder kenn ich, die keine Königin weiß. Der Erdenkinder Heil ist des Ersten Preis. Es treibt Schmerzen davon, heilt aller Krankheiten Not. Nur der Neumond, der kennt es, und das Abendrot.«

Unter dem beruhigenden Klang ihrer Stimme und des Meeres schlief ich bald ein. Als ich am nächsten Morgen erwachte, waren der Pfennig und die Grippe verschwunden, als hätte es beide nie gegeben. Die Wahrheit war, dass es beide noch immer gab – sie hatten bloß den Besitzer gewechselt. Aber das war mir damals nicht bewusst. Ebenso wenig wusste ich, dass der Pfennig auf die Straße geworfen gehört

– möglichst an einem öffentlichen Ort platziert, wo er von einem anderen Menschen rasch gefunden werden kann.

Ich steckte die Hände in die Taschen meines Kasacks und fand neben einem Kugelschreiber und einem Streifen Filmtabletten eine Euromünze, die so sauber war, als wäre sie gerade erst geprägt worden. An eine Schnur gebunden und als Pendel benutzt, hätte das Geldstück jeden in Trance versetzen können, Frau Albrecht eingeschlossen. Ich öffnete Herrn Pauls verkrampfte Hand und presste den Euro in seinen Griff. Seine Finger ächzten. Ohne darüber nachzudenken, berührte ich mit meinen Lippen seine glühenden Knöchel. Seine Lider flackerten, und schließlich öffnete er die Augen und sah mich an.

»Es wird alles gut«, flüsterte ich.

»Alles gut, Herr Paul«, bekräftigte auch Frau Albrecht und tätschelte ihm die Schulter. »Der junge Mann ist ein Spökenkieker, er wird Ihnen helfen.«

»Sie müssen sich konzentrieren«, bat ich den schwachen Greis, während ich seine Finger fester zur Faust knetete. Ich schloss die Augen. Mutters Lied brandete in einer Flut aus Erinnerungen durch den kahlen Raum. Ich konnte den fauligen Atem des alten Mannes riechen, während sein Körper vor mir zu zittern begann. Ich hielt seine Faust fest in meinen Händen. Sie dampften förmlich unter der Hitze des Fiebers. Ich kniff die Augen noch fester zusammen, bis ein Schwindelgefühl meinem Gleichgewichtssinn einen leichten Stoß verpasste und ich abzugleiten schien in eine seltsame gesprenkelte Schwärze.

Als die Tür hinter uns aufflog und Schwester Ines mit dem Pfleger in der Tür stand, war der Augenblick bereits verflogen. Herr Paul war eingeschlafen, als wäre nichts gewesen, und für einen Augenblick befürchtete ich, ich hätte ihn umgebracht, aber dem war nicht so. Ich steckte das Geldstück unauffällig zurück in meine Tasche und beobachtete, wie der

Pfleger ums Bett ging und die strampelnde, fauchende Frau Albrecht mit sich nahm.

Ich wusste nicht genau, was ich damals eigentlich gemacht hatte. Nicht einmal, ob ich es wirklich getan hatte. Der Rest der Nachtschicht verlief ruhig wie jede andere. Man hatte Frau Albrecht in ihr Zimmer gebracht – ich traute mich nicht, nach ihr zu sehen. Aber Herr Pauls Fieber sank von Stunde zu Stunde und verschwand schließlich gänzlich, ohne dass die Schwestern oder Pfleger etwas damit zu tun hatten. Ich hingegen vergaß die Münze in meiner Tasche. Bis nach Neujahr lag ich mit Grippe im Bett. Ich war so fiebrig, dass ich einen Hausarzt rufen musste, weil ich es allein nicht vor die Tür geschafft hatte. Er verschrieb mir Fiebersenker, aber nichts wollte helfen. Als meine Stirn zu glühen aufhörte und ich wieder auf der Arbeit erschien, war Herr Paul gestorben. Da schwante mir, dass Gunther wohl recht haben musste.

Allein Christus. Allein die Schrift. Allein durch Gnade. Allein der Glaube.

☆

Das Carpe Diem hätte getrost in Carpe Noctem umbenannt werden können. Was hätte es schon ausgemacht? Es hätte bloß ein wenig Farbe gekostet, um den Schriftzug über dem Eingang zu überstreichen und neu anzubringen. Auch die Prospekte und Flyer hätten korrigiert und neu gedruckt werden müssen – beide von erwachsenen Kindern gern gesammeltes Informationsmaterial, wenn sie entschieden hatten, dass es an der Zeit war, für die eigenen Eltern ein neues Zuhause zu finden; ein Plätzchen, das die überforderten Kinder leicht mit dem Auto erreichen konnten und das die senilen Alten mit ihren durchsiebten Köpfen wiederum unter keinen Umständen verlassen konnten.

Zuhause ist dort, wo man alles sagen kann und niemand zuhört. Im Carpe Diem hörte einem bestimmt niemand zu. Den

Tag nutzten die Bewohner dieser Einrichtung sicher nicht. Und die Nacht nutzten immerhin die Pfleger und Schwestern, zum Tratschen, Lesen, Rätseln, Einkaufszettelschreiben, zum Stricken oder Verspeisen von Butterbroten und Mikrowellengerichten. Damit sich genug Zeit für diese vielfältigen Aufgaben fand, ohne dass inkontinente oder noch viel zu lebendige Bewohner dazwischenfunkten, setzte man im Hause Carpe Diem auf »medikamentöse Fixierung«. Einige wiederkehrende Zauberworte lernte man als Zivi recht schnell: Dipidolor, Haldol und Tavor. Wohlklingende Vokale in hässlichen Silben.

Ein feines Band Speichel lief dem Alten aus dem Mundwinkel und wurde gerade im rechten Moment von Frau Rufus mit einem weißen Papiertaschentuch aufgefangen, ehe es den Schoß des Mannes berührte.

»Ich versteh das überhaupt nicht.« Frau Rufus war siebenundvierzig Jahre alt und zarter als eine Streichholzfigur. Ihre weiße Bluse war immer säuberlich gebügelt – ich nehme an, nicht nur wenn sie ihren demenzkranken Vater im Carpe Diem besuchte. Soweit ich mitbekam, war sie Bürokauffrau in einem Unternehmen für Speiseeisproduktion. Die Perlen an ihren Ohren waren nicht echt.

»Papa? Papa?« Sie strich Herrn Rufus sanft über die Wange. Dafür, dass diese glatt rasiert war und ordentlich nach Rasierwasser duftete, hatte Oberschwester Ines gesorgt. Oder besser: hatte ich in ihrem Auftrag sorgen müssen. Auf ein gepflegtes Erscheinungsbild legte die Oberschwester großen Wert – niemand sollte verkommen aussehen oder zumindest nicht so wirken.

»Was ist denn mit ihm?«, fragte Frau Rufus besorgt, während sie, vor dem Rollstuhl ihres Vaters kniend, zur Oberschwester aufblickte. Mit offenen Augen saß der alte Herr da – die Decke sorgsam über dem Schoß, der Kopf leicht zur Seite gefallen, der Unterkiefer hängend.

»Ihr Vater ist mal wieder müde. Sie wissen doch noch, wie erschöpft er beim letzten Mal war, oder?«

»Daran erinnere ich mich«, gestand die Tochter und gab dennoch nicht auf: »Papa?«

»Es ist trotzdem schön, dass Sie heute hier sind. Alte Menschen genießen es immer, Besuch zu bekommen. Wir haben sogar Bewohner mit schwerer Demenz, denen man trotzdem anmerkt, dass sie sich über den Besuch freuen.« Ines' zuckerrübendunkles Gesäusel lockte eine Schmeißfliege an. »Ich hatte ohnehin vor, mit Ihnen zu sprechen, Frau Rufus. Ich fürchte, der Zustand Ihres Vaters verschlechtert sich. Das geht jetzt schon seit einigen Wochen so.«

»Er nimmt mich ja gar nicht mehr wahr«, realisierte die Tochter.

»Sein Zustand wechselt von Tag zu Tag. Mal ist er ganz klar und spielt mit den anderen Herren im Salon Dame, und ein andermal können wir ihn kaum aus dem Bett holen.« Ines legte ihre Stirn in mittelmäßig inszenierte Sorgenfalten. Frau Rufus wandte sich wieder ihrem Vater zu und streichelte ihm über den Arm.

»Und Sie haben ihm auch immer seine Medikamente gegeben?«

»Natürlich. Darauf legen wir hier im Hause großen Wert. Nachts hingegen ist Ihr Vater sehr unruhig. Er läuft auf dem Gang umher, weckt die anderen Bewohner, nässt sich ein.« Ines unterbrach ihren routinierten Monolog durch ein kurzes Schniefen. »Frau Rufus, nach Rücksprache mit dem Pflegepersonal und dem Stationsarzt würde ich gern für Ihren Vater die Pflegestufe drei beantragen.«

Frau Rufus legte die Hand auf ihren Mund, wie um einen Aufschrei zu verhindern, und rüttelte dann noch einmal an der Schulter ihres Vaters, der schlaff blieb.

»Ich weiß, dass das schwer für Sie ist, meine Liebe. Aber das Altern ist nun einmal Teil des Lebens. Ich kann Ihnen versprechen, dass wir auch weiterhin alles daransetzen werden, damit es Ihrem Vater in unserem Haus gut geht.«

Frau Rufus nickte, sich ihrem Schicksal ergebend. Gespräche wie dieses bekam ich in der Zeit meiner Arbeit dort ganze dreimal mit – und es gab weitaus mehr. Pflegestufe drei bedeutete ausgeschrieben nicht nur Schwerstpflegebedürftigkeit, sondern für das Pflegeheim schlicht auch mehr Pflegegeld.

Ich erinnere mich an diesen Tag noch so gut, weil es der erste und letzte war, an dem ich meinen Regionalbetreuer kontaktierte. Ich wählte seine Nummer von einer öffentlichen Telefonzelle aus. Der Hörer war klebrig, und der Himmel färbte sich dunkel wie Blei. Ich schilderte dem Zivildienstbetreuer meine Sorgen, und er versprach mir, sich mit der Heimleitung in Verbindung zu setzen und einen Beauftragten mit der Prüfung meiner Angaben zu betrauen. Ich hatte keine Ahnung, dass er keine Geringere als Oberschwester Ines selbst zur Rede stellen würde.

Kurz vor Feierabend rief mich Ines in ihr Dienstzimmer. Sie war die Einzige aus der Schwesternschaft, die ein eigenes Büro hatte. Auf dem Schreibtisch, hinter dem sie saß, stand die obligatorische Bonbonschale.

»Schließ bitte die Tür«, forderte sie mich auf, nachdem ich eingetreten war und auf ihre Standpauke wartete. Ich tat es ohne Widerrede.

»Wir legen hier im Carpe Diem großen Wert auf ein angenehmes Arbeitsklima«, begann sie, während sie vor sich ein paar Blätter zusammenschob. Stoß an Stoß. Kein Eselsohr wurde geduldet.

»Wir sind ein Team. Ein Team, das sich schätzt und respektiert. Wir würden die Arbeit mit den Bewohnern, die Pflege und die Aufsicht nicht bewältigen können, wenn sich nicht jeder Einzelne auf den anderen verlassen könnte.«

Ich atmete tief ein und konzentrierte mich auf die hässliche Zornesfalte, die sich in ihre Stirn eingeschnitten hatte.

»Jeder Einzelne hier hat eine Aufgabe, der er nachkommt. Die einen kochen, die anderen putzen, und wieder andere wischen den Bewohnern die Ärsche ab. Für den routinierten Ablauf ist es wichtig, dass jeder weiß, welche Position er hier innehat und wo sein Platz in der Personalstruktur ist.« Sie räusperte sich und schaute dann von ihren Unterlagen auf. »Ich habe heute Morgen eine Anfrage vom Zivildienstbüro erhalten. Man wollte wissen, ob im Heim alles in geregelten Bahnen laufe.« Die entstehende Pause nutzte sie, um mich mit ihrem Blick zu durchbohren. »Solltest du jemals wieder deine Befugnisse als Zivildienstleistender überschreiten oder versuchen, meine Autorität und Führungsposition in diesem Hause anzuzweifeln, dann werde ich dafür sorgen, dass du dir wünschst, du hättest lieber deinen Wehrdienst im Schlamm abgeleistet.«

Sie wartete auf eine Antwort, aber ich gab keine von mir. Ich hatte nie in meinem Leben einem Vorgesetzten gegenübergestanden, geschweige denn ein Dienstgespräch geführt. Ich wusste, dass es unrecht war, was an jenem Ort geschah, aber ich wusste nicht, wie ich darauf zu reagieren hatte. Daher schwieg ich.

»Ich will, dass du weißt, dass ein Anruf genügt, um dir in den nächsten sieben Monaten das Leben zur Hölle zu machen. Bisher ist deine Akte blütenweiß, aber sollte ich das Bundesamt für Zivildienst davon unterrichten, dass du auf Station nicht nur Medikamente stiehlst, sondern auch noch ein auffälliges Verhältnis zu den Patienten hegst – insbesondere zum jüngst verstorbenen Herrn Paul –, dann garantiere ich dir, dass das Konsequenzen für dich hat. Haben wir uns verstanden?«

Ich blickte durch die Oberschwester in den schwarzen Schatten hinter ihr. Ihre Maske war so durchsichtig wie Luft.

»Haben wir uns verstanden?«, wiederholte sie energisch und räusperte sich.

»Ja, Schwester Ines. Wir haben uns verstanden.«

»Sehr gut.« Sie griff in die Schüssel vor sich und fischte eine der kleinen Süßigkeiten heraus. Knisternd häutete sie den gefüllten Drops, verbarg das Cellophan in ihrer geschlossenen Faust und steckte sich den Bonbon in den Mund.

»Dann wünsche ich einen schönen Feierabend.«

»Gleichfalls.«

Ich biss die Zähne zusammen, bis ich in der Umkleidekabine angekommen war und mein Kiefer schmerzte. Unrecht, das wurde mir klar, ist nur eine von Menschen geschaffene Vorstellung. In der Natur gibt es keine Rechte, nur eine ewige Kette aus Fressen und Gefressenwerden. Die Natur ist kein faires Spiel und Gerechtigkeit ohnehin ein sehr vager Begriff. Wir wachsen in dem Glauben auf, dass überall in unserer Gesellschaft Gerechtigkeit das Prinzip des Stärkeren ersetzt, aber das ist ein Irrtum und das Carpe Diem nur ein Beispiel dafür. Das Pflegeheim war ein rechtsfreier Raum, auch hier herrschte der Stärkere über die Schwachen. Bisher war das die Pflegeleitung über ihre Bewohner, aber an jenem Tag schienen sich die Glieder der Nahrungskette neu zu positionieren. Ich hatte Ines durchschaut – und sie mich. Wir beide wussten das. Und im gegenseitigen Einvernehmen verblieben wir im Schweigen. Ich schwieg über den massenhaften Missbrauch von Schlafmitteln in ihrem Haus, dessen wahres Ausmaß mir sowieso erst später bekannt wurde, und sie schwieg über die Schlafmittel, die ich stahl, seit die Tabletten, die ich nach meinem Überfall bekommen hatte, aufgebraucht waren. Wie du mir, so ich dir.

Einen Waffenstillstand sollte es nie geben. Während Oberschwester Ines fortan keine Gelegenheit ausließ, mich zu schikanieren, schmiedete ich meinen Plan im Verborgenen. Sie ordnete mir an, Bewohner zu waschen und zu wickeln, teilte mich öfter als erlaubt in die Nachtschichten ein und verdonnerte mich immer dann dazu, im Archiv Aktenpflege zu betreiben, wenn ich andernfalls mit einem der Zivis zusammengearbeitet hätte. Ein Gutes hatte die Mitwisserschaft im Carpe Diem allerdings: Ich brauchte nicht mehr bedacht darauf sein, die Zopiclon-Tabletten unauffällig zu stehlen, sondern konnte mir die Taschen vollschlagen. Jeden Abend eine, hatte ich mir selbst verschrieben. Nur zum Schlafen und gegen das seltsame Gefühl zu fallen. An manchen Tagen erschien ich dennoch völlig benebelt zur Arbeit. Ganz so, als wäre ich in Luftpolsterfolie geschlagen, mit Gliedern schwer wie Massivholzmöbel. Es war ein seltsames Gefühl, nicht wirklich Teil der Realität zu sein, sondern sich durch die Wirklichkeit zu bewegen wie ein Geist, wie eine durchsichtige Astralprojektion. Wie ein Neutron, irgendwo im Raum schwebend.

☆

»Arthur!« Gunthers Grinsen war so breit wie echt – und womöglich das einzig Echte in dem Whirlpool, in dem er zusammen mit drei nackten Frauen und ihren sechs überproportionierten Silikonbrüsten, falschen Haarfarben und Schmollmündern plätscherte. Ich stand deplatziert in der Tür des kleinen Poolhauses, in das mich das Personal geführt hatte, und betrachtete den seltsamen brodelnden Menschenhaufen. Als Gunther sich von seinen Gespielinnen löste und mit halber Erektion an den Beckenrand watete, schlossen die Frauen die entstandene Lücke zwischen sich augenblicklich – gackernd und sich gegenseitig die glatte Haut streichelnd.

»Schön, dich wiederzusehen. Willst du vielleicht etwas trinken?« Noch ehe ich Nein sagen konnte, zog Gunther eine Champagnerflasche aus ihrem Bett aus Eis, schenkte mir ein Glas ein und reichte es mir vom Beckenrand. Ich ergriff das Glas, trank aber nicht.

»Wenn du willst, gesell dich zu uns. Je mehr, desto besser, nicht wahr, meine Damen?« Die Frauen hinter Gunther glucksten.

»Nein, danke«, antwortete ich. »Ich habe eine Bitte. Du hattest beim letzten Mal gesagt, wenn es irgendetwas gibt, dann soll ich dich das wissen lassen.«

Gunther nahm die Herausforderung neugierig an: »Ladys, entschuldigt mich.« Die Ladys schienen auch ohne Gunther Spaß zu haben. Zumindest beachteten sie kaum mehr, wie er sich aus dem Pool zog, die Haut so unnatürlich braun wie

Zimtrinde, der kleine hängende Hintern faltig. Gunther schlug sich in einen weißen Frotteebademantel und legte mir einen nassen Arm auf die Schulter: »Ich bin ganz Ohr, mein Freund.«

Ich erzählte Gunther bei einem Moscow Mule von der Oberschwester Ines und den Umständen im Carpe Diem. Ich erzählte ihm, wie dort mit den Bewohnern umgegangen wurde und wie sich ihre Bettruhe sichern ließ. Dabei saß er breitbeinig in einer Ledercouch und paffte Zigarre, deren blauer Dunst sich um uns legte.

»Und nun willst du das Miststück zermalmen, mein Freund?«

»Nein«, antwortete ich. »Es geht nicht um Ines. Es geht mir um die Menschen, die dort leben. Menschen, die ihre Zähne längst verloren haben. Wie könnten die zubeißen?«

Gunthers Augen funkelten. Er wusste genau, wovon ich redete. Und ich wusste genau, dass ihm das, was ich sagte, gefiel. Gib einem Christen das Gefühl, einen Samariter aus ihm zu machen, und er schließt in seiner Arroganz sogar einen Pakt mit dem Teufel.

»Du brauchst Beweise, mein Freund«, wusste Gunther.

»Ich habe schon eine Idee, aber dafür bräuchte ich eine Ausrüstung. Und einen Anwalt.«

»Beides kannst du haben. Ich kenne die besten Anwälte, die man für Geld bekommen kann.«

»Das beruhigt mich, denn ich könnte mir gerade einmal die neueste Auflage des Strafgesetzbuches leisten.«

Gunther stand vor mir, das ausgehende, dunkel gefärbte Haar zurückgekämmt, der Bademantel über seinem spärlichen Brusthaar aufgeklafft. »Hättest du Lust, heute Abend auf eine Feier zu gehen, Kleiner?«

»Was für eine Feier?«

»Ach, nichts Großes. Eine Party im Clouds mit einem Haufen neureicher Unternehmer und geldgeiler Nutten. Ich glaube, der Feier würde ein schönes Gesicht wie deines guttun.«

»Ich weiß nicht«, druckste ich. »Ich pass da nicht rein, denk ich.«

»Ach, i wo!«, beschloss Gunther. »Hast du dich mal im Spiegel angeguckt?« Die Frage blieb rhetorisch, denn er wartete nicht auf meine Antwort: »Weißt du, was wir jetzt machen, mein Freund? Wir gehen los und besorgen dir alles, was du brauchst. Inklusive etwas Neuem zum Anziehen.«

Ehe ich mich's versah, befand ich mich in Gunthers Mercedes. Doch dieses Mal fuhr kein Chauffeur, sondern er selbst. Mit der Leichtigkeit eines Menschen, der sich immer schon alles hatte erlauben können, lenkte er uns durch die Innenstadt, ohne sich von Verkehrsschildern, Geschwindigkeitsbegrenzungen oder möglichen Glatteisgefahren einschüchtern zu lassen. Wir überfuhren rote Ampeln – »Ach, das sind doch noch grüne Tomaten, was, Kleiner?« –, bogen falsch in Einbahnstraßen ein und hielten nicht einmal an Fußgängerüberwegen, wenn alte Menschen bereits den Krückstock auf das Pflaster gesetzt hatten und mit steifen Gliedern panisch zurückrudern mussten, um nicht verfrüht das Zeitliche zu segnen. So erstarrt ich mich zunächst auch in den Beifahrersitz krallte, mit jeder unerwarteten Beschleunigung des Wagens wurde ich entspannter. Mir gefiel es, gegen Spielregeln zu verstoßen, und Gunthers jungenhaftes Altmännerlachen und die Sitzheizung taten ihr Übriges. Auf dem Neuen Wall hielten wir in zweiter Reihe und wurden mit offenen Armen und zuversichtlichen Kassen von jeder einzelnen Boutique aufgenommen. Bei Ermenegildo Zegna ließ man für uns eine Flasche Champagner öffnen – mein erster –, und der Knall des Korkens war tatsächlich so ohrenbetäubend wie der Startschuss zu einem erfolgreichen Tagesgeschäft.

Während zwei gebotoxte Verkaufsberater um uns herumflatterten, probierte ich italienische Designermode aus cremeweißem Fil-à-Fil-Leinen und gestärkter Baumwolle an. Ich hatte noch nie so teure Materialien am Körper getragen, und das Gefühl des Prestiges hatte mich ein für allemal übernommen, als Gunther mir – passend zu einem Gürtel aus kastanienbraunem glattem Kalbsleder – eine Armbanduhr kaufte, die dreimal so viel kostete, wie mein Monatssold betrug. Geld auszugeben, das nicht mir gehörte, war eine befremdliche Sache, die jedoch binnen weniger Stunden zur unüberlegten Selbstverständlichkeit wurde. Hier eine Uhr, dort ein aschgrauer kragenloser Blouson und ein Paar Bootsschuhe aus echtem Nubuk. Die Transformation einer Seidenraupe zum Schmetterling verlangt dem Insekt sechzehn lange Tage ab. In dieser Zeit baut die Raupe aus einem einzigen, fast tausend Meter langen Faden einen seidenen Kokon um sich herum, pausiert für acht Tage und beginnt schließlich ihre Verwandlung in ein neues Geschöpf. Meine Metamorphose vom verlassenen Treibhölzchen zum modernen Dandy dauerte genau zwei Stunden und einundzwanzig Minuten. Die edlen Marken, die ich trug, waren nicht nur eine Rüstung, mit Plastikgeld gekauft und mir angelegt worden, sondern gleichwohl eine Macht, die aus meinem Inneren gewachsen war wie eine neue Haut. Sie war fest wie ein Drachenpanzer und von so blendender Schönheit wie das Gefieder eines Pfaus.

»Weißt du was, Kleiner?« Gunther lächelte vom Fahrersitz zu mir herüber.

»Was?«

»Heute Mittag warst du noch ein Rohdiamant: nicht unansehnlich, aber stumpf. Jetzt glänzt du wie ein tausendkarätiger Klunker.«

Unser Gelächter übertönte die Soundanlage des Mercedes. Es war ein ehrliches Gelächter, der schiere Ausdruck einer Unbekümmertheit, die ich zuletzt empfunden hatte, als ich noch mit sonnenverbrannten Schultern durch die Dünen robbte und darauf vorbereitet war, dass meine Mutter mich in kühlendem Grüntee und Mutterkraut baden würde. Das Lachen der Leute auf der Party, die wir an jenem Abend besuchten, war nicht das gleiche. Es war kühl wie die Märzluft und Ausdruck jenes Hirnareals, das für strategisches Denken verantwortlich ist. Die Location befand sich auf dem Dach eines Hochhauses im vierundzwanzigsten Stockwerk, mit weitreichendem Panoramablick über Elbe, Hafen, Reeperbahn und Michel. Aber für die Aussicht hatten die wenigsten der Gäste einen Blick übrig. Ihre Augen galten einander. Börsenhändler, Aktionäre und Industriellenerben waren darunter. »Die Ölbarone des Westens«, flüsterte Gunther mir über die Schulter, als wir auf das Tropenholzdeck traten, links und rechts flankiert von seinen Gespielinnen, die dem Kellner im Nullkommanichts sämtliche Sektflöten vom Tablett gesammelt hatten.

»Also dann«, Gunther stieß erst die Gläser seiner weiblichen Begleiterinnen an, dann meines, »lasst uns ein wenig Spaß haben.«

Spaß hatte ich nicht. Zumindest nicht in den zwei Stunden. Ich saß mit einem Glas Sekt, das sich nie gänzlich leeren ließ, auf einem der Korbmöbel und beobachtete die Menschen und ihr Schauspiel, von der abendlichen Skyline getrennt durch eine Wand aus Sicherheitsglas, von den Gästen durch eine Wand aus Bedeutungslosigkeit. Die Leute dort oben, die dauergrinsend miteinander schwatzten, Apéro-Häppchen verspeisten und versuchten, aus jedem Blickwinkel eine gute Figur zu machen, waren so beschäftigt mit sich selbst, dass sie keine ernsthaften Kapazitäten für ihre Umgebung hatten. Blonde Haarteile sprangen vor die blitzende Kamera eines patrouillierenden Eventfotografen und zogen die an ihnen hängenden Frauen mit. Zwei Dinge fielen mir auf: dass die Attraktivität eines Mannes exponentiell abnimmt, je mehr Geld er auf seinem Bankkonto hat, und dass es sich mit der Attraktivität ihrer Frauen genau umgekehrt verhält. Je wohlhabender ein Mann ist, desto schöner sind die Damen, die ihn umgeben.

Irgendwann zwischen ein und zwei Uhr nachts saß ich noch immer am selben Fleck, während das Publikum geschrumpft war und sich in die Bar zurückgezogen hatte. Ich blickte durch die Glaswand in die Weite. Wolken trieben vor dem geviertelten Mond. Wolken und ein Schwarm Gänse. Der Frühling in der Hansestadt kündigte sich anders an als jener auf Rügen. Hier roch nichts nach feuchtem Laub und rottendem Moos, nichts nach Eisen und Salz. Hier oben roch es nach nichts als schmutziger Luft und dem Butan der Terrassenstrahler. Ich schloss meinen Blazer, der keine Knöpfe besaß, weil er nicht funktionell sein sollte, sondern nur schön anzusehen, und vergrub die flachen Hände zwischen Oberarm und Brust.

Wo bist du, Mutter? Hast du dich aufgelöst in Nebel und Sonnenuntergang? Reitest du nun im Gefolge der Freya durch die Dämmerung. Oder bist du gar selbst die große Göttin, der alle himmlischen Heerscharen folgen? Bist du Wasser geworden und in dein Königreich auf dem Meeresgrund zurückgekehrt? Hast du Heimweh gehabt nach der Tiefe und den Schätzen, die kein Mensch jemals zu Gesicht bekommen wird? Ich habe Heimweh. Und doch bin ich noch immer hier. Fern abseits der Salzwiesen.

»Idioten!« Ich hatte Gunther gespürt, noch ehe er in seinem flatternden, geschmacklosen Trainingsanzug hinter mir aufgetaucht war, zwei goldene Flaschen Moët in beiden Händen haltend und eine glimmende Zigarre zwischen den falschen Zähnen. »Hast du schon genug von der schlechten Unterhaltung?«, nuschelte er.

»Ich glaube schon«, erwiderte ich, als er vor mir stehen blieb.

»Das Leben ist eine Show, mein Kleiner. Wichtig ist, eine möglichst gute Darbietung, bevor der Vorhang fällt.« Er setzte sich halb auf die Lehne der Couch und reichte mir eine der goldenen Pullen – anderthalb Liter Champagner zu hundertzwanzig Euro die Flasche.

»Keiner wird sich an dich erinnern, wenn du vorzeitig die Bühne verlässt.« Aus seinem zungenschweren Mund klang es wie ein Vorwurf. Womöglich war es auch einer. Ich schaute in den trüben Nachthimmel, der über der Großstadt nie wirkliche Finsternis sein würde. Neben mir nahm Gunther die kubanische Zigarre zwischen Daumen und Zeigefinger und begann zu paffen. Der Duft nach vaporisiertem Leder umfing mich. »Weißt du, was dein Glück ist, Kleiner? Dass keine dieser Flaschen da drin sich an dich erinnern muss. Ein Haufen geldgeile Idioten sind die, ohne Geschmack oder Hunger auf das Leben. Diese Idioten könnten Gottes Lustgarten nicht einmal erkennen, wenn sie direkt in seine Mitte gepflanzt worden wären.«

Gunther reichte mir die Zigarre – sie war schwerer, als ich mir vorgestellt hatte –, und ich nahm einen Zug.

»Hast du Lust, mit mir auf eine richtige Party zu gehen?«

Ich wollte verneinen, aber ich traute mich nicht. Gunther hatte an jenem Tag mehr Geld für mich ausgegeben als meine Mutter in meinen ganzen neunzehn Lebensjahren zuvor. Und er war bereit, auch künftig in mich zu investieren, mir zu helfen. Also nickte ich.

»Dann halt deine Buddel fest, als wäre sie eine Sauerstoffflasche, und folge mir.«

Gunther packte mich an der Schulter und gab mir einen Klaps auf den Hinterkopf, wie es Väter tun, wenn sie ihren Söhnen körperliche Autorität demonstrieren wollen, obwohl sie eigentlich vor Stolz zerfließen wie Butter.

Als wir – Gunthers Damen im Schlepptau – mit der Limo vorfuhren, war es nach zwei. Die Adresse gehörte zu einem unscheinbaren schmalen Eingang auf der Reeperbahn, dessen Tür von zwei afroamerikanischen Männern flankiert wurde. Als sie Gunther erkannten, traten beide augenblicklich zur Seite. Gunther klopfte dem einen kumpelhaft auf die Schulter und steckte dem anderen einen Geldschein in die Faust. »Du weißt ja, wie ich meinen Zucker liebe«, lachte er und zündete das hysterische Gelächter seiner Weiber, die an uns vorbei in der Tür verschwanden – hinab in die elektrisch aufgeladene, klamme Tiefe, die uns wummernd und keuchend verschlang.

Hamburgs Unterwelt glühte rot wie ein Fotolabor. Es roch nach Schweiß, Parfum und Sex. Flippende Bässe hämmerten sich einem durch die Gehörgänge. Körper bogen sich leicht bekleidet oder nackt wie frisch auf die Welt gekommen auf der Tanzfläche. Der Beat nahm meine Muskeln in Besitz, ließ sie kontrahieren wie unter Strom. Männer und Frauen wanden sich umeinander. Haare klebten an feuchter Haut.

»Na, Schätzchen«, rief mir eine barbusige Frau ins Ohr und griff mir in die Wange. »Bock zu tanzen?« Ich folgte ihr, ohne nachzudenken. Sie war goldbraun wie der zarte Schaum auf einem Espresso, trug nichts als hautenge Latexleggins und schwarze High Heels. Mit einem lockenden Zeigefinger und schwingendem Becken zog sie mich zu sich heran. »Mach dich mal locker, Süßer!« Ihre Hände lagen auf meinen Schultern, drehten mit zwei Fingern meine Nackenhaare zu blonden Spiralen, streichelten meine Schulterblätter. Ihre Hüften streiften im Taktschlag der Musik gegen meine Erektion. Und ich fand Gefallen daran. Sie warf lachend den Kopf zurück. Weiße Zähne glommen gespenstisch blau im Schwarzlicht auf. Ehe ich mich's versah, hatte sie mir die goldene Champagnerflasche aus der Hand genommen und sie entkorkt. Eine Schaumweinfontäne sprudelte über uns hinweg und imprägnierte mein zweihundertfünfzig Euro teures italienisches Leinenhemd mit stumpfer Kohlensäure. Sie steckte sich den nassen Finger in den Mund und lutschte ihn auf so ordinäre Weise, dass selbst der blauäugigste Mensch gewusst hätte, was sie mit dieser Geste simulierte. Eine Frau im roten Cocktailkleid kam dazu, trank aus der Flasche und schürzte die Lippen, während sie zum Beat schwang. Über die Köpfe der anderen hinweg erspähte ich Gunther, umringt von vielzähliger vollbusiger Weiblichkeit im VIP-Bereich – breitbeinig wie ein Pascha vor seinem Harem. In seinem Haus draußen in Blankenese gab es immer genügend zu trinken. Fünfzig bis sechzig Gäste konnte er an einem Abend ohne Probleme mit alkoholischen Drinks versorgen. War er nicht in den eigenen vier Wänden, dann scheute er keine Kosten und Mühen, gerade weil sie keine waren, um sich wie zu Hause zu fühlen. Das machte ihn zur brennenden Laterne einer jeden öffentlichen Party, umschwärmt von Motten und Schmetterlingen.

Diese erste Nacht in einem Club änderte alles in meinem Leben. Sie flößte mir eine Gier ein, die ich damals nicht kannte und die ich heute nur noch schwer nachvollziehen kann. Für meine Ohren, die nicht aufhören wollten, den mahnenden Worten einer Mutter zu lauschen, die längst nicht mehr da war, war das Dröhnen der Bassboxen Balsam. Wie kann ich begreiflich machen, wie gut das Zwielicht tut, wenn die Augen müde sind zu sehen und der Kopf erschöpft ist vom Karussell der Gedanken? Plötzlich befand ich mich an einem Ort, an dem ich meine Sinne nicht brauchte. An dem der Klang und der Krach und die Dunkelheit alles überschatteten, was von dem Jungen, der einst am Meer groß geworden war, übrig war. Ich spürte Atem in meinem Nacken, schloss die Augen. Ein Mund so weich wie Pfirsichflaum küsste mir die Halswirbel. Ich schmolz.

Weit nach neun Uhr wankten wir zu zweit – nur Gunther und ich – die Stufen zur Oberwelt hinauf, wo sich die schmale Metalltür ebenso wie die der Limousine für uns öffnete. Ich fiel auf den Rücksitz, schlug mir den Schädel an der Fensterscheibe an, aber spürte nichts als bleierne, taube Bettschwere. Gunther lachte, wie er immer zu lachen pflegte, klopfte mir auf die Schulter und raunte mir zu: »Das, mein Kleiner, war eine richtige Party.«

Ich nickte, bereit, in tiefem Traum zu versinken, doch Gunther hielt mich zurück. Er hatte andere Pläne. »Ich hoffe doch, du verpasst die Afterhour nicht?«

»Die Afterhour?«, flüsterte ich benommen und verfolgte die kupferfarbene Spiegelung des Morgens in den getönten Scheiben.

»Klar. Der größte DJ von allen legt auf«, freute sich Gunther, ohne die geringste Spur von Müdigkeit in seinem Wesen. Natürlich wusste ich nicht, dass das Zaubermittel gegen den Schlafsand fein gemahlen in seinen Nasenschleimhäuten klebte. »Zum Michel, Fritz!«

Wenn ich diese Geschichte erzähle, klingt sie wie ein schlechter Scherz, das weiß ich selbst. Aber niemand wird bestreiten können, dass es sich unwirklich anfühlt, mit halb geschlossenen Lidern und noch immer betrunken in der ersten Reihe einer barocken Loge im größten Gotteshaus der Stadt zu sitzen und dem impulsiven Gottesdienst des Pfarrers zu lauschen, während die Morgensonne das marmorne Altarbild umfließt. Surreal, aber wunderschön. So schön, dass ich vor lauter Behaglichkeit irgendwann einschlief und erst von Gunthers lautem Gelächter geweckt wurde, das mir ebenso hätte gegolten haben können wie dem schieren Umstand seines Wohlbehagens. Von diesem Morgen an besuchten wir jeden Sonntag gemeinsam die Kirche – und in der Nacht davor eine Party.

»Lasset uns beten.«

Zwei oder drei Tage nach jenem Sonntag zog ich aus der WG aus. Gunther stellte mir eine Luxussuite in seinem Hotel, dazu eine Kreditkarte ohne Limit – oder vielleicht gab es doch einen begrenzten Verfügungsrahmen, aber wenn dem so war, dann lag dieser so weit jenseits meiner Vorstellungs- und Kaufkraft, dass ich ihn nie erreichte. Das Apartment war viermal so groß wie die Wohnung zuvor und der Zimmerservice gewillt, jeden Wunsch mit äußerster Schnelligkeit zu erfüllen. Das Gefühl, ein Tier in einem viel zu großen Käfig zu sein, verließ mich nie. Selbst wenn unsere Grenzen noch so weit gesteckt sind, die gläsernen Wände uns noch so weit blicken lassen, das Gefühl der Isolation können sie uns nicht nehmen.

In der ersten Nacht träumte ich vom vergangenen Sommer. Ich konnte das Meer hören und warf mein Fahrrad gegen den Gartenzaun. Eine warme Brise entlockte dem Windspiel im alten Walnussbaum seine melodischen überirdischen Klänge.

Unter meinen Schritten knarrten die zwei Stufen zur Hintertür. Ich stieß das Fliegengitter auf und öffnete die Tür. Die Schwere des Nachmittags lag auf dem Wohnzimmer, hatte es sich in der alten Couch gemütlich gemacht. Durch das Küchenfenster fiel Sonnenlicht auf den Tresen und streichelte einem Wiesenblumenstrauß darauf über die müden Blütenköpfe. Margeriten, Kuckucksnelken, Butterblume und Wilde Möhre. Ich hörte sie im ersten Stock, doch traute mich nicht nach oben. Je näher ich der Treppe kam, desto lauter wurden die Geräusche. Ich rief nach ihr, aber niemand antwortete. Es dauerte einige Augenblicke, bis ich begriff, dass die Geräusche nicht von oben kamen, sondern meine eigenen Schritte waren. Da war niemand mit mir im Haus. Keine Menschenseele, nur Margeriten und Butterblumen, Kuckucksnelken und Wilde Möhre. Als ich erwachte, war der Sommer noch nicht da, aber auf dem Glastisch vor dem Fenster stand ein verblühter Strauß. Ich war schon jetzt allein. Oder noch immer.

Am Dienstag, dem 15. April 2008, setzte ich meinen Plan gegen das Carpe Diem in die Tat um. Mit Gunthers Geldbeutel ausgestattet, war es ein Leichtes, an die nötige Ausrüstung zu kommen. Gunther hatte mir vorgeschlagen, einen Privatdetektiv zu engagieren, aber ich hatte abgewunken. Ich wollte nicht nur die Missstände in dem Pflegeheim aufdecken, sondern vor allem wollte ich Oberschwester Ines treffen. Damit mein Plan aufgehen konnte, brauchte ich allerdings Mithilfe. Und die fand ich bei Frau Albrecht.

»Das ist gar kein Fruchtsaft?« Frau Albrecht stieß den Kopf empört zurück in die Sessellehne und plättete ihre eingedrehten Locken.

»Nein«, gestand ich ihr. »Jedenfalls nicht nur.«

Sie schüttelte verloren den Kopf, während ihre Augen zwei erstarrte Glaskörper blieben.

»Ich verspreche Ihnen, dass ich dafür sorgen werde, dass Sie nie wieder zu etwas gezwungen werden, was Sie nicht möchten, Frau Albrecht.«

Ich setzte meinen Springer und schlug einen ihrer Bauern aus dem Spiel. Sie reagierte nicht und hing weiterhin in der gedanklichen Schwebe zwischen Schachbrett und Sessellehne.

»Frau Albrecht?«

»Wenn das klappt«, raunte sie mir zu, als sich ihre Lippen endlich wieder voneinander lösten und ihr Lidschlag die Hypnose erschlug, »dann ändere ich mein Testament.«

Ich nickte und erklärte ihr meinen Plan.

Das Carpe Diem war ein ordentliches Pflegeheim. In gutem Zustand, modernisiert, immer mit frischen Bouquets und Blumenbeeten geschmückt. Es gab nie volle Toilettenstühle oder verdreckte Bettwäsche, das Essen wurde nach individuellen Diätplänen der Bewohner zusammengestellt, und die Notfallklingeln blieben – trotz häufigen Missbrauchs als aufmerksamkeitsstärkendes Mittel zum Zweck – immer aktiv. Einzig die Medikamentenpolitik des Pflegeheims war mehr als fragwürdig. Vielleicht muss ich genauer werden, will ich begreiflich machen, was in jenen Tagen durch meinen Kopf ging. Bisher hatte mein Misstrauen den Medikamenten Dipidolor, Haldol und Tavor gegolten, die im Carpe Diem – aber auch in anderen Einrichtungen – gern ausgeschenkte Mittel bei Unruhe oder Erregungszuständen waren. Auch die Fixierung aufgebrachter Patienten war zum Wohle der Sicherheit gängig. Der Grund dafür, dass im Carpe Diem die Nachtschichten so beliebt waren, lag jedoch in einem einzigen Schnapsgläschen voll Apfelsaft, das das Abendessen eines jeden Bewohners täglich abrundete – oder genauer: in dem Wirkstoff Midazolam, für das ein Schnapsglas Apfelsaft als Alibi diente. Für die Alten war es nur Saft, für die Heimleitung eine Ersparnis mehrerer Pflegekräfte, denn es führte dazu, dass die Spätvisite in der Regel jeden Abend dösige, zahme Greise in ihren Betten vorfand, die weder moserten noch meckerten – die schliefen wie Kröten in der Winterstarre.

Ich war zur Nachtschicht eingeteilt, ebenso wie Oberschwester Ines. Doch dieses Mal sollte es anders werden.

Am Abend zuvor hatte es Ärger auf den Zimmern gegeben. Frau Albrecht und eine andere Dame hatten einen Streit vom Zaun gebrochen, der in lautem Kreischen und geworfenen Lebensmitteln endete. Weil das Pflegepersonal außerstande war, die Bewohnerinnen zu beruhigen, war Ines selbst gerufen worden. Der Vorfall bot mir genug Zeit, um unbemerkt in ihr Büro zu kommen. Den Schlüssel zum Medizinschrank bewahrte sie in der ersten Schublade auf; das Midazolam war an Ort und Stelle. Ich stieß zu den Streithennen, nachdem ich meine Mission erfüllt hatte, und gab damit das Zeichen für Frieden. Was Ines nicht wusste, war, dass sie am nächsten Abend kein Schlafmittel in den Saft der Bewohner träufeln würde, sondern simples H2O – frisch aus dem Wasserhahn gezapft. Was begann wie eine ganz gewöhnliche Nachtschicht, endete in einem gewaltigen Chaos.

Die Heimleitung stellte es geschickt an. Weder die in der Küche noch die bei der Ausgabe hatten eine Ahnung von der Zwangsmedikation. Das Küchenpersonal bereitete die Speisen zu und öffnete den Speisesaal, die Zivildienstleistenden hingegen fuhren die Servierwagen hinauf in den ersten Stock, wo all jene Bewohner bewirtetet wurden, die auf ihren Zimmern aßen oder essen mussten. In der Regel waren es jene Bewohner, von denen Schwierigkeiten zu erwarten waren: bettlägerig, schwer dement oder schlicht aufmüpfig. Erst an dieser Stelle kam das Pflegepersonal dazu, das die Tabletten für jeden einzelnen Bewohner aus ihren Tablettenboxen schüttelte. Alles wurde genau kontrolliert und auf einer Namensliste abgehakt – alles, bis auf das Midazolam, das den Apfelsaftgläschen beigemischt wurde. Der Zivildienstleistende verteilte die Tabletts schließlich in den Zimmern und wurde im Nachhinein von der Nachtschicht abgelöst.

Um einundzwanzig Uhr löschte die Oberschwester das Deckenlicht auf den Fluren, nur die gedimmten Wandleuchten brannten weiter. Obwohl für gewöhnlich um neun Uhr Ruhe einkehrte, wurde Ines im Laufe der ersten Stunde fünfmal bei der Aktendokumentation unterbrochen – vom Pflegeruf im Dienstzimmer.

»Arthur!«, rief sie mit ihrer Reibeisenstimme hinaus auf den Gang, wohl wissend, dass ich sie im ersten Stock nicht hätte hören können – obgleich ich gar nicht dort war. »Dieser Nichtsnutz!« Also nahm Ines selbst den Aufzug und marschierte ins Dienstzimmer, um sich zu vergewissern, welcher der Bewohner Hilfe brauchte. Zu ihrer eigenen Überraschung waren es gleich drei zur gleichen Zeit. Sie klemmte das Diensttelefon an ihre Kasacktasche und watete voran.

»Ich bringe Ihnen auch etwas zum Schlafen, Herr Herther«, brummte die Oberschwester, als sie den klapprigen Herrn verließ, der schnurgerade in seinem Bett saß und gedanklich bereits alle Schäfchen zum zweiten Mal gezählt hatte.

Ines schlug zurück in den Gang ein, wo sie schon Frau Mattes am Ende des Korridors in Rollatorgeschwindigkeit und einem flatternden Frotteemorgenmantel auf sich zu düsen sah.

»Sagen Sie, meine Liebe, hören Sie eigentlich den Krach nicht?«, grummelte die alte Dame und hielt ihre Gehhilfe mit eiserner Hartnäckigkeit auf Kurs der Oberschwester. »Wie soll man denn hier schlafen können, wenn Frau Albrecht nebenan so jammert?«

Ines beschwichtigte die Frau mit dämpfenden Gesten, ließ sich aber nicht aufhalten und sauste ohne Tempoverlust an ihr vorbei. Da erlosch das Licht und tauchte das Heim in Schwärze.

»Arthur!«, hallte es erneut durch den ersten Stock, während Ines sich zum Fahrstuhl tastete, jedoch feststellen musste, dass der Knopfdruck wirkungslos blieb. Unter rasselndem Fluchen suchte sie blind den Weg zum Treppenhaus, um die Schlafmittel aus ihrem Büro zu holen. Sie würde jedem einzelnen Bewohner eigenhändig eine Tablette in den Schlund werfen, wenn es denn sein musste. Dort stießen wir zusammen.

»Verdammt, wo hast du gesteckt?«

»Ich war bei Frau Roos. Sie hat nach Wasser verlangt und hat Hüftschmerzen«, log ich.

»Sind denn hier alle verrückt geworden? Geh nach oben und kümmere dich um den Seniorenhaufen! Ich warte auf den Hausmeister und komme dann nach.«

»Mach ich.«

Ines konnte mein Grinsen nicht sehen, aber es war die ganze Zeit vor ihrer Nase – ebenso wie das eingeschaltete Aufnahmegerät in meiner Brusttasche.

Als sich Ines wenige Minuten später in Frau Albrechts Zimmer tastete, die Tasche voll Tavor, enthüllten sich vor ihren Augen die schemenhaften Umrisse des Chaos: Die aufmüpfige Schach-Queen hatte all ihre Urkunden von den Wänden gerissen, ihre Möbel umgestellt und saß nun eingeschnappt in ihrem Bett.

»Was ist hier los?« Ines klickte vergebens den Lichtschalter.

»Frau Albrecht hat umgeräumt«, antwortete ich.

»Das sehe ich!«, schrie Ines, hastete zum Fenster und zog die Vorhänge vollständig zur Seite – das spärliche Licht der Straßenlaternen ausschöpfend.

»Ich brauchte eine Veränderung. Sie können doch von mir nicht erwarten, dass ich bis an mein Lebensende in dem gleichen Zimmer wohne.«

Ines trat auf das Bett zu, drückte eine Tablette aus dem Filmstreifen und hielt sie zwischen zwei Fingern Frau Albrecht entgegen.

»Den Rest machen wir dann morgen früh, Frau Albrecht. Jetzt wird erst mal geschlafen.«

»Nein, vielen Dank, Teuerste«, lehnte diese ab.

»Nehmen Sie das«, forderte Ines, das Gesicht fleckig rot vor zurückgehaltenem Zorn im Schummerlicht leuchtend.

»Ich sagte Ihnen doch, ich will es nicht.«

»Ich habe keine Zeit für Ihre ständigen Witzchen. Es ist Viertel nach zehn und Bettzeit.«

»Ich bin eine erwachsene Frau, Teuerste. Ich entscheide selbst, wann ich müde bin und wann nicht.«

Ungehört von Menschenohren platzte ein Dutzend Äderchen in Ines' Bindehaut und färbte ihre Augäpfel ein. »Also schön«, murmelte sie und stampfte aus dem Zimmer. Ich nickte Frau Albrecht zu und folgte dann der fetten Tonne auf den Gang.

»Was machen wir jetzt?«

»Wir stellen das Pack ruhig«, rasselte Ines.

»Vielleicht sollten wir den Bereitschaftsdienst anrufen? Oder Dr. Arnt?«

Sie blieb abrupt stehen, sodass ich fast in ihren massiven Rücken rannte. Das Deckenlicht über uns flackerte wieder auf – der Hausmeister musste den Sicherungskasten überprüft haben. Ines' Atem stob voller Erleichterung aus ihren Nüstern.

»Hier wird niemand gerufen! Hast du mich verstanden?« Der Drops in ihrem Mund wanderte von einer Wange in die andere, und schließlich drückte sie mir einen Filmstreifen Tabletten in die Hand: »Du stopfst jetzt jedem Vögelchen, das noch nicht schläft, eine davon in den Schnabel. Alles klar? Oder bist du sogar dazu zu blöd?«

Ich schüttelte den Kopf und schluckte den Schrecken davor herunter, was nun passieren würde. Als sie weitermarschierte und im Treppenaufgang verschwand, war ich erleichtert – und panisch. Ich rannte den Flur ab, warf eine Tavor in jedes Bewohnerzimmer, in dem Licht brannte.

»Was soll denn das?«, schmollte Frau Sommer, die von dem Stromausfall nichts mit-, nun aber meinen Wurf abbekommen hatte. »Sei schnell genug«, flüsterte ich mir selbst zu. »Sei schnell genug bei Frau Albrecht.« Ich hörte Ines' Schuhsohlen im Laufschritt über den Bodenbelag quietschen, kontrollierte noch einmal, ob das Aufnahmegerät in meiner Tasche wirklich lief, und bereitete mich auf den Showdown vor.

Mit einem einzigen Wisch fegte der Fuß der Oberschwester Frau Albrechts verstreute Urkunden zur Seite. »Ich habe die Nase voll von Ihren Mätzchen. Ich habe anderes zu tun. Besseres. Verstehen Sie?«

Frau Albrecht blickte aus dem Fenster in die Nacht. Ines trat um das Bett und hielt ihr eine Messbecherkappe entgegen. »Trinken Sie das!«

»Was ist das?«

»Damit können Sie besser schlafen.«

»Haben Sie Heringe in den Ohren, Sie unverschämtes Weib? Ich habe gesagt, dass ich selbst bestimme, wann ich schlafe und wann nicht.«

Als ich das Zimmer betrat, bebte der Olymp unter der Schlacht der Götter. Der gewaltige Körper der Oberschwester zitterte angespannt, den Arm noch immer ausgestreckt. Dann schließlich schoss Ines nach vorn, packte Frau Albrecht im Genick und zwang den Becher an ihren Mund. »Sie trinken, haben Sie verstanden? Sie trinken. Ich mache Ihnen Ihr jämmerliches Leben hier zur Hölle! Ich …« Ines' Handballen traf die alte Frau an der Schläfe. Der Schlag leerte den Becher.

»Ines!«

Von ihrem eigenen Temperament und meiner Anwesenheit überrascht, schwang Ines herum, ohne den Griff von Frau Albrecht zu lösen. Halb irritiert, halb erleichtert ob der erhofften Verstärkung blitzten ihre Schweineaugen mich an. Frau Albrecht schüttelte spastisch den Kopf und presste den zahnlosen kleinen Mund zusammen.

»Hilf mir, sie festzuhalten!«, forderte mich Ines auf.

»Wozu?«

»Weil es eine Anordnung ist.«

Ich machte einen Schritt auf die Oberschwester zu – damit sie verstand, dass ich keine Angst mehr vor ihr hatte, und damit das Audiogerät in meiner Tasche eine deutlichere Aufnahme festhalten konnte.

»Die Bewohnerin sitzt in ihrem Bett«, betonte ich ruhig. »Sie ist höchstens passiv-aggressiv und macht auch sonst keine Probleme. Genauso wie der Rest der Bewohner. Wieso schlagen Sie sie?«

»Es war kein Schlag. Sie hat sich in meine Hand geworfen, weil sie ihre Medizin nicht trinken will.«

»Wieso sollte sie auch?«

»Hast du völlig den Verstand verloren?«, zischte Ines, neue Kräfte aus der eingeschüchterten Dame unter sich sammelnd. »Du – kommst – jetzt – hier – her – und – hilfst – mir!« Sie sprach, als würde sie mit ihrer Stimme Holz zerschlagen. Gedanklich hackte sie womöglich uns beiden den Kopf ab.

»Wobei, Ines?«

»Diese anstrengende Kuh hier einzuschläfern!«

Ines keuchte, blähte den Brustkorb und ließ Frau Albrecht los. Ihr Husten war röchelnd, so als wäre der Bonbon, der ihr in die Kehle gerutscht war, so trocken wie Seesand. Erstickt trat sie einen Schritt zurück, leicht schielend und sich stumpf zischen die Rippen schlagend, um die Blockade aus ihrer Luftröhre zu lösen. Frau Albrecht hatte sich daneben an den äußersten Rand ihres Bettes gerollt, während ich mein eigenes Einmaleins vor mich hin flüsterte, ohne zu denken. Ich beobachtete die Atemnot der Tyrannin aus schmalen, starren Augen, bis ihr feistes Gesicht purpurn angelaufen war und sie jeden Moment drohte, das Bewusstsein zu verlieren. Dann erst hustete sie, und der Drops feuerte wie ein Geschoss aus ihrem Rachen. Die Haare elektrisiert aus dem Pferdeschwanz entkommen, mit rasselnden Lungen und tränenden Augen stand Ines dort und glotzte auf das Aufnahmegerät, das ich ihr vor die Nase hielt.

»Ich rufe jetzt die Polizei, Ines.«

Ich glaube, dass die Oberschwester nie ganz begriffen hat, was sich in jener Nacht eigentlich alles abgespielt hatte. Natürlich wusste sie nichts von dem Tonband oder den Kameras. Aber sie erfuhr auch nie, was es mit dem Stromausfall oder mit dem Inhalt der Midazolam-Flasche auf sich hatte – oder mit dem verhexten Lutschbonbon.

»Können eine Nachtwache und ein Zivildienstleistender vierundsechzig Senioren menschenwürdig betreuen?«, warf der Richter in den Raum, ohne eine Antwort zu erwarten. Ich mochte ihn, obwohl ich enttäuscht war, als ich feststellte, dass es in deutschen Gerichtssälen keine Geschworenen gab. Und auch keinen Hammer. »Wenn man mich fragt, dann ist das ganz klar ein Fall von Unterbesetzung. Aber schlimmer noch: Darf es sein, dass hilfebedürftige Menschen durch Hypnotika oder andere Mittel in eine noch hilflosere Lage gebracht werden, nur weil die Pflege so leichter ist und menschliche Begleitung zu teuer erscheint?« Er schloss die Unterlagenmappe vor sich. »Ich glaube, die Antwort auf diese Frage dürfte jedem hier Anwesenden klar sein. Im Namen des Volkes ergeht folgendes Urteil …«

Dies bestätigte sich mir in der Zeit als Zivildienstleistender mehr als alles andere: *Wir sind den Naturgesetzen unterworfen. Was der Mensch sät, das wird er ernten. Immerdar.*

Der Pflegeskandal verbreitete sich schnell in der Presse. Das Carpe Diem erhob Widerklage gegen mich, wegen Medikamentendiebstahls. Noch am Tag der Klage ging die Anzeige bei der Kriminalpolizei ein, wobei Schwester Ines, zusammen mit zwei anderen Krankenpflegerinnen, als Augenzeugin aussagte. Gunthers Beziehungen waren unschlagbar. Das Mandat ging an einen Rechtsanwalt namens Plarre, dessen fachliches Know-how so glänzend poliert war wie seine Ministerwinkel. Auf sein Anraten hin gestand ich den Diebstahl und meine Tablettensucht und erzählte von der Erpressung, die sich Anfang des Jahres im Büro der Pflegeleitung zugetragen hatte. Tablettensucht, so das Urteil der Verteidigung, war weder ein Kündigungsgrund noch ein Verbrechen, sondern eine anerkannte Erkrankung, auch wenn der Diebstahl selbst Konsequenzen nach sich ziehen musste. Diese Konsequenzen waren zum einen eine Bewährungsstrafe und zum anderen die Auflage, mich einer Therapie zu unterziehen. Im selben Urteilsspruch wurde ich wegen mangelnder psychischer Belastbarkeit für dienstuntauglich erklärt und von meiner Pflicht zum Ersatzdienst entbunden.

Am Abend stießen Gunther, Plarre und ich bei einem Glas Dom Pérignon an der Hotelbar an. Der Fall war für Plarre ein Klacks gewesen, nicht nur weil Gunthers Vermögen ihm den Rücken gestärkt hatte. Der Pflegeskandal, in den das Carpe Diem verstrickt war, schlug nicht allein vor Gericht, sondern auch in den überregionalen Medien hohe Wellen. Die Verantwortlichen wurden auf nicht weniger als eine Viertelmillion Euro Schmerzensgeld verklagt. Für die einen Peanuts, für die anderen Insolvenz. So verteufelt übermäßiges Vermögen in unserer moralgefärbten Welt auch war, so viel Gutes ließ sich mit Reichtum anstellen – das lehrte mich Gunther Gruber. Es müssen ebenfalls genau jene günstigen Einflüsse gewesen sein, die dazu führten, dass ich trotz der gerichtlichen Auflage nie an einer Therapie teilnahm, obwohl ich es mir insgeheim vielleicht gewünscht hatte. Denn so, wie es lief, blieb alles beim Alten, nur dass aus Zopiclon auf Gunthers Verordnung hin Valium wurde. Valium, das Mittel der ersten Wahl bei allgemeiner weltlicher Unruhe, wenn es nach Elvis Presley, Elizabeth Taylor und jeder gut sortierten amerikanischen Hausfrau ging. Der Vorteil von Valium war seine lange Wirkdauer: keine Entzugserscheinungen am Morgen oder Mittag. Und noch ein vermeintliches Allheilmittel machte mir Gunther zugänglich. Es war weiß wie Schnee, leicht aufzutreiben und für Gunthers Verhältnisse günstig wie Puderzucker – und es hatte die genau gegenteilige Wirkung des Valiums. Im Grunde waren beide Mittel Brüder: der eine aufbrausend, der andere friedliebend. Zwei Temperamente addierten sich gegenseitig, nahmen sich die Angst und den Trübsinn. Und mir auch.

Das Maifeuer brannte in Hamburg auf der Bramstedter Schlosswiese, ohne dass sich jemand für seine wahre Bedeutung interessierte. Hier schlugen die Flammen höher als am Strand von Rügen, aber sie waren leblos. Leuchtende Gasströme aus ausgedienten Europaletten und wertlosem Sperrmüll. Sie enthielten nichts als Leere und hinterließen genau dies. Unsere Maifeuer hingegen waren immer wie Ameisenhaufen gewesen, in denen Hunderte ätherische Salamander, Echsen und Drachen wuselten wie spiralförmige Tänzer auf dem Weg gen Himmel. Oder hatte ich mir das selbst nur vorgemacht?

Erreicht das Jahresrad den Mai, ums Freudenfeuer tanz dich frei.

Ich blieb für einige Stunden auf der Schlosswiese sitzen, sodass ich wenigstens die Wärme der Flammen auf den Wangen spüren konnte, und starrte in die seelenlos zerfallene Glut. Das war das Problem an Hamburg – es entbehrte einer Seele. Es gab kein Pochen unter der Oberfläche, an das man sein orientierungsloses Ohr drücken konnte. Da war kein Puls. Nicht einmal in den Flammen. Und wo kein Herz schlägt, ist auch kein Leben.

Gunther überredete mich dazu, ihn in den Urlaub zu begleiten. Er hatte an Nizza, Mallorca oder Saint-Tropez gedacht, aber ich weigerte mich, auch nur einen Schachzug weiter ans Meer zu rücken. Also buchte er einen Flug nach Las Vegas – ein Ort, den ich lediglich aus dem Fernsehen kannte und der für mich genauso unwirklich blieb. Es war nicht nur mein erster Langstreckenflug, sondern überhaupt mein erstes Mal über den Wolken. Während Gunther sein Geld in irgendwelchen Casinos verprasste oder für schöne Frauen und Alkohol ausgab, saß ich am Pool auf dem Dachgarten unseres Hotels, überließ der Sonne meine Haut und blickte hinaus auf die Hochwüste Nevadas, wo jeder Tropfen Flüssigkeit binnen weniger Sekunden verdunstete. Die Wüste gefiel mir. Sie trocknete einen Teil von mir. Ich erinnere mich an die vielen Grillen, die aus Dummheit oder Lebensmüdigkeit immer wieder bei mir im Pool landeten. Wie die Insekten auf das

Dach des Hotels kamen, war mir genauso schleierhaft wie der Gebrauch der Kreditkarten, die Gunther mir überlassen hatte. Las Vegas war eine gute Metapher dafür, wie mein Leben mit dem Millionär aussah: laut, schrill, flackernd. Aber auch eine hohle Illusion. Nur eine Kulisse.

Der Rückflug machte mich traurig. Ich schaute Filme und wappnete mich dafür, zurück in die kalte Wirklichkeit zu kommen. Aber war das damals tatsächlich die Wirklichkeit?

Ich muss nicht jede einzelne Party aufzählen, um zu beschreiben, wie der Alltag zurück in Hamburg aussah. Jede einzelne dieser ausschweifenden Nächte glich der anderen mehr oder weniger. Auf einer Vernissage mit Lachshäppchen und Sektfontänen lernte ich Daniel Rotterdam kennen – einen Modefotografen, der mir sagte, er möge mein Gesicht.

»Doch wirklich, es ist besonders. Hast du schon mal gemodelt?«

»Nein«, gab ich verlegen zurück.

»Ich arbeite gerade an einer Strecke für die deutsche *Vanity Fair*. Kennst du doch, oder?«

»Hab ich schon mal gehört.«

»Okay, ähm, *Harper's Bazaar*? *Interview*?«

Ich zuckte mit den Schultern. Daniel prustete fassungslos: »Woher kommst du eigentlich?«

»Rügen.«

»Du siehst aus, als wärst du direkt aus irgendeinem Elitecollege spaziert, aber bist so naiv, dass es wehtut.«

Ich glättete die Falten meines mintblassen Armani-Hemdes und stieg verlegen von einem Segelschuh auf den anderen.

»Sorry, das war nicht so gemeint. Ich meine bloß … Ach egal. Jedenfalls solltest du dich mal in eine Kartei aufnehmen lassen. Die suchen immer geile Katalogmodels. Wenn du Lust hast, machen wir mal ein paar Aufnahmen in meinem Studio.«

»Ich weiß nicht«, zögerte ich. »Ich bin kein Model.«

»Aber du siehst wie eins aus«, blieb Daniel hartnäckig.

Daniel war auch der Nächste, der die echten Drogen hatte, sofern man den Unterschied überhaupt machen möchte, und der Zweite, der sie mit mir teilte. Gunther beobachtete uns, wie wir zusammen auf die Herrentoilette verschwanden, aber er sprach mich nicht darauf an. Was hätte er auch sagen sollen? Allenfalls Vorwürfe äußern, dass das kein gutes Koks sein konnte, wenn es nach Katzenpisse stank.

Seine Haut war blass wie Mandelmilch, das messingschimmernde Haar trug er in einem Knoten am Hinterkopf. Der Knoten war nicht unachtsam gebunden, er sollte nur so aussehen. Ein paar Haarsträhnen hatte man ihm aus dem Zopf gezogen, sodass sie wie Spinnweben in seinen Nacken fielen. Seine Augen waren klar, kühl und von einer seltsamen Traurigkeit. Wie gefrorenes Wasser der Nordpolarmeere. Ich kannte den jungen Mann nicht, der mir gegenübersaß, obwohl ich mein ganzes Leben mit ihm verbracht hatte. Er saß auf einem Hocker und wartete darauf, dass die Maske eine letzte Prise Puder in wedelnden Pinselstrichen über seine Stirn legte, eventuell die hohen Wangenknochen und das kantig gewordene Kinn konturierte. Er sah mich an, und ich sah zurück. Die Visagistin war zufrieden. Nie war mir mein eigenes Spiegelbild so fremd gewesen.

»Wo bleibst du, Arthur?«, rief Daniel vergnügt, die bereits warm geschossene Spiegelreflexkamera in der klammen Hand, neben ihm summend der schirmförmige entfesselte Blitz. Ich betrachtete mich noch immer, während meine Finger das Plastikröhrchen auf den mit Kosmetik, Pinseln und leeren Softdrinkdosen zugemüllten Tisch fallen ließen; direkt an die Stelle, wo eben noch ein Gramm Kokain in feine Linien geharkt zu finden war. Ich stieß mich vom Spiegel ab, breitete die Arme zu beiden Seiten aus und wandelte in Schlangenlinien ins Studio, wie ein Kind, das sich selbst durch seine bloße Imagination gleichwohl zum Piloten wie zum Flugzeug macht. Mein offenes Hemd flatterte im Sturm der Ventilatoren.

»Setz dich da hin.« Er wies mir einen Platz auf dem einzigen im Raum befindlichen Atelierhocker zu. Ich ließ mich darauf fallen, wackelte mit den nackten Zehen. Die enge Jeans spannte sich über meinen Oberschenkeln.

»Mein Gott, du siehst aus wie Travis Fimmel für Calvin Klein«, schrie Daniel erregt, während er, durch den Sucher der Kamera blickend, um mich herumschwankte und seine Beute mit mehreren Hundert Schuss erlegte.

»Ich schwöre dir, Arthur, ich habe noch nie so einen schönen Menschen vor meiner Linse gehabt.«

»Erzähl keinen Scheiß, Daniel.«

»Ich schwöre es, du Idiot. Nimm den Kopf etwas nach hinten und dreh den Oberkörper ein bisschen nach links ein. Ja, genau so. Genau.«

Obwohl ich mich selbst nie als schön bezeichnet hatte, entgingen mir die Reaktionen der anderen nicht. Daniel trieb es auf die Spitze, aber auch andere Bekanntschaften, die ich auf Gunthers Partys traf, reagierten ähnlich. So wurde ich mir meiner Wirkung auf die Umwelt bewusster, lernte die Zeichen der Körpersprache wie einst das lateinische Alphabet – nicht mit einem Stück Kreide an quietschender Grüntafel, sondern im Exzess mit der High Society. Jugend war meine Waffe, ebenso wie meine Wangenknochen, die zusehends schärfer geworden waren, und mein Körper, dem das private Fitnessstudio des Hotels gutgetan hatte. Mein Haar trug ich weiterhin lang. Von der Idee, es abzuschneiden, hatte mich selbst mein Sugardaddy nicht überzeugen können. Er fand es affig, aber was wusste er schon. In meinem Haar steckte meine Kraft. Wie Samson speiste ich einen nicht unwesentlichen Teil meiner Macht daraus. Es roch nach Rauch und Talg und durchtanzten Hamburger Nächten.

»Was ist das an deinem Hals?« Das Blitzlichtgewitter erlosch. Daniel trat einen Schritt näher und zeigte auf den dunklen Fleck in meinem Nacken. Ein blauer Fleck – von wem oder was verursacht, konnte ich nicht sagen. Erst schien er von dem Mal gestört, dann weitete es seinen ästhetischen Blick und er hielt die Kamera auf jedes Detail. Ich lachte, bis er jeden einzelnen Mahlzahn vor die Linse bekommen hatte und ich schwer wie ein Sack Kartoffeln vom Hocker fiel. Der Aufprall hätte schmerzen sollen, aber das tat er nicht. Schmerzen verursachte bloß die Stille, die zwischen dem Krach entstand. Zwischen jedem einzelnen Moment, in dem mein Herz die Chance bekam, seinen eigenen Rhythmus wiederzufinden. Ich versuchte, diese Augenblicke so kurz zu halten wie meine Fingernägel. Wer seinen Körper kultiviert, kultiviert auch seinen Geist – dachte ich zumindest. Daniel hielt die Kamera auf das Objekt seiner Begierde. Er war ein Jäger im Blutrausch, verliebt in seine Beute.

Daniel und ich schliefen in dieser Nacht zweimal miteinander. Sein Körper war so warm und samtig wie junge Haselblätter. Es war ungewohnt, aber tat nicht weh. Daniel schmeckte nach Energydrinks, Kippen und einem Quantum undefinierbarer Traurigkeit. Seine Augen waren glasig und suchten nach etwas in meinen – ob sie es fanden, wusste ich nicht. Danach redeten wir über alles und nichts. Oder nein, er redete, ich hörte zu. Er erzählte von seinen Reisen um die Welt. Von der Welt aus Schönheit, in der er lebte. Von einer Full-Moon-Party am Miami Beach und davon, dass er manchmal – in schwachen Momenten – die Fantasie hatte, sich einen Strick um den Hals zu legen und … Danach rutschte ich zum Rand der Matratze, während er folgte wie ein Magnet und die Hitze zwischen unseren schwelenden Körpern die Bettlaken rötete. Am Morgen überfiel mich ein seltsames Gefühl der Reue. Ich wollte nicht, dass Gunther von dieser Nacht erfuhr, also rief ich ein Taxi, das mich zurück ins Hotel brachte. Daniel küsste mich an der Tür und bettelte mich an zu bleiben, aber ich machte nur leere Versprechungen.

Das mag merkwürdig klingen, immerhin war Daniel der erste Mensch, der mir so nah sein wollte, aber eine diffuse Angst in mir widerstrebte. Ich fühlte mich schuldig, als hätte ich meinen Ziehvater verraten. Dass Gunther trotz seines Betschwesterngetues nichts gegen sexuelle Ausschweifungen hatte, war mir klar. Doch Sodom und Gomorrha sollten über mich kommen, wenn er je von dieser Nacht erfuhr, dachte ich mir.

Eine halbe Stunde lang, vielleicht auch länger, stand ich unter der Dusche, ließ das heiße Wasser mein Haar scheiteln und versuchte, Daniel und alles, was er mir erzählt hatte, abzustreifen, aber er klebte an mir wie Öl im Gefieder eines Vogels. Später drehte ich das heiße Wasser ab, trat zitternd vor den Badezimmerspiegel und drückte eine der blauen Tabletten aus ihrer Verpackung, um einschlafen zu können. Ich hielt mir die Stirn, als hätte ich einen Schlag darauf bekommen, und griff mir an den Hals, weil ich das Gefühl hatte, eingeschnürt zu werden. Als der grapefruitsaftbittere Geschmack des Valiums auf meiner Zunge blau zerfloss, war das Gefühl verschwunden. Ich schluckte die Tablette und legte mich schlafen.

Hatte ich damals schon gewusst, was passieren würde? Hatte mein Körper eine Ahnung und spürte schon die Folgen des Aufpralls? Und konnte ein erwachsener Mann wirklich so naiv sein zu glauben, das Motiv, das er durch seine Kamera beobachtet, sei die Realität und nicht nur seine eigene Vorstellung der Wirklichkeit? Wir sind alle nur die Illusion eines anderen.

Daniels Bilder landeten in einer Ausstellung mit dem Titel »L'éclosion«. Ich war stolz auf diese Bilder, gab es aber nicht zu. Schon gar nicht, als Gunther betonte, wie mittelmäßig die monochromen Werke in seinen Augen seien. Trotzdem ließ er es sich nicht nehmen, Daniel eines der Porträts abzukaufen. Der mannshohe Fotodruck stach aus all den unbezahlbaren Geschmacklosigkeiten hervor, die Gunther sonst in seiner

Stadtvilla im Treppenviertel Blankeneses anhäufte. Mein fotografisches zweites Ich wanderte über den Fernseher im Salon, wo mein Ziehvater die meiste Zeit Zigarren qualmend und Prosecco schlürfend mit seinen Damen zugange war. Hätte es genau diese vielen Gespielinnen im Haus des alternden Playboys nicht gegeben, hätte ich vielleicht angenommen, Gunther wäre selbst schwul gewesen und hätte sich eine Ikone seiner Verehrung an die Wand genagelt. Aber dem war nicht so. Der Millionär war nicht weniger heterosexuell als die russische Armee und zu keinem Zeitpunkt sexuell an mir interessiert. Sein Interesse – und das zeigte die Symbolik meines Bildes – galt meiner Gestalt, meiner Jugend, meinem Körper. Er liebte nicht mich, sondern das eitle, gewissensarme Geschöpf, das er aus mir machte. Er liebte Rausch, Völlerei und Wollust – ungeachtet ihrer sexuellen Ausrichtung. Und dennoch wollte ich nicht, dass er von meinem Verhältnis zu Daniel erfuhr. Also ignorierte ich die körperlichen Annäherungsversuche des Fotografen in der Folge, ebenso seine Anrufe.

Hinter zwei Dingen ist unsere Gesellschaft her: Geld und Schönheit.

Wie recht Gunther hatte und wie gut sie mir zu passen schienen. Doch es waren nur Leihgaben. Das eine von dem gönnerhaften Millionär, das andere von der Zeit.

Klopfen durchpflügte meinen seichten Schlaf. Dann das Klicken der Tür, als die Schlüsselkarte das Schloss öffnete, und Schritte bis an mein Bett.

»Raus aus den Federn, Großer!« Gunther schlurfte über den Teppichboden und positionierte sich wie der Cristo Redentor mit weit ausgebreiteten Armen vor meinem Bettende. »Du verschläfst ja noch den besonderen Tag, du Nase.« Mit der Fernbedienung öffnete er die Vorhänge und schaltete den Fernseher ein. Trash-TV fegte durch den Raum. Noch bevor ich die Gelegenheit hatte, mir den Schlaf aus den Augen zu kratzen, hatte sich Gunther auf die Bettkante gesetzt. Ich richtete meinen Oberköper auf. Mein Mund war trocken, das Wasserglas auf dem Nachttisch aber leer.

»Ich habe etwas für dich. Alles Gute«, wünschte Gunther und reichte mir zwei Geschenke, für die er sich nicht einmal die Mühe gemacht hatte, sie einzupacken. In einer Welt des Konsums, in der man alles Begehrte erkaufen kann, gibt es weder Vorfreude noch einen Überraschungseffekt. Beide sind so überflüssige und zeitraubende Hindernisse wie Cellophan und Packpapier. Allmählich kehrten meine betäubten Sinne zurück – wie ein Sofortbild nahm mein Bewusstsein immer stärkere Konturen an. Ich wusste, ich würde schwarzen Kaffee brauchen, bevor ich zu irgendetwas fähig wäre.

Das erste Geschenk war eine in tiefseeblaues Leder gebundene Bibel mit goldener Prägung in feinster Kalligrafie. Das Buch war so schön und edel, dass es fast zu schade war, das alte und neue Testament zu enthalten. Meine Mutter hätte mit kühler Rasierklingenpräzision den Buchblock vom Einband gelöst und gegen blinde Seiten ausgetauscht, die sich mit allerlei Gedichten und Skizzen hätten füllen lassen, mit gepressten Blütenköpfen und Zaubersprüchen. Ich strich über die glatte Narbung des Deckels und fühlte mit verschlafenen Fingerkuppen die Details. Das zweite Geschenk war ein Schmuckdöschen, das einen goldenen Kettenanhänger von der Größe eines Zehn-Cent-Stückes enthielt.

»Das ist die Lutherrose.« Gunther tippte auf die blank polierte Punzierung. »Das war Luthers Siegel, sein Glaubensbekenntnis.«

»Vielen Dank, Gunther.« Ich nahm den Anhänger aus der Schatulle und zwischen die Finger.

»Jetzt kannst du deinen Eingeborenenzahn da endlich entsorgen«, lachte er und tippte auf meinen Haifischanhänger.

»Endlich«, stimmte ich ihm halbherzig grinsend zu. Eine feingliederige goldene Kette folgte der Lutherrose um meinen Hals. An derselben Stelle hatte Jahre zuvor mein selbst gebasteltes Kruzifix gesessen, bevor der von meiner Mutter gesäte Zweifel es verdrängt und durch einen Haifischzahn ersetzt hatte.

Keiner stirbt für deine Sünden, kleiner König. Für unsere Sünden sind nur wir selbst verantwortlich, hatte sie gesagt. *Nur wir selbst.* Nun war auch der Haifischzahn passé. Ich hielt ihn in meiner Faust.

»Weißt du, was mein alter Herr mir mit neunzehn geschenkt hat? Einen Aktienfonds und einen Tennisplatz«, erinnerte sich Gunther. »Was zur Hölle soll ein Neunzehnjähriger mit einem Tennisplatz?«

»Keine Ahnung. Tennis spielen?«

»Ich konnte nicht einmal Tennis.«

»Ich auch nicht. Bin froh, dass du für mich keinen Sportplatz hattest.«

Wir lachten beide. Dann klimperte Gunther plötzlich mit einem Autoschlüssel.

»Weißt du, wofür der hier ist, Großer?«

»Nein. Wofür?«

Gunther strahlte über beide glatt rasierten Wangen.

»Der gehört zu deinem dritten Geschenk.«

»Du machst Witze.« Mit einem Satz stand ich neben dem Bett.

»Niemals!«

Ich hechtete zum Fenster und schaute nach unten zur Straße. »Das gibt es nicht, Gunther. Das glaube ich nicht. Du bist verrückt!«

In der Einfahrt des Hotels stand ein granatroter Cadillac Series 62 Convertible. Dass ich nicht einmal einen Führerschein besaß, war Gunther schnurz. Und mir zu diesem Zeitpunkt auch, denn es ging um die Geste.

Unten strich ich über die glänzende Lackierung, streichelte die Motorhaube, berührte das rehbraune Verdeck.

»Es wäre nicht meine erste Wahl gewesen«, kommentierte Gunther von der Seite. »Aber ich finde, zu dir passt er. Ein schönes Auto. Das Auto eines Ästheten.« Ohne Vorwarnung warf er mir die Schlüssel über das Autodach hinweg zu.

»Worauf wartest du? Einsteigen.«

»Ich stehe auf der falschen Seite.«

»Unsinn. Du fährst!« Gunther lachte und öffnete die Beifahrertür.

»Warte, Gunther!«, insistierte ich panisch, denn man konnte nie sicher sein, ob das, was Gunther sagte, ein Scherz oder ernst gemeint war. »Ich kann gar nicht fahren.«

»Aber du kannst es versuchen, oder?«

Gunther hegte die Hoffnung, der Wagen würde mich dazu motivieren, den Führerschein zu machen, aber er lag falsch. Der Cadillac war ein wunderschönes, von Menschenhand geschaffenes Objekt. Eine Skulptur aus Blech, die ich gern betrachtete, aber nicht als Gebrauchsgegenstand sah. Wir klappten das Verdeck zurück und bretterten gegen den Wind über die B 431 in Richtung Blankenese. Der Wind verpasste mir Backpfeifen und riss an meinem Haar, aber der Zopf war zu fest geschnürt und ich unempfindlich gegen die Angriffe. Das Auto war ein Jungbrunnen und bewirkte in Kombination mit dem plärrenden Radio, dass sich Gunther in einen rebellischen Jungspund verwandelte.

Ich fürchtete, dass Gunther mich in den berühmten Anglo-German Club oder einen anderen edlen Stammplatz der High Society einladen würde, aber er tat es nicht. Stattdessen entführte er mich in einen Nachtclub irgendwo zwischen Kennedybrücke und Hauptbahnhof, den er einzig für diese eine Nacht zwei Wochen zuvor aufgekauft hatte. Ich erinnere mich an den Geruch von Lösemitteln – der Goldlack war noch nicht lang getrocknet. An einigen Stellen war er sogar noch so feucht, dass manch einer die Farbe am nächsten Morgen an seinen Kleidern fand. Gunther interessierte das nicht. Ihn interessierten der Moment, die Inszenierung und der Auftritt. Er liebte Mottopartys. »Gib den Leuten einen Grund zu feiern, und sie tun es.« Dieser Grund konnte dabei so abstrakt sein wie eine Farbe. Servicekräfte – wandelnde Muskeln und Kurven – servierten, ebenfalls von Kopf bis Fuß mit glänzender Körperfarbe besprüht, Disaronnos und Margaritas auf Eis. Das Motto der Party war schlicht und einfach ein Edelmetall, das sich erst bei eintausendvierundsechzig Grad verflüssigte – in etwa die Temperatur, die auch der Club um spätestens vier Uhr morgens angenommen hatte. Masken aus Goldblech wurden an der Tür ausgegeben und Tütchen voll Glitzer, von denen Gunther einmal als »Swarovski-Staub« sprach. Ob das bloß ein Witz war oder der verschwenderische Millionär tatsächlich zermahlenes Kristallglas als Partydekoration bestellt hatte, will ich gar nicht wissen. Vielleicht erklärt die Wahrheit aber so manch eine entzündete Bindehaut. Mich hatte Gunther in eine knappe weiße Toga gesteckt – gekrönt von einem metallenen Lorbeerkranz. Ich fühlte mich albern in dem Outfit, aber trug das Teil meinem Ziehvater zuliebe – dessen tänzerische Darbietung das Schlimmste an der ganzen Veranstaltung war. Ich war froh, als die üblichen Miezen ihren Sugardaddy von der Tanzfläche entführten und sich der Platz, an dem er gezappelt hatte, mit Menschen füllte.

»Hey!«, brüllte mir eine vertraute Stimme ins Ohr. Als ich mich nach ihr umdrehte, erkannte ich Daniel.

»Hey.«

»Alles Gute zum Geburtstag.« Er legte seine Hand in meinen Nacken und zog mich an sein Gesicht. Der Kuss war fahl und wurde so schnell von mir beendet, dass Daniel unzufrieden aus dem Takt der Musik geriet.

»Geht's dir nicht gut?«

»Alles bestens.« Ich griff eines der vorbeischwebenden Cocktailgläser, rupfte die nervige Garnitur heraus und trank. Der Salzrand knirschte zwischen meinen Zähnen.

»Wollen wir kurz irgendwohin gehen, wo es ruhiger ist?« Der Fotograf ließ nicht locker. Wir tänzelten gemeinsam an die Bar. Er bestellte ein Bier, von dem ich genauso genervt war wie von der Tatsache, dass er mein Desinteresse nicht zu deuten wusste.

»Ich habe in den letzten Tagen ein paar Bilder retuschiert«, erzählte er. Ich nickte. »Auch ein paar von dir.«

»Ich dachte, die Fotostrecke wäre beendet?«

»Ja, dachte ich auch. Aber irgendwie komme ich nicht so richtig von dir los.«

Ich beobachtete die auf- und abfallende Menschenmenge. Es regnete »Swarovski-Staub« und Konfetti, das so langsam verwehte, als würde es in Zeitlupe zu Boden fallen. Ich streckte die Hände aus und versuchte, einige der Schnipsel zu fangen.

»Vielleicht könnten wir nach der Party zu mir gehen.« Auf mein Schweigen hin setzte er nach: »Ich hab auch noch Stoff zu Hause.«

»Danke, Daniel. Aber wenn ich Stoff brauche, dann besorge ich ihn mir.«

»So war das nicht gemeint. Ich fliege nächsten Mittwoch für ein Shooting nach Milano. Bis dahin sollte es aufgebraucht sein. Das meinte ich. Arthur? Arthur?«

»Daniel.«

»Hörst du mir zu?«

»Ehrlich gesagt, nein.«

»Du bist ziemlich dicht, hm?«

»Ich habe einfach nur kein Interesse.« Ich stellte das leere Margaritaglas so heftig auf dem Tresen ab, dass der Stiel brach und es hinter die Bar fiel. Als es ausgesprochen war, fühlte ich mich kurzzeitig erleichtert. Wie nach dem Kotzen, wenn man glaubt, der Kater sei jetzt vorüber, der Magen aber noch längst nicht leer ist.

»Ich habe einfach kein Interesse, Daniel«, wiederholte ich. »Ich bin nicht mal schwul, okay?«

»Ich hätte schwören können, du wärst es.« Er stutzte. »Moment! Du nimmst mich auf den Arm, oder?«

»Nein. Ich interessiere mich nicht für dich, Daniel. Ich kann deine Schwärmerei nur schwer ertragen. Sie juckt wie Sackläuse, okay?« Meine Worte schlugen zu wie Macheten. »Hier«, ich griff nach einem noch vollen Glas an der Bar, drückte ihm den Cocktail in die Hand und klopfte ihm auf die Schulter, wie Gunther es oft tat. »Trink und genieß die Party, okay? Ach, und viel Spaß in Mailand.«

Ich ließ ihn stehen – und es tat nicht weh. Mir tat es nicht weh. Es war so einfach gewesen, die Verbindung zu trennen. So einfach gewesen, zerstörerisch zu sein. Genauso musste sich meine Mutter gefühlt haben, als sie unsere Schicksalsfäden durchschnitt.

Tu, was du willst, sei das ganze Gesetz, mein Schatz.

»Nun seht ihn euch an«, lallte Gunther im schlenkernden Bariton, während ihm billige Weiber wie Blutegel am Altmännerhals klebten. Mit seinen dicken Fingern winkte er mich zu ihnen in die wolkige Lounge. Zwei südländische junge Männer, beide mit nacktem Oberkörper, knieten an dem niedrigen Tisch vor ihnen und harkten an halb leeren Champagnergläsern mit Lippenstiftspuren und einem Bündel Trinkgeld vorbei feine Linien Kokain. Alle Augen folgten Gunthers Anweisung und wanderten an mir herauf.

»Seht euch den griechischen Jüngling an, meine Freunde. Frauen und Männer liegen ihm zu Füßen. Ist es nicht so?«

Schlanke Finger strichen über meine Brust, wanderten unter den lockeren Stoff meiner Toga, streiften die Lutherrose und fanden meine Brustwarzen. Ich legte den Kopf in den Nacken, als sich die warmen Lippen der Frau auf meinen Hals klebten. Gunthers Mätressen verstanden ihren Job. Nie zuvor war ich von einer Frau so berührt worden. Große Hände gesellten sich zu denen der Hure, umschlangen mich mit sehnigen Armen von hinten, kreuzten sich über meiner Brust. Ich spürte eine Erektion an meinem Steiß. Ein Biss in den Nacken genügte, und ich war sein. Ich schloss einfach die Augen und ergab mich.

Ich war glücklich, als wir am Morgen in der ersten Reihe von St. Michaelis saßen. Ich war müde und schläfrig wie ein Mann, der sich die ganze Nacht hindurch seiner fleischlichen Lust hingegeben hatte. Der Duft von Schweiß, Sex und Rauch klebte an mir, mein Hals war zerbissen. Es war – nach Anna – das erste Mal mit einer Frau. Aber dieses Mal war anders gewesen. Es war kein vorsichtiges, ungelenkes Bestehen einer Prüfung, für die man in vielen Nächten einhändig geübt hat. Es war ein ausschweifender Rausch. Es war ein fast gewaltsames Einfordern von Biologie. Es war herrisch, und es war mein erstes Mal zu dritt. Ein Akt der Schöpfung, der ein fleischfarbenes, nacktes, pulsierendes Wesen mit drei Köpfen, sechs Armen und sechs Beinen hervorbrachte. Sodom und Gomorrha.

Dass Daniel mich während dieser Orgie beobachtete hatte, war mir nicht bewusst, obwohl seine traurigen Augen die meinen trafen, irgendwann zwischen den Koitussen. Wie ein Splitter steckte dieser Moment tief in meiner Großhirnrinde – zu tief, um ihn hervorzuholen, tief genug, um ihn zu ignorieren. So wie ich den Fotografen selbst ignoriert hatte und ignorierte, ignorierte ich jenen Moment. Gunther räusperte sich, als ich kurz die Augen schloss.

Der Jugend gehört die Welt.

Juniregen prasselte auf das Dachfenster über meinem Bett. Ich lag auf dem Rücken, die kühlen Satintücher von mir gestrampelt, mit müder Seele und schwer arbeitendem Kopf, und beobachtete die Nacht beim Zerfließen. Der Radiowecker zeigte kurz nach vier, als ich mich aus den Federn rollte und im Badezimmerschrank nach dem Diazepam fischte. Es war das einzige Mittel, das mir den ersehnten Schlaf bringen konnte – und die letzte Tablette. Ich drückte die blaue bikonvexe Linse aus der Verpackung und rollte sie zwischen Daumen und Zeigefinger wie ein aufrechtstehendes Rad. Zehn Milligramm hatte ich bereits am Abend genommen. Zehn enttäuschende Milligramm. Ob ich die Dosis verdoppeln konnte, wusste ich nicht.

Alle Dinge sind Gift, und nichts ist ohne Gift.

Ich schloss die Augen und sah meine Mutter in der Küche des kalkbleichen Hauses stehen. Die Hände blau gefärbt vom Saft der Tollkirsche, die sie mit dem Messer in zwei perfekte Hälften teilte und damit die winzigen Samen offenbarte. Atropa belladonna.

»Hey. Du hast doch gesagt, die sind giftig«, hörte ich meine hohe Kinderstimme besserwisserisch quaken. Meine Mutter lächelte mich an, ohne das Messer abzusetzen. Die Klinge glitt durch das schwarze Fleisch der murmelförmigen Früchte.

»Das sind sie auch.«

»Wieso isst du sie dann?«

Sie halbierte eine weitere Beere und legte sie in die Schale zu den anderen. Die guten ins Töpfchen, die schlechten ins Kröpfchen, dachte ich, während ich die zwei kleinen Schälchen betrachtete.

»Ich esse sie nicht, Arthur. Aber man kann aus ihnen Medizin herstellen, wenn man sie mit Respekt behandelt. Die Natur kann töten und heilen. Alle Dinge sind Gift. Allein auf die Dosis kommt es an.«

Am selben Abend, kurz nachdem sich die Blütenkelche der Nachtkerzen geöffnet hatten, bekamen wir Besuch von einer Frau aus dem Dorf, die ihren greisen Vater in einem Rollstuhl an unsere Hintertür bugsierte. Der Mann war im Dunkeln der Dämmerung bleich wie der Mond und seine Gesichtsmuskeln schmerzverzerrt. Die Frau beschrieb das Nervenleiden ihres Vaters als plötzlich auftretende, unerträgliche Qual. Die Krämpfe, Taubheitsgefühle und das Kribbeln in Händen und Füßen konnten weder vom Hausarzt noch vom Spezialisten des örtlichen Krankenhauses beendet werden. Mutter ging in die Knie und legte dem Mann eine Hand auf die nasskalte Stirn. Dieselben lindernden Hände, die mich in den Schlaf streichelten, zeigten der Tochter des Leidenden, auf welche Art und in welcher Dosierung sie die violette Fettsalbe aufzutragen hatte, die meine Mutter am Vormittag zubereitet hatte. Tollkirsche, Pappelknospen,

Sonnenblumenöl und Bienenwachs. Wenige Wochen später erschienen der alte Mann und seine Tochter erneut – diesmal an der Vordertür –, um sich bei meiner Mutter für ihre Hilfe zu bedanken.

Ich zerbrach die Tablette und legte mir das eine Stück auf die Zunge. In einem Schwall Wasser aus der Leitung landete die Hälfte in meinem Magen. Die zweite legte ich zurück in den Spiegelschrank.

Alle Dinge sind Gift, und nichts ist ohne Gift.

Ich dachte an Daniel. Ich wusste nicht, wieso – damals zumindest nicht –, aber ich tat es.

In jener Nacht träumte ich von einem Turm – schwarz und aus groben Steinquadern unterschiedlicher Größe bis hinauf in den Himmel errichtet. So hoch, dass er unmöglich den physikalischen Gesetzmäßigkeiten standhalten konnte. Trat man an die steinerne Brüstung und blickte nach unten, so erkannte man die Wölbung der Erde wie die des Bauwerks selbst. Als würde der Turm tanzen, schien das Lot, nach dem er errichtet worden war, betrunken gewesen zu sein. Die Architekten waren zu sorglos gewesen und hatten das Gleichgewicht zwischen Himmel und Erde missachtet. Ich träumte von menschlichen Silhouetten, die sich unter mir aus den schwarzen Fenstern stürzten – von Todesangst getrieben, der Blitz, der sich über uns zusammenbraute, würde nichts als verkohltes Fleisch hinterlassen. Einer nach dem anderen fiel in die Tiefe des Abgrundes. Ich wusste, der Turm würde mich nicht mehr lange tragen, und klammerte mich doch angstvoll an das alte Gemäuer. Dann brach sie weg, die Zinne, an die ich mich krallte, und ich fiel vornüber in die Leere. Tiefer. Und Tiefer.

Der Aufprall war ein harter Sturz auf den Kopf, obwohl der Boden meiner Suite mit Teppich ausgelegt war. Es dauerte lange, bis die Emulsion aus Traum und Wirklichkeit sich wieder in ihre Bestandteile zerlegt hatte und mich mit Übelkeit und einer Beule schweißgebadet zurückließ.

Im August, als der Honigtau der Blattläuse alle Straßen und Gehwege in unmittelbarer Nähe der Linden zu flächigen Klebefallen gemacht hatte, die sich kaum wieder von den Autos waschen ließen, fand eine Party statt, auf der das Gerücht zum ersten Mal umging. Wie ein Phantom, das nicht darauf aus war, jemanden zu verschrecken, sondern still und heimlich die Atmosphäre seines Spukortes infiltrierte, wurde es von einem Ohr ins andere geflüstert. Ich spürte, dass etwas nicht koscher war. Spürte es trotz Gin, trotz Koks und Sekt. Es schimmerte durch die blütenreine Garderobe der White Party wie vergossene Rotweinflecken, die sich selbst von Bleichmittel nicht daran hindern lassen, durch den Stoff zu schlagen: Der Fotograf hat sich umgebracht. Zuerst begriff ich nicht, um welchen Fotografen es sich handelte, dann bekam ich es auf der Herrentoilette mit – oder ich sollte es mitbekommen. Ich hatte gerade gepinkelt – mindestens zwei Liter – und trat ans Waschbecken, wo zwei flamboyante Tunten tuschelten, so laut, dass man sie vermutlich sogar in der Damentoilette auf der gegenüberliegenden Seite des Flurs hatte hören können. Als ich die Hände unter den Wasserstrahl hielt, die geschwollenen Finger mit den kurz gekauten Nägeln benetzte, beglotzten sie mich von der Seite und sprachen mich amüsiert an.

»Hey, bist du nicht der Freund von diesem Fotografen?«

»Weiß nicht, wen du meinst.« Ich schlug gegen den Handtrockner, der brausend zu pusten begann und das quakende Stimmchen übertönte. Ich schloss die Augen, legte den schweren Kopf in den Nacken und zählte.

»Doch, doch. Daniel war sein Name. Du hingst doch auch in seiner letzten Ausstellung.« Wie Würmer krochen die Erinnerungen durch mein Hirn, zerlöcherten es wie einen Blumenkohl. Der Föhn verstummte, und ich schlug die Augen auf.

»Was ist mit ihm?«

»Du weißt es nicht?«

»Was?«

»Hat sich umgebracht«, schnippte der andere. »Erhängt. In seinem Atelier.«

»Man munkelt, er hat einen Abschiedsbrief hinterlassen.«

Für einen Augenblick nahm die Welt vor meinen Augen eine unscharfe Farblosigkeit an. Ich griff nach der Klinke, riss die Tür auf und stürzte auf den wankenden Flur.

»Soll schwer verliebt gewesen sein«, hörte ich eine der Tucken hinter mir herrufen, ehe die zufallende Tür uns trennte und die Musik meine Gedanken verschluckte.

Ich fand Gunther wie immer im Séparée, beide Hände vergraben in die prallen Arschbacken einer Blondine, die rittlings auf seinem Schoß saß. Als er an ihren erigierten Brüsten vorbeischielte und mich erkannte, hob er sie mit den Mühen eines in die Jahre gekommenen Mannes von sich und setzte sie auf dem Platz daneben ab.

»Was ist los, Großer? Sag nicht, du musst kotzen? Such dir 'n andern Ort dafür.«

Ich suchte die Lounge ab – wonach, das wusste ich nicht, aber meine Augen wollten nicht stillstehen. Gedanken stoben durch meinen Kopf, verloren sich im betrunkenen Strudel meines Hirns. »Er ist tot«, schnaubte ich.

»Wer ist tot?«

»Daniel.«

»Daniel wer?«

»Daniel Rotterdam. Der Fotograf. Eines seiner Fotos hängt in deinem beschissenen Wohnzimmer.«

»Dann ist es in ein paar Jahren vielleicht etwas wert«, lachte Gunther atemlos und reichte mir ein Champagnerglas. »Hier, trink erst mal 'n Schluck.«

Ich exte das seltsame Gefühl der ungewissen Verzweiflung unter seiner Observation, schmetterte das leere Glas auf den Boden und eilte hinaus, sodass weder er noch sonst jemand sehen konnte, dass ich heulte. Gunther rief mir nach – »Die Wege des Herrn sind unergründlich, Großer!« –, aber ich ignorierte ihn. Ich folgte nur dem schlechten Gewissen, das mich durch die nächtliche Stadt trieb.

Mit den Narren verkehre nicht, sie rücken dich ins falsche Licht, flüsterte der sichelscharfe Mond hinter einem Leichentuch aus grauem Dunst, wieder und wieder, bis ich atem- und tränenlos vor dem Michel zum Stehen kam. Das Portal war verschlossen. Ich setzte mich auf die steinernen Stufen und lehnte den Kopf gegen das Mauerwerk. Über mir bezwang der bronzene Erzengel Michael, grün patiniert, den Drachen, die Lanze zum finalen Stoß in die Höhe gehoben. Ihre Spitze zeigte durch das Untier hindurch auf mich.

Nach diesem Ereignis drehte sich die Welt für Gunther einfach weiter. Vielleicht erinnerte er sich nicht einmal mehr an das, was ich ihm auf der Party erzählt hatte. Vielleicht konnte man ihm nicht einmal einen Vorwurf machen. Er hatte Daniel nur vage gekannt. In mir hingegen hatte sich etwas grundlegend verändert. Ich versuchte, mehr über den ominösen Abschiedsbrief zu erfahren, aber ich wusste nicht, wie ich das anstellen sollte. Und so blieb er ein Gerücht und gleichzeitig eine vorgestellte Verschriftlichung meiner Schuldgefühle.

☆

Der Herbst kam so schnell, dass ich ihn nicht wahrnahm, bevor er die Bäume kahl geschoren hatte. Für gewöhnlich konnte ich jede Jahreszeit riechen, noch bevor die vorige beendet war. Aber in jenem Jahr war meine Nase blockiert, so wie alle übrigen meiner Sinne. An besonders kalten Tagen, die nach Verfall und Schimmel rochen, zog ich mir meine Kaschmirmütze bis über die Stirn und ging zu den Landungsbrücken. Ich beobachtete die starren Kräne, wie ich es seit meiner Ankunft in Hamburg getan hatte, und betete insgeheim zu ihnen, sie mögen zum Leben erwachen und alles in dieser Stadt unter ihren langen Giraffenstelzen zertrampeln. Aber das taten sie nicht, natürlich nicht.

Noch schlimmer als der Herbst war die Adventszeit in Hamburg: regenreich und feucht und der Himmel den gesamten Dezember über aschgrau wie das Haar von Herrn Räder. Der Pastor hatte eine helle Stimme und Augen von derselben Farbe wie die verblasste Tinte in alten Gebetsbüchern. Seine Predigten waren bestimmt von einem leisen, kaum wahrnehmbaren Zischlaut, wann immer er das S benutzte. Er stand in engem Kontakt zu seiner Gemeinde, war sich nie zu schade oder zu beschäftigt für einen Plausch nach dem Gottesdienst. Ich sah ihm gern dabei zu, wie er, die rahmenlose Brille auf die Nase gerückt, aus dem Neuen Testament vorlas. Mir gefielen die Pausen zwischen seinen Sätzen und die Betonung, die nie zufällig gewählt zu sein schien, sondern immer einer Melodie folgte. Es waren hauptsächlich verheiratete Frauen, die – anders als ihre Ehemänner – ihre christlichen Pflichten nicht mit der Spende der Kollekte abgegolten sahen, sondern zusätzlich noch in klimpernden Augenaufschlägen und unbedeutendem Small Talk. Einige dieser Frauen brachten dem Pastor Pasteten und selbst gebackenen Kuchen und schwärmten von ihm wie Groupies von ihrem Idol. Ich wünschte, ich hätte Pastor Räder ebenso erlebt, aber zu Gunther – und letztlich auch zu mir – hielt er immer einen gebührenden Abstand, der größer war als zum Rest der Gemeinde. Ich las daraus, dass er nicht zugänglich für den negativen Einfluss war, der von den finanziellen Mitteln des Millionärs ausging. Seine Freundlichkeit – und letztlich auch Dankbarkeit, war es doch immerhin Gunther, der einige Jahre zuvor das Dach des Hauptschiffes neu hatte decken lassen – war ehrlich, aber nicht ohne Skepsis. Auf seine Frommer-Würdenträger-Art-und-Weise war er mir sympathischer als Gunther selbst. Aber ich ihm offenbar nicht.

»Kann ich dir helfen, mein Sohn?«

In meinem Kopf rauschte noch immer der Alkohol der vergangenen Nacht, in der ich eine interessante Feststellung gemacht hatte: Hielt man eine leere Schaumweinschale an sein Ohr, konnte man in ihr – genau wie in einer Muschel – das Meer rauschen hören. Wie jedes Kind war ich immer fasziniert gewesen von jenem fernen Säuseln. Dabei ist es ein Irrtum, dass wir das Echo des Ozeans vernehmen. In einem schalldichten Raum würde es schweigen. Wir vernehmen unseren eignen Ozean, der zinnoberrot in unseren Adern ebbt und brandet. Der Ozean unserer Leidenschaften und Sehnsüchte – hörbar gemacht durch einen Resonanzkörper.

»Kann ich dir helfen?«, wiederholte der Pfarrer in einem väterlich ernsten Ton.

»Ich wüsste eigentlich nicht, wie«, murmelte ich, die starren Augen an die Weihnachtsdekoration geheftet. Es war ein Tag vor Heiligabend.

»Es wird einen Grund geben, wieso du hiergeblieben bist. Wolltest du mich sprechen oder allein sein?«

Es dauerte fünf Herzschläge, bis seine Worte den Bann gebrochen hatten und ich aus meinem Tagtraum erwachte. Mit blutunterlaufenen Augen schaute ich ihn an.

»Du bist der junge Mann aus den Medien, richtig? Der die Missstände in dem Seniorenheim aufgedeckt hat. Deine Eltern müssen sehr stolz auf dich sein.«

Ich wandte meinen Blick von ihm ab und starrte zurück zu Jesus, der seit Jahrzehnten gekreuzigt am Altar hing. Wie furchtbar sich das anfühlen musste.

»Du bist auch der junge Mann, der immer und überall an der Seite von Herrn Gruber auftaucht.«

Der Pastor konnte mir nichts erzählen, das ich nicht schon wusste – und diese Tatsache steigerte nur meine Traurigkeit.

»Haben Sie sich schon einmal gefühlt, als wären Sie irgendwo weit draußen auf dem Meer? In einem winzigen Boot? Um Sie herum nichts als Ozean und Horizont?«

»Ich habe guten Kontakt zu verschiedenen Anlaufstellen, mein Junge. Kennst du das Basis-Projekt?«

Die ungewollte Komik seiner Annahme brachte mich zum Schmunzeln. »Ich bin kein Stricher, auch wenn ich so aussehe. Und Sie haben meine Frage nicht beantwortet.«

»›Fürchte dich nicht, ich bin mit dir; weiche nicht, denn ich bin dein Gott.‹«

Ich behielt das Grinsen in meinem Gesicht, fror es ein und schloss die müden Augen.

»Dürfen Geistliche eigentlich nur in Bibelversen sprechen?«

»Manche halten das für einen Vorteil. Ich denke, es ist eine Berufskrankheit.« Er deutete auf den freien Platz neben mir. »Darf ich?« Und setzte sich, ohne meine Antwort abzuwarten.

»Es gibt keine Beichte in der evangelischen Kirche, oder?«

»Es gibt in jeder Kirche Beichte und Vergebung, nur machte Luther daraus kein Sakrament. Möchtest du etwas loswerden?«

Ich presste die Lippen zusammen. Wo hätte ich bloß anfangen sollen? Bei Pelle oder Daniel?

»Nein«, sagte ich schließlich. In der Luft lag der Duft von Winterabenden, kaltem Stein und frisch erloschenen Kerzen. Der Pastor nickte resolut und erhob sich wieder, als hätte er insgeheim gehofft, sein Beistand wäre hier nicht vonnöten.

»Ein fester Glaube kann uns helfen, mein Sohn.«

»Darum bin ich ja hier«, erwiderte ich.

»Wirklich? Ich dachte, du seist nur hier, um Herrn Gruber einen Gefallen zu tun.«

Ich schaute in die Augen des Pastors – durch klares Brillenglas und dunkle Pupillen, hinein in ein tiefes Misstrauen, das mir gefiel, denn es war berechtigt und ehrlich. Er war nicht dumm. Er kannte die Menschen in all ihren jämmerlichen Facetten.

»Vergebung setzt Reue voraus und den Willen zur Besserung«, predigte er und schlurfe bereits davon. »Es ist Weihnachten. Du solltest bei den Menschen sein, die dich wirklich lieben.«

»Sie haben meine Frage noch immer nicht beantwortet«, folgte ihm mein Echo – ein wenig zu laut, um von heiligen Wänden wie diesen widerzuhallen. In Portalnähe erwachte eine Frau aus ihrem Gebet und lauschte auf. Der Pastor hielt inne und drehte sich um.

»›Du gibst auch im Meer Wege und mitten in den Wellen sichere Fahrt und zeigst dadurch, wie du aus aller Not zu retten vermagst.‹«

Ich wollte seinen Rat annehmen, aber wusste nichts mit ihm anzufangen. Ich schob jedes Wort einzeln in meinem Kopf auf und ab, von hinten nach vorn – wie die Ziffern eines magischen Quadrates –, aber die verschlüsselte Botschaft offenbarte sich mir nicht.

»Gibt es ein T-Shirt mit diesem Spruch im Souvenir-Shop?«

»Vertrau ein bisschen mehr auf Gott, mein Junge«, winkte er ab.

»Ich glaube nicht an Gott«, sagte ich, so wie man sagt, man möge keinen Zucker in den Kaffee. Es war so pietätlos wie blasphemisch an einem Ort wie diesem, aber das war mir egal, denn mit meinen neunzehn Jahren schien es endlich Sinn zu ergeben: Es konnte in meinem Leben keinen Gott geben. Ich wollte es. Ich wollte es so sehr, wie ich die flüsternden Lehren meiner Mutter als Lügen entlarven wollte, aber sie machten Sinn. Auf ihre dunkle, prophetische Art ergaben sie alle Sinn. Und so gern ich Pastor Räder auch zum Freund und Vertrauten gehabt hätte, ließ ich ihn schniefend ziehen und blieb Heide.

Als ich die St. Michaelis verließ, fühlte ich mich leerer als zuvor. Ich sehnte mich nach den Geistern der Vergangenheit. Nach gebratenen Boskop-Äpfeln, gefüllt mit Marzipan und Nüssen und mit Zucker und Zimt bestreut. Sehnte mich nach neun brennenden Holzscheiten im Garten und dem Duft der Bienenwachskerzen, die meine Mutter und ich zur Wintersonnenwende im ganzen Haus aufgestellt hatten, und schlicht nach dem Winter an der Küste. Nach Nebel, so undurchdringlich, dass kein Baum den anderen mehr zu sehen vermochte und Geheimnisse zugedeckt blieben unter ihrer weißen Decke.

Am nächsten Tag, am Heiligen Abend, besuchte ich einen Menschen, den ich völlig aus meinem Gedächtnis gestrichen hatte, sobald ich in Gunthers Welt eingezogen war: Frau Albrecht. Sie war nach der Anklage gegen das Carpe Diem in eine Einrichtung für betreutes Wohnen umgesiedelt worden. Ich folgte dem Pförtner vor ihre Einzimmerwohnung. Ich weiß nicht, welche Freude größer war, die des Wiedersehens nach acht verstrichenen Monaten ohne ein einziges Lebenszeichen oder die über das unerwartete Geschenk, das ich für sie in der Hotellobby notdürftig hatte verpacken lassen.

»Der Lütter«, rief sie und kniff mir in die Wange. »Herein, herein! Oh, gib mir das!« Im Nullkommanichts war das Papier zerrissen und das Schachbrett entblößt.

»Ach, du sollst doch nicht …«, nuschelte sie zahnlos und mit bebenden Lippen, aber ich wusste, dass das Geschenk ihr sehr wohl gefiel. Bei einem Glas warmem Orangensaft erzählte sie mir von ihrer neuen Wohnsituation und lästerte über den direkten Nachbarn, der sie mehr als einmal zu einem lauschigen Fernsehabend zu sich eingeladen hatte. »In die Röhre kieken kann ich alleine.« Ich lachte zum ersten Mal seit Monaten, bis mir der Kopf wehtat und wir das Schachduell wieder aufnahmen – und ich es wieder und wieder verlor. Später sagte sie mir in ihrer unverblümten Art und Weise, wie furchtbar ich aussähe und dass ich mir die Haare öfter waschen solle. Sie schmuggelte mir sogar ein Trockenshampoo in die Tasche, das ich nie benutzte. Aber was genau in all der Zeit mit mir geschehen war, danach fragte sie nicht. Vielleicht interessierte es sie nicht. Vielleicht konnte sie sich aber auch einfach ein eigenes Bild malen. Ich schlief auf ihrem Sofa ein und besuchte sie in den folgenden zwei Monaten jeden Montag – selbst wenn das ZDF wieder einmal eine Episode Rosamunde Pilcher ausstrahlte. Selbst als sie mich an manchen Tagen nicht mehr erkannte, besuchte ich sie und gab mir beste Mühe, dass sie sich noch einmal und noch einmal mit mir anfreundete.

Frau Albrecht verstarb an einem Freitag im Februar, ohne dass ich mich von ihr verabschieden konnte.

Woche für Woche fielen die Blätter vom Kalender und sprossen zartgrün an den Bäumen. Ich entzog mich, soweit ich konnte, Gunthers Gesellschaft – wohl wissend, dass meine finanzielle Situation von seiner Gunst abhing. Ich enthielt mich der Partys in Nachtclubs, Bordellen und Privatlofts und verkroch mich stattdessen in meinem Apartment. Es war ein gefährliches Spiel, das ich spielte. Das war mir bewusst. Aber Gunther bemerkte meine langsam formgewordene Abneigung gegenüber all dem, was er symbolisierte, nicht. Statt mich in Frieden zu lassen, holte er seine Festlichkeiten zu meinen Ehren in das Hotel und zwang mich auf diesem Wege, ihnen beizuwohnen. Der immer gleiche Haufen verschwenderischer, leicht bekleideter Seelen – rauchend, trinkend, koksend. Und ich einer von ihnen, mit ewig müden Augen und einem Loch in der Brust, das nichts stopfen konnte.

»Und Sie müssen Arthur sein«, flötete mir ein Mann zu, der Silvio Berlusconi nicht unähnlich war: gerbgrubenbraune Haut, Tintenschwärze im schütteren Haar verteilt und das Gesicht straffer als jedes Spannbettlaken.

»Ich bin Dorian«, antwortete ich ihm und prostete ihm zu. »Dorian Gray.«

»Zumindest gelten Sie schon als neuer Hotelerbe.« Er zwinkerte mir zu und leerte sein Glas in einem Zug bis auf den letzten Tropfen. »Sagen Sie, meine zwei Töchter und ich machen in diesem Sommer Urlaub an der Côte d'Azur. Hätten Sie nicht Lust, uns Gesellschaft zu leisten?«

Ich nickte, wie von mir erwartet wurde, und entschuldigte mich um Viertel nach zwölf, um auf meinem Zimmer eine halbe Valium einzuschmeißen.

Mit den Narren verkehre nicht, sie rücken dich ins falsche Licht, mahnten mich die Promille in Endlosschleife ins Ohr, bis ich den Badezimmerspiegel erreicht hatte. Ich ließ das Wasser aus dem Hahn laufen und wusch mir den unsichtbaren Schmutz von den Händen und aus dem Gesicht. Meine langen Haare klebten sich an meine Stirn.

»Die anderen sagen, nur Mädchen haben lange Haare«, hatte ich meiner Mutter erklärt und ihr gebietend die Küchenschere in die Hand gedrückt.

»Welche anderen?«

»Die anderen Kinder in der Schule. Los, schneid sie ab!« Ich drehte mich mit dem Rücken zu ihr und hielt ihr meine gerauften Locken entgegen. Als sie die alte Schere quietschend öffnete, riss ich die Hände schnell wieder runter und klatschte mir die Haare an den Kopf. Meine Mutter legte das Schneidewerkzeug auf dem Küchentisch ab und drehte mich, einer Schraube gleich, um die eigene Achse, bis meine traurige Schnute vor ihr war. Ich hielt mir noch immer die Haare platt an den Schädel gedrückt.

»Möchtest du denn, dass ich dir die Haare abschneide?«

Ich schüttelte zaghaft den Kopf.

»Dann schneide ich sie auch nicht ab.«

»Aber die anderen sagen, nur Mädchen haben lange Haare«, jammerte ich und warf mich in ihre Arme.

»Die anderen haben keine Ahnung, mein kleiner Sonnenkönig. Unsere Ururururgroßväter hatten alle lange Haare.«

»Unsere Ururururgroßväter?«, wiederholte ich mit weiten Augen, während sie in die Butterdose griff, das zerrinnende Fett gleichmäßig in ihren Händen verteilte und durch mein Haar fuhr.

»Die Stärke der Germanen lag in ihren Haaren, mein Schatz«, raunte die Geschichtenerzählerin, zwei Zöpfe aus meinem blonden Schopf drehend, die sie von hinten zur Stirn legte und miteinander verzwirnte. »Wenn sie ihr Haar auf dem Kopf zu solchen Knoten banden, wirkten sie nicht nur größer und furchterregender auf ihre Feinde, sondern verstärkten auch ihre Zauberkraft.« Mit wenig Aufwand und etwas Streichfett hatte sie mir die Haare zu einem Suebenknoten gewickelt. »Die größte Erniedrigung für unsere Ahnen war es, das Haar zu verlieren.« Ich tastete mit meinen kleinen Händen nach dem Knoten und lachte, weil er sich wie eine Laugenbrezel anfühlte.

»Opfere für nichts und niemanden deine Magie, hörst du? All deine Kraft steckt in deinem Haar.«

Das Wasser floss noch immer – kühl und klar aus einer unbekannten urbanen Quelle – direkt in den Abfluss. Als ich meine zusammengedrehten Haare losließ, blieben sie, widerspenstig, wie sie nun einmal waren, an Ort und Stelle stehen und brachen erst langsam, ganz langsam in sich zusammen – wie ein tanzender Turm, vom Blitz getroffen. Ich hielt meine zitternden Hände unter den Strahl und betäubte die Hitze, die von ihnen ausging. Wie es sich wohl anfühlen musste, Wasser zu sein? Nur aus zwei genügsamen Bausteinen zu bestehen. Nicht denken zu müssen. Nur zu schwingen und zu treiben. Hin, hin, immer zum Ozean, wo alles beginnt und alles endet. Wie es sich wohl anfühlen musste, in einen Kanal zu stürzen, alles zu verlieren, was einen mit dem menschlichen Diesseits verbindet, und sich treiben zu lassen? Ich tupfte mir die Kühle zwischen die Brauen, an die Stelle, wo manch einer das dritte Auge vermutet. Tat es wie instinktiv, obwohl es ein erlerntes Ritual war.

Durch Missgeschick und dunkle Tage, auf deiner Stirn den Fünfstern trage.

Das Spiegelbild warf Abscheu zurück. Spiegel lügen nicht. Sie zeigen die Wahrheit, auch wenn diese noch so hässlich oder schwer zu ertragen ist.

Ich hasste mich. Ich hasste das Zimmer. Ich hasste die Stadt. Und am meisten hasste ich, was andere in mir sahen. Ich war zu einem leblosen Gegenstand, zu einer Schaufensterpuppe verkommen, der von anderen alle möglichen Kostüme übergestülpt wurden: das des Waisenjungen, das des Playboy-Sohns, das des Hotelerbenlieblings. Als sich der Spiegelschrank öffnete, verbargen sich in ihm zwei Möglichkeiten: Betäubung und Beendigung. Ich entschied mich für letztere, griff den Bartschneider und ließ ihn dasselbe alte Mantra in seiner zitternden, manipulativen Stimme summen: *All deine Kraft steckt in deinem Haar. All deine Kraft.*

»Arthur? Arthur, wo bist du, mein Junge? Man wartet auf dich. Arthur? Was zur Hölle?«

Möglich, dass es mein in sich zusammengekrümmter, in der Badewanne kauernder Schatten war, der Gunther die Sprache verschlug. Vielleicht war es aber auch das geschorene Haar im Waschbecken: weizenblonde Strähnen, aus denen man mit alchemistischem Talent Gold hätte spinnen können, die nun aber, von ihren Wurzeln getrennt, den Abfluss verstopften.

»Hast du völlig den Verstand verloren?«

»Ich kann das alles nicht mehr«, jammerte ich.

»Du bist völlig irre, du undankbarer kleiner Scheißer. Was heißt das, du kannst das alles nicht mehr?«

Er packte mich an beiden Schultern und zog mich auf die Beine. Seine quadratischen Hände fuhren über meinen Schädel, als müssten sie sich davon überzeugen, dass die kurzen Stoppeln, die der Bartschneider zurückgelassen hatte, keine Fata Morgana waren. Gunthers Atem roch nach Gin und Zigarren.

»Was hast du dummer Bengel angestellt?« Er schüttelte das Salz aus meinen Augen.

»Ich kann nicht mehr, Gunther.«

»Ach was! Wir besorgen dir Koffein, und dann bist du ratzfatz wieder auf den Beinen.«

»Nein.«

Gunther starrte mich an, als hätte ich gegen eines seiner zehn Gebote verstoßen. Seine glamouröse Schöpfung hatte an nur einem Abend jegliche Göttlichkeit eingebüßt und war zu nichts mehr als einem Häufchen Elend zusammengeschrumpft. Der Jahrmarkt der Eitelkeiten war für mich Geschichte.

»Das ist eine Glaubensfrage, hm? Man will uns prüfen, oder?«

Er zwang mich aus der Badewanne und aus dem Badezimmer. In der verglasten Außenwand spiegelten wir uns. Ein hässliches Gemälde des Elends.

Ehe ich mich's versah, hatte er mich unauffällig aus dem Hotel gebracht und in den granatroten Cadillac platziert – grau im Schatten der Nacht wie alle Katzen. Farbe ist nur eine Illusion. Gunther wusste, wohin er den Wagen steuerte. Er kannte die Strecke wie seine Westentasche. Rauf auf die A7 und fünfzehn Minuten dem Verkehr folgen. Letzteren gab es in jener Nacht nicht. Die Bundesautobahn war leer wie nie, und mein Flennen beschwerte Gunthers Bleifuß zusätzlich. Noch während er in den fünften Gang schaltete, hatte er Pastor Räder aus dem Schlaf telefoniert. Frost, Schlamm und Splitt bedeckten die Fahrbahn.

»Dann machst du halt mal 'ne Pause. Du tust ja gerade so, als wärst du der ärmste Mensch auf der Welt. Dir fehlt es an nichts, Arthur, an nichts. Du solltest dich mal sehen. Oder hören. Scherst dir den Kopf. Wer bist du, irgendein bipolarer Popstar?«

»Es geht nicht mehr, Gunther.«

»Was denn? Was geht nicht mehr?«

»Das alles.«

»Ich weiß nicht, wer dir ins Hirn geschissen hat, aber für mich sieht es so aus, als wärst du undankbarer Bastard vom rechten Glauben abgekommen.«

»Lass das, Gunther.« Ich war so müde. So unendlich müde.

»Was meinst du? Gott wird dir seine Gnade schon offenbaren.«

»Da ist kein Gott«, wisperte ich. Mein Speichel schlug schaumige Blasen.

»Was? Hörst du dir eigentlich selbst zu? Was habe ich dir beigebracht?«

»Nichts, Gunther!«, spie ich Fäden aus Spucke und Hass durch den Innenraum gegen das Armaturenbrett. »Du hast mir beigebracht, wie man Geld verschleudert. Du hast mir beigebracht, dass es nach dem Kotzen nur kurz im Hals brennt, aber weitergeht. Du hast mir beigebracht, dass gutes Koks ölig ist. Dass hübsche Nutten die großzügigsten Freier machen und dass sich selbst die größte Dreistigkeit für fromm halten kann.«

»Gott vergibt dir, du Dummkopf!«

»Es gibt keinen Gott, Gunther! Es gibt keinen beschissenen Gott. Das ist alles eine beschissene Lüge!« Meine Stimme brach hinter dem Umlaut einfach weg, ähnlich der Frontscheibe, die alles abbekommen hatte und sich fast augenblicklich in ein Spinnennetz aus Scherben verwandelte, ohne zu bersten. Sowohl Gunther als auch ich wichen erschrocken zurück in unsere Sitze, als hätte der Steinschlag etwas Abscheuliches hervorgebracht, aber anders als Gunther hielt ich nicht das Lenkrad. Instinktiv versuchte er, dem Sprung in der Scheibe auszuweichen, riss das Steuer nach links, durchbrach die gegenüberliegende Leitplanke und beförderte den Wagen wie ein Skispringer hinab in die Böschung.

Wenn Leute behaupten, im Augenblick ihres Todes würde die Zeit rückwärtslaufen, sodass sie ihr ganzes Leben noch einmal durchlebten, würde ich das heute nicht für unmöglich halten. Ich war dem Tod damals bloß nicht nahe genug, um aus eigener Erfahrung sprechen zu können. Was ich aber mit Gewissheit sagen kann, ist, dass die wenigen Sekunden, in denen das Fahrzeug durch die Leitplanke donnerte, vom Boden abhob, sich durch die Luft bewegte und schließlich mit ohrenbetäubendem Getöse wie ein gefällter Baum aufschlug, vergingen wie Minuten. Ich spürte die Gravitation erst wieder, als mein ganzes Gewicht in den Sitz gepresst wurde. Und schließlich war da Schwärze und beinahe Stille.

Der Airbag hätte bereits an Luft verloren gehabt, als ich das Bewusstsein wiedererlangte – nur gab es keinen. Weder auf der Fahrer- noch auf der Beifahrerseite. Ich hatte Schmerzen in der Schulter, aber nur, weil sich der Sicherheitsgurt tief in meine Haut geschnitten hatte. Vor der zerborstenen Windschutzscheibe erhob sich ein Baumstamm, um den sich unser Motorraum gelegt hatte wie eine Fußfessel. Der Anschnallgurt schnellte ungehalten um mich herum, als ich wie in Trance das Gurtschloss löste und die Schlosszunge freigab. Dem surrenden Klappern folgte ein leises Wimmern, das weder mir noch der Mechanik gehörte.

Gunther war nicht angeschnallt gewesen. Sein Oberkörper lag vornüber im Lenkrad, seine Stirn zersprungen wie eine fallen gelassene braune Melone. Die goldberingten Wurstfinger krallten sich noch immer um das Steuer, wenn auch nicht aus eigener Kraft; jeder einzelne Fingerknochen war gebrochen und dadurch in seiner Zwangsposition gehalten. Ich übergab mich zwischen meine Beine in den Fußbereich, griff nach dem Türöffner und fiel nach draußen. Ich hatte nichts bei mir, kein Mobiltelefon, kein Portemonnaie, nichts, also tat ich das, was ich mit zwei Beinen tun konnte: Ich lief. Zurück zur Straße, wo wir die Leitplanke so sorgsam durchstoßen hatten, als wäre es Kunst gewesen. Abblendlichter, die heller und heller wurden, erschienen in der Ferne und erloschen dann hinter meinen zufallenden Lidern. Mir folgte der Tinnitus in eine traumlose Bewusstlosigkeit. So nahm mein Leben in Hamburg sein Ende.

DRITTER TEIL

Der Wind aus dem Süden entfacht alle Herzen.
Geküsst die Lippen, vergessen die Schmerzen.

Wolken wallten in meinem Kaffee. Weiß löste sich in Schwärze auf, und Schwärze wurde hell wie Honigkuchen. Ich nahm eines der Holzstäbchen aus dem Spender und verrührte beide Flüssigkeiten, bis sie eins waren. Dann nippte ich daran, kostete das bittere Röstaroma und schloss beides: die müden Augen und den Pappbecher mit einem Plastikdeckel. Die Bank war unbequem, wie nur Bahnhofsmöbel sein können, aber der Kaffee tat gut.

Ich war am Morgen des Koningsdag in den Niederlanden angekommen, mit einem Direktzug von Hamburg nach Amsterdam Centraal, wo mir als Erstes die Farbe Orange ins Auge viel. Dieses kräftige, frische Leuchten, das sich wie lächelnde Lippen selbst in den grausten Aprilmorgen und in den trübsinnigsten Kopf hineinmalt und dort für gute Laune ohne Grund sorgt.

Die Stadt war laut und fröhlich und all das, was ich in jenem Moment nicht war und auch nicht sein wollte. Ich lief vom Bahnhofsgebäude die Prins Hendrikkade hinunter, beobachtete die vielen fröhlichen Gesichter und kaufte mir bei einem Bäcker einen sahnegefüllten Windbeutel, auf dessen zuckerglasierter Haube die niederländische Flagge an einem Zahnstocher gehisst worden war. Radfahrer kamen von überall herangebraust und mähten mich nicht nur einmal um Haaresbreite um. Ich fand ein Hotel mit dem Namen Old Nickel – unverschämt teuer und auch irgendwie unnötig, denn schlafen konnte ich ohnehin nicht, aber es bot mir einige Stunden des Rastens. Ich fiel in das Bett und durchwälzte die Laken wie eine Turbine. Schlaf war Mangelware, meine Tränen nicht.

Als am nächsten Morgen die ersten Cafés öffneten und die Sitzgarnituren nach draußen getragen waren, ließ ich mich in einem kleinen alternativen Kaffeehaus nieder. Um mich herum schien dunkles Holz unter dem abgeplatzten weißen Anstrich hindurch. Ich fand einen Platz unter einem Nachdruck von Antonio Carraccis »Sintflut« und beobachtete das Personal dabei, wie es aufgebackene Cookies in das dickwandige Keksglas auf dem Tresen füllte. Diese waren noch warm genug, um die Innenseite ihres Aufbewahrungsortes mit Kondenswasser zu benetzen, und rochen so verführerisch nach Weißmehl und Zucker, dass ich einen der großen flachen Schokoladenfladen mit Pekannüssen bestellte. Ich brach das Gebäck entzwei, tauchte es in meinen Schwarztee und schob es mir in den Mund. Beim Kauen des Kekses knirschte mein Kiefergelenk gleich Kies unter Schritten. Wenn es meiner Schulter nicht bald besser ginge, würde ich einen Arzt aufsuchen, sagte ich mir und dachte an Gunther und daran, wie es ihm wohl ging.

Ich war nicht im Krankenhaus geblieben, sondern zurück ins Hotel geeilt. Hatte wenige Sachen in einen Rucksack gestopft. Hatte Bargeld behalten und Kreditkarten und Schlüssel in der Suite gelassen. Ich hatte die Tür hinter mir zugezogen und gewusst, dass ich nicht wieder zurückkommen würde. Nie wieder. Ein leichtes Piepen – es Tinnitus zu nennen, wäre übertrieben gewiesen – war mir als Andenken an jene Nacht im Gehör geblieben. Sonst war ich unversehrt – wäre da nicht das Zittern gewesen. Meine Hände taten nicht das, was sie sollten. Wenn ich ihnen befahl, ruhig zu sein, zuckten sie, als würden sie Klavier spielen. Ich war am Ende meiner Kräfte, und doch schrie meine Biochemie nach Valium. Ich trank einen Schluck von meinem Tee.

»Hoi, gaat het met je?« Eine Frauenstimme riss mich aus meiner Lethargie. Ich schaute über meine Tasse hinweg an den Tresen. »Alles in orde?«, wiederholte die Bedienung. Ich nickte. Das Gekicher am Nebentisch verpasste mir einen roten Anstrich.

»Gaat het goed met hem?«, fragte der junge Mann mit den immer gesenkten Augenbrauen, die Spitze der schmalen Nase gen Himmel gerichtet. »Spreek je Nederlands? Nee? Do you speak English?«

»Yes, I do«, hörte ich mich die rostigen Vokabeln über die Lippen bringen. »But I don't speak Dutch, I'm afraid.«

»It's okay«, antwortete seine Begleiterin und fügte in fast peinlich korrekter Aussprache hinzu: »Du kommst aus Deutschland?«

»Ja, komme ich. Woher weißt du das?«

»Man hört es«, schnarrte sie vom Nachbartisch herüber, an dem die beiden saßen, er in aufrechter Haltung sein Teeglas umklammernd, sie mit dem Ellenbogen auf der Tischplatte, leicht zusammengesunken, ihren eigenen Kopf stützend, als wäre sie gerade ebenso wie ich aus einem Tagtraum erwacht.

Er war groß gewachsen, sein gepflegter Bart ebenso akazienhonigblond wie das strähnige, kurz gehaltene Haar. Die Ärmel seines eingelaufenen Secondhandpullovers entblößten sehnige, schlanke Handgelenke und feingliedrige Finger – zwei davon hielten einen Joint. Seine Augen waren die eines enttäuschten Kindes.

Sie hingegen war ein wenig kleiner als er, aber nicht minder attraktiv – ganz im Gegenteil. Sie besaß diese schwindelerregend tiefe Schönheit, die wenigen Frauen bereits am rasiermesserscharfen Wimpernschlag abzulesen ist. Gemeinsam ergaben die beiden die Summe des schönsten Paares, dem ich je begegnet war.

»Und ihr sprecht Deutsch«, stellte ich begeistert fest.

»Nicht gut, aber ja, ein bisschen«, bestätigte er stolz mit ersten Lachfalten in den zusammengekniffenen Augenwinkeln und einem flüchtigen Heben der Ohrmuscheln.

»Wie heißt du?«

»Arthur«, antwortete ich, ehe ich feststellte, dass ich all mein Small-Talk-Vokabular verloren hatte – oder nie eines besessen hatte. »Und ihr?«

»Ich bin Daniëlle, und das ist Ruben.«

»Freut mich.«

»Bist du schon lange hier?«

»Ich weiß nicht. Wie spät ist es?« Ich schaute auf die Armbanduhr und stolperte über das Ziffernblatt. »Seit fast einer Stunde.«

»Dann ist es Zeit aufzubrechen, meinst du nicht?«

Selbstbewusst und überlegen in ihren bis zur Perfektion inszenierten Flohmarktklamotten deponierten die beiden einen Fünf-Euro-Schein unter ihre leeren Tassen und schoben die Stühle vom Tisch.

»Hast du Lust, mit uns zu kommen, Arthur?«

»Wohin geht ihr denn?«

»Es gibt eine Ausstellung im Stedelijk Museum. Die wollten wir uns ansehen.«

»Klingt super.«

Daniëlle streckte die Hand nach mir aus, und ich kam nicht umhin, sie lächelnd zu ergreifen und mich von beiden entführen zu lassen.

Sie und Ruben waren Blätter im Wind, so spontan wie Menschen nur sein können, die ihren Alltag vom Zufall bestimmten lassen. Ich brauchte ein bisschen Zeit, um die Mattheit abzuschütteln.

Die Ausstellung, die wir besuchten, nannte sich »Exo-Evolution« und wimmelte von Cyborgs und Chimären, synthetischen Lebensformen und lebendiger Technik, die Daniëlle und Ruben in Staunen versetzten, mich jedoch bis ins Mark ängstigten. Den Kern der Kunstschau bildete die Frage, wie wir modernste Technik und Genforschung dafür nutzen könnten, die Sorgen der Menschheit zu schmälern: Eichenwälder, die sich selbst vor Pilzsporen schützen; Seevögel, deren Mägen aus den Meeren gefischtes Mikroplastik zersetzen; Enzyme, mit deren Hilfe wir verwertbare Proteine aus dem menschlichen Körper gewinnen können, um mit ihnen den Hunger der Überbevölkerung zu stillen. So bahnbrechend und revolutionär all diese Zukunftsvisionen auch sein mochten, als so verhöhnend und egoistisch empfand ich sie. Es waren Eingriffe in den natürlichen Lauf der Dinge, in die Tiden und die gesamte Schöpfung. Hier setzten sich Künstler und Ingenieure nicht mit der Frage auseinander, wie wir der Zerstörung der Natur Einhalt gebieten konnten, sondern wie man die Natur noch weiter manipulieren müsste, um wieder Herr über die uns selbst eingebrockten Probleme zu werden.

Später spazierten wir durch die Stadt entlang den Grachten, die von keinem Zaun gesichert waren. Doch statt dem Wasser mit einem respektvollen Abstand zu begegnen, balancierten wir abwechselnd auf den Uferkanten und teilten uns eine Flasche Weißwein. Wir aßen in einem kleinen Restaurant vegetarischen Kebab und sprachen und lachten eigentlich über alles – zumindest Daniëlle und ich. Alles, was wir Ruben abringen konnten, war ein warmes lautloses Lächeln. Wir diskutierten über die Treibhausgase, die für die wundervolle Abendröte verantwortlich sein sollten, die Kinofilme, von denen ich keinen einzigen kannte, die scheußlichen Gemälde von Hieronymus Bosch und die wunderschönen Farben der Strandbilder von Caspar David Friedrich, die mich immer an zu Hause erinnerten. Daniëlle liebte die Vorstellung von einem Leben am Meer. Sie legte die Arme um mich, so als wäre ich ein verlorener Bruder, den sie nach Jahren der Trennung wiederentdeckt hatte, und flötete mir all die Dinge zu, die sie gern noch machen wollte, bevor sie dreißig wäre.

Ruben war anders. Er lauschte der Begeisterung seiner Freundin aufmerksam, aber trat selbst weniger aus sich heraus. Er war einer dieser schüchternen Musiker, die nur dann wirklich lebendig wurden, wenn sie ihr Instrument in den Armen wiegten, und nur auf den ersten Blick Gitarren oder

Keyboards spielten – eigentlich waren die Instrumente lediglich Resonanzkörper, die die stummen Melodien aus ihrem Inneren für die Ohren ihrer Mitmenschen hörbar machten und in die Welt trugen.

Am Abend luden mich Daniëlle und Ruben zum Essen in ihre Wohnung ein. Eine Flasche Wein später war dieses noch immer nicht serviert, aber mir bereits angeboten worden, über Nacht zu bleiben.

»Woher genau kommst du?«, wollte Daniëlle wissen, während sie mit der Kuppe ihres Zeigefingers einen Tropfen Wein von der Außenseite des stiellosen Glases fischte und sich die blutroten Lippen damit benetzte.

»Zuletzt war ich in Hamburg.«

»Und wo bist du geboren?«

»An der Ostseeküste. In einem kleinen Ort. Aber ich bin schon seit fast zwei Jahren nicht mehr dort gewesen.«

»Ich wusste es.« Sie schlug mit der flachen Hand auf die Tischplatte und wandte sich dann Ruben zu, der hinter ihr an der Küchenzeile stand und Hähnchenbrustfilets mit Honig und Kräutern marinierte. Dieser grinste nur, ohne seine Arbeit zu unterbrechen oder uns anzuschauen.

»Yeah, you said so«, pflichtete er ihr bei und strich sich mit klebrigen Fingern das blonde Haar aus dem Gesicht.

»Ich habe zu Ruben gesagt: ›Siehst du den dort? Der kommt vom Meer.‹«

»Woher hast du das gewusst?«

»Ich weiß nicht«, gestand sie und griff über den Tisch nach meiner Hand. Die ihre war weich und warm, die Fingernägel kurz geschnitten und in einem dunklen Süßholzton lackiert. »Ich hab das einfach gespürt. Du siehst aus wie jemand, der Süßwasser weint.«

»Was?« Ich lachte und überlegte für einen Moment, ob ich sie vielleicht missverstanden hatte oder sie einfach etwas anderes auszudrücken versuchte. Das Deutsch der beiden war nahezu perfekt.

»Daniëlle hat ein gutes Gespür für interessante Menschen«, warf Ruben ein und die Filetbruststücke in die fauchend heiße Pfanne.

»Dann muss sich Daniëlle wohl geirrt haben. Interessant bin ich nicht wirklich.«

»Aber deine Hände sagen etwas anderes«, flötete Daniëlle. Sie hatte, ohne dass es mir aufgefallen war, meine Hand gewendet und zog nun mit dem Zeigefinger eine vertikale Linie über die zerfurchte Fläche von der Hand- zur Fingerwurzel.

»Deine Schicksalslinie ist mehrmals unterbrochen«, kommentierte sie, während die Zärtlichkeit ihrer Hände mir Gänsehaut rupfte. »Du hast schon mehr erlebt als manch anderer in deinem Alter. Und du wirst auch noch Weiteres erleben.«

»Das steht da drin?«

»Ach, das ist albern. Ich kann es gar nicht richtig«, gestand sie und ließ meine Hände los, um ihr Grinsen in einem weiteren Schluck Wein zu ertränken. »Eine Freundin hat es mir einmal versucht beizubringen. Ich fand das sehr spannend. Aber es ist lächerlich. Ruben findet es auch lächerlich.«

»Das hab ich nicht gesagt«, verteidigte er sich und nahm neben mir Platz. Er legte den Arm auf meine Stuhllehne und griff mir neckend in den Nacken, sodass ich kurz erschrak.

»Es ist auch nicht lächerlich«, widersprach ich. »Meine Mutter konnte das.«

»Aus Händen lesen?«

»Nicht direkt aus Händen. Aber sie hatte Karten. Wollt ihr sie sehen?«

»Du hast sie dabei?«

»Ja. Ich hab alles, was ich besitze, bei mir.«

Stolz wies ich auf meinen Rucksack, den ich neben dem Holzkohleofen geparkt hatte. Ich brachte die Karten an den Tisch und reichte sie Daniëlle.

»Misch!«

Sie folgte meiner Aufforderung und behielt den Stapel in der Hand.

»Jetzt zieh eine Karte!«

Daniëlle zog die rote Rose. Wie beschreibend, dachte ich.

»Was bedeutet das?«

»Du bist leidenschaftlich, sinnlich und zart, hast ein Auge für alles Schöne und kannst mit dem Gewöhnlichen nichts anfangen«, las ich Daniëlle weniger aus den Karten als vielmehr aus den geschwungenen, spitz zulaufenden Brauen über ihren kastanienfarbenen Augen und der Supernova an Sommersprossen, die von der Nase über ihr ganzes Gesicht explodierte. In der Sternwarte in Hamburg hatte ich Simulationen einer solchen Sternenexplosion im All angesehen – nun saß ich einer irdischen gegenüber. Dass jede Rose auch Dornen besitzt, die das Blut all jener fordern, die sie zu berühren versuchen, behielt ich für mich – ebenso wie die Eitelkeit und die purpurne Eifersucht der Königin unter den Blumen.

Ich war vom ersten Augenblick an in Daniëlle verliebt. Sie erinnerte mich an meine Mutter, auch wenn das seltsam klingt und vermutlich der Ödipuskomplex aus mir spricht. Aber sie schien derselben kosmischen Quelle entsprungen zu sein, besaß die gleiche grausame Schönheit.

»Das mag ich«, flüsterte sie und biss sich auf die Lippen.

»Natürlich mag die Prinzessin das«, murmelte Ruben aus dem Hintergrund.

»Wie sieht's aus, Ruben, magst du auch?«, forderte ich ihn heraus und hielt ihm den Fächer an Karten hin. Er streifte sich die Hände am Küchenhandtuch ab, bis die Finger sauber waren, und zog dann respektvoll eine der Karten.

»Die Hainbuche.«

Ruben zog eine Flappe und die Brauen noch steiler in die zerknautschte Stirn. »Die was?«

»Beuk. Haagbeuk?«, übersetzte sie.

»Nothing more special?«

»Zumindest nicht so aufregend wie Ceylon-Hähnchen«, neckte ich ihn. »Du suchst das Nichtalltägliche. Hainbuchen überlegen oft, manchmal zu oft und zu lange, und glauben trotzdem immer, eine falsche Wahl getroffen zu haben. Unter deiner dünnen Rinde der Vernunft verbirgst du ein gigantisches Arsenal an unausgesprochenen Wünschen.«

»So ist das also«, schnippte Daniëlle. »Was denn zum Beispiel, Liebster, hm?«, und kniff Ruben zielsicher durch das Leinenhemd in die Brustwarze.

»I don't know what those cards are talking about«, hickste er und kniff die blauen Augen zusammen. Dann beugte er sich über sie und küsste ihre Wange. Ich nahm einen Schluck vom Wein und beobachtete diese überirdisch schönen Menschen.

»Was bist du denn, Arthur?« Ruben legte mir die Hand auf die Schulter.

»Die Weide.«

»Nah am Wasser gebaut?«

»Wohl eher immer bis zum Hals in Schwierigkeiten.«

»Jetzt wird es interessant.« Daniëlle rutschte freudig auf ihrem Stuhl hin und her, zog dann ihre Beine an den Körper und setze sich in den Schneidersitz. »Erzähl, was hast du in Deutschland gemacht?«

Ich fuhr mir durch die kurz geschorenen Haare, dachte an Frau Albrecht und an Daniel und an Gunther. Sie alle waren kunstvoll geschnitzte Schachfiguren, die mit wenigen Zügen vom Spielfeld geflogen waren.

»Ich hab meinen Zivildienst gemacht«, antwortete ich knapp.

»Zivildienst?« Daniëlle dreht sich fragend zu Ruben um.

»Like civilian service«, erwog er, obwohl das Thema sie nicht sonderlich zu interessieren schien, und wechselte es: »What about your hair?«

»Was soll mit meinen Haaren sein?«

Ruben griff über den Tisch und streichelte über die borstigen Spitzen: »Man glaubt … Sorry, my German is shit! It seems like your hair has been longer recently.«

»Das stimmt. Woher weißt du das?«

»Just imagine freshly mown lawns. Close your eyes. Can you imagine?«

»Ja«, antwortete ich, während ich gedanklich durch kurz geschorenes Gras watete.

»That's how I see your hair«, lächelte Ruben. »You can almost smell chlorophyll in the air.«

Ich sog meine Lungen voll und hustete die schwelende Luft wieder aus. Als ich die Augen aufschlug, saßen Daniëlle und Ruben lächelnd in einem leichten Schleier aus Rauch. »Das riecht nicht nach Chlorophyll. Das riecht verbrannt.«

»Kut! De kip.«

Ich verbrachte die Nacht auf der Couch, eingewickelt in eine Schurwolldecke, und lauschte Ruben und Daniëlle, die im Nebenzimmer, von mir nur durch eine weiß lackierte Flügeltür mit Riffelglasfenstern getrennt, miteinander schliefen. Ihr Stöhnen erfüllte mich mit einem behaglichen Gefühl und weckte leise Erinnerungen an den hübschen Aussteiger Tjark, der sowohl meiner Mutter als auch mir damals so imponiert hatte. An seine braunen Schultern und die ausgeblichenen blonden Strähnen. Mir fiel wieder ein, dass er es gewesen war, der mir das Spurenlesen beigebracht hatte und das Pfeifen auf zwei Fingern. Ich stülpte die Lippen über die Zähne, drückte beide Fingerkuppen gegen die Zunge und pfiff, ohne darüber nachzudenken. Die lustvollen Geräusche aus dem Nebenzimmer verstummten. Die Nacht schwieg. Dann hörte ich Daniëlle und Ruben lachen – amüsiert, überrascht –, und ich lachte mit.

Jene Nacht war getränkt in kalten Schweiß und bestimmt von Gliedmaßen, die nicht mir zu gehören schienen. Meine Knie und Oberschenkel zitterten, und imaginäre Ameisen krabbelten durch meine Blutgefäße. Für wenige Minuten hatte ich das Gefühl wegzutreten, dann erwachte ich von meinem eigenen Herzschlag, der mir so laut erschien, dass ich Angst hatte, die beiden nebenan zu wecken. Immer wieder ging ich zum Wasserhahn und trank literweise von der kalten Flüssigkeit, um meinen ausgedörrten Mund zu befeuchten, aber nichts half. Ich legte mich zurück auf die Couch, schloss die Augen und zählte die Sterne durch die Zimmerdecke. Es war die erste Nacht des kalten Entzugs und nur ein Vorgeschmack auf die Krämpfe, die Übelkeit und die Kopfschmerzen, die mein Hirn in zwei Hälften zu flexen schienen. Selbstverständlich konnte ich das Geheimnis nicht für mich behalten – ebenso wenig wie die tiefblauen Flecken, die mehr und mehr Kontur annahmen. Als Daniëlle fragte, ob ich ein Junkie oder so was sei, erzählte ich ihr von meinem Valiumkonsum und dass ich nicht wusste, wie ich in Amsterdam an das Medikament kommen konnte. Gunther und den Unfall verschwieg ich. Sie empfahl mir einen befreundeten, gerade erst examinierten Mediziner, der für mich unter der Hand Antiepileptika gegen die Krämpfe auftrieb, mir aber nahelegte, mich in einen stationären Entzug zu begeben. Ruben half mir bei der Anmeldung im Gemeentelijke Basisadministratie Persoonsgegevens und dabei, eine Basiskrankenversicherung abzuschließen, weil ich keine Ahnung hatte, wie das Ganze ablief. Ich hatte mich mein Leben lang um keine Versicherung kümmern müssen. Irgendwie wussten wir drei, dass ich länger bleiben würde.

Zwei Wochen lang lag ich wie in einem silbrig-grauen Kokon auf der Couch meiner neuen Bekannten, ließ mir von Daniëlle Baldriantee einflößen und weinte in der Nacht, wenn die Unruhe meinen Körper nicht losließ. In einer dieser Nächte träumte ich fetzenhaft von unserem Garten auf Rügen. Von dem satten grünen Gras, dessen Narbe rund um den Walnussbaum so dicht und üppig wuchs, dass die Klingen des Rasenmähers nicht dagegen ankamen. Meine Mutter schob dies auf gute Düngung durch herabfallende Nüsse und Blätter. Ich hingegen glaubte an einen Piratenschatz, der, tief unter der Erde verscharrt, auf seine Bergung wartete. Ich stieß einen Spaten in den Boden und trat das Blatt ins

Erdreich, doch Mutter hielt mich zurück. Als ich aus dem Traum schoss, landete ich in Rubens Armen. Er und Daniëlle hatten abwechselnd nach mir gesehen. Ein paarmal hatte ich in dieser Phase meines Lebens das Gefühl, endgültig und wahrhaftig den Verstand zu verlieren. Etwas war in mir, das mich nicht zur Ruhe kommen ließ, seltsame Dinge mit meinem Körper machte und nicht gestillt werden konnte. Es ließ mich auf und ab durch die Wohnung tigern und trieb mich hinaus in die Stadt. Einmal war ich kurz davor, Valium online zu kaufen. Neunzig Tabletten zu unschlagbaren vierzehn Euro. Ruben hielt mich davon ab. Die Wahrheit ist, dass ich vermutlich sogar blau gefärbtes Wurmkurmittel geschluckt hätte, wenn es mir jemand als Valium angepriesen hätte.

Nach vierzehn Tagen wurde es allmählich besser, und das verdankte ich meinen neuen Freunden – sie wurden mein Substitut.

☆

Der April 2009 beendete die Zeiten der Champagnerfrühstücke mit Balik-Lachs aus der Schweiz und frisch vom Kokstaxi geliefertem Schnee. Vorbei waren die schlaflosen Nächte in Satinbettwäsche und die christlichen Katechismen. Bei Daniëlle und Ruben aß ich von handgetöpferten, aquamarinfarben glasierten Tellern, kein Einziger davon wie der andere, und trank Tee aus irdenen Schalen. Statt jeden Sonntag unter dem Einfluss von Aufputschmitteln und unter Aufsicht meines Sugardaddys in die Kirche zu pilgern, besuchten wir Ausstellungen junger und alter Künstler, nahmen an studentischen Versammlungen teil und schwängerten die Atmosphäre der Wohnung mit Räucherstäbchen und dem Duft von Sandelholz, Styrax und Weihrauch. Ich entsorgte meine Klamotten – Armani, Boss und italienische Lederschuhe wanderten in die Kleiderspende im Tausch gegen Secondhand. Wir färbten uns mit Hennapulver gegenseitig die Haare – russisches Roulette angesichts der Tatsache, dass der

Schaum, der beim Ausspülen im Abfluss verschwand, immer rot war wie Blut, der Farbton auf unseren Köpfen jedoch bei jedem ein anderer wurde: dunkles Mahagoni, flammendes Rot und bleiches Orange. Mir war das Malheur egal, denn es konnte die Qualität unserer gemeinsamen Erfahrung nicht schmälern. Die Farbe würde herauswachsen. Ich gewöhnte mir das Rauchen an, weil es einfach war – und ästhetisch noch dazu. Es passte zu dem ungebundenen Künstlerdasein, das ich mit meinen Freunden führte.

Bereits wenige Wochen nach meinem Einzug bei den beiden hatte Daniëlle Ruben und mich angebettelt, ihr für eines ihrer aktuellen Projekte Aktmodell zu stehen. Natürlich taten wir ihr den Gefallen und verbrachten lange Nächte gackernd zwischen Rotwein, Matchatee und Daniëlles geschickten Händen, die nicht nur den feuchten Ton im gottgleichen Schöpfungsakt kneteten und formten, sondern auch unsere Erektionen, während die Kerzen um uns herum zerflossen. Bevor es richtig Sommer geworden war, hatten sich die Körper in der Wohnung vervielfacht: Überall standen, saßen und lagen Abbilder von Ruben und mir. Gesichtslose Skulpturen mit griechischen Körpern und perfekt proportionierten Genitalien, die wie kleine Fruchtbarkeitsgötter über unser Beisammensein wachten.

Auf dem Biobauernmarkt zwischen Jacob Obrechtstraat und Johannes Verhulststraat kauften wir frische Eier, Obst und Gemüse. Das war toll und ganz anders als Hamburgs Fischmarkt. Sooft ich konnte, überredete ich Daniëlle und Ruben, mit mir über den Wochenmarkt in der Albert Cuypstraat zu tippeln, was beide hassten – nicht aufgrund der überfüllten Stände, sondern weil es nicht ihrem Boheme-Gusto entsprach. Es war ihnen und vor allem Daniëlle zu touristisch, zu bürgerlich und auch zu viel Mainstream. Ich hingegen liebte den Albert Cuyp, liebte seine Farben und seine Schreihälse: »Tien sinaasappels voor maar een euro!« Für wenig Geld kaufte ich Daniëlle Arme voll Rosen – jede Woche in einer anderen Farbe – und für die mundgeblasene Glasvase auf unserem Küchentisch holländische Blumenzwiebeln, aus denen binnen weniger Tage die prächtigsten Tulpen hervorbrachen, die ich je gesehen hatte. Ihre Blütenkelche so schwer, dass sie mit gebogenen Gänsehälsen nach unten wuchsen. Aber am meisten liebte ich, dass ich endlich wieder wahrnahm, dass ich den lieblichen Duft der Heckenrosen, die Mitte Juni in der ganzen Stadt aufgegangen waren, wieder roch und dass frisch gepresste Säfte endlich wieder einen Geschmack hatten. Nie fühlte ich mich losgelöster von dem grauen Alltag der irdischen Qualen als zu jener Zeit.

Meine zwei Freunde waren Stadtkinder durch und durch. Fasziniert von der Schönheit der Natur, die sie nur aus Parks oder Dokumentarfilmen kannten. Die Schönheit von taunassen Buchenwäldern oder der vom Zeitraffer beschleunigten Wachstumsbewegung von Pilzkulturen, deren Fruchtkörper für das ungeduldige Auge in zehnfacher Geschwindigkeit unter Tannennadeln emporstiegen. Sie bewunderten mich dafür, dass ich ganz genau wusste, mit welchem Tee wir unseren Rotweinkater besänftigen konnten und wie man Bäume nur anhand ihrer Borke bestimmte. Aber sie romantisierten die Natur. Sie sahen nur die lichtdurchfluteten Flure und die Formationen ausgewaschener Küstenstreifen. Sie hatten das Meer nie erlebt, wenn es von einem Orkan aufgewühlt wurde. Hatten nie den täglichen Kampf ums Überleben dort draußen ausfechten müssen. Die Natur ist kein Paradies. Die Natur ist ein Schlachtfeld. In jeder Sekunde ringen Pflanzen miteinander um Platz, Licht und Nährstoffe, verschlingen Tiere einander. Fressen und gefressen werden.

Zu meinem zwanzigsten Geburtstag schenkten mir Daniëlle und Ruben eine auf dem Flohmarkt erstandene Staffelei und drei bespannte Keilrahmen. Fortan bannte ich jeden meiner seltsamen Träume, jeden flüchtigen Gedanken, jede geistige Chimäre mit Farben auf weißer Fläche. Ich begann, Gedichte zu schreiben – ohne ein Gespür fürs Metrum zu besitzen

– und signierte mit ihnen meine Bilder. Was kein anderer lesen sollte, schrieb ich in mein Tagebuch. Die Texte waren ganz anders als die Lyrik meiner Mutter. »Poesie ist keine Wissenschaft, kein Handwerk«, verteidigte Ruben meine ungelenken Verse. »Sie ist die Transzendenz der menschlichen Seele.« Und so schrieb ich weiter über jene Augenblicke, die wir gemeinsam schufen.

Ein Teil unserer Wohnung hatte es mir besonders angetan: die Wohnzimmerdecke. An manchen Tagen lag ich ausgestreckt auf dem Boden im Lichtfleck des Sonnenscheins, den Kopf auf einen Arm gebettet, und betrachtete den blätternden Anstrich wie ein Gemälde. Dort oben schien der Raum – unberührt von unserem Alltag hier unten – ein eigenes Leben zu führen. Schien sich zu häuten, nicht zur Gänze, aber gerade so viel, um sichtbar zu machen, dass die Vergangenheit stets der Malgrund der Gegenwart ist und nie gänzlich übermalt werden kann – ganz egal, wie dick wir die Farbe auch auftragen mögen.

☆

Etwa zwei Monate nach meiner Ankunft in den Niederlanden hatte Ruben für mich einen Job an der Bar des Restaurants gefunden, in dem er selbst als Kellner arbeitete. Ich hatte noch nie in der Gastronomie gearbeitet, aber seine Gesellschaft allein war für mich Ansporn genug. Ich lernte, Whisky Sour zu mischen und das aufgeschlagene Eiweiß genau im richtigen Verhältnis unterzuschlagen, und den Unterschied zwischen Rot- und Weißweingläsern kennen. In Amsterdam verlor das Meer irgendwie seine Macht über mich – ebenso wie meine Mutter. Die Magie meiner neuen Freunde schien ihren Bann gebrochen zu haben. In manchen Nächten lagen wir drei ineinander verschmolzen – wie Spiegeleier – auf dem Sofa, lasen uns aus Werken von Dostojewski, Kafka und anderen Literaten vor oder lauschten den zärtlich zitternden, wenn auch verstimmten Saiten von Rubens Akustikgitarre, deren Hals irgendwann einmal gebrochen war, weil er ihn mit einem einfachen verzinkten Flachverbinder notdürftig geflickt hatte. Er liebte das Instrument, auch wenn er zugab, dass es nicht mehr klang wie früher. Seine Hände streichelten die gespannten Fäden wie ein verletztes Geschöpf, malten Musik in die vibrierende Luft. Seine Stimme zwischen kernigem Bass und silbrigem Falsett beschwor Erinnerungen in mir, während ich den Echium zu einem Kranz flocht und Ruben krönte.

In jenem Jahr sollten sich die Ebereschen irren. Sie trugen ihre schweren zinnoberroten Früchte bis tief in den November hinein, aber der Winter wollte einfach nicht kommen. Der Wasserspiegel lag unbewegt, aber nicht gefroren in den Grachten und wartete vergeblich darauf, in den festen Aggregatzustand überzugehen. Für Daniëlle, Ruben und mich war das Ausbleiben von Minusgraden und Schneefall ein willkommener Umstand, der uns mehr gemeinsame Zeit draußen ermöglichte. Ruben war gerade zum Oberkellner befördert worden und sammelte Überstunden wie alte Männer Postwertzeichen von längst vergilbten Liebesbriefen. Verantwortung und Weste standen ihm großartig und ließen ihn irgendwie erwachsener wirken als Leinenhemden und Cordhosen – auch wenn er das biologisch natürlich längst war. Daniëlle missfiel seine neue Position selbstverständlich. Wenn es etwas gab, das sie mehr fürchtete als ein Leben in Eintönigkeit, dann war es ein bodenständiges Leben in bürgerlichen Bahnen. Daniëlle arbeitete ausschließlich von zu Hause aus. Eine kleine Kunstzeitschrift hatte sie auf Honorarbasis mit dem Anfertigen von Illustrationen beauftragt. Ich für meinen Teil blieb an der Bar des Restaurants, servierte Whisky on the Rocks und dunklen Merlot an vornehme Damen mit traurigen Augen, ohne dass ich je ein Gespür für die unterschiedlichen Rebsorten entwickelte.

In der Milde des Novembers schnappten wir drei uns an jedem freien Tag die klapprigen Räder und radelten in wollenen Mänteln aus dem Vintage-Laden in das Amsterdamer Umland, wo wir Seen erkundeten oder unsere Picknickdecke ausbreiteten – wie unwirklich das war, im beginnenden Winter – und uns für Rubens Polaroidkamera in Szene setzten. Ich atmete die kühle, feuchte Luft und roch den Ozean aus jedem Wassermolekül, das zerstäubt im Nebel hing. Ein ganzes Meer aus feinsten Tropfen und Sehnsüchten umgab uns, die auf den Fotografien nur als milchiger Schleier zu erkennen waren. Am Wegrand fanden wir beerenschweren Nachtschatten, den sowohl Daniëlle als auch Ruben für giftig hielten. *Alle Dinge sind Gift, und nichts ist ohne Gift,* hörte ich das vertraute Echo meiner Mutter murmeln, während wir die erbsengroßen schwarzen Perlen von den Rispen der Pflanzen zupften und unseren Picknickkorb befüllten. Die anderen beiden nahmen die flüsternde Stimme nicht wahr, das wusste ich, als sie weitersprach und weder Daniëlle noch Ruben erschrocken innehielten, sondern ungehalten wie Kinder am Nachtschatten rissen.

Allein auf die Dosis kommt es an.

Wie recht sie doch hatte – mit allem, was sie sagte und was nicht. Den Echium übersahen beide. Ich aber nicht. Zurück in der Stadt kauften wir in einem Bioladen ein und kochten die gesammelten Früchte zu gleichen Teilen mit braunem Rohrzucker und frisch gepresstem Zitronensaft zu einer tiefvioletten Marmelade, deren schwerer Duft die gesamte Wohnung erfüllte. Auf gerösteten Weißbrotscheiben angerichtet, verspeisten wir den noch warmen Aufstrich, bis unsere Münder klebten, unser Puls raste und wir uns, ergriffen von so viel bitterer Süße, all den Sinnlichkeiten hingaben, denen Menschen frönen können, wenn sie noch jung sind, die Körper noch schön und geschmeidig und die Herzen noch ihrem eigenen Rhythmus folgen, ohne daran zu zerbrechen.

»Worüber denkst du nach?«, hauchte mir Daniëlle ins Ohr und küsste meine Schläfe. Ihr Mund war tiefrot und geschwollen vom Küssen, während sie sich in meinen Armen wand. Ruben döste zwischen unseren Beinen, sein Atem rasselte leise wie Laub im Wind.

»Das ist Perfektion«, antwortete ich flüsternd, auf dem Rücken liegend, während ich durchs Fenster den Scherenschnitt der Linde beobachtete. Ein sonniger Spätherbstmorgen und welke Blätter vor schnell vorbeiziehenden Wolken. Ich hatte nicht gelogen, dieser Moment war Perfektion. Während wir dort lagen – in all unserer Vollkommenheit, miteinander verflochten wie keltische Knoten –, lauschte ich dem Klavierspiel des Nachbarjungen durch die dünnen Wände. Ein Zusammenklang verschiedener Töne, nicht wenige von ihnen schief, von kurzen Kinderfingern aus weißen und schwarzen Tasten gedrückt. Akkorde an einem Sonntagmorgen, drei verliebte Menschen, umringt von Töpferarbeiten, Leinwänden, halb geleerten Teetassen und einer geflickten Gitarre.

»Das ist nicht Perfektion«, widersprach Daniëlle.

»Wieso sagst du das?«

»Weil Perfektion nicht besser werden kann«, erklärte sie und küsste meinen Hals. »Perfektion wäre das Ende.« Ich blickte durch den silbrigen Dunst, der über uns lag, eine Emission aus Melancholie und verbrannter Ofenkohle. Und ich verstand Daniëlles Einwand. Die Königin der Blumen sollte recht behalten. Wir Menschen streben nach Vollendung, selbst wenn diese immer das Ende bedeutet.

Ich liebte beide – vom ersten Augenblick an. Daniëlle und Ruben offenbarten mir eine Seite meines Selbst, die ich bis dahin nicht gekannt hatte. Sie gruben einen Kanal, durch den all die verschlossenen Sehnsüchte aus meinem Inneren nach außen fließen konnten. Mein Herzblut quoll in dicken Ölfarben auf bespannte Keilrahmen und über meine Tagebuchseiten, solange ich die beiden um mich hatte. Sie waren mir Sonne und Mond, Meer und Land. Waren mir all die Polaritäten, aus denen unsere fragile Welt geschaffen ist und die einander bedingen, einander brauchen, weil nichts ohne das andere sein kann. Doch welche Rolle spielte ich in diesem dualen, perfekt ausbalancierten System? Wenn Links und Rechts belegt sind, bleibt nur die Mitte, und die konnte ich unmöglich sein, denn ich ruhte nicht in mir. Ich strebte nach links und rechts, vor und zurück, nach oben und unten. Vielleicht kann ich mit dieser Zerrissenheit entschuldigen, dass ich es war, der unser harmonisches Universum zerstörte, statt es zu bewahren. Vielleicht war ich nicht besser als meine Mutter. Vielleicht war auch sie die allmächtige Göttin über ein Universum gewesen, das sie einzig geschaffen hatte, um es wieder zu vernichten.

Eines Morgens überraschte mich Daniëlle am Frühstückstisch mit einem goldenen Medaillon, das um ihren zarten Hals baumelte. Ich erkannte den Talisman sofort. Es war meine Lutherrose, Gunthers Geburtstagsgeschenk. Ich hatte es getragen, als er seinen Wagen gegen den Baum fuhr, und mich nach dem Unfall davon entfesselt. Als ich Daniëlle vorsichtig auf die Kette ansprach, erzählte sie mir ganz beiläufig, während sie sich Kaffee in eine Schale einschenkte und Hafermilch dazugoss, sie hätte das Medaillon in der vordersten Tasche meines Rucksacks gefunden.

»Du hast doch kein Problem damit, dass ich es trage, oder?«

»Nein«, haspelte ich und schob mir einen Löffel Müsli in den Mund. Eigentlich aber störte es mich sehr wohl. Nicht, dass sie einfach meine Sachen durchsuchte, sondern dass sie genau dieses Schmuckstück trug, einen Teil meiner Vergangenheit an sich genommen hatte und ihn nun mit einem Teil ihrer selbst überschrieb – so wie man eine fremde Hörspielkassette überspielte, ohne Rücksicht darauf zu nehmen, welche Erinnerungen auf dem Tonband konserviert waren und welchen emotionalen Wert sie für den eigentlichen Besitzer haben mochten. Ich schüttelte den Gedanken von mir ab und aß weiter. Später suchte ich in meinem Rucksack nach dem Haifischzahn, mit dem sich meine Mutter seinerzeit mein Desinteresse am Religionsunterricht erkauft hatte. Er war noch da. Ihn hatte Daniëlle nicht angerührt. Ich legte mir das speckige Lederband um den Hals. Dieses Stück Erinnerung würde mir keiner nehmen.

In unserer Beziehung, das lernte ich sehr schnell, wurde alles geteilt. *Was mein, sei dein.* Abgesehen von diesem Grundsatz gab es keine Regeln, bis auf ein einziges unausgesprochenes Gesetz, das besagte, dass zu dritt alles erlaubt war: jede emotionale Offenbarung, jede körperliche Lust, jede materielle Enteignung. Solange wir unsere Seelen und Leiber und unseren Besitz nur voreinander preisgaben und miteinander teilten, solange wir eine heilige Dreifaltigkeit blieben, war alles in bester Ordnung. Und dieses Gesetz überschritten wir nicht. Bis an Neujahr, als sich alles änderte.

In Vollmondnächten gelangen Dinge zur Vollendung. Der volle Mond lässt die Springflut weit über die Ufer treten und Wunden stärker bluten, auch jene, die längst geheilt sind, oder die, die wir uns noch zuziehen werden. Die große Mondin ist die Königin am Nachthimmel, trägt perlendes Weiß majestätisch auf ihrem Haupt, aber ist sich auch ihres baldigen Sturzes bewusst. Seltsame Dinge passieren in solchen Nächten. Je heller die Dunkelheit, desto weniger Schlaf finden unsere Körper, während unsere Leidenschaften ihren Höhepunkt erreichen. Das Jahr 2010 begann mit genau solch einer Nacht.

Ruben und ich hatten im Restaurant zu arbeiten. Für Daniëlle war das nicht weiter tragisch, sie war über die Feiertage ohnehin zu ihren Eltern gefahren, denn ihr Vater hatte Geburtstag. Der Silvesterabend unterschied sich nicht sonderlich von den anderen Dienstagen – nur dass minimal mehr zu tun war. Aber wir waren ein eingespieltes Team. Wir alle. Um null Uhr zündeten Ruben und die anderen Kellner Tischfeuerwerke. Bunte Funken stoben. Das Personal stieß eine Minute nach Mitternacht an, während die Gäste miteinander lachten. Ruben stieß sein Glas gegen meines, trank einen Schluck und küsste mich auf den Mund – wie tausendmal zuvor und doch anders. Etwas in mir begehrte auf, ein Verlangen nach mehr, nach Exklusivität und Besitz. Ich legte ihm meine Hände in den Nacken und erwiderte seinen Kuss. Weder Gäste noch Personal beachteten uns. Meine Zunge forderte die seine, stieß gegen Schneidezähne, öffnete diese. Bewusst oder unbewusst lenkten wir einander in den Personalbereich, ohne dass sich unsere Lippen trennten. Ich verschwendete keinen trägen Gedanken an Daniëlle – ganz im Gegenteil. Ruben allein zu haben, nur für mich, zum allerersten Mal, war ein Gefühl der Ekstase, die nicht einmal die von uns angestoßenen und zu Boden scheppernden Töpfe brechen konnten. Ich zog ihn an mich, zog den Hemdsaum aus seinem Hosenbund, riss die Knöpfe von den Fäden und leckte seine blonde Brust. Er riss an meinem Haar, das mir längst wieder bis über die Ohren hing, spornte meine Leidenschaft an, während er weiterhin meinen Mund küsste, mir in die Augen sah, durch sie hindurch, direkt bis auf den tiefen Grund, der so haltlos lag, dass nur die Trauerweiden in ihm zu wurzeln vermochten.

»Das geht nicht«, atmete er zwischen meine halb geöffneten Lippen.

»Dann sag mir, dass ich aufhören soll«, flehte ich ihn an, wohl wissend, dass nicht einmal der stärkste Wille den Zauber des Echiums hätte brechen können. Noch vor zwei Uhr lagen wir in unserem Bett, keuchend und stöhnend, während sich Ruben in mich drängte, mich wie eine Geode spaltete, auf der Suche nach dem funkelnden Kern in meinem Inneren. Mehr noch, unser gemeinsames Leben spaltete – in die Zeit zu dritt und die Zeit zu zweit. Während er zustieß, mit einer Hand an meiner Schulter, die andere an meinem pochenden Schwanz. Dort, in dieser mondlichtdurchfluteten

Nacht, leckten wir unsere salzigen, klammen Sehnsüchte von dem harten Körper des jeweils anderen, hielten uns fest und leerten einander bis auf den letzten Tropfen klebrig-süßen Begehrens.

Es war das erste Mal, dass Ruben und ich miteinander schliefen – das erste Mal ohne Daniëlle, die sonst im Zentrum unserer Sexualität stand und deren Wohlwollen es oblag, ob unsere Lust befriedigt wurde oder nicht. Die Wahrheit war, dass wir sie nicht brauchten. Dass wir nur einander brauchten. Dass keine Frau besser wusste, wo unser Verlangen saß. Der Mond machte es sichtbar: weder in ihrem Herzen noch in ihrem Körper, nur in unseren kontrahierenden Muskeln und dem rückgestauten Blutstrom. Bevor Daniëlle am Abend des ersten Januars wieder nach Hause kam, hatten wir die Laken gewechselt, das Sperma und die untreuen Küsse von uns abgeduscht und eine Maske der Normalität angelegt, die wir für eine gute Tarnung hielten. Allerdings hatten wir übersehen, dass Daniëlle nichts gegenüber misstrauischer war als dem Klang der Normalität. Alles hatte sich verändert. In einer Nacht, mit einem Mond. Vor allem ich selbst.

Wenn wir drei nach diesem Ereignis gemeinsam im Bett lagen, Daniëlle ihre Arme und Beine um uns schlang und von uns wie selbstverständlich jene Hingabe forderte, die wir in den vergangenen Monaten zur Perfektion gebrachten hatten, dann bekam ich den Kopf nicht frei. Meine Lippen hingen physisch an ihren, aber in einer gedanklichen Welt, die die unsere überlagerte wie ein Hologramm, schnitten sie sich in dem verzweifelten Versuch der Einswerdung an Rubens schmaler Mundkontur.

Ruben und ich achteten darauf, uns gegenseitig nicht auffällig oft zu berühren, widmeten uns stattdessen halbherzig, aber intensiv Daniëlles Anatomie – nur ihrer Physis, denn an mehr hatte ich jegliches Interesse verloren. Von heute auf morgen war in mir ein Verlangen nach Erlesenheit herangereift. Ich wollte Ruben, wollte ihn für mich allein – und ich nahm ihn mir. Drei Monate lang nutzten wir jede freie Minute der Zweisamkeit. Wir zelebrierten sie im Verborgenen, warteten, bis Daniëlle aus dem Haus war. Wir trafen uns an öffentlichen Orten, die wir vorher nie aufgesucht hatten, fielen in der Kühlkammer der Restaurantküche übereinander her, pellten einander bis auf die Gänsehaut, die als letzte unumgängliche Schicht unsere Seelen davon abhielt, miteinander zu verschmelzen.

Mein Hunger nach Ruben bereitete mir Magenknurren und angstvolle Träume. Ich wurde süchtig nach seinem Körper und seiner Nähe, wie ich zuvor süchtig nach Schlafmitteln gewesen war. Ich konnte an nichts anderes mehr denken als an seinen blonden Bart, der mich an Stellen kitzelte, die auszusprechen ich mich nicht traute. Ich verlor nicht nur die Kontrolle über meine Gedanken, sondern auch über meine Hände. Die gleiche zitternde Leidenschaft, die meine Handschrift in EKG-Zickzacklinien verwandelte, schüttelte mir auf der Arbeit die Cocktailgläser aus den Fingern. Ich konnte mich nicht sattsehen an seiner Kontur, an seinen Augen, an den Adern auf seinen Armen und brütete ein Fieber aus, das keine Arznei zu senken verstand.

Zum ersten Mal in meinem Leben erfuhr ich am eigenen Leib, welche Macht es war, die die verzweifelten Kundinnen meiner Mutter angetrieben hatte, bei Einbruch der Dunkelheit an unserer Hintertür zu klopfen. Diese Frauen, die sich weinend und flehend und völlig von Sinnen in unserer Küche eingefunden hatten, waren bereit, meiner Mutter für die Erfüllung ihres Herzenswunsches alles zu verkaufen: ihren Schmuck, ihre Locken, ja sogar ihr Menstruationsblut.

Ein Mensch, der in Leidenschaft zu einem anderen entflammt war, war zu allem fähig und skrupelloser als jene Frauen, die unbedingt schwanger werden oder ihren im Wochenbett verstorbenen Babys neues Leben einhauchen wollten. Denn mit Letzteren konnte man reden. Sie waren vor Verlust ergraut und von Trauer rostig, aber ließen sich davon überzeugen, dass das Leben seinen eigenen Rhythmus hat und dass nichts widernatürlicher war als das unstillbare Klagen eines Säuglings, der sich längst nicht mehr in seiner Krippe befand. Nur die unglücklich Verliebten ließen sich nicht belehren.

Denke an den Mann deiner Träume, wenn du dich selbst berührst. Flicht sein Haar in das deine. Spicke das Herz einer Schwalbe mit sieben Nadeln. Mische deine Körperflüssigkeiten in seine Speisen und koste seinen Schweiß. Und kehrst du dich auch nicht am letzten Skrupel, dann reiße den Echium mit bloßen Händen.

Nein, Liebeszauber waren nichts Schönes, nichts Anständiges. Sie waren, nein sind so schmutzig und düster wie die Augen der unglücklich Verliebten. So düster, wie ich selbst war in den Tagen und Nächten, die dem Vollmond folgten.

☆

»You know we're up shit creek, right?«

»Ich weiß«, raunte ich Ruben ins Ohr. »Ja, ich weiß, wir stecken in der Scheiße.«

»Richtig tief in der Scheiße«, verbesserte er und reichte die Zigarette an mich weiter. Ich nahm einen Zug und legte den Kopf auf die Seite, um das Schwindelgefühl auszutricksen.

»Es ist ihr gegenüber nicht fair.«

»Wieso tust du's dann?«

»Ich weiß es nicht.« Ruben schlug die Augen schuldhaft nieder und schluckte. »Ich liebe Daniëlle. Aber sie will alles von mir, weißt du?«

»Was meinst du?«

»Na, einfach alles.«

»Du solltest wissen, dass ich mich auch nicht mit weniger zufriedengebe, Ruben.«

Die Dunkelheit verbarg seine Mimik. Ich reichte die Zigarette in den Halbschatten und sah das Ende rot aufglimmen, als er an ihr zog. Ruben lag vor mir, sein Körper entblößt, seine Seele pulsierte unter der bronzefarbenen Haut im Rhythmus seines Herzschlags. Der Gerichtete wurde zum Richter selbst. Sein ganzes Herz lag vor mir in einer Waagschale und bereit, vermessen, gewogen und auf jede kleinste Narbe taxiert zu werden.

»Hast du es schon einmal gemacht?«, wollte ich wissen, während ich mein Gewicht im Bett verlagerte, den Kopf in die Hand stützte.

»Was?«

»Sie betrogen.« Es klang härter, als es gemeint war. Aber letztlich war es genau das, wie auch immer man es auslegte. Für Daniëlle würde es immer Betrug sein.

»Ich betrüge sie nicht. Du bist ein Teil dieser Beziehung.«

»Darum betrügen wir sie ja auch beide. Aber das beantwortet meine Frage nicht.«

»Ja«, flüsterte er durch papierdünne Lippen, die jedes Wort und jeden Kuss zerschneiden konnten wie Säbel. Kaum eine Schnittverletzung ist so schmerzhaft wie jene, die durch den scharfen Rand eines Papierblattes entstanden ist. Papier durchtrennt die Nerven nicht, sondern schneidet sie nur an. Genau dasselbe vermochten solche Lippen.

»Vor zwei Jahren in Stockholm. Aber es hat nichts bedeutet. Es war so dumm und hätte um ein Haar alles kaputt gemacht.«

»Was hast du in Stockholm gemacht?«

»Wir hatten ein Konzert. Ich und meine Band.«

»Du hattest eine Band.«

»Ja.« Er drückte die Zigarette im Aschenbecher aus und nahm einen Schluck Tee, der auf dem Nachttisch stand. »Wir waren sogar ziemlich erfolgreich. Es hat Spaß gemacht. Die Musik, meine ich.«

»Hast du sie mit einem Mann betrogen?«

»Nein. Sie war unsere Frontfrau. Wir haben ziemlich viel Zeit zusammen verbracht. Und es ist einfach passiert. Just like that.«

»Wie hat Daniëlle reagiert?«

Ruben blieb mir diese Antwort schuldig. Er schlug die Decke von sich, setzte sich auf die Matratzenkante, griff zu seiner verletzten Gitarre und begann zaghaft, die Saiten zu zupfen. Es war eine alte Narbe, auf die ich gestoßen war. Kein Überbleibsel einer Blinddarm-OP oder ein zerschrammtes Knie, sondern eine zerbrochene Tonleiter. Daniëlle stieß eine Stunde später zu uns und fand Rubens Abbild gleich zweifach in der Wohnung – später im Bett und davor auf meiner Staffelei.

»Das ist wunderschön«, flüsterte sie dicht hinter mir stehend, das Kinn auf meine Schulter gelegt. »Trübsinn, wie er leibt und lebt.«

»Nicht trübsinnig«, verteidigte ich mein Modell. »Melancholisch.«

Ich wusste, dass meine Korrektur ihr missfiel, aber sie sagte nichts, sondern stempelte mir einen Kuss auf die Schläfe, nahm mir den Pinsel aus der Hand und beförderte ihn demonstrativ in den Becher mit Terpentinersatz. Ohne Worte führte sie mich ins Schlafzimmer.

An dem Abend, an dem sich die Richtung der Kompassnadel meines Lebens erneut änderte, kehrte ich nach einer langen Schicht im Restaurant nach Hause zurück. Ich hielt inne und den Wohnungsschlüssel vor dem Schloss in der Schwebe, denn Daniëlles zänkische Stimme ging wütend wie ein Orkan in der Wohnung auf und ab. Für einige Sekunden lauschte ich dem Lärm, dann fasste ich beides, Mut und Klinke.

Im Radius der aufschwingenden Tür schob ich die am Boden verstreuten Tonscherben zur Seite. Das charmante bohemische Chaos der Wohnung war einem nuklearen Schlachtfeld gewichen. Nicht eine einzige Skulptur, die im letzten Sommer durch Daniëlles bestimmte Hände gegangen war, war heil geblieben. Stattdessen übersäten die zerbrochenen Gliedmaßen unserer Abbilder den Dielenboden.

»Waarom hem? Drie verdomde jaren, Ruben. Drie. Neukt hij lekkerder?«

»Blijf alsjeblieft rustig, Daniëlle.«

Plötzlich schoss Daniëlle aus dem Schlafzimmer. Worte flogen mir entgegen und zerbarsten an der Wand. Es waren nicht Daniëlles Worte, und sie waren auch nicht laut, sondern meine eigenen, niedergeschrieben in royalblauer Tinte. Sie hatte mein Tagebuch gelesen. Nun lag es mit loser Bindung und fehlenden Seiten zu meinen Füßen.

»Verräter!«, zischte sie, die rehbraunen Mandelaugen zu boshaften Schlitzen verkniffen, besetzt mit nadelspitzen Wimpern. Das Haar ein elektrisiertes Wirrwarr aus fauchenden Schlangen. Die Skulpteurin war zu einer rachsüchtigen Meduse geworden.

»Ist das der Dank dafür, dass ich dich von der Straße geholt habe, hm? Du kamst hier an wie der letzte Junkie, und ich habe dich hier aufgenommen. Und zum Dank verführst du meinen Freund!«

Der orientalischen Laterne konnte ich ausweichen, Daniëlles plötzlicher Attacke jedoch nicht. Wie versteinert sah ich sie auf mich zustürmen, die Krallen ausgefahren, die Zähne gefletscht. Ihre erste Schelle knallte auf meine linke Wange. Die zweite ließ mir Zeit, meinen Kopf zurück in seine Ausgangsposition zu bringen, und hinterließ einen brennenden roten Abdruck in meinem Gesicht.

»Sag schon was dazu, du Arschloch!«

»Daniëlle!«, hörte ich Ruben, während er versuchte, sie von mir fernzuhalten.

»Was? Bist du jetzt also komplett auf seiner Seite? Ist *er* jetzt etwa das Opfer hier?«

»Es tut mir leid«, flüsterte ich, obwohl es mir lediglich leidtat, dass Ruben jetzt sie berührte und nicht mich.

»Hey, hey!«, zwang er sie in seine Arme. »Ik hou van je, Daniëlle. Heb je me gehoord? Blijf alsjeblieft rustig.« Und schließlich setzte er auf Deutsch hinterher: »Ich werde dich nicht verlassen.«

Er sammelte ihr die Strähnen aus dem Gesicht. Trotzig entzog sie sich der Versöhnlichkeit seiner stahlgrauen Augen und fütterte die Flammen ihrer Verachtung.

»Ik wil dat hij gaat!«, forderte sie meinen Rauswurf, ohne ihn anzuschauen.

»Wird er. Er wird gehen«, versicherte Ruben und beförderte mein Herz eins, zwei, drei Stockwerke tiefer auf das Straßenpflaster. Er hatte sich gegen mich entschieden. Die beiden würden nicht voneinander lassen. Sie gehörten zusammen, und ich war lediglich ein geduldeter Besucher, der zum Eindringling geworden war. Während er ihr weiterhin über das Haar strich, beobachtete mich Daniëlle aus den Augenwinkeln dabei, wie ich einzelne meiner verstreuten Sachen vom Boden aufsammelte. Der übrige Teil ihrer Büste verharrte in disziplinierter Selbstbeherrschung.

»Ist schon okay, Arthur«, hörte ich Ruben plötzlich hinter meinem Rücken. Als ich mich umdrehte, nahm er mir die Dinge aus den Armen und legte sie auf die Kommode. »Ich bring dir deine Sachen. Ich glaube, es wäre besser, wenn du jetzt gehst.« Mühelos, wie man einen Knoten herausschneidet, der sich partout nicht entwirren lässt, trennte er unsere Leben. Bevor ich die Wohnung verließ, hörte ich Leinengewebe in meinem Rücken reißen und meine Staffelei zu Boden gehen. Ich drehte mich nicht um. Ich konnte nicht. Ich hätte nur meine eigene zerstörte Illusion erblickt.

Am Bahnhof weinte ich über meinen Verlust, während ich mit nichts als einem Rucksack und einem vollgestopften blauen Müllbeutel als Gepäck auf die Mitfahrgelegenheit wartete. Dabei verfluchte ich Daniëlle und Ruben, verfluchte das vergangene Jahr, verfluchte meine Mutter, die letztlich immer recht behalten hatte. Was jene unglücklichen Frauen in ihre Küche gespült hatte, hatte mit Liebe nichts zu tun. Ihnen ging es um einen Besitz. Alle Menschen wollen besitzen, weil Besitz ihnen das Gefühl von Konstanz gibt. Aber nichts im Leben ist von Dauer, schon gar nicht die Hitze der Leidenschaft. Gleichzeitig wünschte ich sie herbei – meine Mutter, die auf Nimmerwiedersehen verschwunden war. Ich brauchte sie. Ich brauchte eine Mutter, die mir den Nacken kraulte und mir sagte, dass ich wieder auf die Beine käme. Dass ich zwar blutete, aber dass jede Wunde verschorft und irgendwann heilt. Ich brauchte diese Gewissheiten, auch wenn es womöglich nur Lügen waren. Aber ich hörte sie nicht. Weder aus ihrem Mund noch aus einem anderen. Und ich musste daran denken, dass Daniel sie auch nicht gehört hatte. Vielleicht war genau das der entscheidende Umstand, der den Fotografen dazu gebracht hatte, sich einen Galgen aus Verlängerungskabel zu schnüren, ihn an der Studiodecke zu befestigen und schließlich den Hocker umzustoßen, auf dem sein wackeliges Leben stand. Vielleicht war es aber auch nur mein schlechtes Gewissen, das nach Gründen suchte.

VIERTER TEIL

Doch hält die Posaune der Winde inne,
so tu es ihr gleich und sammle die Sinne.

Der Blauhai ist in allen Weltmeeren beheimatet. Selbst in der Ostsee wird er hin und wieder gesichtet – immer dann, wenn ein besonders langer Sommer das Wasser erwärmt und infolgedessen große Fischschwärme auf Wanderung gehen. Doch er ist mehr als ein räuberischer Jäger mit unstillbarem Hunger. Sein Appetit ist anderer Natur. Er ist ein Vagabund, der selten an einem Ort bleibt. Wie könnte er auch? Wird ein Hai in seiner Bewegung angehalten, bedeutet das seinen sicheren Tod. Er braucht das offene Meer, braucht das zirkulierende Wasser zwischen seinen Kiemen, das den lebenswichtigen Sauerstoff enthält. Und eben weil er diese Freiheiten braucht, hört er nie auf zu schwimmen – nicht einmal im Schlaf.

Wir sind wie das Meer und die Luft, Arthur. Keiner kann uns fassen. Wir kommen und wir gehen, wohin wir wollen, wann immer wir mögen. Wir sind wie der Hai, der ständig in Bewegung sein muss, um nicht zu ersticken. Das ist sein Schicksal. Das ist unser Schicksal.

Berlin begann anders als Amsterdam, anders als Hamburg. Berlin begann mit Fleur. Ich traf sie an einem dieser furchtbaren Snackautomaten auf einem Bahnsteig am Ostkreuz. Steinharte Kräcker, fingerlange Pralinen, abgelaufene Kondome und schmale Poesieheftchen, gefesselt von spiralförmigen Fußschellen, gegen einen überzogenen Preis an Münzgeld freizukaufen. Ich hatte es auf einen der gelben Gedichtbände abgesehen, aber der Automat hatte die Kaution nur geschluckt, ohne den Gefangenen freizulassen. Ich hätte bereits an meinem ersten Tag in Berlin wissen sollen, wie grausam diese Stadt zu mir und anderen sein würde.

»Was los? Brauchst du Kleingeld?«

Fleur war platinblond, mit gescheiteltem Bob. Sie sah aus wie einem geschmacklosen Musikvideo der Neunzigerjahre entsprungen. Dazu trug sie eine speckige Kunstpelzjacke und hautenge schwarze Röhrenjeans und knautschte wiederkäuend auf einem pinken Kaugummi, das sie dann und wann zu einem monströsen Ballon aufblies. Sie erinnerte mich an das traurige Grau des Hamburger Alsterufers unmittelbar vor dem Jungfernstieg, wo der Plastikmüll in schmutzigen Teppichen auf dem Wasserspiegel liegt.

»Nein«, antwortete ich, die Finger in dem Gitter vor dem Automatenfenster verkrallt. »Ich hab Geld reingeschmissen, aber das Scheißteil spuckt nichts aus.«

»Tja, Pech«, kommentierte sie mit einem arroganten Aufschlag ihrer verklebten Wimpern. Ich hatte in Hamburg bereits haufenweise Transvestiten gesehen, aber Fleur war keiner von ihnen. Sie war keines der grobporigen Gesichter unter hautfarbener Theaterschminke und blind gezeichnetem Make-up, sondern ein seltsames Fabelwesen – weder Fisch noch Fleisch.

»Sammelst du Pfandflaschen?« Sie zeigte auf die zusammengeknotete Mülltüte, in der ich meine Sachen transportierte, und knautschte auf ihrem Kaugummi.

»Nee, Leichenteile.«

»Sexy.« Sie lachte wie ein heiseres Hausschwein. »Woher kommst du?«

»Aus Amsterdam.«

»Nee. Gebürtig?«

»Aus Hamburg«, log ich. »Hab aber fast ein Jahr in Amsterdam gelebt.«

»Und jetzt bist du hier, um deine Träume zu verwirklichen. Um irgendetwas mit Kunst oder Design zu machen, hm?«

»Nein. Jetzt bin ich hier, weil ich eben hier bin.«

»Wie individuell«, spottete sie. Die Ringbahn fuhr ein. »Ich bin übrigens Fleur.«

»Arthur.«

»Und wo wohnst du, Arthur?« Sie schnalzte mit dem Kaugummi und blies diesen zu einer stattlichen rosafarbenen Blase auf.

»Keine Ahnung. Eben erst angekommen.«

Die Blase zerplatzte und wurde zurück in ihren Mund gezogen.

»Hast du noch mehr Zeug als das da?«

Mein Rucksack stand zusammengesunken neben dem Snackautomaten. Ich schüttelte den Kopf.

»Und hast du was gegen Schwuchteln?«

»Nur gegen mich«, antwortete ich ihr. Wir verstanden uns auf Anhieb. Ich brachte sie zum Lächeln und sie mich. Solche absurden Unterhaltungen, dachte ich, konnten nur Menschen miteinander führen, die beide auf ihre eigene Art und Weise verrückt waren.

Fleur lebte in der dreckigsten Einzimmerwohnung, die ich in meinem ganzen Leben gesehen hatte. Sie stellte das genaue Gegenteil des romantischen Lebens dar, das ich zusammen mit Daniëlle und Ruben an der Lauriergracht geführt hatte. Die Wohnung befand sich im neunten Stockwerk eines DDR-Großblockbaus, mit Wänden so dünn wie Tonkarton, in unmittelbarer Nähe des KitkatClubs, aus dem am Sonntagmorgen Gestalten strömten, die Hans Rudolf Giger nicht besser hätte entwerfen können.

»Da sind wir«, präsentierte Fleur ihre Bleibe und warf ihren schweren Mantel in die Ecke. »Deine Tasche kannst du dort ablegen, und, mal schauen, vielleicht kann ich dir ein bisschen Platz auf der Kleiderstange machen oder ’ne Kiste organisieren oder so was.«

»Ich plane, nicht lange hierzubleiben.«

»Herzchen, du hast noch nie eine Wohnung in Berlin gesucht …«

Außer einer ständig ausgezogenen Schlafcouch, einer voll behangenen Kleiderstange, einem kleinen Kaffeetisch und drei Donut-Sitzkissen gab es keine weiteren Möbel oder Einrichtungsgegenstände in Fleurs Zimmer. Nur Klamotten – Himmel, nur Klamotten. Sie lagen verstreut über den Boden, in Ecken gestopft, türmten sich auf der Waschmaschine im Bad und lagen zu Kissen geknüllt am Kopfteil des Schlafplatzes. Ich ließ mir mein Erschrecken nicht anmerken, aber übersehen konnte ich das Chaos nicht.

»Wo kann ich schlafen?«

»Da.« Sie zeigte auf die Couch.

»Und wo schläfst du?«, lachte ich, weil es mir wie eine diskrete Anmache vorkam.

»Zwanzig Zentimeter neben dir, Herzchen. Zumindest wenn ich nüchtern bin. Ansonsten schlafe ich überall: auf dem Klo, in der Dusche, da drüben zwischen den Tischen. Ich hab es sogar schon einmal fertiggebracht, auf dem Weg nach oben im Fahrstuhl einzuschlafen. Ich hätte Kilometergeld bekommen müssen – dann wäre ich jetzt reich.«

Ich warf meinen Rucksack neben die Couch und ließ mich auf die durchgelegene Matratze fallen. Ich vermisste Ruben, seinen Duft nach Schweiß und Vetiver, die Klänge seiner traurigen, verletzten Gitarre.

»Am Wochenende ist die Armageddon-Nacht im Vanitas. Ich werde hingehen. Wenn du Bock hast, komm mit.«

»Ist das ein Club?«

»Nein, Herzchen, das ist eine andere Welt.«

»Wie ist es dort?«

»Laut, dunkel, warm, feucht.«

»Das klingt eher nach dem Erdinneren.«

»›Lasst, die ihr eintretet, alle Hoffnung fahren …‹« Fleur zog sich das Haar vom Kopf, und ich erschrak. Wie ein Skalp rutschte der blonde Bob von ihrem Haupt und entblößte eine geplättete straßenköterfarbene Kurzhaarfrisur.

»Was ist los, hast du noch nie eine Lady mit Pixie-Cut gesehen?«

»Um ehrlich zu sein«, begann ich verlegen, »wusste ich bis jetzt nicht mal, was ein Pixie-Cut ist.«

Fleur schürzte belustigt die schmalen Lippen, als wären es zwei Schwimmflügel, während sie sich die Creolen aus den Ohrlöchern fischte und sie in einen schmuckgefüllten Aschenbecher fallen ließ.

»Nun erzähl schon, was ist das Vanitas?«

»Machst du Witze? Das ist der legendärste Club weit und breit. Die Türsteher sind zäher als ein Diaphragma.«

»Und wie kommt man dann rein?«

»Mit genug Glitzer. Und genug Stil, Baby.«

Fleurs wirklicher Name war Florian Bleibtreu, aber bis auf wenige Ausnahmen – ihre Eltern, amtliche Behördenbriefe und ihre Geburtsurkunde – nannte sie niemand so. Fleur war ihre eigene Kreation und Florian die anderer. Für alle in der Szene war Fleur einfach Fleur – eine extrovertierte, flamboyante Lady Anfang dreißig mit einer Garderobe wie aus dem Fundus von Marijke Amados *Mini Playback Show*. Fleur war nicht einfach ein Typ in Frauenklamotten, sondern die erste transidente Person, die ich kennenlernte – und die erste wirklich authentische Person obendrein. Was andere von ihr dachten, war ihr reichlich egal. Umgekehrt band sie – in einer unangenehm hohen Stimme – jedem ihre Meinung und Wertung auf die Nase, ohne Rücksicht auf mögliche Verluste oder beleidigte Gemüter. Das machte sie zu einem schillernden Zauberspiegel, der ohne Unterlass verkündete, was sich in seiner reflektierenden Oberfläche zeigte – ob man das nun wollte oder nicht.

Am Abend bestellten wir uns zwei Pizzen bei einem Lieferservice und tranken Bier aus dem Späti. Später folgte ich Fleur in eine Bar, die sich Drama nannte und ein ebensolches war: In pinkfarbenem Art déco tapeziert, mit goldenem Kitsch ausgestattet und von der Decke baumelnden Plastikkronleuchtern war sie ein Tuntenhaus wie aus dem Bilderbuch. Das Publikum liebte das Drama – und nur darauf kam es an. Das lernte ich sehr schnell: Während Hamburg nicht chic genug sein konnte, war Berlin darauf bedacht, so verlebt und bizarr wie möglich daherzukommen. Die Freunde, die wir im Drama trafen, waren ebenso homosexuell wie inszeniert, und ich wurde irgendwie nicht wirklich warm mit ihnen, aber genoss es, Fleur dabei zuzusehen, wie sie unter ihnen aufblühte, wenn sie sich gegenseitig in ihren zweideutigen, anrüchigen und selbstironischen Monologen zu überbieten versuchten.

»Und wieso kriegst du eigentlich immer die Hotties?«, näselte Robert Fleur zu, während er die kleinen Augen mit den langen blonden Wimpern auf mich richtete.

»Weil ich mir nicht zu schade bin, sie von der Straße aufzusammeln, Herzchen«, hustete Fleur und zog an ihrer Kippe.

»Ist nicht wahr. Wo hat sie dich aufgegabelt?«

»Am Ostkreuz«, fiel mir Fleur ins Wort, noch ehe ich selbiges ergreifen konnte. »Das arme Ding stand einfach am Gleis mit seinem blauen Müllsack und sah so bedürftig aus. Da dachte ich mir: Nimm es doch einfach mit, Fleur.«

»Na, Hauptsache, du kriegst den stubenrein«, lachte eine der anderen Gestalten.

»Und hat dich Fleur auch schon mit den fünf obersten Regeln vertraut gemacht?«, wollte ein anderer von mir wissen.

»Welchen Regeln?«

»Die Regeln, die jeder Neu-Berliner kennen muss, Liebling.«

»Keine Ahnung, wovon du sprichst.«

Fleur, Robert, Tommy und Sascha wechselten Blicke stiller Zufriedenheit.

»Erste Regel«, begann Robert und lehnte sich weit zu mir vor, sodass ich den Gin in seinem Atem riechen konnte. »Fass nichts an. Keine Geländer, Rolltreppen, U-Bahn-Haltestangen …«

»Vor allem keine U-Bahn-Haltestangen«, bekräftigte Tommy echauffiert. »Überall ist Dreck und Krankheit und Sperma dran.«

»Alles klar. Werd mich daran halten.«

»Zweitens: Partys beginnen zwar um zwölf. Geh aber lieber erst zu drei hin.«

Ich nickte, obwohl es kein Thema gab, das mich mehr langweilte. Ich musste an die billigen Bratzen in ihren viel zu kurzen Röcken denken, die in Hamburg zuerst kostenlos in die Clubs kommen, um sich anschließend an der Bar von Halbwüchsigen in zerknitterten Hemden aushalten zu lassen. Ich dachte an Gunther und fragte mich, ob er mir den Unfall je vergeben würde oder womöglich ein neues Leben begonnen hatte. Ein Leben irgendwo in Palma, mit einem Rudel Bunnys, das Geld dafür bekommt, sich während des Liebesspiels auf sein entstelltes Gesicht zu setzen.

»Drittens«, näselte Robert weiter. »Verlass dich nicht auf die Ringbahn.«

»Wieso das?«

»Weil sie nicht fährt. ›Aufgrund von Witterung – eines Personenschadens – Verzögerungen im Betriebsablauf – wird dieser Zug heute leider entfallen. – Wir bitten um Ihr Verständnis.‹ Bald kennst du die ganze Palette an Ausreden.«

»Ich habe noch nie verstanden, wie eine Bahn auf dem Ring einfach ausfallen kann.« Fleur schnipste die Spitze ihrer Zigarette in den Aschenbecher. »Ich meine, das ist ein Ring, ein geschlossenes System. Wie kann eine einzige Bahn plötzlich verschwinden? Einfach so. Was passiert mit den Menschen, die in dieser Bahn unterwegs waren? Ich meine, das hier ist Berlin und nicht das beschissene Bermudadreieck.«

Sie lachten.

»Viertens, und das ist sehr, sehr wichtig …«

»Sehr wichtig!«, insistierte Fleur und drückte mir den erhobenen Zeigefinger zwischen die Augen.

»Finger weg von Crystal Meth.«

Ich nickte nachgiebig. »Und fünftens?«

Robert überlegte kurz: »Egal, was in deiner Beziehung schiefgeht, denk immer daran: Es liegt nicht an dir, es liegt an der Stadt.«

»Wie aufbauend«, prustete Tommy und gab Robert einen Knuff. »Mach ihm doch keine Angst.«

»Ach, das liegt nicht an der Stadt. Das liegt an uns. Generation Beziehungsunfähig nennt man uns doch.«

»Schwachsinn«, murmelte Fleur in einer Wolke aus neu entzündetem Tabak. »Generation Beziehungsunfähig. My ass.« Ohne Worte zu vergeuden, reichte sie die Zigarette an mich weiter. Ich nahm die Friedenspfeife entgegen und sog das Nikotin in meine Lungenäste.

»Weiß einer von euch, wie ich hier Geld verdienen kann?«

»Verkauf dich, Herzchen. Du bist jung und siehst gut aus.«

Ich dachte zunächst, sie würde scherzen, aber dem war nicht so. Ich erzählte ihnen, dass ich in Amsterdam als Barista gearbeitet hatte, und Tommy berichtete von einem Freund, der gerade erst ein Café in der Hermannstraße aufgemacht hatte. Zwei Wochen später hatte ich mein erstes Probearbeiten. Danach arbeitete ich zweimal sechs Stunden in der Woche und war so in der Lage, Fleur einen Obolus für die durchgelegene Schlafmöglichkeit zu zahlen, den sie gern annahm, um ihn gegen Kippen, Bier und andere Gesellschaftsgüter einzutauschen. Ich mochte Fleur. Sie war toll.

Am folgenden Mittwoch – mitten unter der Woche, das konnte ich nicht fassen! – putzte mich Fleur für die Party im Vanitas heraus: schwarze zerschlissene Jeans, ein stümperhaft ärmelamputiertes T-Shirt und schmutzige Stoffschuhe. Mehr als das und ein schönes Gesicht brauche es nicht, sagte sie, obwohl sie immer wieder betonte, wie schwer es war, in den Club hineinzukommen. Wie grausam die Türsteher und wie unglaublich gewöhnlich die Leute waren, die es trotzdem oder gerade deshalb versuchten. Die in einer schier endlosen Schlange warteten, um letztlich nach Hause geschickt zu werden. Für die Außenwelt war das Vanitas ein Mysterium, denn nur seine Eingeweihten wussten, wie es hinter den flackernden Fenstern des ehemaligen Theaterhauses – einem Bauwerk des sezessionistischen Jugendstils – tatsächlich aussah. Nach einer Stunde Warten erreichten wir das Portal mit den Türstehern. Über dem Eingang prangte ein wackelig getaggter Schriftzug: ›Tu, was du willst, sei das ganze Gesetz.‹

Ich las die Worte, und ein Teil meiner Seele erstarrte zu Sepiolith. Nicht einmal in dieser Stadt ließ sie mich in Ruhe.

Tu, was du willst, sei das ganze Gesetz.

Wo hatte ich das schon einmal gelesen oder gehört? Hatte sie es mir eingegeben, in einer lauen Sommernacht zwischen mannshohem Farn und springenden Maiskörnern? Damals, als ich noch weiches Wachs in ihren Händen war, in dem sie sich verewigen konnte? Die Schlange schob sich weiter in Richtung Tür und mich mit sich. Vielleicht lag es daran, dass ich mir absolut nichts aus diesem Club machte – selbst wenn ich nicht reingekommen wäre, hätte es für mich nicht die Apokalypse bedeutet, die es für die anderen war, die in ihrem Ego gekränkt mit den Türstehern zu diskutieren versuchten.

Feilsche niemals mit jemandem, der dich nicht zu schätzen weiß.

Mir war es jedenfalls einerlei, und vermutlich konnten die Einlasser genau das riechen. Anders kann ich es mir nicht erklären. Anders ergibt es keinen Sinn, wieso ich kein einziges Mal abgewiesen wurde. Sicherlich wird es auch an Fleur gelegen haben – Transen, Homos und andere Fabelwesen hatten es immer leichter als das gemeine Volk. Verkehrte Welt, genau das war dieser Club. Ein Lebensraum, ein paralleles Universum aus Zwielicht. Mir gefielen die Dunkelheit, die im Vanitas herrschte, und die kaum wahrnehmbare Stille zwischen den Beats. Was für Hamburg Housemusic war, war für Berlin der Techno. Anders als die langen Partynächte mit Gunther beruhigte mich das Nachtleben in Berlin. Ich nahm es wahr wie ein Wissenschaftler seine Forschungsobjekte, wie ein Betrachter die Wasserwelt hinter Glas im Tierpark Hagenbeck. Während die anderen aufgeputscht mit Amphetaminen oder sediert von Opiaten die Nacht zelebrierten, saß ich in einer der alten Logen des

Theaters, rauchte Kette und blickte hinab auf das Gewusel weit entfernter Seelen.

»Na, hab ich dir zu viel versprochen?« Fleurs rosa Schuppenkleid fiel aus der vibrierenden Dunkelheit. Sie warf sich in den durchgelegenen Sessel neben mir, legte den Ellenbogen auf meiner Lehne ab und starrte mich verzückt an. Ihr Lippenstift lag schief über ihrem Mund.

»Der Ort ist magisch«, bestätigte ich ihr.

Ihre glänzende Nylonperücke raschelte, als sie, amüsiert von meiner Antwort, den Kopf hin und her warf. Sie zwackte mir eine Zigarette ab und ließ sich Feuer geben. Ein Typ steckte den Kopf in unsere Loge und fragte mehrmals nach Fred. Dann erst begriff er, dass dieser nicht hier oder womöglich nicht einmal existent war.

»Willst du nicht mit runterkommen und tanzen?«

»Nein. Ich bleibe lieber hier oben und beobachte.« Ohne Monokel und Lichttechnik war die ehemalige Bühne in der fluoreszierenden Schwärze kaum auszumachen. Es gab kein Bühnenbild mehr, nur unzählige zerbrochene Spiegelkugeln und wabernden Kunstnebel, zerrissen vom wummernden Bass eines neu abgemischten The-Knife-Songs.

I wasn't really looking for some more than some company on the dancefloor and does he know what I do? And you'll pass this on, won't you?

»Brauchst du was zum Wachwerden?«

»Nein, Fleur. Ich bin so was von wach, dass es schon fast wehtut.«

»Du bist schon nicht ganz knusper, Arthur.« Fleur schnippte die Asche ihrer Zigarette über den Balkon auf die Köpfe der Tanzenden. Ob es jemals einen Unfall in diesem Club gegeben hatte – an genau dieser Stelle mit all ihren offenen Balkons und Abkürzungen in den sicheren Tod?

»Was hast du in Amsterdam gemacht?«

»Mich verliebt.«

»Und, hat er dir das Herz gebrochen?«

»Ja.« Meine Antwort war geflüstert und wurde vom Lärm der Musik überschattet. Lippen waren an diesem Ort ohne Funktion – oder zumindest keine Kommunikationsinstrumente.

»Ach, Herzchen. Das tun sie doch immer, oder?« Sie versank mitsamt ihres schillernden Paillettenkleides in den Polstern. »Andere Mütter haben auch schöne Söhne, Arthur.«

Ich schloss die Augen und versuchte, in dem Meer aus Klängen und zuckenden Körpern zu ertrinken, aber ein Urinstinkt hielt mich am Leben, und so hielt ich die Luft an und zählte gedanklich die elektronischen Taktschläge.

Es ist nicht einfach, sich selbst zu ertränken. Ein natürlicher Reflex blockiert ohne menschlichen Willen die Atemwege und zwingt selbst den Lebensmüdesten irgendwann dazu, die Dunkelheit zu verlassen, an die Oberfläche zu schießen und durchzuatmen. Dort nimmt jedes Organ seine gewohnte Arbeit wieder auf, füllen sich die Lungen mit der lebenswichtigen Luft und versorgen unsere Zellen mit Sauerstoff – Lebensunwille hin oder her. Ich atmete.

☆

An einem warmen Frühlingstag kaufte ich für ein paar Euro ein gerahmtes Gemälde auf dem Flohmarkt am Boxhagener Platz. Das Bild zeigte eine kitschige Ostseelandschaft, deren Mittelpunkt ein klischeehafter, rot-weiß geringelter Leuchtturm war. Wie hätte sich Daniëlle über dieses Bild aufgeregt.

Afzichtelijk, hörte und sah ich sie in meiner Vorstellung mit verständnisloser Miene vor sich hin schimpfen und das sommersprossige Näschen rümpfen, die Hände wie vor bitterer Kälte vor der Brust verschränkt. *Zonder smaak!*

Aber ich kaufte das Bild nicht als künstlerisches Meisterwerk, sondern wegen des Stuckrahmens, den ich mit einem Lappen und Seifenwasser vom Staub der Lagerung befreite, bevor ich die Bildfläche an einem dunstigen Mittwoch mit

Wandfarbe rauchweiß überstrich. Während die Farbe trocknete, besorgte ich mir Zeichenkohle und Grafitstifte, um seine Umrisse darauf zu skizzieren. Sie waren mir auch nach Wochen noch so klar im Gedächtnis, dass ich jeden Phantomzeichner die Anstellung gekostet hätte. Das scharfe Kinn, die Skispringernase und die faltigen Augenwinkel, wenn Ruben lachte.

»Heißer Bengel«, flötete Fleur, während sie sich für die Arbeit an der Supermarktkasse zurechtmachte. Frisch geduscht, ohne Make-up und mit kurzen Haaren stand sie hinter mir, das Kinn dicht über meiner Schulter.

»Wer ist das?«

»Niemand Besonderes«, antwortete ich.

»Dafür widmest du ihm aber ziemlich viel Zeit.«

Ich nahm den Pinsel aus Rubens Haar und drehte den Kopf in die Richtung von Fleur, die mir immer unwirklich vorkam, wenn sie wie Florian aussah. Wann immer sie ihre Rüstung aus Perücke und Polster-BH abgelegt hatte, blieb von ihr kaum mehr als eine panzerlose, schmächtige Gestalt – verletzlich wie geschälte Nordseekrabben und mit dem Gesicht einer bartlosen Porzellanpuppe. Ein junger Mann, der nie in die Pubertät gekommen zu sein schien. Es war schwer, die Zerrissenheit zu ertragen, die von der blonden Kunstfigur übrig blieb, wenn sie einen Kampf gegen die Dusche ausgetragen hatte.

Gleiches zieht Gleiches an. Das ist das Gesetz der Resonanz. Vermutlich war genau dieses Gesetz der Grund, wieso wir uns in dieser Millionenstadt gefunden hatten, ohne auf der Suche nacheinander gewesen zu sein.

»Hattest du mal was mit ihm?«, ließ sie nicht locker. »Wart ihr mal Lover oder so was?«

Ich betrachtete Rubens Vollkommenheit und dachte an die Zeit – vor genau einem Jahr –, als beide in meinem Leben die Krokusse aufblühen ließen und der milde Frühlingswind die Menschen auf ihren Rädern durch Amsterdam schob.

»Ich wünschte, es wäre so, Fleur.«

»Hm.« Sie hakte nicht weiter nach, warf eine Kusshand nach mir und ließ mich mit Ruben allein.

Neun Tage lang arbeitete ich an meinem Bild, ehe ich zufrieden war mit dem, was ich geschaffen hatte: die Wunschvorstellung von dem Mann, den es nie wirklich in meinem Leben gegeben hatte – nie gänzlich, immer nur zur Hälfte und letztlich nicht einmal mehr das. Ich wusch die Pinsel über einem Becher Terpentinersatz aus und tupfte sie mit Küchenkrepp trocken. Dann nahm ich die Dose Verdünner und tränkte das Gemälde mit Auflösung und Verlust. Rubens Gesicht zerfloss in wachsartigen Strömen Richtung Süden und kleckerte auf das ausgelegte Zeitungspapier. Mein Gesicht machte Ähnliches, nur dass es Tränen waren und kein Lösemittel. Als von Ruben nichts mehr übrig war als der schleierhafte Schatten einer Person, die sich längst umgedreht und das Leben des Künstlers verlassen hatte, waren meine Tränen getrocknet. Ich verstaute meine Utensilien und stellte das Bild zum Trocknen auf den Balkon.

Ich habe es heute noch. Nach all den Jahren.

☆

Berlin bewegte etwas in mir. Wie auch schon Amsterdam und Hamburg zuvor färbte die Stadt auf mich ab. Ich ließ mir von Fleur Schläfen und Nacken ausrasieren und trug den Undercut stolz mit Röhrenjeans und Flanellhemden durch die Straßen. Gleichzeitig war alles hier so anders, so wundervoll roh und unverstellt grausam. Alles in dieser Stadt war radikal, und es gab kein Mittelmaß, angefangen bei den Supermarktverkäufern, die weder Guten Tag noch Bitte kannten, dafür aber so schnell kassierten, dass man bereits ein schlechtes Gewissen bekam, wenn man noch seine Einkäufe aus der Ablage nahm, während die des nächsten Kunden bereits nachrutschten. Ich bewunderte die Unverfrorenheit der Obdachlosen, deren Auftreten in den U- und S-Bahnen unter den Fahrgästen jedes einzelne Mal eine Mischung aus Unbehagen, Schuldgefühl und blind machender Betroffenheit hervorrief. Die Bettler waren sichtbares Elend, das für ein bisschen Kleingeld durch die Waggons wandelte und dabei die Luft verdarb, das tobte, wenn ein mitfühlender Mensch es wagte, eine Pfandflasche, ein Pausenbrot oder einen Apfel darzureichen, und »Na also! Jeht doch, wa!?« murmelte, wenn dann doch die ersten Münzen in den zerdrückten Pappbechern klingelten. Am meisten aber faszinierte mich das ewige melancholische Grau des Himmels über Berlin, das jedes Jahr monatelang mürrische Gemüter und ebensolche Gesichter schuf, bis endlich wieder der Frühling einkehrte und den Puls des Lebens reanimierte.

Es gab ein paar Dinge, die ein fester Bestandteil meines Alltags in Berlin wurden. Dazu gehörten Zigaretten, Bier aus dem Spätkauf zu jeder Gelegenheit, die Kombination von Vintage und minimalistischer Designermode und meine Malerei. Ich besorgte mir eine Auswahl an Pinseln, Ölfarben und eine Mischpalette und sammelte meine Inspirationen überall dort, wohin mich meine Beine trugen. In den öffentlichen Verkehrsmitteln, in den Cafés und Bars, in den Nachtclubs und Parks, die im Sommer so trocken unter der Sonne lagen, dass Windhosen aus Staub durch jedes Picknick wirbelten und dabei goldene Spiralen hinterließen. Ich sog den Duft von lauen Abenden, zerlegenem Klee, Sonnencreme und Cannabis in meine Lungen und legte Karten aus Straßenbeleuchtung und Lichtern in meinem Gedächtnis an. Karten, in denen Straßenmusiker ihre akustischen Spuren hinterließen und die zusammengefaltet noch immer genauso groß waren wie mein ganzes Leben.

Im Juni gab ich meinen Barjob auf und fing in einer Biosupermarktkette als Verkäufer an. Das hatte zwei Gründe: Zum einen konnte ich die Nachtarbeit nicht mehr ertragen, mich nervte das Servieren billiger Spirituosen und gepanschter Cocktails. Zum anderen fand ich einfach keinen Zugang zu der dort versammelten Schwulenszene. Wann immer ich morgens ins Bett schlich und bis in den Nachmittag hinein schlief, fühlte ich mich wie eine aus dem Takt geratene Uhr. Mit einundzwanzig war ich ein Hundertjähriger, der den Exzess lieber beobachtete, als an ihm teilzuhaben. Ich wollte mit der Sonne aufstehen und mich von ihr durch den Tag bringen lassen. Jener erste Sommer in Berlin war so heiß wie die Winter dort eisig und verwandelte jedes Fleckchen Grün in gelbes Stroh. Es gab Wochen, in denen praktisch keine Luftzirkulation herrschte, sodass man das Gefühl hatte, über Tage hinweg die Luft anhalten zu müssen.

Am Wochenende begleitete ich Fleur hin und wieder ins Vanitas – nicht nachts, sondern tagsüber. Das ehemalige Theaterhaus wurde von einem verwilderten Garten umgeben. Doppelt und dreifach mit Holzlatten verrammelt, war kein Blick von außen auf das Grundstück möglich, das eigentlich nur eine karge, von wenigen Bäumen und Sträuchern bewachsene Schotterfläche war. Doch schossen Stechapfel, Tollkirsche, Ginster und andere Unkräuter durch den Boden und verwandelten das Stück Brachland in eine Oase giftiger Nachtschattengewächse, zwischen denen alte Polstermöbel, Lampenschirme und Sperrmüll vor sich hin moderten. Bei gutem Wetter aalte sich das verstrahlte Partyvolk dort zur sonntäglichen Afterhour, in ewiger Zeitlupe, schlief auf den alten Couches ein, vögelte unter freiem Himmel und unter der Betäubung all jener chemischer Substanzen in seinem Blut, die es sich über die vergangenen Stunden einverleibt hatte, oder ging einfach verloren. Ja, man munkelte, zwischen all den menschlichen und botanischen Nachtschattengewächsen wäre es seit der ersten Clubnacht immer wieder vorgekommen, dass Menschen in diesem Garten verloren gegangen seien. Dass sie sich auflösten, vom Radar ihrer Freunde und Bekannten verschwanden und nie mehr gesehen wurden.

Eines Nachts waren wir vom Club auf dem Weg zurück mit der U-Bahn unterwegs, teilten uns das Abteil mit anderen

– Alt und Jung – und dem unverwechselbaren Gemisch aus Schweiß und Alkohol. Am Kotti schwankte ein heruntergekommener Mann in den Waggon, die Wangen eingefallen, seine Jeans speckig, die Haare JVA-kurz geschoren. Er pöbelte gegen unsichtbare Disputanten vom Drogenmissbrauch verstümmelte Worte, schlug gegen die Türen, bis sich die ersten jungen Spanierinnen von ihren Plätzen erhoben und auf die andere Seite des Waggons flüchteten. Dass einige jugendliche Männer auf die geistesgestörten Ausbrüche des Mannes mit aggressiver Hetze und schadenfrohem Gelächter antworteten, fachte das Lallen des Mannes noch weiter an. Da war so viel Leid und Elend, die aus jeder Pore seines Körpers brannten. Eine Schwarzlichtleuchte hinter einem durchlöcherten Lampenschirm aus Haut, Knochen und sozialer Armut. Am nächsten Bahnhof hielt der Zug abrupt an und warf den Mann gegen die Wand. Er blieb auf dem Boden sitzen, schrie und hielt den Kopf ganz so, als wäre sein Gleichgewichtssinn verloren gegangen. Ich warf Fleur einen Blick zu, die nichts weiter tat, als die Stirn zu runzeln. Und dann – wie von dem Licht in seinem Inneren angezogen – stand ich auf und streckte meine Hand nach dem Mann aus. Ich griff die verhornten, schmutzigen Finger und zog mich an ihn, bis ich seine ganze Hand in meiner hatte, und drückte sie, so fest ich konnte – so lange, bis sein Schreien sich in Tränen verwandelte und irgendwann auch diese versiegt waren und er ganz ruhig geworden war. Er schloss die Augen und gab mir wortlos ein Stück von sich und seiner Seele, während ich ihm eines von meiner gab. Nachdem wir am U-Bahnhof Heinrich-Heine-Straße ausgestiegen waren, fragte mich Fleur, was zur Hölle in mich gefahren sei, und befahl mir sofortiges Händewaschen. In diesem Moment wusste ich, dass sie die Welt mit geschlossenen Augen sah.

Menschen brauchen einander, um sich zu berühren.

Am Tag der Sonnenwende zog ich in meine eigene Wohnung – das war natürlich nicht beabsichtigt, aber irgendwie auch ein netter Zufall. Meine eigene Wohnung: ein Zimmer, falscher Stuck an den Decken, ochsenblutrote Dielen, gelegen im Bezirk Neukölln, direkt neben dem St.-Jacobi-Friedhof.

Fleur heulte ein wenig über meinen Auszug, aber wusste auch, dass es höchste Zeit für uns beide wurde, dass uns mehr als Küche oder Badezimmer, mehr als Rigipswände trennte. Ich kaufte eine Matratze, einen Raumteiler und einen Badezimmerspiegel bei IKEA, den Rest nach und nach auf dem Flohmarkt, oder ich sammelte die Teile von der Straße, die jemand im Schutz der Dunkelheit als Sperrmüll vor die Tür gestellt hatte: alte Bilderrahmen, Stühle mit gebrochenen Füßen, eine Blumenbank. Ich brauchte nicht viel. Das hatten mir die letzten drei Jahre gezeigt. Ich malte weiterhin Bilder und ordnete die Leinwände in Petersburger Hängung an den Wänden. Zum Einstand bestellten Fleur und ich beim Italiener an der Ecke Essen und tranken Diätcola und Matebrause.

Es war auch der Tag, an dem sie zum ersten Mal die Operation erwähnte, die ihr Leben verändern sollte.

Im August waren die Blätter der Eichen vom Mehltau eingeschneit und zwei Amalgamfüllungen in meinem Gebiss fällig. Ich ertrug die Behandlung wie ein Soldat den Aufmarsch. Das praktisch unsichtbare Keramik-Inlay war seinerzeit aus Gunthers Tasche bezahlt worden, die Kosten der silbernen Plomben in meinen Backenzähnen hingegen übernahm meine Krankenversicherung. Es war nicht mehr als die schlichteste Grundversorgung, aber genau das erfüllte mich mit Stolz: dass ich selbst Geld verdiente, Miete zahlte, Sozialabgaben leistete, kurzum für mich verantwortlich war.

Im selben Monat endete der Sommer mit einem Tiefdruckgebiet, das heftige Regenschauer über der Stadt entlud. Tagelang wusch der Regen die schmutzige Atmosphäre und ruinierte damit das letzte Geschäft der Saison für alle Café- und

Biergartenbetreiber. Ich begrüßte die Witterung, wie es die durstende Vegetation tat – mit weit ausgebreiteten Armen und zurückgelegtem Kopf. Anderen war die Zufriedenheit nicht nachvollziehbar, mit der ich jeden Tag in der vollgesogenen Wiese des Friedhofs saß und mich von den Wolken tränken ließ. Wenn Fleur zu Besuch war, weigerte sie sich, auch nur einen Schritt vor die Tür zu setzen, und beobachtete mich stattdessen argwöhnisch vom Balkon aus – eine Kippe in der Hand, die sie so schnell aufrauchte, dass sich ja keine Spuren von Rauch in der Wohnung erahnen ließen, wenn ich entschied heimzukommen. Aber das dauerte. Im Schneidersitz verharrte ich, ließ die Natur ihr Werk vollbringen und schloss die Augen, um dem allgegenwärtigen Prasseln der Wassertropfen zu lauschen.

Hör der Schöpfung zu, kleiner König.

Ja, es war nicht nur Augustregen, der auf uns niederging. Es war die Schöpfung. Jenes Element, das sich vor Millionen Jahren in tiefen Becken sammelte und das Urmeer schuf – erst knallrosa, später blutrot. Eine gigantische Petrischale, die bereits alle Bausteine des Lebens enthielt. Das Becken der Erde, das alles gebar, was heute über diesen Planeten wandelt.

Regen, nimm meine Erinnerungen mit dir. Spül sie fort, wasch sie ab.

»Herzchen, du bist nicht normal«, warf Fleur mir vor, während sie in meinem Bett lag und Serien über den Laptop streamte. Ich hinterließ meine nassen Tapser bis in die Küche und schmiss den verkalkten Wasserkocher an.

»Im Ernst: Hast du schon jemals irgendjemanden erlebt, der sich so verhält wie du?«

Das hatte ich, Fleur. Das hatte ich. Wenn du doch bloß die Stimme der Urmutter hättest verstehen können. Wenn du doch bloß ihre Sprache nie verlernt hättest.

Bis ich es geschafft hatte, mich aus den durchnässten Klamotten zu kämpfen, hatte das aufmüpfige Brodeln des Kochers seine Klimax erreicht. Ich goss uns zwei Schalen mit schwarzem Tee auf und stellte eine davon neben das Bett auf den Boden. »Danke. Geht's dir wirklich gut?«

»Ich denke schon«, antwortete ich und kippte das Fenster an. Der kühlende Regen ließ die Welt auf der anderen Seite des Fensters zerfließen. Ich setzte mich neben sie in die weiße Leinenbettwäsche, winkelte die Beine an und stellte den Tee in meinem Schoß ab – er verbrannte mir die Oberschenkelinnenseiten. Meine Unterhose war klamm, und an der Stelle, an der ich mich gegen die Wand lehnte, klebte sich die Raufaser an meine Haut, sodass ich unruhig saß, um nicht angeleimt zu bleiben.

»Du denkst an sie, oder? An deine Mutter.«

Mein Finger umrundete den Rand der Schale und wischte Tropfen aus oxidierten Kamelien und ätherischem Bergamottöl auf. »Irgendwie schon.«

»Sie kommt mir vor wie der Weihnachtsmann. Wenn du von ihr erzählst, ist das so unwirklich. Als wenn sie bloß 'ne Halluzination oder ein High wäre oder so was.«

Wir lauschten ein wenig der Sitcom, die aus dem Laptop plärrte, bis Fleur die Schauspieler mit einem einzigen bestimmten Knopfdruck verstummen ließ und erneut nachhakte: »Woran genau denkst du denn?«

Ich überlegte einen Augenblick, wie ich die komplexen Gedankengebilde – nicht mehr als Gefühle oder erfahrene Sinneseindrücke – für sie in Worte fassen konnte. Wie sie da so sorglos auf der Seite lag, der angewinkelte Arm den Kopf stützend. Sie war so dünn, so mager in ihrer Statur, mein neunjähriges Ebenbild. Der Hintern so klein, dass er in zwei Händen verschwinden konnte und in dem weißen Schiesser-Slip verloren wirkte wie ein Kind unter der Kuppel des Pantheons. Als wären meine Gedanken durch Megafone geflüsterte Worte, setzte sich Fleur auf und verschränkte voller Argwohn die Arme vor ihrer von einem V-Ausschnitt gerahmten Hühnerbrust. Ich gab es auf und erzählte ihr stattdessen von jener Nacht, als die Fratzen ausgehöhlter Rübenlaternen an unserer Hauswand zerschellten und der Walnussbaum mich vor dem gleichen Schicksal bewahrte.

Ob sich überhaupt noch jemand an Britta erinnert, oder ist sie längst verweht wie ihre unzähligen aufbrausenden Schwestern, die jedes Jahr – unter furchtbar gewöhnlichen Frauennamen – über den Globus fegen? Es war das Ende des Jahres 2006, nicht Silvester, sondern das des heidnischen Kalenders: Samuin. Am letzten Oktoberwochenende suchte sie Deutschland heim, nachdem sie Tage zuvor über dem zentralen Nordatlantik alle zerstörerischen Naturkräfte gesammelt hatte. In der Nacht zum ersten November sprang sie aus ihren stürmischen, nassen Tanzschuhen – eine schwere Sturmflut, die erst die Nordseeküste und schließlich uns traf. Ihrem grauenhaften Walzer folgten der erste Frost und Schnee. An besagtem Mittwoch blieb die Schule geschlossen, und die Strände Rostocks waren verwaist. In Ostfriesland hatten sie tags zuvor den Notstand ausgerufen und das Vieh aus dem Deichvorland evakuiert. Seltsamerweise forderte Britta keine Menschenseelen. Mit kleinen Booten, Dächern, Ampeln und Bäumen aber machte sie kurzen Prozess.

Ich werde nie vergessen, wie ich nachmittags vor dem flackernden Röhrenbildschirm saß und den gewaltigen Wirbel auf der animierten Wetterkarte verfolgte. Wie schnell mein Herz schlug. In der Pfarrkirche und dem Rathaus drängte sich die halbe Nachbarschaft unter stöhnendem Gebälk zusammen und betete, der Sturm möge nicht das gleiche Chaos stiften wie an der Nordseeküste. Mutter war dem Aufruf zur Evakuierung nicht gefolgt – ich vermutete, ihr Stolz verbot ihr, das Angebot anzunehmen. Ihr Stolz und ihre Abneigung. Lieber hätte sie Havarie auf hoher See erlitten und sich von der Allerheiligenflut bis tief in den Bauch des Meeres schlingen lassen, als mit einem Haufen kleinbürgerlicher Jammerlappen auf engstem Raum beisammen zu sein. Ich hasste sie dafür, dass sie unser beider Leben aufs Spiel setzte. Ich hasste sie mit jeder Faser meines pubertierenden Körpers

– mehr noch, ich hielt sie allmählich für geistesgestört. Nie wieder sah ich die Ostsee so weit ins Land hineingreifen wie 2006, als sich unser Garten allmählich in Meeresgrund verwandelte. Dass überhaupt fester Boden zurückblieb, gleicht für mich nach wie vor einem Wunder.

Am Nachmittag riss der Sturm drei Läden von den Fenstern und nahm sie mit sich wie schwerelose Papierflieger. Es war die erste Machtdemonstration Brittas, bevor sie uns vom Stromnetz abschnitt und mich zu Tode ängstigte.

»Wir müssen in die Stadt fahren«, flehte ich meine Mutter an.

»Du weißt ja, wo die Autoschlüssel sind«, schnaubte sie zurück und beobachtete das zerrissene Bild der Außenwelt durchs Küchenfenster wie Archivaufnahmen eines Krieges. Als ein Vogel – wie geworfen – gegen die Scheibe schlug und nur eine Sekunde später in seinem blutigen Delirium zur Seite gefegt wurde, wich sie nicht einmal zurück. Ihre Augen folgten den roten Schlieren, die sich im Regen verdünnten. »Uns wird nichts passieren. Wir sind die Felsen in der Brandung. Die Natur …«

»Fahr uns ins Rathaus, du Verrückte!«, unterbrach ich sie außer mir und schleuderte ihr die Schlüssel entgegen. Wie im Zeitraffer bewegte sie sich auf mich zu. Das Haar elektrisiert vom Gewitter, die Vene auf ihrer Stirn geschwollen vor Zorn. Wann sie das Messer an sich genommen hatte oder ob sie es schon die ganze Zeit in der Hand hielt, weiß ich nicht. Aber ich erinnere mich, dass es ihr liebstes Küchenwerkzeug war: die handgeschmiedete Replik eines Wikingermessers aus schwarzem Kohlenstoffstahl. Für einen Augenblick waren nur diese Waffe und eine nicht bestimmbare Unsicherheit zwischen uns. Ich spiegelte mich in ihren Augen und sie sich in meinen. Über unseren Köpfen zog der Sturm die Reetbündel vom Dach – so schnell, wie man ein Pflaster von empfindlichen Körperstellen reißt und nur ein *Zipp*-Geräusch zurücklässt. Dann schoss sie an mir vorbei, den lederumwickelten Griff des Messers fest in der Faust. Ich stürmte in entgegengesetzte Richtung, band mir die Turnschuhe im Flur und warf die Wetterjacke über. Als ich mit ihrem Mantel zurück ins Wohnzimmer kam, schlug der feuchte Wind mir durch die geöffnete Hintertür entgegen. Erst dachte ich, der Sturm hätte den Riegel aufgestemmt, doch die Schließe war intakt. Wasser sickerte in die Dielenfugen. Und dann sah ich sie im verwüsteten Garten, das blonde Haar wie ein Tornado über ihrem Kopf wirbelnd.

»Was machst du da?« Der Schrei kam aus vollen Lungen, aber wurde vom Unwetter verschluckt, als hätte er meinen Körper nie verlassen. »Komm wieder ins Haus!«

Dort kniete sie, den Rücken mir zugewandt, im gespenstischen gelben Licht des Hagelschauers unter dem Walnussbaum und krallte sich in die schlammige Erde. Ein seine Beute greifender Raubvogel. Das Messer neben sich in den Boden gerammt.

»Du Gestörte, du! Ah …«

Der Ast traf mich weniger hart als vielmehr unerwartet. Er kam aus dem Nichts, war aus den peitschenden Tentakeln des Baums gerissen worden und erwischte mich wie einen ungehorsamen Schüler der Rohrstock. Ich hielt mir den brennenden Striemen in meinem Gesicht und klappte ein, gerade noch rechtzeitig, um nicht von der hereinsausenden Zaunlatte enthauptet zu werden. Das Letzte, was ich sah, war das Spiegelbild des zerborstenen Türrahmens in der Pfütze, ehe ich das Bewusstsein verlor.

Als ich wieder zu mir kam, war der Sturm verebbt und hatte ein tonloses Chaos zurückgelassen. Ich schob das Fliegengitter und die Hintertür von meinem Körper, schmeckte das Blut meiner geplatzten Lippe und den flammenden Schmerz in meinem Gesicht. Meine Kleidung war durchweicht, und der Boden stand unter Wasser, einige Fensterläden fehlten, und das Dach war großflächig abgedeckt. Aber sonst war das Haus unversehrt. Es hatte sich weder in seine Bestandteile zerlegt, noch war es im Ganzen abgehoben und an einen fernen mystischen Ort getragen worden, sondern saß fest auf seinem Fundament. Der Garten hingegen war ein durchwühltes Feld aus Schlamm und Morast ohne Blatt und ohne Stock. Lediglich zwei Gebilde hatten dem Unwetter getrotzt, sich nicht in die Knie zwingen lassen und ragten nun triumphierend und hoffnungsvoll in den magnetischen Himmel: der Walnussbaum und meine Mutter. Sie kniete noch immer dort im Dreck, den Blick auf das Gebirge aus Wolken am Horizont gerichtet, das Messer neben sich. Ich wollte nach ihr rufen, traute mich aber nicht. Empfand jedes Geräusch und jede Regung als Entweihung des Augenblicks und blieb daher einfach stehen, im offenen Hintereingang ohne Tür. Was auch immer dort draußen geschehen war, entzog sich meinem Verstand wie die bloße Tatsache, dass mir die hineingeschleuderte Planke um Haaresbreite das Gesicht zerschmettert hätte – wie Jahre später das Lenkrad Gunthers. Dann regte sich ihr Körper, wölbte sich ihre Wirbelsäule in einem dornigen Bogen; sie verneigte sich, drückte Lippen oder Stirn oder beides in den Schlamm, tastete nach der Klinge, zog sie aus dem Boden und richtete sich zu voller Größe auf. Im quecksilbernen Schein des gezähmten Abendhimmels wandelte meine Mutter ins Haus zurück. In der einen Hand das Messer haltend, die andere geöffnet, sodass ich sehen konnte, wie Rosenröte aus ihrer Schicksalslinie sickerte. Unsere Blicke trafen sich an der Tür – ihrer kühl und bestimmt wie der Nordwind, meiner unwissend hin und her gehend. Ich atmete ihren Duft von Sandelholz ein, während sie an mir vorbei über die Schwelle trat, die Haare zu blonden Wasserschlangen gedreht, das Gesicht besudelt, die Hand verletzt, aber in den Augen das souveräne, kühle Leuchten des Aquamarin. Das Messer fiel scheppernd auf den Tisch, und sie verschwand im ersten Stock.

Fleurs Schweigen hielt eine ganze Szene lang an und endete erst, als der Abspann der stummgeschalteten Serie über meinen Laptopbildschirm rollte. Sie klappte das Gerät zu und schaute mich dann entgeistert aus ihrem rosigen Porzellanjungengesicht an: »Irgendwie verstehe ich die Geschichte nicht, glaub ich.«

»Hm«, brummte ich und nahm einen Schluck des lauwarmen Tees, auf dessen Oberfläche sich bereits eine hauchdünne, wie Öl oder Perlmutt schillernde Haut gebildet hatte. »Ich auch nicht wirklich.«

Die Allerheiligenflut änderte alles zwischen meiner Mutter und mir und besiegelte unser ohnehin seit Jahren angespanntes Verhältnis. Jener Tag wurde zur Demonstration ihrer Rätselhaftigkeit, ihres Mysteriums, dessen Teil ich einst war und das mich damit endgültig abgenabelt hatte. Zurück blieb ein metallischer Geschmack in meinem Mund.

Die ersten Knospen des Jahres waren in den Hecken aufgegangen, auf den Verkehrsinseln blühten kleine Häufchen Krokusse in unterschiedlichen Farben – sie erinnerten mich an Amsterdam. Auf meinem iPod liefen Florence + the Machine, The XX und Seabear in Endlosschleife.

Ich ließ mich tätowieren. Eine Stammkundin des Biomarktes hatte gerade ihr eigenes kleines veganes Tattoostudio eröffnet und fragte mich, ob ich nicht Lust hätte, einer ihrer ersten Kunden zu sein. Wenig später zeichnete mir ihre summende Nadel einen Lykanthropen auf den Unterarm, halb Mensch, halb Wolf, den besorgten Blick auf den Mond gerichtet, dessen Willkür er unterworfen ist – wie jeder von uns.

Doch so ein Wolf beim Eisenhut singt, geh der Sonne entgegen, denn der Mond verklingt.

Fleur hasste mich für dieses Tattoo. »Das geht nie wieder weg«, tadelte sie. »Doch«, hielt ich dagegen. Wenn sich meine Hülle wie alles Irdische auflöst und ich in dieselben Atome und Moleküle zerfalle, aus denen ich gemacht wurde, dann würde auch das Tattoo verschwunden sein. Das verstand sie natürlich nicht. Nicht so, wie ich es meinte.

Kleine Dinge, die mir in Berlin auffielen: Auf dem Weg nach oben zu den Gleisen des Bahnhofs Hallesches Tor kann man die Nasen im BSR-orangen Anstrich der Wand zählen. Womöglich ist diese orangefarbene Mondoberfläche das Werk eines pinselschwingenden, lustlosen Malers gewesen. Hätte er während des Streichens die Rolltreppe benutzt, die Farbwalze ausgestreckt und der Automatik die Arbeit überlassen, dann hätte ihm die ungnädige Aufgabe vielleicht sogar ein bisschen Spaß gemacht.

In meinem zweiten Frühling in Berlin lernte ich Thomas kennen. Er saß bereits in der U-Bahn, als ich dazustieg und den Platz gegenüber von ihm einnahm. Das Erste, was mir an ihm auffiel, war sein Haar – kraus wie Stahlwolle –, weil es das Einzige war, das von dem Rilke-Buch nicht verdeckt werden konnte. Sein Gesicht sah ich damals immer nur halb und in den kurzen Momenten, wenn er über seine Reiselektüre in meine Richtung lugte.

Zwei Tage später lief ich ihm erneut über den Weg – oder zumindest seinen Haaren, denn sie waren das, was ich wiedererkannte. Diesmal trafen wir uns im Club Magdalena. Ich wusste sofort, dass er es war, und er erkannte mich auch – trotz der morgendlichen Dämmerung und unter all den zappelnden Menschen. Irgendwie kamen wir ins Gespräch und endeten, mit den Füßen baumelnd, an der Kante zum Kanal. Thomas war Amerikaner.

»Und wie lange bist du schon in Berlin?«, wollte er wissen.

»Seit einem Jahr.«

»Und was machst du hier?«

»Lustig, dass jeder die gleichen Fragen stellt, oder?«

Er grinste schief wie der Boden nach einer alkoholisierten Nacht, drehte den Oberkörper mehr zu mir, um dann zu verbessern: »Wieso ist jemand wie du allein auf einer Party?«

»Aus dem gleichen Grund, wieso ich allein ins Kino gehe oder mich in ein Café setze oder in einem Restaurant bestelle. Weil es mir nichts ausmacht, allein zu sein.« Helle Streifen glitzerten auf der Spree, rannen ineinander wie Hitzeflimmer. Der Kanal gluckerte. Es war einer dieser Berliner Morgen, an denen alles möglich schien, weil wir alle noch so jung waren. In einer alten Stadt, die jeden von uns liebte, so wie wir waren. Unter uns zuckten die trägen Wassermoleküle im Beat der Boxen, über uns tanzte die Luft warm und weich.

»Ich hätte nicht gedacht, dass ich dich wiedersehe.«

»Vielleicht Schicksal.«

»Ja. Vielleicht. Star-crossed.« Er warf ein Steinchen ins Wasser, das augenblicklich versank und nur konzentrische Kreise zurückließ, die immer größer und größer wurden, bis ihr Durchmesser irgendwann zu weit war, um auf dem Wasser wahrgenommen zu werden. Als alle Kiesel aus seinem näheren Umfeld verschleudert waren, riss Thomas im Gespräch Gräser und Stängel aus dem Boden und ließ sie die Uferbefestigung hinabsegeln. »Auf jeden Fall ein schönes Schicksal. Und was machst du also so? Studierst du?«

Ich wollte ihm antworten, dass ich Künstler bin – und Überlebenskünstler. Ich wollte ihn wissen lassen, dass ich den Unterschied zwischen einer Lavur und einer Lasur kannte. Dass ich Gedichte schrieb, deren Reime so unrein waren wie das Wasser zu unseren Füßen. Dass mir das egal war, weil es mir einzig darum ging, mich auszudrücken. Er sollte wissen, dass ich im letzten Winter einen Keramikkurs in Kreuzberg besucht hatte, um meine eigenen Espressotassen zu töpfern. Dass ich Daniëlle Modell gestanden hatte und wusste, wie man Keilrahmen aufzieht und Sandelholz verbrennt. Aber stattdessen legte ich das ungeschönte Blatt vor ihm aus: »Ich arbeite in einem Bioladen.«

Er warf den Kopf in den Nacken und brüllte wie ein Raubtier, ehe er sich wieder fing und lachend hinzufügte: »Why are German people so crazy about organic food?«

Ich betrachtete seinen schwarzen Krauskopf und beneidete ihn dafür, dass er den Ozean überquert hatte, um nun an einem Ort zu sein, den er Zuhause nannte.

»Und was machst du sonst?«

»Was meinst du?«

»Na, neben dem Bioladen.«

»Nichts. Das ist, was ich mache. Ich arbeite in einem Bioladen. Punkt.«

»Wow. Ich glaube, du bist der erste Mensch, den ich in Berlin kennengelernt habe, der nichts mit Mode oder Design macht.«

Ich atmete das Gefühl der Erleichterung durch die Nase ein und ließ es zischend durch meine Lippen entweichen, während ich nach den Zigaretten suchte und fündig wurde.

»Willst du auch eine?«

»Ja, gern.«

Ich schüttelte eine Zigarette aus der Schachtel und hielt ihm die Flamme des Feuerzeugs im Windschatten meiner hohlen Hand entgegen. Er hickste belustigt auf und nahm mir das Feuerzeug aus der Hand.

»Nur Nutten lassen sich Feuer geben.« Das Zündrad schlug Funken, die, magischen Wesen gleich, in die Tabakspitze fuhren und diese unter Thomas' Sog zum Glühen brachten. »Das war der erste deutsche Satz, den ich hier gelernt habe.«

Als er das Feuerzeug zurück in meine Hand legte, berührten sich unsere Finger und schlugen ihrerseits unsichtbare Funken. Wir beobachteten schweigend den trägen Fluss in seinem gezähmten Lauf. Noch nie war ich weiter vom Salzwasser entfernt gewesen als in Berlin, dachte ich. In Hamburg hielt es seinen Elbarm nach mir ausgestreckt, in Amsterdam waren wir nur durch Markermeer und IJsselmeer voneinander getrennt. In Berlin roch es nicht nach Salz oder Küstenluft, sondern nach Staub und dem verbrannten Schoß der Mutter. Ich steckte die Zigarette erneut zwischen die Lippen und inhalierte.

»Also los, erzähl schon«, bewahrte mich Thomas vor dem Abgrund meiner Gedanken: »Wieso in einem Bioladen?«

»Weil ich irgendetwas Gutes machen wollte.«

»Wieso dann nicht bei Amnesty International?«

»Keine Ahnung. Es hat einfach gepasst, irgendwie.«

»Verstehe.« Hinter uns wurden die Bässe allmählich leiser. Die Afterhour lief ihrem Ende entgegen.

»Darf ich dich küssen?«

»Was?« Als ich meinen Blick vom Wasser löste, sah ich den Zweig in seiner Hand. Für ihn war es nur ein Unkraut, das er aus dem Gras gerupft hatte. Mir war das magische Blau ein alter Bekannter. Ich griff nach dem Zweig in seiner Hand, hielt beide fest und küsste ihn auf seine rauen Lippen.

Am nächsten Morgen weckte mich der gleiche Mund aus einem tiefen Schlaf in einer festen Umarmung. Die Sonne warf einen schmalen Zeiger durch den Spalt im Vorhang aufs Bett in unsere Gesichter. Geblendet von so viel Wärme tat ich nichts, außer den Duft von Thomas' Haut einzuatmen und seinen Körper an meinem zu spüren. Mein Arm stach, war unter meinem eigenen Körpergewicht eingeschlafen, aber ich wollte mich nicht bewegen. Wollte den Moment nicht zerstören. Also blieb ich liegen und sog den Augenblick in meine Lungen.

»Mornin'«, brummte er mit trockenem Mund.

»Guten Morgen«, erwiderte ich und leckte ihm über sein debiles Grinsen.

Nachdem wir miteinander geschlafen hatten, jagten wir einander in die winzige Duschkabine inmitten seiner schwarz-weiß gekachelten Küche. Thomas heizte den Boiler an, und wir nutzten die Zeit, bis das Wasser warm genug war, für endlose Küsse zwischen schmutzigem Geschirr und einer stehen gebliebenen Wanduhr. Brausendes Wasser, zitternde Gänsehaut, Shampoo in den Augen, ein Klavierstück von Yann Tiersen aus dem Laptop und sonniges Gelächter – so blieb jener Sonntag mir im Gedächtnis.

Als wir nass und nackt durch die Küche tanzten, trat Thomas in eine Wespe – viel zu früh im Jahr. Ich schnitt dicke Scheiben von einer Zwiebel und legte sie ihm auf die flammende Einstichstelle. Während ich ihm eine Socke über den Fuß streifte, ließ er mich nicht aus den Augen. Nasse Fußabdrücke führten zurück in ein Gewirr aus Bettlaken, Kissen und Decken. Am Boden eine Schale Müsli und zwei Tassen Kaffee und in dem Nest zwei ineinander verschlungene Männer.

Wir blieben den ganzen Tag an Ort und Stelle. Thomas erzählte mir, dass er vor fünf Jahren aus New York gekommen war und Berlin ihn nicht mehr losließ. Seitdem lotste er Touristen aus aller Welt durch die Hauptstadt – vorbei an den historischen Sehenswürdigkeiten hin zu den Hotspots der Stadt, über kultige Eckkneipen und Insiderbars, die längst nicht mehr von Insidern besucht wurden. Ich lauschte seiner Stimme wie einer Geschichte vom Kampf zwischen Licht und Dunkel, von Irrfahrten und geheimnisvollen Wesen, die im Inneren unendlicher labyrinthischer Gänge hausten. Ich gestand Thomas, dass ich nie zuvor in einer Stadt gelebt hatte, die so präsent war wie Berlin. Dass sich in Berlin alles um Berlin drehte – egal, wen man traf, die Stadt war immer Gesprächsthema, immer Mittelpunkt, immer das Gelbe vom Ei. Und er stimmte mir zu. Wir legten die Stunden wie Minuten zurück, indem wir nichts weiter taten, als miteinander zu reden und einander zu beobachten.

Am Nachmittag brachen dicke Wattewolken auf und ließen alles jenseits der Fensterscheiben in weißem Rauschen verschwinden. Mir gefiel das, denn wir waren sicher beieinander, im diffusen Licht des dunstigen Tages und der kleinen Nachttischleuchte.

»Was ist das eigentlich?« Thomas zog an meinem Haifischzahn, den ich nicht wie den Rest meines Outfits abgelegt hatte. »Gehört das zu deinem Groovy-Look?«

Ich nahm den Anhänger zwischen die Finger und fuhr über die leicht gezackten Schneidekanten. Thomas hatte recht: Der Anhänger gehörte zu meinem Outfit. Ein cooles Accessoire an einem gewollt coolen Typen. Aber der Zahn war auch mehr als das.

»Meine Mutter hat ihn mir geschenkt. Sie war der Meinung, wir seien den Haien ähnlich.«

»Wir beide?«

Ich warf ihm einen strafenden Blick zu. »Witzbold. Natürlich nicht wir beide, sondern sie und ich. Immer auf der Suche nach Nahrung. Unser Hunger nie zu stillen.« Ich schaute ihm in die Augen. »Und erbarmungslos.«

»Was bedeutet das?«

»Without mercy.«

Er lachte. Darin hatte ich mich verliebt. In sein Lachen. In seine positive Art. »Stop bashing your mom. She must have been a great person to raise a child like you. Maybe it's just you.«

Ich zog das Lederband über meinen Kopf und legte die Kette auf den Nachttisch.

Dann erzählte ich ihm von dem Fuchs. Von dem Wehklagen, das so hell und schrill und jämmerlich den schneebedeckten April meiner Kindheit zerrissen hatte, dass ich den Buntstift fallen ließ und hinaus in den Garten rannte. Ein Band aus rubinroten Tropfen führte mich durch den knirschenden Schnee über die Fährte des sich quälenden Tieres. Zu viel stumpfes kupferfarbenes Fell bedeckte seinen mageren Körper, der entkräftet auf die Seite gekippt war. Als ich das Füchschen berührte, hatte es keine Kraft, mich zu beißen. Es legte nur den Kopf in den Nacken und schrie vor Elend, mit zitternden Hinterpfoten. Seine Schnauze war blutig, eine der vorderen Pfoten gebrochen. Ich kniete im Schnee und streichelte über den pulsierenden Körper aus Haut und Knochen. Ich hätte nach meiner Mutter rufen können, aber ich tat es nicht. Ich wollte das Füchschen nicht noch mehr ängstigen. Also wartete ich darauf, dass sie die unvollendete Zeichnung meines Walnussbaumes und meine Abwesenheit bemerken würde. Ich weinte mit dem Fuchs zusammen, nur leiser, damit er es nicht mitbekam. Als sie endlich hinter mir auftauchte, waren meine Lippen blau.

»Wir müssen ihm helfen«, flehte ich sie an. Das Tier röchelte, aber es war zu schwach, um sich nach dem zweiten

Menschen umzuwenden. Es blieb einfach in seinem Krankenbett aus gefrorenen Wassertropfen liegen und wimmerte.

»Glaubst du, es ist krank?«, fragte ich.

»Nein, kleiner König. Ich denke, es wurde angefahren.«

»Können wir es verbinden und gesund pflegen?«

»Nein.«

Sie zog mich auf die Beine und klopfte den Schnee von meinen durchweichten Knien.

»Können wir es ihm nicht gemütlich machen, Mama? Ein Kissen vor den Ofen legen?«

»Es wird nicht mehr gesund, Arthur. Es quält sich.«

»Was sollen wir dann machen?«

»Geh ins Haus.«

»Aber …«

»Geh ins Haus, Arthur.«

Ich ließ den verunglückten Fuchs nur widerwillig an Ort und Stelle zurück und rannte weinend ins Haus – hinein in die Wiege meiner Kindheit, wo es keinen Schmerz gab, nur Magie und höherschlagende Herzen, während dort draußen im Schnee das Leben langsamer wurde und das hinkende Trommeln, das kein anderer außer mir ohne Stethoskop zu hören vermochte, schließlich verstummte. Als meine Mutter zurück in die Stube kam, wagte ich es nicht, sie anzusehen. Ich fixierte mein Bild des Baumes mit seinen überdimensionierten Walnüssen und lauschte dem Plätschern des Wasserstrahls, unter dem sie ihre Hände wusch. Sie sagte nichts, auch später nicht, sondern erwartete, dass ich die Lektion verstand.

Selbst als der Schnee im Mai längst geschmolzen war, sah ich im Garten noch die rubinrote Fährte, die der Fuchs an jenem Tag hinterlassen hatte. Sie glomm, transparent wie ein Hologramm, und verblasste irgendwann.

Ja, meine Mutter war den Haien ähnlich. Ein Raubtier, durch und durch.

Thomas ließ sich von meinem Exkurs in die Vergangenheit nicht beeindrucken. Er hatte etwas über meine Mutter wissen wollen, und ich hatte ihm etwas verraten. So, wie ich ihm Dinge über mich verriet. Und er mir welche über sich selbst.

»Ich denke, wenn man jemanden mag – also wirklich mag –, dann ist es normal, dass man Dinge mit ihm teilt. Träume, Ängste, Sehnsüchte, Gedanken, Hoffnungen, Erinnerungen. Alles. Wie Eier.« Er löffelte den noch warmen Vanillepudding aus dem Topf, den wir aus einem Tütenpulver angerührt hatten, und reichte ihn an mich weiter.

»Wie Eier?«

»Ja. Das sagt man bei uns so: Putting all your eggs in one basket. Wenn ich dich mag und denke, du bist es wert, vertraue ich dir nach und nach meine Eier an.« Thomas' Grinsen war größer als die anrüchige Zweideutigkeit seiner Aussage. »Ich lege sie in deinen Korb und gehe davon aus, dass du sie sorgsam behandelst. Das ist eine große Verantwortung, die ich dir da anvertraue, denn du brauchst den Korb ja bloß ein bisschen zu hart bewegen, und schon zerbricht was. That's how relationships work, you know?«

Ich nickte, kratzte den Topf sauber und stellte ihn neben das Bett.

»Ich möchte eigentlich gerade nicht über Beziehungen reden, Thomas.«

»Weil du alles ganz unverbindlich willst?«

»Weil ich nicht noch mehr Rührei in meinem Leben mag.« Ich zog die Decke über meine Schulter, raffte sie über der Brust wie ein Cape und legte mich in die Form seines Körpers.

In jenem Sommer tanzten wir, Gesicht, Haare und Münder voller Farbpulver, auf sämtlichen Open Airs, die wir gemeinsam erreichen konnten. Wir besuchten den Botanischen Garten, wo ihn mein Wissen über die Pflanzen mehr zum Staunen brachte als die ausgestellte Flora selbst: »That's crazy! Du musst irgendetwas damit anfangen, Arthur.«

Ich hatte kein Abitur, und das war mir peinlich. Meine Berufschancen waren auf die Beförderung zum Filialleiter begrenzt – dafür hasste ich mich. Aber noch mehr hasste ich das Phantom meiner Mutter, dessen blondes Haar sich noch immer hin und wieder in meinem Teewasser spiegelte. Ich besuchte Thomas auf seinen Touristenführungen und explodierte vor Freude, wenn er mir zwischen den einzelnen Stationen zuzwinkerte. Eines Tages ermutigte er mich dazu, eine Ausbildung zum Heilpraktiker zu machen – ein Abitur war nicht erforderlich, ebenso wenig wie eine spezielle Ausbildung. Worauf es ankam, war die Prüfung, die ich abzulegen hatte – woher mein Wissen kam, interessierte niemanden, solange ich es richtig anzuwenden wusste. Also besorgte ich mir den *Pschyrembel* und den *Atlas der Anatomie* und büffelte bis zum August jeden Abend eine Stunde.

Ich stellte Fleur Thomas im Vanitas vor – beide verstanden sich auf Anhieb – und verbrachte trotzdem die meiste Zeit mit ihm allein. Ich wollte etwas in Berlin haben, das ganz allein mir gehörte. Etwas Exklusives. Ich muss nicht erwähnen, dass Thomas der erste Mann nach Ruben war, in den ich mich wieder verliebte. Es war so offensichtlich wie das Ende.

Etwa fünf Monate nach unserem Kennenlernen fühlte ich mich auf eine seltsame Art von Thomas getrennt. Es war nichts, das er bewusst tat, da bin ich mir ziemlich sicher. Es waren kleine Dinge, die sich geändert hatten und die andere womöglich leicht übersahen oder in ihren eigenen Beziehungen hinnahmen: Wenn wir Zeit miteinander verbrachten, begann er ständig auf seinem Smartphone zu tippen und anderen zu schreiben. Eine Sache, die vorher nicht vorgekommen war. Er griff nicht mehr nach meiner Hand, sondern legte den Arm um meine Schulter. Unser Gesprächsfluss versiegte – nicht zu einem kleinen Bach, sondern zu einem staubigen Flussbett. In der Nacht hielten wir einander nicht mehr. Die meiste Zeit über blieb das mein Part, und wenn ich mich von ihm löste und ihm den Rücken kehrte, dann folgte er nicht, sondern blieb von mir abgewandt auf seiner Seite der Matratze. Er küsste mich anders – seltener, leidenschaftsloser, eher auf die anerkennende Art und Weise, wie man eine Liebe küsst, deren magische Anziehungskraft aufgebraucht oder die einfach zu einem Teil des Alltags geworden ist. Hinzu kam, dass mich seine Touren nervten. Vor allem jene, die bis weit in die Nacht hineinreichten und in einer Bar in Friedrichshain endeten. Immer seltener wünschte er mir nach diesen Abenden eine gute Nacht aus der Ferne. Noch seltener kam er danach unverhofft vorbei, um mit mir einzuschlafen. Ich vermisste das Lachen, in das ich mich so verliebt hatte.

Wenn wir miteinander schliefen, waren es seine Küsse, die ich am meisten vermisste. Irgendetwas zwischen uns war verschwunden, und ich vermochte nicht zu sagen, was genau es war oder warum es gegangen war, aber es ließ mich als halb vollständiges Wesen zurück, das in der Nacht keine Ruhe fand und tags unzufrieden durch die Gegend blickte.

Ich hatte die Frauen an unserer Hintertür auf Rügen gesehen. Ich wusste, was Verliebtheit mit einem Menschen machen konnte. Wusste, welchen Einfluss andere Menschen auf unsere Launen haben konnten. Die letzte Tragödie war anderthalb Jahre her, und ich hatte vergessen, wie es sich anfühlte, wenn die eigenen Emotionen einem entglitten. Wie unruhig es in unserem Körper vor sich geht und wie atemlos und leer Enttäuschung uns zurücklässt.

Ich hatte mir am Bahnhof Amsterdam Centraal geschworen, mich nie wieder in diese Position zu begeben – und hatte das Versprechen vor mir gebrochen. Es waren meine Sehnsüchte, Träume und Ängste, die in Thomas' Korb zerbrachen. Nicht weil er ihn hatte fallen lassen, sondern weil er ihn scheinbar abgesetzt und unbeobachtet irgendwo hatte stehen lassen.

Alles zerbricht, kleiner König. Alles geht zu Ende. Darum verlieben wir uns, sooft wir können, und geben uns nur den schönen Seiten des Lebens hin, mahnte mich der fahle Mond über der Stadtsilhouette. *Vergiss nie, dass sich ein Vogel nicht die Schwingen nehmen lässt, mein Kleiner. Du kannst ihn hinter Gittern halten und seine Schönheit betrachten, aber er wird von seinen Flügeln Gebrauch machen, wann immer du ihm einmal den Rücken kehrst.*

Ich sprach das Thema nicht an, sondern beendete die Beziehung. Mit Sicherheit war das nicht das Klügste, was ich je getan habe, aber schlimmer noch, als die Aorta einer Beziehung zu durchschneiden, war es, selbst durch die Hand eines anderen zu verbluten. Das wusste ich ja bereits. Also ignorierte ich seine Anrufe und sprach mit niemandem über das, was passiert war, bis der Herbst die Blätter von den Bäumen gemäht hatte. Ich wollte von nichts und niemandem etwas wissen, wollte kein Wort sagen, wollte nichts sehen und vor allem kein Geräusch hören. Ich wünschte die Stille herbei, so intensiv, so inbrünstig, dass ich taub wurde: Für drei Tage versank die Welt um mich herum in Schweigen. Noch ehe mir ein HNO-Arzt das Otoskop in den Gehörgang halten konnte, war der Hörsturz wieder verschwunden.

Fleur und ich bliesen den Rauch aus unseren Lungen in die kalte Winterluft. Der Balkon war kuschelig und hatte genau die richtige Größe für uns. Ich lehnte gegen die Brüstung, Fleur, mit einem Fuß in der Wohnung, die Arme um sich selbst geschlungen, in der angelehnten Tür.

»Du hast wohl den Verstand verloren, du blöde Eule!«

»Ich halte nichts von meinem Körper, das weißt du«, konterte Fleur. »Mein Körper gehört nicht zu mir, es macht mir nichts aus, ihn anderen anzubieten.«

»Ich will von der Scheiße nichts hören.«

»Weißt du, wie viel Kohle man für ’nen Schenkelfick bekommen kann?«

»Ich habe keine Ahnung, Fleur, und ich will es auch nicht wissen.« Ich sog das Nikotin in meine Lungenflügel und flatterte auf einer Welle der Beruhigung durch mein aufgebrachtes Nervenkostüm.

»Gerade von dir hätte ich gedacht, du würdest verstehen, dass wir nicht nur aus Körper bestehen«, gab sie eingeschnappt zurück und drehte den Kopf gen Himmel.

Ich drückte in den blauen Fleck unterhalb ihres Jochbeins. Er kontrastierte mit der pinken Jacke, die aus einem furchtbaren Jahrzehnt mit furchtbaren Designern gekommen war.

»Aua!«, stieß sie aus und rieb sich die Stelle, um den punktuellen Schmerz zu zerstreuen. Wie einen zu großen Klecks Butter auf einer Weißbrotscheibe konnte man Schmerz über weitere Körperregionen verstreichen, um ihn weniger zu empfinden. Ebenso wie man ihn über mehrere Länder- und Stadtgrenzen hinaustragen konnte.

»Siehst du. Du bist auch dein Körper, er ist genauso da wie du. Du kannst deine Seele nicht einfach entrinden. Ganz egal, wer du morgen oder übermorgen sein wirst, es wird derselbe Körper sein – er wird sich nur verändert haben.« Ich schüttelte verständnislos den Kopf. »Seit du diese OP in Aussicht hast, benimmst du dich wie eine verschissene Borderlinerin. Tu, was du willst, aber wag es nicht, dich hinterher bei mir auszuheulen.«

Ihre Zigarette war zur Neige gegangen, daher fischte sie nach der nächsten und zündete sie an. Der blaue Dunst kringelte sich aufwärts in die frostige Nacht. Wir schwiegen.

»Weißt du, was mir an dir schon immer gefallen hat? Dass du aussprichst, was du denkst. Auch wenn die Gefahr noch so groß ist, dass man dich für diesen Eso-Bullshit auslacht.« Tief sog sie den Tabakrauch in ihre rebellierenden Lungen. Irgendwann würde sich eine von ihnen schwarz färben, und eine chronische Bronchitis wäre die Folge – aber das würde noch dauern. Ich vertiefte mich wieder in die düstere Stadtsilhouette mit ihren vielen funkelnden Punkten. »Du hast mir nie wirklich sagen können, was zwischen dir und Thomas vorgefallen ist.«

»Vermutlich, weil ich es selbst nicht weiß.«

»Ach, komm. Ich will keinen psychoanalytischen Bericht.«

»Weißt du, was mir an der Idee nicht gefällt, dass du auf den Strich gehst?«, unterbrach ich sie. »Ich möchte einfach nicht daran erinnert werden, dass wir Menschen uns auch bloß gegenseitig konsumieren, ganz genau wie jedes andere Genuss- oder Lebensmittel. Wir sind Waren, die einander verbrauchen. Alle haben wir diesen unstillbaren Hunger danach, die Leere in uns zu füllen, und glauben, Liebe oder Zärtlichkeiten würden diesen Hunger beenden, dabei verschlingen wir einander nur, ohne satt zu werden. Und wenn der Appetit zurückkommt, dann gilt er bereits einer anderen Person.«

Fleur räusperte sich. »Du bist der Einzige, der mich wirklich sieht, Arthur.«

Der Moment vertrieb die Ernsthaftigkeit aus meinen Gedanken und ließ mich lächeln – aus dem Gefühl heraus, das das Kompliment in mir ausgelöst hatte, und weil plötzlich eine Erinnerung an damals aus der Dunkelheit auftauchte.

»Weißt du, was Hühnergötter sind, Fleur?«

»Nee. Was 'n?«

»Das sind Feuersteine mit einem Loch in der Mitte. An der Ostseeküste findet man die überall. Sie werden vom Meer einfach angespült. Meine Mutter hat immer gesagt, wer durch einen Hühnergott schaut, der kann das sehen, was sonst unsichtbar ist. Und ich habe ihr geglaubt.«

Nun lächelte auch Fleur zwischen ihren großen Ohrenwärmern, dort oben auf dem Balkon, umringt vom nächtlichen Neukölln.

»Ich hab als Kind bestimmt durch eine Million Hühnergötter gesehen.«

»Das würde erklären, wieso du denkst, wie du denkst, Herzchen.«

In der Ferne zerschlug die Sirene eines Krankenwagens die erstarrte Winterluft. Ich schloss die Augen und dachte mich an den Strand unweit des kalkbleichen Hauses zurück, das wir bewohnt hatten, meine Mutter und ich. Ich hatte Heimweh. Zum ersten Mal, seit ich von zu Hause ausgezogen war, verspürte ich den unausweichlichen Drang heimzukehren. Zurück zum Meer, zurück zum Anfang. Die Luft blieb eisig, aber die Wellen rauschten schäumend über den groben Sand zu meinen Füßen, die plötzlich wieder in Schuhgröße sechsunddreißig passten. Wie damals, als die Welt noch voll von so vielen, in der Nacht wie Glühwürmchen glimmenden Möglichkeiten war.

»Du hast wieder angefangen zu malen?« Ihre Frage war eher eine Feststellung, die auf die frisch getünchte Leinwand abzielte, die gegen mein Bett lehnte. Flammendes Rot auf zerfließendem Blau und ein endloses Gedicht mit weißem Lackstift darübergekritzelt.

»Schreibst du eigentlich auch mal Gedichte, die sich reimen?«

»Nein«, antwortete ich. »Sicher nicht.«

»Wieso das?«

»Weil ich zu großen Respekt vor der Wirkung der Worte habe.«

Fleur rollte mit den Augen. Natürlich verstand sie nicht, wovon ich redete. Wie denn auch? Für sie waren Worte bloß geordnete Buchstaben. Für mich nicht.

Die Worte Wirklichkeit soll'n sein, wenn sie geschmiedet sind im Reim.

»Ich weiß, das klingt bescheuert, Fleur«, wisperte ich. »Aber ich habe keine Ahnung, wieso sie mich verlassen hat.« Tränen fielen ungehalten aus meinen Augen, murmelten wie schwere Glasperlen an meinen Wangen herab und wässerten die Frostblumen zu unseren Füßen. Seit meiner letzten Nacht in Amsterdam hatte ich nicht mehr geweint. Thomas hatte ich verlassen, bevor er mich undicht hätte zurücklassen können. Und zum ersten Mal seit gefühlten Jahrhunderten galten die vergossenen Tränen wieder meiner Mutter.

Wieso war sie gegangen? Wieso hatte sie aufgehört, mit mir zu sprechen? Wieso hatte ich mich selbst so verloren?

Fleur entknotete ihre vor Kälte verschränkten Arme und schloss mich in ihre Umarmung. Ich versteckte mich in ihrer mickrigen Schulter, schluchzte in den Duft nach Veilchen und Lakritz, den sie verströmte.

»Ich weiß es nicht«, flüsterte sie beruhigend und krallte sich enger in meinen Rücken. »Ich weiß nicht, was deine Mutter geritten hat, aber ich wette, sie hat es bereut, Arthur.«

Ein Kristall landete auf meiner Nasenspitze. Er war mit dem bloßen Auge kaum zu erkennen. Ein sechseckiges Prisma, hauchdünn und klar wie Glas. Er war geschmolzen, ehe ich verstand, was er war.

»Ich wette, sie hat es bereut. Und wenn nicht, dann würde sie es jetzt. Denn du bist der beste Mensch, den ich kenne.«

Weitere Schneeflocken fielen wie Daunenfedern aus der Schwärze, die sich über uns spannte. Ich löste mich zaghaft von Fleur, und wir beide legten den Kopf zurück und blickten hinauf in das Schneegestöber. Seltsam, dass Schneeflocken im Himmel von unten betrachtet immer dunkel erscheinen und erst während ihrer Ankunft auf der Erde ihr Weiß annehmen. Ehe wir's uns versahen, war das Flachdach von einer dünnen Schneeschicht bedeckt.

Drinnen kochten wir heiße Schokolade und redeten über all die Dinge, die man sich nicht auszusprechen traut oder nur in ein kleines Buch mit Vorhängeschloss einträgt. Wir redeten so lange, bis ich die Brandung nicht mehr in meinen Ohren hörte. Der ausgehöhlte Körper, den sie zurückließ, blieb jedoch.

»Übrigens«, flüsterte Fleur unter der Decke. »Frau Bartel will dich sehen.«

»Wer ist das?«

»Meine Therapeutin.«

»Deine Therapeutin will mich sehen? Was hast du ihr erzählt?«

»Oh, sie hat den ganzen Abend heute mitgehört.«

»Witzig. Und im Ernst?«

»Sie möchte nicht nur mit mir, sondern auch mit meinen Angehörigen und Freunden sprechen. Für das Gutachten. Und da du mein einziger richtiger Freund bist …«

»Ich bin nicht dein einziger richtiger Freund. Es ist dir wichtig, oder?«

»Sehr wichtig.«

Ich nickte und schloss schläfrig die Augen. »Dann gib mir ihre Nummer, und ich mache einen Termin aus.«

Das Praxisschild hing an der kalten Hauswand, schwarze Versalien in angelaufenem Messing. Ich wünschte mir auch so ein Schild, sollte ich je eine eigene Praxis eröffnen. Ich rauchte die Zigarette auf und schnippte den Stummel durch die Gitterstäbe des Zauns auf den Bürgersteig. Vielleicht war ich nicht bereit, mit jemandem zu reden, der die menschliche Psyche studiert hatte wie einen sezierten Körper. Der jede Muskelfaser, jede Zelle, womöglich jedes Atom der menschlichen Seele verstehen konnte und gleichzeitig so nüchtern mit diesen umging, als handelte es sich tatsächlich nur um mechanische Teile eines Fahrzeugs in der technischen Inspektion und nicht um etwas Heiliges, das jedem Mann und jeder Frau innewohnt.

Ich zog mir die Handschuhe von den Händen und stopfte sie in meine linke Manteltasche. Die Klingel war ebenfalls messingfarben, der Knopf leicht konkav, sodass die Fingerkuppe etwas in ihr verschwand.

»Sie sind Herr Sjöberg.«

Ich nickte, obwohl es nicht nötig war, denn wer sonst hätte zu meinem Termin vorstellig werden sollen, und reichte ihr die Hand.

Frau Bartel war eine große, schlanke Frau in einem sandfarbenen Hosenanzug, mit kastanienbraunem Haar und einem schweren Collier aus dunklen Edelhölzern in Scheiben- und Perlenform. Ihre Hand war warm und trocken wie Butterbrotpapier, die Nägel kurz geschnitten. Ich schob mich an der Garderobe vorbei in den halbdunklen Flur der Altbauwohnung und landete vor zwei Sesseln, einem Tisch und einem Eimer Buntstiften im Wartebereich der privaten Praxis. Wortlos führte sie mich in das Nebenzimmer, einen großen, lichtdurchfluteten Raum voller Palmen und Fensterblätter.

»Schön, dass Sie die Zeit gefunden haben. Ich freu mich darauf, Sie kennenzulernen. Fleur hat mir schon viel von Ihnen erzählt.«

»Wirklich? Wieso sagen Menschen das eigentlich immer?«

Frau Bartel lächelte, nicht verlegen, sondern zustimmend, und wies mir den Platz vor ihrem Schreibtisch zu, der sich am Ende des Zimmers vor den hohen Doppelfenstern befand. Darauf eine gläserne Karaffe, gefüllt mit Wasser und Trommelsteinen, ein gerade erst umgedrehtes Stundenglas sowie ein Becher mit Kugelschreibern und ein schneeweißer Notizblock.

»In der Regel sagen wir das wohl vermutlich aus Höflichkeit heraus, aber in diesem Fall ist das anders. Ich habe tatsächlich schon viel von Ihnen gehört.« Die Therapeutin ließ sich mir gegenüber auf ihrem Stuhl nieder, legte einen Ellenbogen locker auf die Tischkante und beide Hände zu einem Yin-Yang-Symbol ineinander.

»Ich würde Ihnen gern erst einmal etwas zu mir erzählen.«

»Ich bin ganz Ohr.«

»Meinen Namen kennen Sie ja bereits. Ich arbeite seit 1989 als tiefenpsychologischfundierte Psychotherapeutin, bin aber auch in der Verhaltenstherapie ausgebildet und seit 2011 Mitglied im Interdisziplinären Qualitätszirkel Transidentität. Das können Sie sich wie eine Arbeitsgruppe vorstellen, in der Kollegen, die in der psychotherapeutischen oder medizinischen Versorgung arbeiten, sich regelmäßig zusammenfinden.«

»Fleur sagt, Sie würden für Ihr Gutachten gern mit ihren Freunden sprechen«, begann ich das Gespräch in die gewollte Richtung zu lenken. Ich mochte die Praxis, weil sie keine

Praxis als solche war. Ich liebte die stuckverzierten, himmelhohen Decken und das satte Grün vor den weiß lackierten Fensterrahmen. Trotzdem war das keine Wohnungsbesichtigung, und jedes Wort, das aus meinem Mund fiel, ja jede Geste würde eine Bedeutung zugewiesen bekommen – und das machte mich nervös.

»Ganz richtig. Gespräche mit Freunden und Familie sind ein Teil des Gutachtens, das vor jeder geschlechtsangleichenden Maßnahme erstellt werden muss. Mich interessiert, wie Fleurs unmittelbares Umfeld sie sieht – als Bestandteil meiner Begutachtung.« Sie räusperte sich. »Darf ich fragen, ob Sie Fleur jemals als Florian kennengelernt haben?«

Ich überlegte einen Augenblick und fixierte die in der Glaskaraffe versenkten Halbedelsteine und den konvexen Wasserbauch, der die Sanduhr dahinter so stark vergrößerte, dass jedes Körnchen ein kleiner Kieselstein war.

»Hm, ich glaube, nein«, überlegte ich. »Also ich meine, ich habe sie schon gesehen, wenn sie aussah wie Florian. Nämlich dann, wenn sie aus der Dusche kommt oder ins Bett geht. Aber ich hatte mit ihr noch nie sozial oder gesellschaftlich, oder wie man das nennt, als Mann zu tun.«

»Dann hat sich Fleur Ihnen auch von Anfang an als Frau vorgestellt?«

»Ja, klar. Für mich war und ist sie immer Fleur. Alles andere ist …«

Frau Bartel folgte meinem hypnotisierten Blick, legte die Hand an den Griff der Karaffe und goss ein Glas mit Wasser voll, das sie mir vor die Nase stellte.

»Danke schön. Was ich meine, ist, alles andere ist eine Verkleidung. Wann immer ich Fleur als Mann wahrgenommen habe, dann war das nicht sie. Dann war sie bloß die erste Lage mausweiße Polsterwatte eines eigentlich prunkvoll bespannten Sessels.«

Frau Bartel lächelte. Ich zählte die Krähenfüße in ihren Augenwinkeln. Sie war eine schöne Frau. Die Ruhe in Person, so weich und weiblich wie Meerschaum.

»Was nicht heißen soll, dass Fleur ein Sitzmöbel ist.«

»Ich verstehe Sie schon. Wie haben Sie beide sich kennengelernt?« Sie zog einen Kugelschreiber aus dem Stiftköcher und begann, sich Notizen zu machen.

»Ich bin vor fast zwei Jahren nach Berlin gekommen. Unsere Begegnung war Schicksal, glaube ich. Sie hat mich praktisch auf der Straße aufgesammelt und bei sich wohnen lassen.«

Frau Bartel legte einen Finger neben das Kinn.

»Ich wäre in der Stadt vermutlich untergegangen ohne Fleurs Hilfe.«

»Wie meinen Sie das?« Ihre dezent verengten Augen warfen mein Spiegelbild zurück, ohne einen Einblick in ihre eigenen Gedanken zuzulassen.

»Wenn ich ehrlich bin, finde ich Berlin schwer zu ertragen. Man muss blind und taub sein oder einfach seine Menschlichkeit verlieren, um hier zu leben.«

»Wieso sind Sie dann hier?«

»Keine Ahnung. Es war die erste Mitfahrgelegenheit zurück nach Deutschland. Und es fühlte sich irgendwie richtig an.«

»Wo haben Sie vorher gelebt?«

»In Amsterdam. Und davor in Hamburg.«

»Und nach Hamburg wollten Sie nicht zurück?«

»Das ging nicht. Zu viele Schwierigkeiten«, erklärte ich und nahm einen Schluck Wasser. Bevor ich es zurückstellte, wischte ich den Boden des Glases mit meinem Pulloverärmel ab, um keine Flecken auf dem Tisch zu hinterlassen. Frau Bartel legte Stift und Block beiseite, schlug die Beine übereinander und lehnte sich gegen ihre schwingende Lehne.

»Das interessiert Sie wahrscheinlich alles gar nicht. Ich will sagen, dass Fleur toll ist. Ein herzensguter Mensch … Frau … eine herzensgute Frau. Sie hat die OP verdient.«

»Das denke ich auch. Aber bis dahin ist es noch ein langer Weg«, erwiderte sie und lächelte. »Meine Aufgabe als Psychotherapeutin ist es nicht nur, eine hinreichende Verlaufsbeobachtung von Fleurs Transidentität zu geben, sondern auch einschlägige Differenzialdiagnosen auszuschließen. Es gibt Faktoren, die die Indikation geschlechtsverändernder Operationen verzögern können, wie Depressionen, soziale Instabilität oder Drogenmissbrauch. Darum sehe ich ihre Freunde, von denen Sie der erste sind, als eine Art Reflexion meiner Patientin.«

»Nein«, ich schüttelte sacht den Kopf. »Ich will Ihr psychologisches Know-how nicht infrage stellen, aber Fleur ist tausendmal aufgeräumter als ich. Ich bin höchstens ein Blick in einen Zerrspiegel. Also kein guter Indikator.«

Jetzt zog Frau Bartel die perfekt geschwungenen Augenbrauen zusammen und machte deutlich, dass Botox noch nie in die Nähe ihrer Stirn gekommen war.

»Denken Sie das wirklich über sich?«

Ich nickte.

»Sie wirken auf mich gar nicht so unaufgeräumt.«

»Meine Mutter wollte mich Jasmund nennen«, erinnerte ich mich.

»Jasmund?«

»Ja. Wie der Nationalpark: der älteste Buchenwald Rügens. Die graugrünen Stämme entlang der Stubnitz, das rote Laub am Boden, die grünen Baumkronen. Schwarzerlen am Rand der unzähligen Kesselmoore. Eiben und wilde Birnen- und Apfelbäume in den trockenen Gründen. Sie liebte die Ordnung in Jasmund. Vollkommene Harmonie eben. Hätte sie mich wirklich so genannt, wäre das ein Paradoxon wie aus dem Bilderbuch. Ich bin ein einziges Chaos umgestürzter Bäume.«

Ich war mir sicher, zu weit gegangen zu sein. Es ging nicht um mich, sondern um Fleur. Der Sand rann in einem überirdisch leisen Säuseln vom oberen Stundenglas ins untere.

»Wir verlassen jetzt gerade den eigentlichen Grund der Stunde. Wie fühlen Sie sich?«

»In diesem Moment?«

Sie nickte.

»Eigentlich ganz gut. Ich mag es hier.«

»Und allgemein?«

Ich schloss die Augen eine Sekunde zu lang – und machte mich sofort verdächtig.

»Einsam«, flüsterte ich. »Ich fühl mich ziemlich oft einsam.«

»War das schon immer so?«

»Nein.«

»Wann hat das angefangen?«

Ich hörte die Schotten hinabsausen und mit einem stumpfen Knall mein Innerstes verriegeln. Kein Feuer, kein Wasser, keine Menschenseele würde diese imaginären Trennwände passieren können. Ein Reflex schüttelte sacht meinen Kopf von links nach rechts und wieder zurück. *Stark wie die Eiche*, flüsterte mir mein Unterbewusstsein zu.

Du bist stark wie die Eiche. Lass den Blitz nur kommen und dein Holz spalten, er wird dich nicht aus dem Leben reißen.

»Das ist okay«, versicherte mir ihre gedämpfte Stimme. »Für viele ist es ungewohnt, über das zu sprechen, was in ihnen vorgeht.«

»Für mich eigentlich nicht.«

Ich wollte ihr sagen, dass mir Fremde egal waren. Dass es nicht darum ging, irgendwem etwas preiszugeben oder zu verschweigen. Es ging darum, was dieser jemand, fremd oder vertraut, im Nachhinein mit dem Wissen über mich anfangen konnte.

»Haben Sie das Gefühl, dass Sie darüber noch etwas mehr reden möchten?«

»Worüber genau?«

»Ich meine, aus den wenigen Dingen, die ich von Ihnen weiß, rauszuhören, dass Sie vielleicht interessiert daran sind, mit einer Person, die nicht zu Ihrem Freundeskreis gehört, zu sprechen. Nicht über Fleur, sondern über sich. Das Prozedere für eine Psychotherapie ist zwar ein bisschen bürokratisch, und ich habe eh nicht viel Zeit, aber wenn Sie das möchten, wäre ich bereit, Ihnen ein, zwei Stunden im Monat zu widmen, wenn Sie jemanden zum Reden brauchen.«

Ich war gekommen, um Fleur einen Gefallen zu tun, und würde als jämmerlicher Versager gehen. Die Therapeutin lehnte sich in ihrem Stuhl zurück. Wie sie dort saß, umringt vom Grün der Zimmerpflanzen, das Haar weich und warm, im Gegenlicht der Wintersonne, war sie die fleischgewordene Mutter Erde. Ich willigte ein, ohne weiter darüber nachzudenken, und verabredete mit ihr einen Termin in einer Woche – gleicher Wochentag, gleiche Uhrzeit.

»Sehr schön. Dann lassen Sie uns jetzt noch ein bisschen über Fleur sprechen, in Ordnung?«

In jener Nacht träumte ich vom alten Walnussbaum und den Händen meiner Mutter, die ihr Tagwerk mal zärtlich, mal grausam verrichteten. Sie kniete im Garten des milchigen Morgens und wühlte in der Erde. Ich rief nach ihr, aber sie hörte mich nicht. Das Klimpern ihrer Armreife verriet ihre Geschäftigkeit. Feiner Rauch quoll aus dem Schlot des alten Ofens und schwängerte die Luft. Blaue Blütenblätter fingen Feuer. Hinter mir fiel eine Autotür zu, Kieselsteine sprangen unter den durchdrehenden Rädern eines Mittelklassewagens. Ich schrie und weinte, denn ich wusste, ich war verlassen worden. Wir waren verlassen worden. Sie sah erst zu mir auf, als das Loch im Garten wieder zugeschüttet, die Erde festgetrampelt war.

Ich erwachte, noch ehe sie mich in die schmutzigen Arme nehmen konnte, und verspürte den Wunsch festzuhalten, was ich eben gefühlt hatte. Es war halb sechs und die Ölfarbe schon vor Monaten eingetrocknet. Ich schippte vier Löffel Kaffee in eine Schale und goss sprudelndes Wasser darüber. Es gab keine leeren Leinwände im Haus, also setzte ich mich in das Zimmer vor die freie Wand, tauchte die Finger in die heiße Flüssigkeit und streichelte meine Traumbilder an die Raufasertapete. Je öfter ich über die braunen Schlieren wischte, desto kräftiger wurden die Konturen, desto deutlicher zeichnete sich der mächtige Stamm vor mir ab, mit seinen leicht verdrehten Ästen und den unreifen Früchten.

Als die zweite Schale Kaffee erkaltet war, war das Wachstum des Walnussbaums abgeschlossen. Im Schneidersitz saß ich zu seinen Wurzeln – an genau der gleichen Stelle, an der sie gesessen hatte – und betrachtete meine Vision mit einer Mischung aus Zufriedenheit und Furcht vor der Quelle dieser seltsamen Eingebung. Juglans regia.

Die Bässe schubsten den Kunstnebel durch das ekstatisch zuckende Meer aus Menschen, das im Rhythmus der Musik auf- und abfiel. Es war Sonntagmorgen, und ich bahnte mir meinen Weg durch das Vanitas, um auf den Toiletten meine leere Wasserflasche aufzufüllen. Die »Billy Brown« war eine Partyreihe, die einmal, manchmal zweimal im Monat stattfand und das Line-up komplett auf den Kopf stellte: immer dann, wenn der Betreiber des Clubs, der an chronischer Verstopfung litt, es endlich wieder fertiggebracht hatte zu kacken. Einen Kurzen gab es für jeden Besucher aufs Haus.

Meine Hände waren spröde wie Schleifpapier und schrien geradezu nach Handcreme, die ich nicht bei mir hatte. Noch immer vor den Edelstahlwaschbecken stehend, schaute ich mich um, ob ich eines der Gesichter kannte, die ungeduldig vor den besetzten Klokabinenen standen. Darunter auch zwei junge Männer in meinem Alter. Ich konnte an der Art, wie sich ihre Flanken ganz leicht berührten, erkennen, dass die beiden ein Liebespaar waren, obwohl irgendetwas zwischen ihnen nicht stimmte. Etwas Unausgesprochenes stand zwischen ihnen, wie eine durchsichtige Wand, kaum dicker als ein Blatt Papier. Und doch war es da und stand dem Glück der beiden im Weg.

»Na, da bist du ja, Schätzchen.« Fleur riss mich aus meiner Beobachtung. Sie trug ein bunt schillerndes Paillettenkleid, das mich an den Regenbogenfisch erinnerte. »Brauchst du was?«

»Nein. Oder doch. Hast du Handcreme?«

»Handcreme?« Fleur kramte in ihrem Beutel und überreichte mir eine zerquetschte Plastiktube. »Geht Gleitgel auch?«

»Sehr witzig, Fleur.«

»Was denn? Das ist auf Wasserbasis, keine Silikone. Also wie für dich gemacht, du blöder Öko.«

Ich gab ihr die Tube zurück und schaute über ihre Schulter in Richtung der beiden Männer, die ich Jacob und Aaron taufte und die sofort in eine der Klokabinen sprangen, als sich endlich die Gelegenheit bot.

»Ist sonst alles gut?«

»Ja«, murmelte ich geistesabwesend. »Ich glaube, ich werde gleich nach Hause gehen.«

»Willst du vielleicht doch etwas zum Wachbleiben haben?«

Ich schüttelte lächelnd den Kopf.

»Du weißt, dass es nicht gut für dich ist zu konsumieren, richtig?«

»Ach Gott, bist du jetzt meine Mutter?«

»Nein«, antwortete ich und verstaute meine Wasserflasche in meinem Turnbeutel. »Ich bin Frau Bartels kleiner Spion.«

»Das hätte ich mir denken können.«

Ich gab Fleur einen Kuss und verabschiedete mich. Jacob und Aaron folgten mir gedanklich jedoch bis in meine Wohnung, während ich darüber nachsann, wann die beiden wohl begreifen würden, warum sie sich so sorglos einen zusammengerollten Geldschein und ein weißes Pulver unbekannter chemischer Zusammensetzung teilten. Wieso sich bereits unsere Ahnen an Pilzen und Ethanol berauschten. Nicht um sich von der Umwelt abzuschirmen, sondern um mit ihr zu kommunizieren, zu verschmelzen, sie zu erfahren. Dass es offenbar der einzige Weg war, dieses Hindernis zwischen ihnen zu überwinden und ineinander hineinzuhören, mit Tausenden vibrierenden Trommelfellen, die sich über ihre gesamten Körper spannten.

Noch nicht sichtbares Blut an ihren Händen, Ohren an ihre Herzen gedrückt, dem Donner in ihnen lauschend, der aus unendlicher Entfernung aufziehen mochte.

Was für einen außerordentlichen Hang zum Drama ich doch besaß.

»Ich würde gern mit Ihnen etwas ausprobieren.« Frau Bartel öffnete die Schublade ihres Schreibtischs und stellte eine Packung Kaminstreichhölzer auf den Tisch. Mit den sorgsam manikürten Fingern zog sie eines aus dem Bund und überreichte es mir.

»Es geht darum, das zu sagen, was als Erstes in Ihrem Kopf auftaucht, ohne dass Sie groß darüber nachdenken. Einfach das, was Ihnen in den Sinn kommt, solange das Hölzchen brennt. Sind Sie bereit?«

Ich nickte und riss das Streichholz an. Schwefel und Kaliumchlorat flammten auf und verpufften in der trockenen Heizungsluft. Die Flamme züngelte sich voran.

»Was ist die erste Erinnerung, die Sie an Ihre Kindheit haben?«

»Die erste?«

»Die erste.«

Ich schloss die Augen und dachte an das Meer. An das Geräusch der Brandung. An schweres Seegras, das in glasig grünen Tentakeln am Strand lag. Ich dachte an meine Mutter. An ihre lehmigen warmen Hände und die schwarze Erde unter ihren Fingernägeln. Sie saß im Garten. Der alte Kamin rauchte noch immer. Der Walnussbaum raschelte. Ich dachte an meinen Traum und wie wirklich er sich angefühlt hatte.

»Meine Mutter.«

»Ihre Mutter?«

»Ja.« Das Streichholz knackte leicht zwischen meinen Fingern, während die Flamme sich langsam durch den Span arbeitete.

»Woran genau erinnern Sie sich?«

Ich versuchte, das Gedankenbild zu fokussieren, aber es blieb unscharf. Ein schattiger Beobachtungspunkt. Sie im Garten. Der Duft von Feuer. Ich schüttelte den Kopf.

»Denken Sie nicht zu viel nach. Bleiben Sie bei dem Gedanken.«

»Meine Mutter. Im Garten. Es riecht nach Feuer und Rauch. Im alten Kamin verbrennen die blauen Blütenblätter«, versuchte ich, die Geschichte zu übersetzen, aber es war zu schwer. Also erklärte ich: »Meine Mutter ist abgehauen.«

»Abgehauen?«

»An meinem achtzehnten Geburtstag.«

»Hat sie sich von Ihrem Vater scheiden lassen?«

»Nein. Mein Vater ist ein anderes Mysterium.«

Ich las in ihrem Blick, dass Frau Bartel aufmerksam zuhörte. Sich Mühe gebend, mein Leben zu verstehen.

»Ich weiß nichts über meinen Vater. Meine Mutter hat sich von ihm getrennt, als ich drei oder vier war. Sie hat ihn rausgeworfen, und ich habe nie etwas über ihn erfahren.«

»Haben Sie Ihren Vater vermisst?«

»Kann ich jemanden vermissen, den ich nicht kenne?«

»Versuchen Sie, nicht mit Fragen zu antworten.«

»Ja«, flüsterte ich, als ob es niemand hören dürfte. »Ich weiß, ich kenne ihn nicht, aber ja, ich habe ihn vermisst. Immer.«

»Und sind Sie wütend auf Ihre Mutter?«

»Weil sie mir meinen Vater vorenthalten hat?«

»Nein, weil sie gegangen ist?«

Ich sah in mich hinein. Ein flüchtiger Blick, erhellt von einem gefräßigen Zündholz.

»Ich glaube nicht. Ich war traurig. Ich bin traurig. Aber nicht wütend.« Ich dachte an eine zerbrochene Scheibe, an über den Boden rollende Walnüsse, an Schreie in einem granatroten Cadillac, an das Chaos in einer Wohnung mitten in Amsterdam.

»Wut ist etwas anderes. Wütend sind eher die Menschen auf mich.«

»Wer genau?«

»Die, denen ich in den letzten Jahren begegnet bin.«

»Und wieso?«

»Weil ich viel Chaos angestellt habe. Viel Chaos im Leben von Menschen, die gut zu mir waren.«

»Und wieso haben Sie das getan?«

Ich spürte die Hitze auf meinen Fingerkuppen.

»Weil ich ihre Erwartung nicht erfüllen konnte. Weil sie sich etwas anderes von mir erhofft haben und ich sie enttäuschen musste.«

»Macht Ihnen das Angst?«

»Schreckliche Angst.«

»Wie kommen Sie auf die Idee, dass jemand Erwartungen an Sie stellt, die Sie enttäuschen könnten, Arthur?«

Ich erschauderte.

»Haben wir nicht alle Erwartungen an andere Menschen und an uns selbst, an denen wir früher oder später zerbrechen?«

»Wie könnte ein junger Mann von dreiundzwanzig Jahren alle Menschen in seinem Umfeld enttäuschen?«

Und dann brach es aus mir heraus. Ich spürte es kommen, wie man ein Gewitter spürt, noch bevor ein einziger Tropfen gefallen ist. Ich kniff die Augen zusammen, aber meine Lider waren undichte Schotten. Traurigkeit, Bitternis, Zorn, Verletzlichkeit, Einsamkeit, sie alle hatten flüssige Form angenommen und rannen in salzigen Bächen über meine Wangen. Ich erzählte Frau Bartel von allen Menschen, die ich gebrochen oder deren Leben ich aus dem Gleichgewicht gebracht hatte, angefangen bei Anna und Pelle. Ich erzählte von Gunther und Daniel, Ruben und Daniëlle und schließlich von Thomas. Von all den kleinen und großen Wunden in meinem Leben. Als ich endlich wieder klarsehen konnte, war das Streichholz zwischen meinen Fingern längst verloschen und hatte mir die Fingerkuppen versengt. Es roch nach verbrannter Haut, tat aber kaum weh. Andere Dinge taten weh, nicht aber die Blasen auf meinen Fingerkuppen. Frau Bartel reichte mir ein Taschentuch, das ich annahm, aber nicht benutzte. Mein Ärmel saugte das Salzwasser auf.

»Das war gut«, lobte sie, und ich lachte, weil sie mich für einen gestörten Emotionskrüppel hätte halten können, es aber vielleicht nicht tat.

»Das war scheiße!«

»Nein. Das war sogar sehr gut.«

Sie reichte mir ein Glas Wasser.

»Mir scheint, da gibt es noch immer viel Schmerz aus Ihrer Kindheit.«

»Ich hatte eine wunderbare Kindheit«, widersprach ich.

»Und das verdanken Sie offenbar Ihrer Mutter«, nickte sie. »Aber manche unerfüllten Wünsche können nur übermalt werden. Man kann einem Kind nicht absprechen, dass es eine Vaterfigur vermisst. Oder dass Mutter und Vater uns prägen – ob sie da sind oder nicht. Haben Sie schon einmal darüber nachgedacht, Ihren Vater zu suchen?«

»Als Kind habe ich ihn unter jeder Muschel, unter jedem Stein gesucht.«

»Ich meine, als Erwachsener.«

»Nein. Als Erwachsener habe ich immer nur über meine Mutter nachgedacht.«

»Vielleicht nehmen diese Gedanken schon für zu lange Zeit zu viel Raum in Ihrem Leben ein, Arthur. Vielleicht sollten Sie den Fokus verschieben. Sie können die Vergangenheit nicht ändern, aber Sie können sich die Gegenwart bauen, die Sie gerne hätten, und damit auch ein Stück weit Ihre Zukunft.«

Als ich nach dieser zweiten Sitzung vor die Tür trat, fühlte ich mich leichter – nicht um mehrere Kilos, aber trotzdem anders gewichtet. Ich wickelte den Schal um meinen Hals, setzte mich in die Ringbahn und fuhr zwei Stunden lang um das Stadtzentrum, um nachzudenken. Meine Gedanken drehten sich in denselben Bahnen wie der Zug, ohne Anfang und ohne Ende. Ich kaufte in einer Apotheke eine Brandsalbe für meine Finger, die ich im Laufe der nächsten Tage immer wieder benutzen würde, und machte mich auf den Heimweg.

Ich besuchte Frau Bartel ein ganzes Jahr lang ein-, zweimal im Monat und nahm gleichzeitig weite Wege in meine Vergangenheit auf mich. Ich erzählte ihr von meiner Sehnsucht nach dem Meer, von der Erinnerung an singende Schneckenhäuser und dem Geschrei von Seevögeln.

In meinem dritten Frühling in Berlin pflanzte ich Kräuter und Tomaten auf meinem Balkon an und begann, einmal in der Woche Bahnen schwimmen zu gehen. Das Wasser half mir, den Kopf freizubekommen. Sonst passierte nicht viel Aufregendes in meinem Leben. Ich arbeitete und lernte die Grundlagen der Heilpraxis.

Ich erzählte Frau Bartel von meiner Zeit in Hamburg, von meiner Tablettensucht, von meiner Arbeit im Bioladen, von meinem Wunsch, Heilpraktiker zu werden, und auch von meiner Angst zu praktizieren, sollte ich die Prüfung tatsächlich bestehen. Ich sah sie weniger als meine Therapeutin, sondern vielmehr als Zuhörerin, was der Tatsache geschuldet war, dass sie so gut wie nie Lösungsansätze für irgendetwas erteilte. Sie stellte Fragen und hörte zu, mehr nicht. Und dann kam der Tag, an dem sich das änderte.

Der März war feucht und nebelig, aber nicht mehr kalt. Die Scheiben waren von innen beschlagen, und ein Handtuch isolierte, zu einer Wurst gerollt und in die Kastenfenster gequetscht, die undichten, verzogenen Rahmen. Das Wasser in der Karaffe lag still, die Steine am Boden des Glases ebenfalls. Frau Bartel stützte ihre Arme gegen die Schreibtischkante und lehnte sich zu mir. Kurz zuvor hatte sie mir gesagt, dass sie für vier Wochen ihre Praxis schließen und an einer Fortbildung teilnehmen würde. Dass sie mir indirekt etwas anderes sagen wollte, verstand ich da noch nicht.

»Ich könnte Ihnen jetzt unglaublich viel über Archetypen erzählen oder mit Sigmund Freud kommen, Arthur …«

»Aber?«

»Aber das tue ich nicht. Sie sollten mich besser kennen.«

Ich nickte. So einfach war die Antwort also: Das tue ich nicht. Sie klopfte auf die Basis des Stundenglases. Nicht ein Sandkorn war mehr im oberen Teil geblieben. Als sie aufstand und um ihren Schreibtisch ging, wusste ich bereits, dass unsere letzte gemeinsame Stunde vorüber war.

»Sie haben doch einen visionären Blick. Wo sehen Sie sich also in der Zukunft?«

»Keine Ahnung.«

»Wissen Sie wenigstens, wo Sie sich nicht sehen?«

Ich überlegte. »Hier, denke ich. Nicht in Berlin. Ich bin schon viel zu lange hier, und irgendwie fühle ich mich …«

»Sie fühlen sich herausgelöst aus einer Welt, in der sie als Sohn Ihrer Mutter fest verwurzelt waren. Sie suchen nach einem Fundament und sagen selber, nichts als Treibsand zu finden. Sie ziehen von Stadt zu Stadt und legen nur hin und wieder eine Pause ein, um nicht zugrunde zu gehen.«

»Eine schöne Zusammenfassung«, lächelte ich.

»Das stammt alles von Ihnen. Ich habe es bloß protokoliert.«

»Und was raten Sie mir nun, Frau Bartel?«

»Lernen Sie zu verzeihen. Unsere Kindheit ist ein wichtiger Entwicklungszeitraum, in dem viele, viele Bausteine für unser späteres soziales Leben gesetzt werden, aber sie ist nicht alles. Themen lassen sich aufarbeiten. Muster lassen sich auflösen. Das dauert, das braucht Zeit und Fleiß.«

Ich lachte auf – nicht kontrolliert, sondern einfach im Affekt. »Das klingt gut.«

»Das klingt es. Und so verdammt einfach, auch wenn es das nicht ist. Es ist harte Arbeit an uns selbst und Mut, die

Dinge anzugehen, die uns festhalten. Sie fühlen sich schuldig und wollen Vergebung für so viele Dinge und von so vielen Menschen, die Sie meinen, enttäuscht zu haben. Wie sollen andere Ihnen verzeihen, wenn es Ihnen nicht einmal selbst gelingt, Arthur?« Sie legte die Hände auf den Tisch.

»Schuldgefühle sind mitunter die schlimmsten Gefühle, die ein Mensch empfinden kann. Wissen Sie das?«

»Schuld ...«

»Schuldgefühle«, korrigierte sie. »Das sind zwei Paar Schuhe. Nur, weil Sie sich schuldig fühlen, heißt das nicht automatisch, dass Sie schuldig sind. Finden Sie eine Möglichkeit, dieses Gefühl loszulassen.«

»Wie soll das gehen?«

»Das können bloß Sie allein herausfinden. Ich bin Psychotherapeutin und kein Orakel, aber ich bin der Meinung, dass diese starken Gefühle mit dem Abschied Ihrer Mutter begannen. Vielleicht auch schon davor.«

»Es gab keinen Abschied. Meine Mutter ist einfach gegangen.«

»Genau. Sie ist einfach gegangen, und Sie tragen nicht die Verantwortung für das Handeln eines anderen erwachsenen Menschen. Nehmen Sie Abschied von diesem falschen Glaubenssatz. Ihre Mutter hatte Gründe. Und Ihr Vater vermutlich auch. Wie diese Gründe aussehen, wissen nur Ihre Eltern. Aber Sie sind nicht verantwortlich dafür, dass sie beschlossen haben, Sie zu verlassen.«

Ich schwieg.

»Ich halte Sie für einen intelligenten, intuitiven jungen Mann, Arthur. Und ich weiß, Sie wissen, wohin Sie schwimmen müssen. Da bin ich mir sogar ganz sicher.«

Und mit diesem Satz und einem herzlichen Händedruck endeten meine Besuche bei Frau Bartel. Ich nahm mir vor, meine Patienten, sollte ich je praktizieren, einmal genauso zu sehen, wie sie mich gesehen hatte: als einen Menschen, der Hilfe braucht. Nicht als zahlende Kundschaft – oder zumindest nicht vorrangig als solche.

⛤

In derselben Woche kündigte ich meine Wohnung und meinen Job. Nach und nach verkaufte ich die wenigen Möbel, die ich besaß. Innerhalb kürzester Zeit war nichts mehr übrig bis auf die Leinwände, für die niemand einen müden Taler übrighatte. Erst als ich die Bilder auf die Straße stellte, gingen sie – ohne dass ich es mitbekam – in den Besitz eines anderen über. An einem Sonntag begleitete ich Fleur zur Clubnacht ins Vanitas. Sie hatte es sich zum Geburtstag gewünscht, also erlaubte ich ihr, mich nach allen Regeln ihrer Kunst aufzuhübschen. Ich endete mit Spiegelpailletten im Gesicht und jeder Menge überschüssigem Hautkleber an allen Stellen, wo man solchen besser nicht hatte. Wir trafen auch die anderen. Trafen Tommy, Robert und Sascha, aßen gemeinsam pinkfarbene Sahnecremetorte, schlürften billigen Sekt und machten uns dann auf den Weg ins Vanitas, wo wir tanzten, bis uns der Schweiß den Clubstempel von der Haut gewaschen hatte und die ersten Sonnenstrahlen durch die schwarz überstrichenen Fenster sickerten. Müdigkeit existierte innerhalb dieser Wände nicht. Sie wartete draußen in der Schlange, zusammen mit den anderen Unglücklichen, die nie diesen einen besonderen Ort betreten würden. Nur Fleur und ich rieben uns irgendwann um kurz vor sieben die juckenden Augen und ließen uns in unsere Stammsessel oben in der ersten Loge fallen.

»Erzähl mir vom Meer, Arthur«, flüsterte Fleur und kuschelte sich in meine Armbeuge. »Oder nein, das ist langweilig. Erzähl mir lieber vom Winter am Meer. Das ist ein Befehl. Ich habe Geburtstag.«

Ich öffnete die Truhe, die mein Gedächtnis war, benutzte die quietschenden, rostigen Scharniere und ließ den Deckel nach hinten fallen. Ich wusste, womit sie gefüllt war. Ich kannte den Ballast, der sich in ihr verbarg. Über Bord gegangen, wäre sie mühelos Hunderte Kilometer tief auf den Grund des Ozeans gesunken – zu schwer, um jemals wieder geborgen zu werden. Nachdem ich all die vergangenen Sommer beiseitegeschoben hatte – das magische Blau des Echiums und zwei Jungen auf kreideweißen Felsen –, fand ich, wonach ich gesucht hatte.

»Der Winter an der Küste ist anders als in Berlin oder sonst irgendwo, wo ich bisher gelebt habe. Er ist feuchter.«

»Hm«, murmelte Fleur schläfrig in ihrem zerschlissenen Sitzpolster.

»Geh am Nachmittag hinaus, kurz bevor die Sonne untergegangen ist. Du stapfst durch Schnee, je nachdem von wo du kommst, hinunter zur Promenade. Die Küste liegt unter einer weißen Kruste. Ob Sommer oder Winter, wenn du am Strand stehst, der hart ist wie Beton, und du hinaus auf das offene Meer guckst, dann umfängt dich dieses Gefühl der Endlosigkeit, der Ewigkeit und der Weite. Du stehst im Eis, das Wasser kräuselt sich kalt wie die Tiefsee über den Schollen, die über Nacht gefroren sind. Der Leuchtturm ist wetterseitig dick glasiert.«

»Glasiert?«

»Du weißt schon. Wie mit Zuckerguss«, bestätigte ich. »Der beißende Wind schäumt die Wellen in deine Richtung, und die Gischt sprüht dir ins Gesicht. Und du denkst dir: Mutter Natur ist eine grandiose Schauspielerin mit feuchter Aussprache.«

Fleur hickste erfreut und belustigt.

»Du bist ein Poet«, säuselte Fleur, mir sacht auf die Brust tippend, als Zeichen dafür weiterzumachen.

»Dann bricht die Sonne plötzlich durch den graublauen Himmel, lässt die vertrockneten Gräser in den Dünen goldgelb leuchten und dich wissen, dass es Momente wie dieser sind, in denen du spürst, du bist so klein und so vergänglich. Aber trotzdem bist du da. Ich hab dieses Gefühl in Hamburg, Amsterdam und Berlin so oft gespürt, aber nie verstanden, was es genau ist.« Fleur klammerte sich um meinen Hals und drückte ihre Nase in mein Schlüsselbein.

»Du musst auf dich aufpassen«, flüsterte ich ihr zu. »Du musst aufpassen, Fleur. Keine Drogen, okay? Versprich es mir. Keine Drogen, keine Eskapaden, keine Selbstzweifel. Und wenn wir uns wiedersehen, dann werden Doktorspiele gespielt, und du zeigst mir deine neu erworbene Weiblichkeit.«

Sie lachte und weinte Mascara.

In jenem Moment, am Puls der Jugend, zwischen Winter und Frühling, in einer Millionenstadt wusste der Hai, wohin er zu schwimmen hatte. Wusste ich, dass ich weiterziehen musste, wollte ich Antworten auf meine Fragen finden: dorthin zurück, wo alles angefangen hatte. Ich sah mich im Vanitas um, betrachtete die tanzenden Seelen unter der Loge, roch den Duft von Kunstnebel, verbrauchtem Sauerstoff und ungeborenen Träumen und verabschiedete mich schweigend von meinem Leben in Berlin.

FÜNFTER TEIL

Und hat der Westwind zu befehlen,
Ruhe finden die wandernden Seelen.

Das Haus stand noch immer genau dort in den Dünen, wo ich es verlassen hatte. Ich weiß, es klingt seltsam – wo sollte es auch sonst sein? –, aber mich überraschte es. Wind und Wetter hatten in den fünf Jahren meiner Abwesenheit am Anstrich genagt, und eine der vorderen Fensterscheiben war zerbrochen; ob mutwillig von milchzähnigen Hexenjägern eingeschlagen oder durch einen Sturm zu Bruch gegangen, konnte ich nicht sagen. Das Haus war verlassen, genauso wie ich. Eine leere Muschelschale, die nur noch Sandkörner enthielt, seit die Magie aus ihr ausgezogen war. Es war ein seltsames Gefühl von Schwerelosigkeit, an den Ort meiner Kindheit zurückzukehren. So, als würde man für einen Moment die Bodenhaftung verlieren oder in einem dieser schnell beschleunigenden Aufzüge unterwegs sein, um schließlich doppelter Gravitation ausgesetzt zu werden.

Der Küstenwind vereitelte jeden einzelnen meiner Versuche, eine Zigarette anzuzünden. Also ließ ich es bleiben, stellte den Seesack auf der Terrasse ab und folgte ihr, auf wackeligen Beinen, um das Haus herum, wo der Garten unter einer dicken Schicht halb verrottetem Laub begraben lag. Der gleiche Nichtraucherwind schüttelte die reifen Walnüsse vom Baum und schaukelte den einst schwarzen, nun von Rost durchsiebten Kessel im alten Kamin. Ich hatte ihn vergessen – nicht nur den Gusseisentopf, auch den Wind und sein ewiges Flüstern. Wie konnte ich nur? Mehr als fünf Jahre lang hatte ich das Raunen und Murmeln so weit wie möglich von mir gehalten. Keine Nachricht war an mein Ohr gedrungen. Und nun war ich wieder hier, und der Wind wehte noch immer, und das Meer brandete wie seit zwölftausend Jahren, als es neben der weltumspannenden Ozeanmutter Panthalassa heranwuchs: ein Süßwasserbecken der letzten Eiszeit, salzig geworden bei all der Traurigkeit in dieser Welt. Ich öffnete die ächzende Eingangstür und trat über die Schwelle. Das Innere des Hauses war in grünliches Licht getaucht, das durch die veralgten Scheiben fiel, als stünde es längst auf dem Grund der See. Ich warf die Tasche in eine Ecke und öffnete die Fenster, um durchzulüften.

Es kostete mich einen ganzen Tag, den Geruch der Vernachlässigung und den Staub der letzten Jahre aus den Räumen zu kehren. Allein das Anfachen der Öfen in Wohnzimmer und Küche hatte eine gute Stunde gedauert und mir tränende Augen eingebracht. Die zerbrochene Fensterscheibe dichtete ich provisorisch mit einer blauen Mülltüte und Isolierband ab. Als der Abend dämmerte, kochte ich eine Dosensuppe auf dem alten Küchenherd und aß sie mit salzigen Kräckern, die ich mitgebracht hatte, während ich mir schwor, gleich am nächsten Tag das Elektrizitätswerk um einen Stromanschluss zu bitten. Statt in meinem alten Jugendzimmer zu schlafen, holte ich Bettdecke und Kissen aus dem ersten Stock nach unten und schlief auf der Couch. Der Gedanke an das Zimmer meiner Mutter war mir nicht geheuer. Die ganze Nacht hindurch glaubte ich, ihre Tanzschritte über den Boden wischen zu hören. Wie oft hatte sie versucht, mir das Tanzen beizubringen, und war an meinen unbeugsamen Gliedern kläglich gescheitert? Ich hatte viele Talente von ihr geerbt, die Leichtigkeit, mit der sie sich bewegte, und ihr Rhythmusgefühl jedoch nicht.

Lass dich von den Klängen führen, hatte sie mir geraten. *Die Schlange ist nur deswegen ein Ass im Bauchtanz, weil sie den Melodien der Erde folgt.*

Ich war definitiv keine Schlange, eher ein tauber Zollstock. Aber sie war nicht böse auf mich gewesen, sondern hatte mich getröstet, indem sie andere Talente in mir förderte. Das Malen zum Beispiel, das ich irgendwann vergaß und erst durch Daniëlle wiederentdeckte, und die Poesie, die mich in manch kalter Berlinnacht gewärmt hatte.

Am nächsten Morgen machte ich mich auf den Weg in die Stadt. Ich ging zu Fuß, weil mein altes Rad nicht mehr genug Luft auf den Reifen hatte. Mit leerem Magen durchkämmte ich den kleinen Supermarkt, in dem noch immer dieselbe Kassiererin arbeitete, die bereits in meiner Kindheit Wassereis für zehn Pfennig das Stück über das Fließband gezogen hatte. Sie hatte sich kaum verändert, trug sogar noch immer das gleiche alles erfüllende Parfum. Mit vollgepackten Beuteln kehrte ich nach Hause zurück und befüllte die Vorratskammer mit Brot, Orangensaft, Kartoffeln, Zwiebeln und einer Packung Mürbeteiggebäck, an der ich einfach nicht vorbeigehen konnte. Die staubigen Einmachgläser mit ihren undefinierbaren Inhalten räumte ich ins unterste Regal neben Waschpulver und Grillanzünder. Im Garten machte ich mir nicht die Mühe zu harken, sondern startete ohne Vorbereitung den Rasenmäher, um alles zu zerschreddern, was mir in die Quere kam. Die Grasnarbe unter der rottenden Humusschicht war moosig und verfilzt. Der letzte Winter war hart gewesen, aber kurz. Seit Mitte Februar hatte es hier nicht mehr geschneit. Bis zum Abend hatte ich den gesamten Garten vertikutiert und zwei Liter Wasser geschwitzt. Zuletzt grub ich die Beete um, brachte hie und da eine noch nicht ausgetriebene Blumenzwiebel oder Rote-Bete-Knolle zum Vorschein.

Wie ruhig der Ort meiner Kindheit im Gegensatz zu Berlin, Amsterdam, Las Vegas und Hamburg war, lernte ich in diesen ersten Apriltagen zu schätzen. Hier gab es keinen Verkehrslärm, keine Abgase, keine Außenwerbung. Kein Schubsen, kein Drängeln, keine schnell schaltenden Ampellichter. Hier gab es nur das Meer, den Wind, die Vögel und den knarrenden Puls des verzogenen Holzhauses. Ich freute mich auf den endgültigen Frühling, auf den Sommer, auf den Herbst. Ich freute mich auf die Sonne.

Immer wieder besuchte ich das Meer, das nie das gleiche zu sein schien und doch so beständig war, dass ich mir sicher sein konnte, es würde immer da sein. Ich balancierte mit nackten Füßen auf den Buhnen, tapste von einem Holzpfahl zum anderen, bis ich weit draußen stand. Noch war der Wellengang nicht stark und der Meeresspiegel niedrig genug, mir nicht gefährlich werden zu können. Er leckte nur meine Zehen, sprühte seine Gischt durch die Luft, während ich dort stand, in aller Einsamkeit wie ein Seiltänzer, der die Schiffe in der Ferne vorbeiziehen sieht und irgendwann die Augen schließt, um nicht mehr sehen zu müssen – nur noch das Salz zu riechen, die Schneide des Windes auf der Haut zu spüren und dem brausenden Sog um mich herum zu lauschen.

Betroffenheit verschlang mich, als ich beim Spazieren an der Steilküste die abgerutschten Lehmhänge entdeckte, die an manchen Stellen Hundsrosenhecken oder kleine Bäumchen mit sich gerissen hatten. Auf einem zwei Kilometer langen Abschnitt warnten Schilder vor der Abbruchgefahr. Ende Dezember war ein zehnjähriges Mädchen auf einer Nachbarinsel von einem solchen erfasst worden, erzählte mir eine Spaziergängerin, die Suche nach der Leiche blieb vergeblich. Abergläubische Betrunkene, alte Seebären, deren beste Fischfänge bereits Jahrzehnte zurücklagen, fabulierten an den Kneipenschenken von Opfergaben, die das Meer einfordere und die den Naturgewalten immer bereitwillig dargebracht worden seien, bis man in den letzten hundert Jahren erkannt zu haben meinte, dass sich hinter den einstigen Götterspielen nichts als die Maschinerie der Physik verberge. Entmystifiziert wie die Heiltränke weiser Frauen oder die Liebe selbst, nur eine chemische Reaktion. Die starken Niederschläge hatten den Fuß des Kliffs aufgeweicht. Bei genauerem Hinschauen zogen sich tiefe Risse und Spalten durch die ausgedehnte Strandwand. Doch dort, wo ein Erdrutsch die glitzernden Tonschichten freigelegt hatte, blutete die Küste rostrot – wie jedes Wesen, das einen Teil von sich verliert.

Ich stopfte meine Socken in die Schuhe und stellte diese in den Sand. Die Hosenbeine krempelte ich hoch. Als meine Zehen das Wasser berührten, schloss ich die Augen. Die Ostsee war noch zu kalt zum Baden und bestrafte jeden, der es dennoch versuchte, mit tauben, stechenden Gliedern. Doch woher sollten wir wissen, dass wir überhaupt noch empfinden, wenn wir das Risiko des Schmerzes nicht eingehen? Fünf Jahre, fünf unendlich lange Jahre waren vergangen, seitdem ich zum letzten Mal im Meer geschwommen war. Es lag vor mir, grau und kalt wie der Himmel darüber, mürrisch, aber nicht nachtragend. Ich watete durch die vor- und zurückbrandenden Wellen, bis meine Hosenbeine das Wasser berührten. So blieb ich. So blieb ich minutenlang. Vielleicht Stunden. Vergebung braucht Zeit, hatte Frau Bartel gesagt. Und braucht immer jemanden, der sie gewährt.

Zu meinem Erstaunen war das 21. Jahrhundert – etwa zehn Jahre verspätet – auch auf Rügen angekommen. Konservatives Kleinbürgertum und vererbter Aberglaube waren mehr und mehr mit den steigenden Touristenzahlen und der neu beheimateten Mittelschicht verschwunden. Aus zänkischen und auf Krawall gebürsteten Kindern waren junge Erwachsene geworden, die anderswo studierten oder bereits selbst daran dachten, eine Familie zu gründen. Die wenigsten erkannten mich überhaupt wieder.

Ein halbes Jahr vor meinem fünfundzwanzigsten Geburtstag fing ich an zu büffeln: Anatomie und Physiologie, Leitsymptome und Differenzdiagnosen, Injektions- und Punktionstechniken, Herz-Kreislauf-System … All die Themen, mit denen ich mein Hirn in den letzten drei Jahren häppchenweise angefüttert hatte. Jede freie Minute verbrachte ich mit der Nase in meinen Büchern oder vor dem Computer, wälzte Foren und bereitete mich auf die gängigsten Prüfungsfragen und auf die Tatsache vor, dass achtzig Prozent der Anwärter durchfallen. Das tat ich so lange, bis ich selbst aus Träumen schreckte, in denen ich den Ablauf rektaler Untersuchungen erläuterte und die Leitbeschwerden der Leberzirrhose herunterbetete. Um nicht durchzudrehen, ging ich spazieren – und erhöhte stetig die Dosis Passionsblumenextrakt.

Als es im Oktober so weit war, bestand ich den schriftlichen Teil der Prüfung und wenige Wochen später zu meiner Erleichterung auch den mündlichen Teil:

»Wir haben uns beraten und uns entschlossen, dass Sie die Prüfung bestanden haben«, verkündete die geduldige Amtsärztin. »Sie haben viel Wissen für so einen jungen Mann und wirklich keinen Grund, nervös zu sein. Wir glauben, dass Sie eine Praxis führen können.«

Zum Ende jenes Jahres übte ich zum ersten Mal in meinem Leben einen qualifizierten Beruf aus. Ich bestellte eine Behandlungsliege, richtete mir im Wohnzimmer eine Ecke ein, von der meine Patienten in den Garten sehen konnten. Ich suchte nach den alten Rezepten meiner Mutter – in meinem Kopf und allen Winkeln des Hauses, wurde aber nicht fündig. Sie hatte keine Aufzeichnungen hinterlassen. Es gab kein altes, in speckiges Leder gebundenes Zauberformelbuch, das sie mir vererbt haben könnte. Alles, was sie wusste, wusste sie auswendig. Manchen Teil dieses Wissens hatte sie mit mir geteilt, anderes war verborgen geblieben.

Also begann ich selbst zu experimentieren, mein eigenes Wissen zu sammeln. Ich setzte Auszüge an: spaghettihohe Einmachgläser, gefüllt mit Alkohol oder Öl, als Aufbewahrungsort für unterschiedliche Pflanzenteile. Letztere bestimmten, welche Färbung der Auszug im Laufe von Wochen, Monaten oder Jahren annehmen würde – und welche Heilkraft er enthielt. Ich zog drei einfache Regalbretter vor das Küchenfenster, damit die Pflanzenauszüge in der warmen Sonne reifen konnten. Wenn sich das Licht wie jeden Morgen um den Walnussbaum bewegte, durch das Fenster fiel und sich in all den Gläsern brach, die mit der Zeit keine Öle und Blüten mehr enthielten, sondern kostbare Arzneien, dann war es das Schönste, dort am Küchentisch zu sitzen und die Wärme der farbigen Sonnenstrahlen im Gesicht zu spüren. So ist es im Leben: Manchmal muss man ein wenig Geduld haben und im Halbschatten warten, bevor man das Licht wieder zu sehen bekommt.

Ich schrieb Fleur Briefe, auf die sie unregelmäßig antwortete – auf Postkarten, der Rückseite von Kassenbons oder an Zeitungsrändern, ganz so, als wäre es eine Unmöglichkeit in ihrem Leben, einen Collegeblock aufzutreiben. Sie meinte es nicht böse, ganz im Gegenteil. Es war die intimste Art und Weise, mich weiterhin an ihrem Alltag teilhaben zu lassen, auch wenn ihr die schnellen Kommunikationswege via Smartphone und Social Media lieber gewesen wären. Aber dem verweigerte ich mich. Im kommenden Sommer würde sie sich endlich der ersehnten Operation unterziehen. Ich freute mich für sie und vermisste sie schmerzlich. Ich vermisste auch Ruben und die in ihrer Eifersucht so wunderschöne Daniëlle. Ich vermisste Gunther, auf eine naive Art und Weise. Und Pelle. Bis auf wenige Touristen, die meine heilpraktischen Dienste in Anspruch nahmen, blieb ich ohne Gesellschaft auf Rügen. Manchmal spürte ich das Verlangen nach Nähe und Zwischenmenschlichkeit, aber die Natur tilgte das Gefühl, bevor es überhandnehmen konnte – und ein innerer Schließmechanismus tat das Übrige.

So vergingen weitere anderthalb Jahre, die ich mit niemandem teilte als mit dem schwarzen Kater, der mich eines Sonntags im Juni bei der Gartenarbeit besuchte, sich zwischen dem raublättrigen Beinwell in die Sonne warf und einfach blieb. Ich taufte ihn Schatten, weil ich den Eindruck hatte, dass der Kater, egal zu welchem Sonnenstand, einfach keinen solchen besaß. Meine Mutter hatte streunende Katzen immer verjagt, noch bevor sie ihrer Baldrianstaude an die Wurzeln gehen konnten. Ich machte es anders. Ich bedeckte die Erde rings um die Pflanze mit am Strand aufgesammelten Feuersteinen und erschuf so eine natürliche Barriere zwischen Schatten und den aufputschenden Alkaloiden, die sich im Wurzelstock des Katzenkrautes befanden. So wurden wir schweigsame Freunde, die aufeinander achtgaben. Schatten und ich. Bis Yusuf kam.

»Verzeihung?«

Ich drehte mich um. Ein verkniffener Blick in die gleißende Mittagssonne und auf die schwarze Silhouette vor dieser. Ich nahm die schmutzigen Hände zur Hilfe, um das Sonnenlicht abzuschirmen.

»Darf ich fragen, was Sie da tun?«, brummte die Stimme. Sie war dunkel wie die verbrannte Seite einer Toastbrotscheibe und klang ein wenig wie das Kratzen des Messers, das versucht, die verkohlten Stellen wieder zu entfernen.

»Wonach sieht's denn aus? Ich sammle Röhrkohl.« Ich wies mit dem Spargelstecher auf die drei grasartigen Bündel.

»Und dass Sie diese Pflanze in einem Naturschutzgebiet sammeln, ist Ihnen bewusst?«

»Das ist für den Eigenbedarf«, erklärte ich, mich aufrichtend, sodass ich dem Mann auf Augenhöhe gegenüberstand. Er war so groß wie ich, vielleicht ein wenig größer, hatte kurzes dunkles Haar und einen kreuz und quer stehenden Vierzehntagebart. Dass er türkischer Abstammung war, war meine erste Vermutung. Und sie war richtig, wenn sein Dialekt sich auch nicht in diese Schublade stecken ließ.

»Das ist doch keine Rechtfertigung«, blieb der Mann standhaft wie das gerollte R in seiner Aussprache. »Stranddreizack steht auf der Roten Liste der gefährdeten Pflanzenarten.«

»Also gut, Herr Lexikon«, patzte ich zurück. »Ich komme von hier, ich bin mit jedem Halm hier aufgewachsen. Einheimische dürfen für den Eigenbedarf Röhrkohl ernten.«

»Das stimmt nicht.«

»Das stimmt so was von.«

»Außerdem steht das gesamte Vorland, einschließlich der Andelzone, unter Naturschutz.«

»Was machen Sie dann hier, hm?«

»Ich bin Biologe. Ich arbeite hier.«

»Dann macht Ihr wissenschaftlicher Titel Sie also leichter oder Ihre Schuhe weniger groß?«

Der Türke verschränkte die Arme vor seiner Brust, sodass seine Bizepse sich wölbten. Nonverbale Kommunikation, dachte ich belustigt wie unbeeindruckt.

»Und jetzt? Wollen Sie die Polizei alarmieren?«

»Die Naturschutzbehörde.«

Ich lachte, sammelte meine Sachen zusammen, ließ den Röhrkohl aber demonstrativ an Ort und Stelle. Im Vorbeigehen streifte ich unbeabsichtigt seine Schulter und spürte seinen Blick in meinem Rücken, während ich mir ausmalte, was ich machen würde, wenn nun tatsächlich ein Einsatzkommando mich niederwürfe. Es war lächerlich und der Mann offensichtlich nicht von hier. Es gab hier kein Küstenkommando, das eingegraben in den Dünen darauf wartete, zur Stelle gerufen zu werden. Auf dem Weg hinauf trat ich mir einen Splitter in die Fußsohle, sodass ich die Hälfte der Strecke nach Hause humpelte. Eine genaue Untersuchung der stechenden Stelle und die Zuhilfenahme einer Pinzette förderten einen Dorn zutage. Er war lang und kräftig wie der einer Robinie.

»Ähm, Entschuldigung?«

Ich ließ Stachel und Pinzette fallen. Der Biologe war mir gefolgt und um das Haus herum in den Garten geschlichen.

»Ich hatte keine Ahnung, dass Ihnen das Haus in den Dünen gehört«, brachte er hervor, während er sich langsam an die Terrasse heranpirschte, um ein Bündel Röhrkohl neben mir auf der Stufe abzulegen. »Das hier haben Sie vergessen. Wäre doch schade, wenn das einfach liegen bleibt.«

»Wollen Sie das nicht lieber als Beweismittel konfiszieren? Höchstwahrscheinlich sind meine Fingerabdrücke drauf.«

Er lächelte und streckte mir die Hand entgegen.
»Ich bin übrigens Yusuf.«
»Arthur.«
»Freut mich, Arthur. Entschuldige bitte das von gerade eben. Es macht mich nur immer so verdammt aggressiv, wenn Leute die Natur mit Füßen treten.«
»Das ist sympathisch.«
»Du bist Heilpraktiker, habe ich gesehen. Vorn neben der Tür hängt ein Schild. Wofür benutzt man Stranddreizack denn?«
»Zum Essen«, antwortete ich. »Schmeckt ein bisschen wie Grünkohl, nur viel salziger.«
»Wirklich? Wow.«
»Du bist nicht von hier, oder? Du klingst auch nicht wie von hier. Süddeutschland?«
»Bitte!«, brüskierte er sich in theatralischem Ton. »Ich komme aus Wien. Ich schreibe gerade meine Doktorarbeit über das Biotop Ostseeküste und die Auswirkungen des Habitatverlusts auf Flora und Fauna vor Rügen.«
»Dann warst du sicher schon auf Hiddensee, hm?«
»Die Forschungsstation dort betreut meine Forschungsarbeit, ja.«
Die Sonne blendete mich, sodass ich die Augen zusammenkneifen musste. Der Wind rüttelte durch die Blätter des Walnussbaums. Yusuf schob sich eine Sonnenbrille auf die Nase und reichte mir erneut die Hand:
»Schön, dich kennengelernt zu haben, Arthur. Vielleicht bleibt ja vom Röhrkohl ein bisschen übrig? Dann würde ich das Zeug gern mal probieren.«
Ich nickte, unfähig, Worte zu finden.
»Komm doch vorbei. Also heute Abend. Wenn du Lust hast. Ich glaube, ich habe genug sammeln können, bevor man mich unterbrochen hat.«
»Ha! Gerne.«
»Sagen wir halb neun.«
»Gebongt.«

»Und bringen Sie Bier mit, Herr Biologe!«, rief ich ihm hinterher. Er antwortete nicht, hob nur lässig die Hand, als hätte er verstanden. Ich brachte Pinzette und Dorn ins Haus und legte beide in einer kleinen Schale im Badezimmer ab.

Natürlich misslangen mir alle Versuche, meine kulinarischen Talente unter Beweis zu stellen. Die Kartoffeln zerfielen, der Lachs wurde zu trocken, und aus dem geernteten Röhrkohl ergab sich gerade einmal eine wenige Esslöffel große Portion. Dafür stand Yusuf pünktlich auf der Fußmatte. Mit frisch gestriegeltem Bart, weißem Poloshirt, einer Ray-Ban-Brille in Schildpattoptik auf dem leichten Nasenhöcker und einem Sixpack Bierflaschen unter dem Arm betrat er das Haus.

»Du kannst einfach durchgehen, in die Küche«, wies ich ihn an, nahm ihm den Sechser ab und verstaute diesen im Kühlschrank. Während ich das Essen auf den Tellern anrichtete, beobachte ich Yusuf aus dem Augenwinkel, wie er die eingelegten Pflanzen bewunderte und vorsichtig gegen das Glas tippte, ganz so, als würde es sich um spirituspräparierte Tierleichen handeln, die sich durch einfaches Klopfen aus ihrem Schlaf wecken ließen.

»Wow. Das sieht ja aus wie das Naturalienkabinett der Universität Wien. Benutzt du das Zeug?«

»Natürlich. Das sind Pflanzenauszüge. Hauptsächlich Tinkturen, aber auch ein paar Öle.«

»Das ist toll. In Österreich und der Schweiz gibt es ungeheuer viele Bauern, die noch immer ein unglaubliches Wissen über all die einheimischen Heilpflanzen haben. Aber sie reden nicht darüber, weil sie sich nicht lächerlich machen wollen. Die Schulmedizin ist eben doch sehr einschüchternd.«

»Dabei beruht die Schulmedizin auf der Volksheilkunde. Die meisten Medikamente wurden entweder aus Pflanzen gewonnen oder nach dem Bauplan der Pflanzenwirkstoffe synthetisiert.« Ich stellte die Teller einander gegenüber auf den Tisch und zwei Flaschen Bier geöffnet daneben. »Bon appétit.«

»Sieht toll aus. Hab einen Bärenhunger.« Yusuf ging an die Spüle und wusch sich die Hände, bevor er vor seinem Teller Platz nahm, »Bismillah« murmelte und mich erwartungsvoll ansah. Wir griffen zu Messer und Gabel und verputzten alles im Beisein Schattens, der sich lautlos ins Haus geschlichen hatte und darauf hoffte, dass etwas vom Tisch direkt in sein Maul fiel.

»Ich hab die Leute im Ort gefragt, wer in dem Haus hier wohnt.«

»Aber alle haben sich nur bekreuzigt?«

»Nein, aber viele waren der Meinung, das Haus sei leer.«

»Ja, das war es für ein paar Jahre auch.« Ich nahm einen Schluck aus der Flasche. »Wo wohnst du denn?«

»In einer kleinen Pension bei einer ganz zauberhaften plattdeutschen Oma, die ich zwar kaum verstehe, die mir aber trotzdem jeden Morgen schwarzen Tee und Labskaus an den Küchentisch stellt.«

»Ich weiß nicht mal, was das ist.«

»Ich auch nicht«, lachte er und kratzte den letzten Rest seiner zerstampften Kartoffeln vom Teller. »Ist es schwierig, in unserem Alter als Heilpraktiker zu arbeiten? Haben die Leute nicht irgendwie Vorurteile, weil du so jung bist?«

»Gute Frage. Um ehrlich zu sein, habe ich nicht wahnsinnig viele Patienten. Es sind vor allem Leute von außerhalb, Touristen, die herkommen, wenn im Urlaub plötzlich etwas zwickt. Ich verkaufe einige meiner Rezepte übers Internet. Etsy, das ist aber … nicht wirklich offiziell. Langfristig muss sich daran auf jeden Fall etwas ändern, sonst gehen mir die Ersparnisse aus.«

»Machst du Werbung für dich?«

»Nein.«

»Wieso nicht?«

»Keine Ahnung. Ich glaube, es liegt nicht an der Vermarktung, es liegt eher an dem Ort hier. Würde ich in einer Großstadt wohnen, wäre das vielleicht etwas anderes.«

»Und wieso bist du dann nicht in einer Großstadt?«

»Weil ich von Großstädten ein paar Jahre lang eine ziemliche Überdosis hatte.«

Wir schwiegen und nuckelten an unseren Bierflaschen. Schatten sprang auf den Tisch – ich wischte ihn mit einer ausladenden Handbewegung zurück.

»Was ist mit dir, vermisst du Wien?«

»Oh, sehr. Aber ich genieße gerade auch das Meer. So etwas haben wir in Österreich eben nicht. Und es ist etwas anderes, Meeresbiologie direkt vor Ort zu studieren als im Labor oder Aquarium.«

»Wurdest du in Wien geboren?«

»Nein, in Edirne, aber wir sind nach Österreich gegangen, als ich drei war.«

Ich betrachtete ihn und sein breites, unbeschwertes Lachen. Er hätte auch Zahnarzt sein können, in jedem Fall ein Mensch, der offenbar nie in seinem Leben Schmerz erfahren hatte. Und wenn, dann war dieser an ihm abgeperlt wie Wasser an einem Lotusblatt. Lachgrübchen statt Sorgenfalten. Ich strich die Salzkörner zusammen, die neben seinem Teller statt darauf gelandet waren, und warf sie über meine linke Schulter, obwohl es seine Aufgabe gewesen wäre. Aber ich erwartete nicht, dass er das wusste, also war es okay.

»Wieso Meeresbiologie, Yusuf? Wieso nicht BWL oder Skandinavistik?«

Er drehte die Bierflasche in seiner Hand und pfriemelte mit kurz geschnittenen Fingernägeln an den Ecken des Etiketts.

»Meine Großeltern haben in einem kleinen Fischerdorf an der Schwarzmeerküste gewohnt. Sagt dir Kıyıköy etwas?«

»Nö.«

»Mein Opa war Fischer und hat das Meer geliebt. Wenn wir in den Ferien bei ihnen waren, dann wollte er mich immer mit zum Fischen nehmen, aber meine Mutter hat das nicht erlaubt. Zu gefährlich.« Er schnipste einen der zusammengerollten Papierfetzen in meine Richtung. »Er hat mir aber alles erzählt. Alles. Von all seinen kleinen und großen

Abenteuern. Sein Vater war auch schon Fischer gewesen. Mein Opa kannte das Meer also wie seine Westentasche. Früher gab es Delfine im Schwarzen Meer. Richtig viele sogar. Als dann in den Achtzigern ein Fangverbot eingeführt wurde, war es eigentlich schon zu spät. Der Grund, wieso trotzdem die Delfinpopulation weiter zurückgeht, ist die Wasserverschmutzung. Keine Fische im Meer, kein Futter für Delfine. Darum ist Umweltschutz so wichtig. Und Meeresbiologie«, kam er zum Ende und nahm den letzten schaumigen Schluck aus der handwarmen Flasche.

»Meine Mutter hat immer gesagt, alles beginnt und endet im Meer.«

»Schlaue Mutter. Das nennt die Biologie übrigens Wasserkreislauf.«

»Ja, aber sie meinte auch etwas anderes.« Ich entschloss mich, meine Gedanken nicht weiter zu vertiefen, und der plötzliche Stromausfall erleichterte mir einen Themenwechsel. Wir stellten Kerzen auf, holten uns kaltes Bier aus dem Kühlschrank und setzten uns auf die Stufen der Terrasse. Ich zündete mir eine Zigarette an und lauschte der entfernten Brandung.

»Dein Opa muss mächtig stolz auf dich sein«, pustete ich in die Nacht.

»Mein Opa ist schon längst bei Allah.«

»Bei Allah?«

Yusuf nickte.

»Du hast vorhin gebetet, bevor wir gegessen haben, oder?«

Schatten kam zu uns und legte sich zwischen die fremden Füße.

»Klar. So macht man das als guter Moslem.«

»Lassen sich Wissenschaft und Religion so einfach miteinander vereinbaren?«

»Ach, weißt du, das ist so eine alte Streitfrage. Ich finde schon. Wieso auch nicht? Allah hat die Natur geschaffen, nach physikalischen Gesetzen und höchster Mathematik.«

Ich bot ihm meine Zigarette an, doch er lehnte dankend ab.

»Du bist nicht religiös, oder?«

»Ich hab's versucht, aber es hat mir nicht so richtig gepasst.« Ich dachte an Pastor Räder und den gewaltigen Altar in der St. Michaelis und an Daniëlles duftende Räucherstäbchen und kleine Buddha-Figuren. »Ich glaube an die Schöpfung, aber nicht an den Schöpfer. Ich glaube, dass die Natur alles ist und übermächtig und dass wir Menschen glauben, dass unser Schicksal nicht mehr von ihr abhängt, aber das ist definitiv ein Irrtum. Denn alles hängt zusammen: Land und Meer, Liebe und Hass, Anfang und Ende.«

»Hm.« Yusuf zerknautschte mit geübtem Gesichtsmuskeleinsatz seine Stirn, starrte Schatten an, der sich die Streicheleinheiten des Fremden gefallen ließ, und kam irgendwann zu einer Schlussfolgerung: »Ich denke, das kann ich mit meinem Glauben vereinbaren.«

»Und kannst du deine Sexualität auch mit deinem Glauben vereinbaren?«

Der Satz hatte gesessen. Er war der Stoßstürmer auf diesem gemeinsamen Spielfeld und kam so unerwartet, dass sich beide Parteien über die Direktheit wunderten. Aber nur für einen Moment. Denn dann wich der Schock aus dem Gesicht des Biologen und ließ ein verstohlenes Grinsen und eine überreife Gesichtsfarbe zurück.

»Ich denke schon«, entgegnete er. »Im Koran steht rein gar nichts davon, dass Schwulsein verboten ist. Und selbst wenn es so wäre: Glaube ist etwas extrem Persönliches. Ich habe meine eigene Beziehung zu Gott – dafür brauche ich weder den Koran noch sonst eine Bedienungsanleitung.«

Als das Licht wieder ansprang, sah ich Yusuf mit anderen Augen. Oder mit denselben Augen, und er hatte sich einfach ein Stückchen in meine Richtung bewegt.

In den folgenden Tagen traf ich Yusuf immer wieder wie zufällig am Strand. Wir unterhielten uns über nichts Besonderes. Er versprach mir, mir den Rücken zu stärken und für mich auszusagen, wenn ich mich wieder einmal am Röhrkohl bedienen wollte, und lachte dabei jedes Mal so herzlich über seinen eigenen Witz, dass er mich damit ansteckte. Ich traf ihn als Freund und begegnete einem Mehr.

Im Mai erreichte mich ein Brief von Fleur. Dem Umschlag hatte sie wenige Worte und viele Fotos beigelegt. Auf den meisten posierte sie mit stolzer Oberweite und knapp bedeckten Hüften neben einem gut aussehenden Mann mit grauen Schläfen. Das kurze Schreiben verriet, was die Bilder bereits erahnen ließen: dass es sich um ihren festen Freund handelte, mit dem sie bereits zusammengezogen war.

'ne Dreizimmerwohnung im piefigen Charlottenburg, Herzchen. Du wirst dir vorstellen können, dass diese spießige Nachbarschaft noch nie so ein Vollblutweib gesehen hat. Pass auf dich auf. Und werde nicht noch langweiliger.

Tausend feuchte Küsse, Fleur

Noch am selben Abend schrieb ich ihr zurück, legte ein Foto von Schatten und ein paar Fingerhutblüten bei – und eine Bleistiftskizze von einem ihr unbekannten südländischen Aktmodell, die reine Fantasie zum Vorbild hatte.

☆

Ich zog meine Strickmütze tiefer in die Stirn. Trotz frühsommerlicher Jahreszeit föhnte der abendliche Küstenwind durch das Lagerfeuer und unsere Frisuren, wenn er nicht davon abgehalten wurde. Yusuf konnte das egal sein, sein schwarzes, krauses Haar war kaum länger als eine Fingerbreite und so widerständig gegen die Naturgewalten wie bereits die Gene seiner südeuropäischen Vorfahren. Am Horizont verschwand die Sonne hinter dem Leuchtturm.

»Wow. Wieso ist das eigentlich jedes Mal wieder so großartig?«, staunte er und nahm einen letzten Schluck aus der Bierflasche.

»Der Sonnenuntergang?«

»Nein, alles. Der Strand, die Sonne, das Meer, das Feuer, die Möwen dort drüben, du …«

»Das sind Seeschwalben, Herr Meeresbiologe«, verbesserte ich.
»Ich habe meine Brille nicht auf«, entschuldigte er sich und schubste mich an, sodass ich wie ein Stehaufmännchen nach links schwankte. »In Österreich haben wir so was nicht. Weder Seeschwalben noch Meer.«
»Hm«, summte ich.
»Ist manchmal gar nicht so einfach, wenn man erkennt, was einem fehlt.«
Eine weiße Daunenfeder landete, von ihm unbemerkt, in seinem Bart. Ich entfernte sie nicht – sie war das schönste Detail des ganzen Tages. »Wie lange lebst du hier schon, Arthur?«
»Erst wieder seit zwei Jahren.«
»Und davor?«
»Davor? In Hamburg, in Amsterdam, in Berlin.«
»Was hast du dort gemacht?«
»Gesucht.«
»Hast du gefunden, wonach du gesucht hast?«
»Ich habe einiges gefunden, aber das wenigste konnte ich behalten.«
»Eine unglückliche Liebesgeschichte?«
»Ach«, winkte ich ab, ohne ihn anzuschauen. »Um Liebesgeschichten ging es am wenigsten.«
»Sondern?«
»Ums Überleben wahrscheinlich. Ums Lebenlernen vielleicht.«
Das Meer wusch den Strand aus wie eine alte Wunde, die gerade erst aufgebrochen war. Salzwasser brennt in aufgeklafftem Fleisch. Dieser Moment ebenso.
»Dann bist du ein Überlebenskünstler, Arthur.«
»Ja, überleben kann ich gut.«
»Du kannst sicher auch andere Dinge gut.«
Ich warf ihm einen schiefen Blick zu. Er hätte wissen sollen, dass Komplimente ihn nirgendwohin brächten. Aber er blieb hartnäckig, zuckte mit den Schultern, so als wollte er

sagen, hey, ich kann auch nichts dafür, und lockte das Grinsen aus meinen Mundwinkeln.

»Du kennst mich nicht.«

»Ich weiß mehr über dich und deine Mutter, als du denkst«, provozierte er weiter und entzündete die Traurigkeit – sie brannte vollständig und hinterließ ein warmes Kribbeln im Gesicht. Ich sprang auf die Beine, er ebenfalls. Zwischen uns flackerte das Strandfeuer, daneben brandete das Meer.

»Was willst du damit sagen, hm?« Ich verengte die Augen, meine Gesichtsmuskeln stemmten meine Wangen wie Fliegengewichte. Lange war Grinsen nicht mehr so einfach gewesen.

»Ich habe ein bisschen recherchiert, weißt du?«

»Was du nicht sagst.« Ich fletschte die Zähne, während wir uns gegenseitig zu umkreisen begannen – zwei zum Angriff oder zur Paarung bereite Raubtiere. »Und was erzählen die Eingeborenen?«

»Sie sagen, deine Mutter war so etwas wie eine Zauberin.«

»Als ich klein war, hieß es noch Hexe.«

»Ein und dasselbe, oder?«

Unsere nackten Füße pflügten den Sand, während wir unsere zyklische Bahn um das Feuer fortsetzten. Aus der Perspektive der Möwen, des Mondes und der Sterne waren wir Gestirne, die sich eine Umlaufbahn teilten und dabei einen tiefen Zirkel im Sand zeichneten, der ihre gemeinsame Welt begrenzte.

Zieh den Kreis auf dreimal aus und halte alles Böse draus.

»Es gibt ein paar Männer, die behaupten, sie wäre eine unglaublich gefährliche, leidenschaftliche Liebhaberin gewesen. Sie hätte einem das Gefühl gegeben, zu schweben und den eigenen Körper zu verlassen.«

»Klingt nach einem guten Orgasmus, meinst du nicht?«

»Ja. Aber binnen Sekunden hätte sie einem Mann auch die Illusion einflößen können, sein Schwanz würde abfallen. Es gäbe ein paar Typen, die berichten von furchtbaren Halluzinationen.«

Yusuf hatte aufgeholt, war in den Kreis eingedrungen und mir nun so nahe, dass ich ihn berühren konnte. Er griff meine Unter-, ich seine Oberarme. Sie waren fest und von einem dunklen Flaum bewachsen, der unter den Ärmeln seines T-Shirts verschwand.

»Und du willst von mir wissen, ob an diesen Mythen etwas dran ist?«

Sein Gesicht schwebte so dicht vor meinem, dass ich den Schein des Feuers in seinen Augen beobachten konnte. Dass ich ihn hätte küssen können, wenn ich wollte. »Oder willst du einfach nur wissen, ob ich die gleichen Fähigkeiten besitze wie sie?«, flüsterte ich in seine halb geöffneten Lippen. »Willst du schweben?«

»Das tu ich doch längst«, raunte er und war dabei nur wenige Zentimeter, vielleicht Millimeter von meinen Lippen entfernt. Meine schnappten gierig nach seinen – sie waren dunkel wie ein Avocadokern und schmeckten nach Süden und Aufrichtigkeit. In Yusuf ertrinken, mit vollem Mund, ohne Atem, aber glücklich. Der Westwind ließ das Feuer fauchen und er meine Seele.

Einige Triebspitzen Hanf, die Blütenknospen des Stechapfels und eine Tollkirsche in Steinkleeöl ergeben die perfekte Liebessalbe, die Mann wie Frau in ekstatische Welten zu entführen vermag. Wie immer kommt es auf das richtige Mischverhältnis an: Ein ausgewogenes Maß aller Zutaten verleiht unsereins das berauschende Gefühl von Schwerelosigkeit, während eine Überdosis den Herzschlag beschleunigt, die Realität verzerrt und psychotische Zustände heraufbeschwört. Es liegt in der Natur der menschlichen Leidenschaft – sie eröffnet das Paradies und entfesselt die Dämonen in uns gleichermaßen.

Aus einem mir selbst unverständlichen Grund blieb Yusuf den Sommer über an meiner Seite. Nein, das ist eine Lüge. Ich meinte damals zu wissen, wieso er mir blieb wie der Mykorrhizapilz der dürren Eiche. Es war der Echium, der in jenem Jahr in so unmittelbarer Nähe des Hauses wuchs, dass sein magnetisches Blau jedes andere blühende Kraut in den Schatten stellte. In diesem Sommer flochten wir Bürgerkronen aus seinen borstigen Stängeln und tanzten bekränzt über Strand und Dünen. Selbst die letzten sturen Menschen im Ort erweichten. Sie beobachteten uns – erst mit unauffälligen Blicken aus sicherer Entfernung, ließen sich dann aber nach und nach von Yusufs unerhört charmantem Leuchten entzünden und glommen mit uns. Sie verfielen seiner hellen Magie oder unserer gemeinsamen. Der Allgemeinmediziner aus der Altstadt schickte sogar einen seiner Patienten zu mir, der an ausgeprägten Warzen litt, die sich mit keinem Virustatikum bezwingen ließen. Vier Wochen später waren die Warzen verschwunden.

Morgens stieg Yusuf noch vor mir aus dem Bett, um zu beten. Ich liebte dieses Ritual. Es war mir so fremd und vertraut zugleich, wie er dort im Garten kniete und sich vor der majestätischen Göttlichkeit der Sonne verneigte. Ich wusste nichts von seinem Gott, aber meinte zu erkennen, dass alle Religionen womöglich zu ein und derselben Quelle beteten. Zur gleichen Quelle, die von Frühjahr bis Herbst jedes Gewächs speist und jedes Geschöpf auf diesem Planeten warm hält. Yusuf lehrte mich, was er wusste, und ich brachte ihm bei, was ich kannte.

Am ersten Augustwochenende nahm er mich mit auf die biologische Station Hiddensee, an die Westküste der Insel im Ortsteil Kloster. Dort präsentierte er mir stolz die Ergebnisse seiner jüngsten Forschungen, zeigte mir die auf Karten eingezeichneten Wanderrouten der Kegelrobben, die nach Jahren der intensiven Bejagung so gut wie vollständig von den Küsten der deutschen und polnischen Ostsee verschwunden waren und sich nun zaghaft wieder ansiedelten. Ich ließ mir die als verschollen gegoltene und jüngst vor Hiddensee wiederentdeckte Armleuchteralge Chara horrida in einem großen Wasserbecken zeigen, lauschte Yusufs euphorischen

Ausführungen, während er die kalkverkrusteten Wasserpflanzen in den vorsichtigen Händen wog.

Am Abend liefen wir hinunter zum Strand, durch dichte, orange leuchtende Sanddornsträucher, deren schwarze Äste ins Fenster gehängt alles Böse abzuwehren vermochten. Wir warfen unsere Kleider in den Sand und stürzten uns in die sanften Meereswogen, während die Millionen winziger Gestirne ihre seit Jahrmilliarden konstanten Plätze am Himmel einnahmen und die salzige Brise unsere nackten Schulterblätter küsste. Als Yusuf sich nach Sonnenuntergang gen Mekka verbeugte, zeichnete ich mit dem Zeigefinger Sigillen in den Boden und dachte an meine Mutter.

Alles wird früher oder später zerbrechen und sich auflösen. Steine, Bäume, Menschen, Beine, Tiere. Unser Herz ist keine Ausnahme. Hingabe ist das einzige Gefühl, das diese Vergänglichkeit für wenige Augenblicke aufhebt.

Genau das war es, was ich empfand: Aufhebung der Vergänglichkeit. Nichts außer uns hatte Relevanz. Nichts als wir und der Moment und unsere Herzschläge. So musste sich die Liebe des Augenblicks anfühlen. So und nicht anders.

Ich blickte hinauf in Lunas leuchtendes Antlitz, lauschte unsichtbaren Gitarren und stieß es schließlich in die Luft – ein lang gezogenes, singendes Heulen, akustisch verstärkt durch meine zwei hohlen Hände. Yusuf drehte sich verwundert um. Vielleicht befürchtete er, dass ich nun endgültig den Verstand verloren hatte – hier mit ihm, zwischen den Elementen Wasser und Erde. Doch dann – für ihn ganz überraschend – antworteten die Nacht und ihre Bewohner aus weiter Ferne auf meinen Ruf. Hatte ich je eine unschuldigere Begeisterung im Gesicht eines Mannes gesehen? Ich heulte noch einmal. Und wieder antwortete das diffuse Orchester aus Wölfen, Heulern oder Waldkäuzen von weit, weit her und ließ uns wissen, dass wir alle zusammengehörten.

Yusuf blieb nicht nur den Sommer über, sondern das ganze Jahr in meiner Nähe. Es war ein schönes Gefühl, weniger einsam zu sein. Fast wurde er zu einer Art festem Freund – aber wir redeten nicht über unsere Beziehung. Vor allem nicht über Definitionen. Wir blieben wir, ohne Etikett. Er fütterte Schatten, half mir dabei, das Gemüse zu ernten. Er fuhr mich nach Rostock, sodass ich zwei Seminare besuchen konnte, und hielt mich über seine Forschungsergebnisse auf dem Laufenden. Im Gegenzug dafür, dass er mir das, was ich ohnehin über die Ostsee und ihre Flora und Fauna wusste, wissenschaftlich erklärte, zeigte ich ihm, wie man Kerzen aus Talg zog und die schwarze Schachtelhalmseife meiner Mutter siedete. Yusuf war intelligent genug, um hinter ihr Geheimnis zu kommen: Die gemahlene Holzkohle, die der Lauge beigemischt wird, zieht überschüssiges Fett aus der Haut und bleicht sanft die Zähne, der hohe Kieselsäuregehalt des Ackerschachtelhalms wirkt straffend und wundheilend auf Haut und Bindegewebe. Keine Magie, sondern Wissenschaft. Als der Winter den Morgenreif in Frost verwandelte, erregte der alte Holzofen Yusufs Begeisterung. Wir brieten Äpfel, gefüllt mit Nüssen und Marzipan, und brauten Feuerzangenbowle in den kupfernen Marmeladentöpfen, die jeden Seemann schlückchenweise ins Koma versetzt hätte, Yusuf aber nur zum Clown machte. Er hob Schatten zur königlichen Taufe in die Luft und intonierte dabei Elton Johns *Circle of Life* aus dem Film *Der König der Löwen*. Nachts mummelten wir uns in meinem alten Zimmer in die Daunendecken und ließen die Fenster offen, sodass der eisige Küstenwind unseren Atem sichtbar machte und unsere Nasenspitzen rot werden ließ.

Als Yusuf über die Weihnachtsfeiertage nach Wien zurückkehrte, vermisste ich ihn. Er war mir über die Monate hinweg so vertraut geworden wie kostbar. Nicht seine bloße Anwesenheit, sondern sein Wesen und die Teile von mir, die ich ihm preisgab. Ich musste daran denken, was Frau Bartel mir mit auf den Weg gegeben hatte. Ich sollte Vergebung suchen, indem ich mir selbst vergab – und meiner Mutter. Dabei war Vergebung eine so tückische Sache. Wieso sollte man einem Menschen seine Schuld erlassen? War es nicht besser, nie an den Punkt zu kommen, jemandem vergeben zu müssen? Besser, jemandem erst gar nicht die Macht einzuräumen, etwas Dummes oder Verletzendes oder Fehlerhaftes zu tun? Vielleicht war es, wie Thomas damals in Berlin gesagt hatte. Vielleicht waren wir selbst schuld daran, dass wir unsere zerbrechlichsten Teile leichtfertig in fremde Körbe legten.

Am Silvesterabend blieb ich zu Hause wie der langweilige, spießige Sechsundzwanzigjährige, der ich geworden war. Graupel stob gegen die Wetterseite des Hauses und türmte sich vor der Terrassentür zu einer ungemütlichen, matschigen Kälte auf. Im Haus blieb es warm. Ich setzte mich in das alte Hussensofa, stellte eine Tasse schwarzen Tee auf den Couchtisch und die Schachtel daneben. In dieser enthalten war vor allem Staub und davon zugedeckt mein ganzes Leben: verblasste Muschelhälften; Tjarks Brennglas, das eigentlich nur ein ausgebrochener Flaschenboden war; ein getrocknetes Seepferdchen, von einer feinen Salzkruste überzogen; Gunthers goldenes Amulett mit der kleinen Lutherrose; eine verklebte Pinselspitze aus Daniëlles Malertasche; ein Zweitschlüssel meiner ersten Wohnung in Berlin, den ich nach meinem Auszug in einer Jackentasche wiederfand; und die Orakelkarten meiner Mutter. Einige der Karten waren zerknickt. Sie hatten Eselsohren und weiche, ausgefranste Kanten. Von zweien, dreien bröselten die aufgeklebten Pressblumen. Sechs Jahre lang war das Deck mit mir durch die Gegend gezogen, in der vordersten Tasche meines Rucksacks, mal eingeschlagen in ein Taschentuch, mal lose. Der Transport hatte seiner Optik nicht gutgetan, aber der Qualität konnte es nichts anhaben. Manche Dinge werden besser, je älter sie werden, und manche bleiben einfach ewig, wie sie sind.

Ich nahm das Kartendeck in die Hände, mischte es einige Herzschläge lang, hielt dann inne und zog ein Blatt aus dem Stapel.

Die Feder des Höckerschwans.

Ich hatte völlig vergessen, dass es diese Karte gibt. Sie war der Joker des Decks, ein Unikum unter all den botanischen Motiven. Ein Einzelgänger, genau wie ich. Keine andere Karte war wie diese. *Sie symbolisiert Aufbruch zu neuen Ufern und Wandlung*, hörte ich die sanfte Stimme meiner Mutter echoen. Genau an dieser Stelle hatte sie gesessen und einer zweiten Frau orakelt, die so verzweifelt war, weil sie alles verloren hatte. Vielleicht war es eine Lüge. Nur aufbauende Worte, einer Verzweifelten ins Ohr geraunt. Mehr wusste ich über die Bedeutung dieser Karte nicht. Der Schwan ist der König unter den Wasservögeln, der es nicht scheut, gegen den Strom zu schwimmen, aber auch dazu aufruft, den eigenen Platz im Fluss des Lebens einzunehmen. Den Kelten galt er als Sinnbild der Seele, sein Federkleid ist die Hülle, die wir ablegen und neu bilden, mit jedem gelebten Leben. Nur das Herz bleibt immer das gleiche.

Neubeginn und Wandlung, fasste ich wortlos noch einmal zusammen. Neubeginn und Wandlung einen Abend vor Neujahr. Womöglich war das Orakel doch kaputtgegangen, oder ich erwartete einfach zu viel von seiner Aussagekraft. Und vom Schicksal selbst.

☆

Yusufs Ford kehrte am dritten Januartag aus Wien zurück und brachte zwei Dinge mit: das Lächeln, das meine Wunden füllte, und ein Thema, über das ich ungern nachdachte.

Am Samstag nahm mich Yusuf im Auto mit in die Stadt, weil es so leichter war, die Einkäufe zu transportieren. Im Supermarkt teilten wir uns auf, ich besorgte das frische Zeug und er die haltbaren Lebensmittel. Wie ein altes Ehepaar schoben wir unseren Einkaufswagen von einem Gang in den nächsten, spielten uns Pässe mit Konserven und Tüten über Regalwände und Obststiegen hinweg zu und stritten über die Notwendigkeit von Weichspüler.

»Hey, was meinst du, soll ich morgen Abend Räucherfisch mit Linsensalat machen?«

»Oh, rechne morgen lieber nicht mit mir«, zertrümmerte er meine Abendplanung. »Ich hab noch mächtig viel in der Forschungsstation zu tun und weiß nicht, wann ich raus sein werde.«

Die Äpfel, die ich selbst ausgesucht hatte, waren plötzlich weniger rot und glänzend und sahen mehr nach Biomüll als nach biologischem Anbau aus.

»Das ist okay«, gab ich zurück, während ich einen Kasten Mineralwasser in die untere Ablage des Einkaufswagens wuchtete, von dem ich erst zu Hause feststellen sollte, dass es mit Kohlensäure versetzt war – was ich auf den Tod nicht ausstehen konnte.

»Hey.« Yusuf legte eine Hand auf meine Schulter und stoppte den Wagen. »Nimm das nicht übel. Es ist bloß … Ich muss mit meinen Forschungen vorankommen, wenn ich die Doktorarbeit pünktlich abgeben will – was ich muss!«

In diesem Augenblick hasste ich alles. Ich hasste die Verpackung der Eier, die Farbe der Möhren, die Frisur der Kassiererin und die Shoppingbeleuchtung, die dafür sorgte, dass die billige Aufbackware aussah wie erst vor wenigen Stunden von mehligen Händen geknetet. Und vor allem hasste ich das aufgegriffene Thema. In den letzten acht Monaten hatte ich keinen Gedanken daran verschwendet, dass Yusufs Forschungsarbeiten genauso begrenzt waren wie unsere gemeinsame Zeit auf Rügen. Dass er nach Österreich zurückgehen würde und ich an Ort und Stelle bliebe. Es gab einen Grund dafür, wieso mir dieser Gedanke nicht schmeckte – er war unbestreitbar Teil einer Prophezeiung und Weisheit meiner Mutter.

Alles vergeht, nichts bleibt. Alles zerbricht, alles löst sich auf. Darum verlieben wir uns, sooft wir können, und geben uns nur den schönen Seiten des Lebens hin …

Ich schmiss das Zwiebelnetz auf das Laufband und die anderen Dinge ohne Sinn für Ordnung oder Organisation daneben. Noch bevor sie überhaupt in die Nähe einer Pfanne gekommen waren, war aus zwei Eiern Omelett geschlagen, das eine schleimige Spur auf dem Kassenband hinterließ und mir einen bösen Blick der Verkäuferin einbrachte. Ich übernahm freiwillig Glasreiniger und Küchenkrepp und wischte das Missgeschick auf, während Yusuf unaufgefordert bezahlte.

»Nicht!«

»Ist okay. Gib's mir nachher einfach wieder.«

»Ich hab gesagt, du sollst nicht ...«

Das Kartenlesegerät piepte befriedigt, und die Kassenlade sprang auf, um von der Kassiererin gleich wieder geschlossen zu werden.

»Schon passiert!«

Der Weg zum Auto war schwerer als die Einkaufstüten, vor allem, weil Yusuf nicht aufhören wollte, zu plappern und blöde Witze zu erzählen, die ich eigentlich zum Lachen fand und auf die ich trotzdem nur mit einem missmutigen Blick reagieren konnte.

»Du könntest mit mir kommen.« Die Kofferraumtür schlug zu und zerquetschte mir um Haaresbreite die Finger der Linken. Ich schaute ihn fragend an. »Nach Wien, meine ich«, fügte er hinzu.

»Ja, sicher.«

»Wieso nicht? Das meine ich ernst.«

»Nein, nein.« Ich ging um das Auto herum zur Beifahrertür und zog am Öffner, den Yusuf noch nicht entriegelt hatte. Über das Autodach hinweg führten wir unsere Unterhaltung fort.

»Wieso nicht?«

»Weil darum. Was willst du von mir hören, Yusuf?«

»Dass du mit mir zusammen sein willst.«

»Wieso sollte ich so etwas sagen?«

»Wieso solltest du nicht?«

Ich zog noch einmal demonstrativ an der Tür, aber stieß selbstverständlich auf Widerstand.

»Was soll das eigentlich, Arthur? Manchmal hab ich das Gefühl, im Krieg mit dir zu sein. Auf der anderen Seite der Front. Wir sind keine verfeindeten Soldaten, die sich die Stirn bieten. Einknicken ist okay.«

»Weißt du eigentlich, wovon du sprichst, Yusuf?«

»Benutz meinen Namen nicht so oft.«

»Unsere Urahnen waren bereits wilde Krieger – und Kannibalen. Sie konsumierten ihre Feinde nach gewonnener Schlacht, um deren Stärken und Fähigkeiten in sich aufzunehmen. Ich glaube, wir machen es heute nicht anders – nur verspeisen wir unsere Feinde heute nicht, aber wir alle verschlingen einander trotzdem.«

Sein Blick wurde mild wie Schonkaffee. Ich hätte heulen können, aber tat es nicht. Stattdessen lenkte ich meinen Blick auf die Gummidichtung der Tür, die von den Jahren und der Witterung so brüchig geworden war, dass man sie geradezu nach einem Lippenpflegestift schreien hören konnte.

»Weißt du, ich denke, es ist weniger ein Verschlingen als ein Sich-Aneignen oder Dazugewinnen. Wenn wir es richtig anstellen und keine Angst davor haben, uns darauf einzulassen, kann uns jeder Mensch ein Stückchen dessen geben, was uns fehlt. Einen Teil, den wir vorher nicht hatten. Etwas, das mit jeder Liebe in uns übergeht. Etwas, das uns zu einer besseren Version unserer selbst macht. Das kann durchaus etwas Positives sein.«

Die Verriegelung schnappte auf, als Yusuf nachgab und unser Gespräch beendete. Ich schwang mich auf den Sitz und sprach nicht mehr, bis wir das Haus in den Dünen erreichten, ich mich für seine Hilfe bedankte und ihn in die Pension schickte.

Es gibt Dinge, an die möchte man nicht erinnert werden: die ausstehende Abschlagszahlung des Rundfunkbeitrags, seine schlechten Gewohnheiten, einen Termin beim Zahnarzt, den eigenen Waisenstatus, das absehbare Ende einer Beziehung …

Der Frühling 2016 kam so rasch, dass sich Fuchs und Hase erschraken, als sie eines Morgens schlaftrunken aus ihren Höhlen trotteten und Millionen von gelben Schlüsselblumen und weißen Buschwindröschen die Köpfe aus dem Laub erhoben hatten. Binnen weniger Tage schlugen die Buchen aus, zartes Grün zwischen dichten graubraunen Ästen. Die lebensmüde Mandragora hatte den Winter über ihren Topf gesprengt, sodass Teile ihrer fingerdicken Wurzeln sich aus dem Erdballen gerollt hatten, um Frühlingsluft zu atmen und einen dichten, glücklichen Kranz aus grünem Laub und violetten Blüten hervorzubringen, die so stark und verführerisch dufteten, dass Schnecken, Fliegen, Käfer und Raupen ganz beschwipst in die neue Jahreszeit starteten.

Yusuf war in meinem Leben stetig wie die Gezeiten. Sein Kommen und Gehen folgte einer Regelmäßigkeit, auf die ich mich verlassen konnte wie auf nichts zuvor in meinem Leben. Es war ein Naturgesetz, dass er da war. Nie hatte sich die am Felsen angeklebte Schnecke sorgen müssen, dass ihr Gehäuse nicht binnen weniger Stunden wieder von der Flut umspült werden würde und sie so vor dem Austrocknen bewahrte. Sie kannte gar nichts anderes als Zuversicht, und genau da lag der Unterschied zwischen uns. Denn Yusuf wurde meine Flut, die mich bis zum Sommer in aller Regelmäßigkeit umfing. Trotzdem gehörte er nicht hierher. Nicht so wie ich. Das Haus in den Dünen war nicht sein Lebensraum. Er kam meinetwegen dort hinaus, obwohl sich nur die Seelen der Schiffbrüchigen bei Vollmond an die Steilküste trauen – und selbst diese nur dann, wenn sie all ihren Mut zusammennehmen. In Nächten wie jenen, die wir zusammen verbrachten, macht das fahle Licht unseres Trabanten aus dem Strand und der See eine Eisenradierung. Alle Konturen verstärken sich, bis es nichts mehr gibt als Schwarz und Weiß und Millionen zerkratzter Schraffuren.

»Erzähl mir etwas von dir«, bat er mich. »Irgendetwas, das ich noch nicht weiß.«

»Du liegst in meinem Bett, reicht das nicht?«

»Ich sitze in deinem Bett!«

Touché. Ich hüstelte den würzigen Rauch aus und blies ihn in Richtung des geöffneten Fensters, durch das das Meer unruhig nuschelte. Ich hasste es, wenn andere rauchten. Das hielt mich aber nicht davon ab, es selbst zu tun. Im Ofen knisterten und sprangen die letzten Holzscheite vor sich hin. Es gab eine Zeit, da hatten wir – die Göttin und ihre treudoofe Putte – Torf verbrannt. Aber das war lang vorbei und nicht zu empfehlen, denn der Qualm ist dick, feucht und sauer wie Rahm. Yusuf saß am anderen Bettende, die bronzenen Schulterblätter berührten das wurmstichige Holz, das die Jahre mit einer mehligen Patina überzogen hatten. Das Betttuch verhüllte seine Lenden mit einem fast künstlerischen Faltenwurf, der den Türken zu einem Griechen machte oder zumindest zu einer jener antiken Skulpturen, die, in Marmor geschlagen, all die Kriege und Schlachten um Land und Besitz der letzten Jahrtausende überdauert hatten.

»Ich weiß so wenig von dir. Wer hat die Bettwäsche ausgesucht?«

»Das war wahrscheinlich ich, meinst du nicht?«

»Wie kommt jemand mit Ende zwanzig zu so einem Haus?«

»Mitte zwanzig.«

»Achtundzwanzig ist Ende zwanzig. Und selbst wenn nicht, würde das meine Frage nicht beantworten.«

»Ich hab es geerbt. Es gehörte meiner Mutter. Es ist abbezahlt und kostet mich praktisch nichts bis auf vierzig Euro im Monat für Strom und ein bisschen weniger für die Wasserversorgung.«

»Wo ist sie jetzt?«

»Wer?«

»Deine Mutter, du Nuss. Du sprichst nicht wirklich von ihr.«

»Weg.«

»Du meinst tot?«

»Nein, ich meine weg.«

»Aber was heißt weg?«

Ich wollte ihm antworten, dass ich eigentlich nicht viel über meine Eltern wusste, über beide nicht. Dass ich schon viel zu lang auf meinen eigenen, stockdünnen Beinen stand, über die er sich manchmal lustig machte. Darüber, dass ein Mann so dünne Beine haben kann. Yusufs Beine waren nicht durr, sie waren perfekt und passten zu dem Rest seines Körpers. Ich trieb keinen Sport, war dazu nicht eitel genug. Ich zog Spaziergänge vor. Runter zum Strand, manchmal noch bevor die ersten Sonnenstrahlen hinter dem Horizont auftauchten, so gegen fünf, wenn noch nicht einmal der Wecker aus dem Schlaf gefallen war. Das hatte ich wohl von ihr geerbt, ebenso wie das blonde Haar und die drei zusammenstehenden Sommersprossen unter dem linken Auge. Ein Hautarzt in Rostock hatte mir einmal vorgeschlagen, sie entfernen zu lassen, als Prävention gegen Hautkrebs. Aber wie hätte ich das wenige, das mir von meiner Mutter geblieben war, weggeben können? Verlieren, Verzichten und Verlassen – die drei großen Vs und Konstanten in meinem Leben.

»Erzähl mir von ihr – bitte.« Er drehte sich ein Stück und zog die Decke bis über seinen haarigen, gerippten Bauch. »Du bist bei ihr groß geworden. Stimmt doch, oder? Man kennt euch im Ort.«

Wieso wollte bloß jeder mehr über meine Mutter erfahren? Was hatte diese Frau besessen, dass sie Alt und Jung, Mann und Frau noch hundert Jahre nach ihrem Untergang in den Bann zog? Nur eine Göttin konnte so eine Macht über die ihr gleichgültige Schöpfung haben. Nur eine Göttin, die sich längst nicht mehr für das irdische Leben der Sterblichen interessiert. Ich schlug die Decke zurück und stieg aus dem Bett. Das Wasserglas am Boden war leer und ein guter Vorwand, in die Küche zu gehen, wo ich das sehnsüchtige Klagen der Wellen nicht weiter anhören musste. Yusuf war hartnäckig wie ein guter Liebhaber und folgte mir. Ein Spürhund, der längst Witterung aufgenommen hatte. Unten schmierten wir uns dicke Käsebrote und tranken schneekalte Kuhmilch dazu.

»Hast du deine Mutter geliebt?«

»Jedes Kind liebt seine Mutter – auf eine bedingungslose Art und Weise.«

»Das stimmt nicht«, korrigiert er. »Meine war für mich eher so was wie eine Gefängnisaufseherin. ›Sei pünktlich um neun zu Hause. Hör nicht zu laut Musik. Schau nicht zu lange fern. Mach deine Hausaufgaben. Hast du schon gebetet? Wo bist du gewesen?‹ Bla, bla, bla.«

»Siehst du, genau da liegt der Unterschied: Es gab keine Vorschriften in meinem Leben. Bei uns gab es Blaubeerkuchen zum Frühstück und jeden Vollmond ein kleines Fest am Strand. Sie war meine Welt.« Aber für sie war ich Eisen, das um ihre Fußgelenke lag, wollte ich ergänzen, aber ließ es bleiben. Eine Fessel, die sie sich selbst angelegt hatte. Ich hatte sie ihrer Freiheit beraubt wie einst mein Vater. Wäre Yusuf nicht dort, wäre ich nicht zu abgelenkt von meinem eigenen Herzschlag gewesen, dann hätte ich vermutlich wieder der Springflut gelauscht.

Wir sind wie das Meer und die Luft. Keiner kann uns fassen. Wir kommen und wir gehen, wohin wir wollen, wann immer wir mögen. Wir sind wie der Hai, der ständig in Bewegung sein muss, um nicht zu ersticken. Das ist sein Schicksal. Das ist unser Schicksal.

»Eine seltsame Art, ein Kind aufzuziehen.«

»Aber so war's.«

Ich erinnerte mich an die Male, an denen fremde Frauen an genau dieser Stelle gesessen und um ihren Rat gebettelt hatten. Ich konnte ihre Tees noch immer riechen – den scheußlich milden Geruch der Poleiminze – und sah ihren Schemen mit schmutzigen Händen aus fremden Vorgärten schleichen. Yusuf saß mir am Küchentisch gegenüber, in seinen gepunkteten Boxershorts und dem eingelaufenen T-Shirt. Wir waren zwei Männer, ich Ende zwanzig, er Anfang dreißig, mit bärtigen Gesichtern. Im Dämmerlicht der Küche hätte man uns für Brüder halten können – Romulus und Remus, an Wolfsmilch gelabt und mit der Fähigkeit, unser eigenes Imperium zu erbauen. Meine Mutter hätte ihn geliebt. Er hätte ihrer Vorstellung vom Wilden Mann entsprochen, von der ungezähmten Natur mit der Zeugungskraft junger Bullen. Aber mir schwante, fast jeder Gott lässt sich domestizieren. Aus jedem Kerberos lasst sich ein Schoßhündchen ziehen, gebändigt für ein warmes Zuhause.

»Ich will, dass du mit mir kommst«, flüsterte er. »Ich will keine Ländergrenzen zwischen uns haben.«

»Wieso gehst du dann?«

»Weil ich diese dumme Dissertation noch schreiben muss. Weil das Institut in Wien ist. Weil meine Forschung hier beendet ist. Deshalb.«

Ich schwieg und zählte die Holzporen der Tischplatte.

»Wir könnten zusammen in Wien wohnen. Zumindest bis ich den Doktor in der Tasche habe, und dann überlegen, wohin es uns verschlägt. Wie ein stinknormales Paar, das sich 'nen Hund zulegt, gemeinsam Urlaub macht und sich irgendwann im Alter gegenseitig die Arsche abwischt.«

Ich lachte. Das konnte er gut, mich zum Lachen bringen. Gott, Mutter, was hast du mir damals bloß eingebläut?

Vergiss nie, dass sich ein Vogel nicht die Schwingen nehmen lässt, mein Kleiner. Du kannst ihn hinter Gittern halten und seine Schönheit betrachten, aber er wird von seinen Flügeln Gebrauch machen, wann immer du ihm einmal den Rücken kehrst.

Hör auf!

Unsere Unabhängigkeit ist beschränkt, wir geben sie oft leichtfertig in fremde Hände. So war es schon immer. Seit alters her. Die Untugend der Menschheit. Nur die Heiden haben sich nie zähmen lassen, sahen sich lieber verbrannt und gefoltert, als der Sonne und dem Mond und dem Meer abzuschwören. Nur die Heiden und die Künstler.

Ich drängte nach vorn, nahm Yusufs Kopf zwischen meine Hände und küsste seine dunklen Lippen wie ein Ertrinkender, dessen gespenstischer Lebensdrang sich am Atem seines Retters labt. Ich wusste, dass ich Yusuf gernhatte – mehr als das. Dass ich gewillt war, die drei heuchlerischen Worte zu sagen, mit denen sich die Menschheit seit Erfindung der Sprache im Namen ihrer Herzen aneinander bindet.

Genau diese Gewissheit war es, die am nächsten Morgen an meiner Seite stand wie ein kleinwüchsiger unsichtbarer Gefährte, als ich bei Sonnenaufgang unsere Echiumkränze, starr und trocken, von der Wand nahm. Als ich sie mit geschlossenen Augen, als hoffte ich, noch immer zu schlafen, die Treppen hinuntertrug, durch das noch taunasse Gras im Garten watete und sie zwischen die Holzscheite legte, um ihre papierdünnen, zusammengeschrumpften Blütenblätter, blassblau verblichen, dem alten Kamin zu übereignen. Als ich an diesem wunderschönen, aber noch längst nicht entpuppten glühend roten Morgen aufzulösen gedachte, was in den letzten Monaten – im letzten Jahr – zwischen Yusuf und mir entstanden war. Ich riss eines der langen Zündhölzer an, doch es erlosch augenblicklich. Ich unternahm einen zweiten Versuch, doch wieder blies eine Böe das aufgeflammte Stäbchen aus. Meine Finger begannen, ungeduldig zu zittern wie die Gliedmaßen jener alten Menschen, die von Parkinson und ihren verstrichenen Hoffnungen heimgesucht werden. Ich schloss die Augen und dachte an Frau Albrecht und Gunther, an Daniëlle und Ruben, Thomas und Daniel und an Fleur und all die Menschen, die aus meinem Leben geschieden waren. Ich spürte meinen Herzschlag in meiner Stirn pulsieren. Das dritte Streichholz wollte nicht einmal zünden. Es brach unter dem Versuch einfach entzwei. Über mir rauschten die Blätter des alten Walnussbaums wie ein überirdisches Glockenspiel.

»Es ist kalt«, brummte Yusuf plötzlich hinter meinem Rücken. Ich fuhr herum und hielt mir die schmerzende Brust: »Fuck! Hast du mich erschreckt!«

»Was machst du da?«

»Das geht dich nichts an«, fauchte ich, während ich die Echiumkränze aus der Feuerstelle nahm.

»Hast du geweint?«

»Nein, Yusuf, habe ich nicht. Wieso schleichst du mir nach? Wieso schläfst du nicht?«

»Weil du weg warst und ich schauen wollte, ob alles in Ordnung ist. Ob du vom Wein gestern kotzen musstest oder im Garten kniest und irgendwelche Rituale zelebrierst.«

»Weißt du was, Yusuf, ich will, dass du gehst.«

»Wieso das?«

»Weil ich es will. Ich kriege keine Luft, verstehst du?«

»Dann atme mal tief durch und komm wieder runter.«

»Spar dir deine Autogene-Entspannungs-Scheiße!«

Ein Schwarm Vögel stieg aus dem Walnussbaum in den Himmel, geweckt von meiner Unsicherheit und den gebrüllten Worten.

»Ich versteh dich nicht. Was macht dich so wütend?«

»Du, Yusuf!«, schrie ich ihn an. »Hör zu, ich kann nicht. Ich kann nicht mit dir gehen und mir irgendwo in den sieben Bergen ein Haus bauen und für immer und ewig darin wohnen.«

»Wieso nicht?«

»Weil es mein Schicksal …«

»Erzähl nicht so einen Schmarrn, Arthur, das nennt man Bindungsangst. Das ist irgendein Hirngespinst, das du dir in den Kopf gesetzt hast. Nicht mehr. Haie teilen kein trauriges Schicksal, verstehst du? Ich bin Biologe, ich muss es wissen. Ich weiß, es ist scheiße, dass ich zurück nach Wien muss, aber ich gebe mir Mühe, Lösungen zu finden.«

»Geh!«

»Wieso?«

»Geh!«

Meine Stimme hallte bis weit über die Ufergrenzen des Strandes hinaus und zündete irgendwo in der Nachbarschaft eine schrille Autoalarmanlage. Yusuf schaute mich verständnislos an, für mehrere Sekunden, drehte sich dann aber auf der Stelle um, erklomm die überdachte Terrasse und verschwand im Haus. Es dauerte weniger als zwei gellende Minuten, bis er seine Sachen zusammengesucht hatte und zurück in den Garten kam. Wieso er das tat, begriff ich nicht. Er hätte die Eingangstür nehmen können.

»Eins noch«, begann er so verständnisvoll wie lehrmeisterhaft und tippte mit dem Zeigefinger gegen die undurchlässige Wand, die ich zwischen uns errichtet hatte. »Deine Mutter mag vielleicht auf dich wie eine allwissende Hohepriesterin wirken. Sie mag vielleicht wissen, wie man Männer um den Verstand bringt und was es bedeutet, wenn der Hahn noch vor fünf Uhr morgens dreimal kräht oder ein Ei legt, aber in einem Punkt hatte sie unrecht: Nicht alle Haie müssen ständig in Bewegung bleiben, um nicht zu ersticken. Das trifft nur auf die Hochseehaie zu. Damit das klar ist, du Klugscheißer.«

Und dann war er verschwunden. Ich holte aus, den Echium so weit wie möglich fortzuwerfen, aber der Wind riss die Kränze aus ihrer angedachten Flugbahn und wehte sie in betrunkenen Schlenkern über den Gartenzaun.

Ich blieb noch eine Weile draußen im Garten, ließ den aufkommenden Sturm um mich herumbrausen und mir die Haare raufen, schlang die Arme um meinen Oberkörper und lauschte dem Rascheln der Walnussblätter und dem durchdringenden Quengeln der Alarmanlage in der Ferne. Über mir trieb sich ein Kranichkeil durch den zerrissenen Morgen. Die gefiederten Luftgeister wanderten in ihrer geordneten Konstellation gen Süden. Vogelflug, dachte ich wehleidig. Wie einfach es wäre, wenn man nur die Flügel ausstrecken und davonzufliegen bräuchte.

Als ich ins Haus zurückkehrte, kam es mir seltsam einsam und dunkel vor. Ich verriegelte die Hintertür und schloss die Fenster, ehe die ersten murmelgroßen Regentropfen im Garten landeten. Es war Samstag, und ich hatte seit drei Tagen nicht mehr sauber gemacht, also schichtete ich das gestapelte

Geschirr im Abwaschbecken und spritzte einen großzügigen Schwall Spülmittel in den brausenden Strahl. Während der Schmutz des Alltags im schäumenden Wasser Schiffbruch erlitt, spielte der Regen auf dem Fensterbrett und auf den Blättern des sattgrünen Salbeis, der längst hätte geerntet und zu dichten Zöpfen geflochten werden müssen. Nun stand er bereits in Blüte, und die Kraft war aus den Blättern gewichen. Die Kraft war auch aus mir gewichen – ich fühlte mich leer. Leerer als in den einsamen oder besuchten Nächten in Gunthers Hotelzimmer, leerer als umschlungen von Daniëlle und Ruben im Bett, leerer als über den Dächern Kreuzbergs mit Fleur. Ich brauchte niemanden, vor allem nicht Yusuf. Alles, was ich brauchte, war frische Luft in meinen Lungen.

Stockholm sollte schön sein.

Durch das Fenster beobachtete ich den Postboten in seinem gelben Friesennerz und lauschte dem ungewohnten Scheppern der Briefkastenklappe.

Yusuf kam nicht wieder. Er rief auch nicht an. Es verging eine Woche, ohne dass ich von ihm hörte. Die ersten Augusttage waren sepiafarben bleich und klangen nach Rubens Gitarre, nach seinen wehmütigen, traurigen Akkorden. Ich konnte sie im Rauschen des Windes hören, wann immer ich hinausblickte auf das Kommen und Gehen des Meeres, auf Sonnenauf- und -untergang. Ich hatte den Briefkasten seit über einer Woche nicht geleert – nichts Ungewöhnliches, enthielt er für gewöhnlich nur Reklame – und staunte nicht schlecht über den Brief, der sich zwischen zwei Rechnungen verbarg. Es war ein schlichtes weißes, maschinell erstelltes Schreiben mit Briefkopf und Klinikemblem: eine Welle oder ein Regenbogen oder eine andere stilisierte Form, zu abstrahiert, als dass man noch erkannte, worauf sie anspielte.

Sehr geehrter Herr Sjöberg …

Es existiert keine direkte Zugverbindung von Rügen nach Prien. Oder vielleicht existiert sie mittlerweile, aber nicht damals. Wieso auch? Die Menschen aus Oberbayern brauchen das Meer nicht. Es wässert keine Gärten und stillt keinen Durst. Die Menschen vom Meer hingegen können mit dem Land nichts anfangen. Sie bleiben, wo sie sind – dort, wo sie das Ende des Horizontes und ihre eigenen Grenzen im Blick haben. Denn auf hoher See kann sich nichts verstecken. Alles ist, ob mit bloßem Auge oder dem Fernglas, bereits erkennbar, noch ehe es einem zu nahe kommen kann.

Die Fahrt kostete mich mehr als einen halben Tag, einen Umweg über München und Taxigeld, das eine Frechheit war. Aber welche Wahl blieb mir? Ich schaute aus dem Fenster, hinaus auf die Einfamilienhäuser, die sich auf dem Weg zum Chiemsee mehr und mehr lichteten, bis sie nur noch vereinzelt in der grünen Einöde standen und wir die Klinik erreichten. Ich las den erschreckenden Kilometerzähler und rundete das Fahrgeld auf eine glatte Summe auf. Als das Abgas des Taxis bereits verdunstet und das Auto hinter mir verschwunden war, stand ich noch immer vor dem Eingang. Ich sog einen Stängel Nikotin durch meine Bronchien und schickte ein Stoßgebet gen Himmel.

Die Klinik war mehr ein Hotel als ein Krankenhaus. Ein großer Gebäudekomplex mit weiten Räumlichkeiten in noch weiterer Landschaft. Dort roch nichts nach Wofasept wie damals im Carpe Diem, sondern nach mit Potpourri gefüllten Schälchen. Hinter dem abgerundeten Empfangstresen in nussbrauner Holzoptik wartete auch keine schnaufende Oberschwester Ines, sondern zwei liebliche Rezeptionistinnen mit roten Halstüchern.

»Ich möchte zu meiner Mutter«, überfiel ich die Frauen und stieß dabei fast das Tischdekor aus Schilf und Trockenblumen um.

»In Ordnung. Und wie ist der Name?« Die junge Frau war in etwa in meinem Alter. Das blonde Haar sorgsam gelockt, zurechtgelegt und mit einem parfümierten Haarlack besprüht.

Der Name. Wann hatte ich zuletzt ihren Namen ausgesprochen? Es war, als kramte man nach Jahren ein altes Foto aus einem feuchten Pappkarton im Keller und erkennte darauf eine Vase oder ein Möbelstück im Bildhintergrund, das man längst vergessen hat, weil es immer unwichtig und nebensächlich schien, an das man sich aber nun, zum Zeitpunkt des Betrachtens, ganz genau erinnert. Gleichzeitig war ihr Name so unaussprechlich wie der dunkle Erzfeind eines tapferen Zauberschülers. Ich atmete eine Lunge voll Sauerstoff und verpackte die verpartnerten Atome in melodische Worte: »Sjöberg. Inga Sjöberg.«

»Einen kleinen Augenblick, bitte.« In fließender Routine klickte sie sich durch das elektronische Register. »Zimmer 102, auf Station B«, bestätigte sie.

Es gab sie also tatsächlich. Sie war keine Erfindung. Kein Hirngespinst eines Waisenkindes, das daran glauben wollte, dass es irgendwann einmal eine Zeit vor der Einsamkeit gegeben hatte.

»Allerdings könnte es sein, dass Ihre Mutter draußen im Park ist«, verbesserte ihre Kollegin, reifer an Jahren und distanzierter als die erste Dame. »Frau Sjöberg ist eigentlich nur zum Schlafen und Essen auf Station.«

Das klingt nach meiner Mutter, dachte ich. Ich folgte der Beschreibung der Empfangsschwestern über den Korridor, bis ich die Cafeteria erreichte, und trat durch die Glastür nach draußen.

Ich erkannte sie sofort. Sie leuchtete fahl und kühl wie der abnehmende Mond am Nachthimmel und saß dort, als wäre sie nie fort gewesen, auf einer Bank im Park des Klinikgeländes, die ausgedünnten Haare von einem seidenen Kopftuch gefasst. Tatsächlich war fast ein Jahrzehnt vergangen. Dreitausend Nächte ohne Mondschein.

Wirklichkeit war nie so unwirklich gewesen wie in jenem Moment.

Ich wollte mir eine Zigarette anzünden, aber meine Hände waren zitterig und jeder Versuch, nach etwas oder jemandem zu greifen, wäre fehlgeschlagen. Ich kam näher. Als sie mich erkannte, wollte sie aufstehen, aber ich hielt sie mit einer mahnenden Geste zurück.

Bleib klein, betete ich. Bleib klein und unter mir.

»Ich …« Sie verstummte, sortierte womöglich genauso ihre Gedanken, wie ich es tat. Rückte sie hin und her – Bücher in einem Regal, die man ordnet, nach Farben oder Autoren, Titeln oder Größe.

»Das erste Wort aus deinem Mund ist dein eigenes Personalpronomen«, brach ich die Stille. »Wie bezeichnend.«

»Es ist wie ein Traum«, flüsterte sie. »Dich zu sehen ist so unwirklich. Für einen Moment dachte ich, du wärst jemand anderes. Du hast dich verändert. Erwachsen. Bart.«

Tatsächlich war mein Bartwuchs kläglich, aber es stimmte. Als sie gegangen war, waren meine Wangen noch glatt gewesen und hatten nur ein paar verbliebene Pickel und einen leichten Flaum vorweisen können. Ich war gerade achtzehn geworden.

»Das passiert. Ein normaler Prozess. Kinder werden erwachsen. Unter Umständen sehen Mütter ihnen dabei sogar zu.«

Der Punkt ging an mich. Sie wandte den Blick ab, betrachtete die akazienfarben lackierte Bank.

»Also, wie schlimm ist es?«, wollte ich wissen. »Muss ich mich heute noch entscheiden, oder hab ich bis morgen Zeit?«

Ich konnte ihren Blick nicht ertragen. Versuchte, sie nicht anzusehen. Sie tätschelte die Stelle neben sich, als wollte sie mir den Platz anbieten, stattdessen schlug ich ihr vor, ein paar Schritte mit mir zu gehen. Sie wies auf den Rollstuhl neben der Bank, den ich vorher gar nicht wahrgenommen hatte.

»Es ist schlimm«, raunte sie mit gesenktem Haupt. »Die Ärzte können nichts mehr tun. Aber das ist ja nichts Neues. Eben doch nur Halbgötter in Weiß.«

»Was für ein Krebs?«

»Vulvakarzinom. Operiert. Rekonstruiert. Wie ein kleiner Schmetterling.«

Die Wunde saß tief, das spürte ich. Wie tief, würde ich wohl nie beurteilen können. Wie tief, konnte wohl nur eine Frau begreifen, der man einen Teil ihrer Weiblichkeit genommen hatte.

»Er hat gestreut. Metastasen in den Lymphknoten, Niere und Milz.« Sie hielt sich die Brust, und ich wusste nicht, ob sie mir ein Zeichen geben wollte oder Schmerzen hatte. »Du könntest jetzt sagen, dass ich das verdient habe.«

»Niemals. Diese Genugtuung gönne ich dir nicht.«

»Ich weiß, du bist getroffen, Arthur. Ich weiß, du fragst dich wahrscheinlich, was das alles soll.«

»Verdammt richtig!«

Ich brachte sie zum Schweigen, und das war besser als Schmerzensgeld. Mit einer unsicheren Geste tastete sie nach ihrem Kopftuch, als wollte sie kontrollieren, dass es noch akkurat an Ort und Stelle saß. Die gleichen Handgelenke, die damals Hennabemalungen schmückten, waren nun mager und knochig. Ich zog den Arztbrief aus meiner Hose und zeigte ihn ihr.

»Denn genau das ist der Grund, wieso ich hier bin. Das hier ist keine kuschelige Familienzusammenführung. Ich werde zur Spende gerufen – und hier bin ich.«

»So ist das nicht«, flüsterte sie.

»Und ob. Aber das ist okay, denn ich erwarte nichts anderes von dir, Mutter. Gar nichts.«

»Dann bist du wirklich erwachsen geworden.« Da war eine Giftigkeit in ihrem letzten Satz, so wohldosiert, dass sie nicht jedem aufgefallen wäre. Mir schon. Ich kannte sie. In all den Jahren hatte sie sich kein Stück verändert. Ich zog die Zigarettenschachtel aus meiner Brusttasche und zündete mir demonstrativ eine an, um sie zu schockieren.

»Also sag schon: Was ist Sache? Wieso sollte ich dir irgendetwas spenden?«

»Ich sterbe.«

»Wir alle sterben.«

Sie rang sich ein Lächeln ab und biss sich in die hohlen Wangen: »Was kann ich tun oder sagen, was dich nicht kränken würde?«

»Wie wäre es mit der Wahrheit?«

»Mit welcher Wahrheit?«

»Jeder.« Ich trat einen Schritt auf sie zu, sodass ich direkt vor ihr stand, und beugte mich auf ihre Augenhöhe herab. Sie war so schön – selbst in ihrem ausgemergelten, kraftlosen Zustand war sie so unglaublich schön. »Du hast mich mein Leben lang belogen. Du hast mir von einer Welt erzählt, die nicht existiert. Genauso gut hättest du mir beibringen können, die Erde sei eine Scheibe oder der Weihnachtsmann eine Persönlichkeit aus Fleisch und Blut.«

»Wieso hätte ich das tun sollen? Er ist kommerzieller Mumpitz.«

»Du hast mich zum Außenseiter erzogen und bist abgehauen. Einfach so.«

»Nicht einfach so.«

»Nicht einfach so? Du warst weg an meinem Geburtstag. Ich habe nie wieder etwas von dir gehört. Ich saß da in unserem Haus, ohne Abschluss, ohne Ahnung von irgendetwas auf dieser Welt. Nur die Vokabeln der nächsten Englischarbeit und deinen abergläubischen Unsinn im Kopf.«

»Und trotzdem stehst du jetzt hier, bist offenbar nicht verhungert und rauchst – entgegen meiner Erziehung – deine American Spirit. Spätestens an diesem Punkt solltest du begriffen haben, wieso ich gegangen bin.«

Ich schnipste die Zigarette an ihr vorbei in die Wiese und bereute diesen Akt, noch während die glühende Spitze sich in der Luft drehte. »Weißt du was? Vergiss es. Ich muss weg. Es war ein Fehler zu kommen.«

Sie wollte mich zurückhalten, aber welche Möglichkeiten waren ihr geblieben? Hinter meinem Rücken schrumpfte sie zusammen und wurde letztlich das, was sie die Jahre zuvor gewesen war: nicht existent.

Ich wählte Yusufs Nummer, doch er nahm nicht ab. Der Kies knirschte unter meinen Schritten, während ich unter der gleißenden Sonne am Straßenrand entlangging und ihre lächerlichen Phrasen vor mich hin sagte.

Sie war verrückt, hatte sich kein bisschen geändert. Zorn tränte mir aus den Augen. Wieso hatte ich mich darauf eingelassen? Was hatte ich mir gedacht, dass ich zu ihr fahren könnte, und alles wäre wieder wie früher?

Nein. Nichts würde mehr so sein. Zehn Jahre lagen zwischen und hinter uns. Zehn schmerzhafte Jahre der Suche und der Flucht. Vielleicht war ihr Leben anders verlaufen als meines. Ganz bestimmt war es anders verlaufen.

Ich wählte seine Nummer erneut, aber auch dieses Mal ging er nicht ans Telefon. Vermutlich arbeitete er in der Forschungsstation, wog geleeartige Algen in seinen Händen und protokollierte Temperaturen und Salzgehalt verschiedener Wasserproben. Während ich die Klinik hinter mir ließ, wurde ich plötzlich wieder zu dem siebenjährigen Kind, das jeden Sommertag auf Saharahitze und jeden Winter auf sibirische Schneemassen hoffte, um nicht in die Schule zu müssen und daheim bei seiner Mutter schwarze Seife sieden zu dürfen. Das Kind, das von seinen Klassenkameraden Muttersöhnchen oder Hexenkind genannt wurde. Das Kind, das alles darum gegeben hätte, eine normale Familie zu haben, um genauso einfältig und gewöhnlich wie alle anderen zu sein, und dessen Hoffnung ebenso fallen gelassen wurde, wie es selbst im Sportunterricht von dem Mitschüler, der eigentlich Hilfestellung am Sprungbock geben sollte. Das Kind, das auf dem Heimweg mit rohen Eiern beworfen und später weitestgehend ignoriert wurde – was ihm letztlich angenehmer vorgekommen war als die Häme, vielleicht aber noch viel schlimmer war.

Der Julimittag ließ die Luft flirren. Ich erreichte das Seeufer, griff nach dem erstbesten Stein zu meinen Füßen und schleuderte ihn mit so viel Hass, Verzweiflung, Wut und sportlicher Inkompetenz hinaus aufs Wasser, dass selbst die schlecht frisierten Haubentaucher nur darüber lachen konnten. Aber das war mir egal. Ich griff einen weiteren Stein und warf ihn hinaus. Nahm noch einen und noch einen und beförderte sie alle in das nimmersatte Wasserloch. Zerschlug den stillen Spiegel in expandierende Ringe.

Wo das murmelnde Wasser sich kräuselnd bricht, ein Stein, geschnippt, sei dir Unterricht.

Wieso konnte sie nicht schweigen? Wieso war sie noch immer in meinem Kopf, im pulsierenden Blut? Sie war schon vor so vielen Jahren gegangen. Wieso hatte sie ihre Worte nicht mit sich genommen? Wieso war sie wieder da, ohne das kleinste Anzeichen von Reue?

Ich heulte und schrie.

Die Zigaretten, die ich dabeihatte, würden unmöglich reichen, mich am Leben zu erhalten. Ich fingerte eine aus der Schachtel, steckte sie zwischen die Lippen und stieß die Rauchwolken in die Luft, wo Buchfinken Regen prophezeiten. Dort saß ich – mit allem, was ich war – und zermürbte die gluckernde Atmosphäre.

Als ich in die Klinik zurückkehrte, warf der Nachmittag lange Schatten. Ich setzte mich auf den freien Platz auf der Bank und betrachtete das Flimmern der Baumkronen am Ende des Geländes, die die Aufmerksamkeit der einsamen Frau neben mir für sich beansprucht hatten. Zitterpappeln und Sandbirken waren es, durch die der Wind strömte und brandete. Sie schaute mich nicht an, aber wusste, dass ich es war. Sah es vermutlich deutlich mit ihrem dritten Auge.

»Ich kann nicht glauben, dass ich nach all der Zeit neben dir sitze und zu dir spreche wie zu einem Menschen aus Fleisch und Blut«, gestand ich und machte mich verletzlich.

»Hörst du das?«, säuselte sie, die Augen geschlossen. »Das ist Boreas. Man erkennt ihn an der Traurigkeit in seiner Stimme.«

Als hätte ich das nicht gewusst. Als hätte sie mich nicht schon vor Jahrhunderten gelehrt, wie schwermütig sich der Nordwind anhört.

»Ich höre nichts. Müssen deine Medikamente sein.« Die Worte waren schneller ausgespien als mein Trotz gebändigt.

»Lügner«, murmelte sie selbstsicher. »Was hat dich umgestimmt?«

Ich wollte sagen, dass ich es nicht wusste. Dass ich nicht wusste, welche Stimme es war, die mich aufgefordert hatte zu folgen. Es war mein Herz, oder womöglich die Hoffnung eines Kindes, das nie erwachsen wurde.

»Du willst etwas von mir. Nach all den Jahren willst du etwas von mir. Und ich werde es dir vielleicht geben. Vielleicht. Aber vorher bekomme ich etwas im Tausch.« Ich schaute ihr in die Augen: »Du wirst mir alles erzählen.«

»Was willst du wissen?«

»Alles. Wieso du gegangen bist. Wieso du nicht zurückkamst. Wieso du mir all diesen Unsinn erzählt hast. Wieso du mir beigebracht hast, was man mit dem Echium anstellen kann. Wieso ich nie Freunde hatte …«

»Unsinn, du hattest Engel«, fiel sie mir ins Wort.

»Danach und davor, Mutter.«

»Du wolltest keine. Du warst ein besonderes Kind und lebtest in deiner eigenen Welt.«

»Nein, ich lebte in deiner Welt, nicht in meiner. Verstehst du das nicht? Dir gefiel diese Außenseiterrolle: nur wir und die Brandung gegen den Rest der Welt und all diese Scheiße. Aber ich wollte nichts sehnlicher, als dazuzugehören.« Ich schmeckte Sandkörner in meinem Mund und roch die Ostsee, als wäre ich nicht Hunderte von Kilometern entfernt. »Ich hätte dich suchen lassen können. Weißt du das eigentlich?«

»Wieso hast du es nicht getan?«

»Weil ich erst nicht darauf kam. Und als ich es begriffen hatte, war es zu spät. Da hatte ich das Interesse an dir verloren. Wieso seine Energie auf jemanden verschwenden, der sich einen Dreck für einen interessiert?«

»Vielleicht habe ich darauf gewartet«, flüsterte sie. »Vielleicht habe ich insgeheim darauf gewartet, irgendwann auf dem Weg zum Supermarkt mein Foto auf einem Fahndungssteckbrief zu entdecken – an den Baum genagelt wie in den Westernfilmen.«

Sie betrachtete das Tattoo auf meinem Unterarm, den Formwandler – halb Mensch, halb Wolf – unter einer aufgehenden Mondsichel. Ich war ihr Fleisch, in meinen Adern flossen ihr Blut, ihre Lehren, ihre Fehler. Das alles konnte ich in ihrem Blick lesen und sie aus den vernarbten Pigmenten. Ich legte meine Hand über das Bild, schlug das Buch vor ihrer Nase zu.

»Ich habe versucht, dich anzurufen, Arthur. Zwei Monate, nachdem ich gegangen war, habe ich zu Hause angerufen. Aber ich konnte dich nicht erreichen.«

»Ich war längst weg.«

»Wohin?«

»Aufgebrochen zu einer Irrfahrt.«

»Kein Mann der Antike ist je ein Niemand geblieben, nachdem er aufgebrochen war, sondern immer ein Held geworden.«

Ich verdrehte die Augen und schloss die Lider über ihnen. Der Einsatz für diesen Handel schien so unermesslich hoch. Über uns am Himmel flogen zwei Schwäne in Richtung des Sees.

»Haben wir einen Deal?«

Sie schwieg wie die Stunde zwischen Tag und Nacht.

»Haben wir einen Deal, Mutter?«, fragte ich noch einmal. Diesmal in so tiefem Ton, dass ich selbst über meinen Kampfgeist erschrak.

Sie nickte.

»Dann sag mir, wieso du gegangen bist.«

Sie legte ihren Kopf zurück, streckte den Hals durch. Ich hätte ihre Kehle zerschneiden können wie eine überreife Birne. Sie war so schön und ich so voller Blutgier.

»Du warst so undankbar«, begann sie und brachte den Kopf zurück in die Ausgangssituation. »Du warst so ein sanftes, zerbrechliches Kind. Du konntest den Regen auf deiner Haut spüren, noch ehe auch nur eine Wolke am Himmel war. Du hast mit Pflanzen gesprochen. Nicht nur gesprochen, nein, du hast ganze Unterhaltungen mit ihnen geführt. Irgendwann – es muss in einem März gewesen sein – lagst du den ganzen Vormittag im Garten, hast das Ohr ins vertrocknete Gras gedrückt und vor dich hin geflüstert. Ich dachte, du redest mit einem unsichtbaren Freund, aber als ich am nächsten Morgen durchs Fenster schaute, wusste ich, wem du zugesprochen hast: Der ganze Garten stand in violetten Duftveilchen.«

Ich presste die Augen zusammen und verlor kostbare Mineralien. Ich erinnerte mich.

»Als Kind hast du es mir so einfach gemacht, dich lieb zu haben. Ich konnte dich nicht einmal in den Kindergarten bringen, weil du so bitterlich geweint hast, wenn ich gehen wollte. Also behielt ich dich bei mir. Egal, wo ich war, du warst es auch. Du warst mein kleiner Schatten.«

»Komm zum Punkt!«

»Du warst ein Vogel, der nicht wusste, wie er seine Flügel benutzt. Ich hätte dich viel früher aus dem Nest stoßen sollen, aber ich tat es nicht. Ich hatte den Moment verpasst, verstehst du? Plötzlich warst du vierzehn, fünfzehn, sechzehn und so unselbstständig, dass du nicht eine Sekunde in der Welt überlebt hättest.«

»Also hast du dich entschlossen zu gehen, um mir eine Lektion zu erteilen?«

»Wie hätte ich bleiben können? Und wieso hätte ich bleiben sollen? Als Kind hast du zu mir aufgesehen. Ich habe dir die Sterne des Sirius gezeigt, und dein Mund wollte vor Staunen gar nicht mehr zugehen. Erinnerst du dich?«

»Ja.«

»Aber als Jugendlicher hast du mich aus ganzem Herzen verabscheut.«

»Ich hab nicht dich verabscheut …«

»Doch, das hast du.«

»Ich hab verabscheut, was du aus uns gemacht hast. Wieso konnten wir nicht normal sein? Ich bin schon anders genug. Immer schon gewesen. Wieso musstest du auch noch die Lupe drauflegen? Wieso den anderen auch noch Zündstoff geben?«

Ich sah den kleinen Jungen, der sich in die seidenen Tücher seiner Mutter hüllte und mit ihnen am Strand spazieren ging – immer ein paar Schritte hinter ihr. Sah die beiden Gestalten in ihren flatternden Rüstungen. Sah ihn immer in ihrem Schatten waten.

»Und genau darum bin ich gegangen: damit du jemand werden konntest.«

»Das ist nur die halbe Wahrheit«, flüsterte ich. Meine Mutter sah mich an. Quecksilber in ihren Iriden, opak wie ihre Absichten. Ich schüttelte eine Zigarette aus der Packung und steckte sie zwischen die Lippen. »Es ist verdammt einfach, mir die Schuld zu geben, nicht wahr? Und dabei auch noch zu tun wie eine Heilige, die nur das Beste will. Das habe ich mittlerweile begriffen: Ich bin nicht verantwortlich dafür, dass du beschlossen hast, mich zu verlassen. Also sag schon. Wieso verlässt eine Mutter ihr Kind?«

Sie sah mich an. Zum ersten Mal war ich ihr ebenbürtig.

»Darf ich auch eine?« In der Geste ihrer Hand steckte bereits ein unsichtbarer Glimmstängel. Ich zog eine weitere Zigarette aus der Packung und gab sie ihr, ebenso wie die winzige Flamme aus meinem Feuerzeug.

Ich hatte meine Mutter nie rauchen sehen, aber es machte nicht den Eindruck, als wenn es ihre erste Zigarette wäre. Dann dachte ich daran, wer sie früher einmal war und wie oft sie sich und ihren Freunden wohl Joints gedreht hatte. Sie sog den teerigen Rauch in ihre lahmen Lungenflügel und stieß ihn durch leicht geöffnete Lippen wieder hinaus. Ihr Blick wanderte nach innen.

»Du hast recht. In erster Linie ging es um mich, denk ich, und um das, was aus mir geworden war. Und das habe ich erst begriffen, als mein Kind begann, sich von mir abzuwenden. Ich war einundzwanzig, als ich Mutter wurde. Diese ersten zehn Jahre waren die schönsten meines Lebens. Aber ich hatte mich selbst verloren, in meiner Rolle. Manche Spinnen zeugen nur ein einziges Mal in ihrem Leben Nachkommen. Sie fangen Insekten bis zum Zehnfachen ihres eigenen Körpergewichts und speichern die Nährstoffe in unbefruchteten Eiern. Schwindet das Nahrungsangebot im Herbst, beginnt die hungrige Brut, von diesen Reserven zu zehren. Sie saugen das Muttertier aus und fallen schließlich über es her wie über jedes andere Beutetier.«

»Ich könnte dir gerade ins Gesicht kotzen.«

»Die junge Frau, die ich damals war, hat nicht gewusst, was es bedeutet, Mutter zu sein. Dass es Selbstaufgabe ist. Die junge Frau damals war so verzückt und so verblendet von diesem Kind, dass sie nichts vermisste. Nicht ihre Freunde oder Eltern. Nicht mal ihre Heimat.

Aber je älter du wurdest, desto mehr wurde es mir klar. Alles, was ich war, all meine Träume und Ziele waren bedeutungslos geworden. Du weißt nicht, was der Zyklus des Lebens ist, bevor du merkst, dass du dich längst in ihm drehst und es nur vorwärts geht, nicht zurück.« Sie drehte die Zigarettenglut an der Parkbank und drückte sie schließlich aus. »Darum bin ich Rabenmutter gegangen: um mich wiederzufinden. Um zu verstehen, wo diese junge, begabte Frau geblieben ist. Und um dir dabei zu helfen, dich zu finden.«

Ich war versteinert, konnte mich nicht rühren. Wahrheiten taten tatsächlich weh – mehr noch als Lügen –, aber sie waren ausgesprochen. Ich wollte sie verletzen, sie filetieren, aber ich wusste nicht, wie.

»Ich habe einen Freund. Einen festen Freund. Er ist Türke. Das überrascht dich vielleicht.«

»Dass er Türke ist?«

»Dass ich einen festen Freund habe.«

Von der Seite spürte ich den Schein ihres Gesichtes auf mich gerichtet wie die Lampe beim Verhör. Ich sollte der Kommissar an diesem nicht vorhandenen, von verspiegelten Beobachtungspunkten umgebenen Tisch sein, nicht umgekehrt.

»Eine Mutter kennt ihr Kind, Arthur, und wenn du glaubst, ich hätte je gedacht, du würdest mir einmal eine nette, vollbusige Türkin vorstellen, dann hast du dich geirrt.«

»Hör auf!«, ermahnte ich sie. »Du glaubst vielleicht, das sei lustig, aber das ist es nicht. Es war so schwer, aus deinem Schatten zu treten. So schwer, all deine Ammenmärchen als Lügen zu entlarven.«

»Waren sie das wirklich für dich? Spricht der Wind nicht wirklich manchmal zu dir, und weißt du nicht ganz genau, dass die Nacht am schwärzesten ist, bevor endlich die Morgendämmerung einsetzt?«

»Ich weiß vor allem, dass das Herz ein rohes Stück Fleisch ist, das man sich gefügig machen kann, wenn man der richtigen Formel folgt und sein Aussehen einzusetzen weiß. Und dass Menschen einander verschlingen wie Kannibalen, roh und ungesalzen.«

Wir schwiegen einander an, und all die anderen schwiegen mit uns: Tjark, Pelle, Anna, Daniel, Ruben, Daniëlle, Thomas und Yusuf.

»Also gut.« Ich räusperte mich. »Wir sind noch nicht am Ende: Wie ist sein Name?«

»Wessen Name?«

»Der Name des Mannes, mit dem die junge Frau von damals ein Kind gezeugt hat, um es dann zu verlassen.«

Die wenige Farbe wich aus ihrem Gesicht und hinterließ eine milchweiße Maske des Entsetzens. Als diese zu Boden fiel, offenbarte sich alter Zorn: »Das hat nie eine Rolle gespielt.«

»Nein? Für mich schon. Immer. Wir haben einen Deal.«

Sie schloss die Augen und atmete ein. Ich weiß nicht, was in diesem Moment mit ihr geschah, aber ich konnte es erahnen: Gedanklich wurde sie wieder zu der Zwanzigjährigen, die sie vor so vielen vergangenen Sommern einmal gewesen war. Als sie die Augen wieder öffnete, war sie noch immer schwach und ältlich und befand sich, entgegen der zurückgedrehten Uhr in ihrem Kopf, nicht in Oslo oder Stockholm, sondern im gleichen Park, dem ihr Astralleib kurz entflohen war.

»Magnus«, krächzte sie. »Sein Name war Magnus Johansson. Und als du vorhin vor mir standst, nach so langer Zeit, hab ich für einen ganz kleinen Moment geglaubt, er wäre es. Sein junges Ich.«

»Johansson«, wiederholte ich. »Du hast seinen Namen nie angenommen.«

»Er war langweilig und bodenständig. Verkaufsleiter eines internationalen Bauunternehmens. Das musste ich nicht in meinem Namen haben.« In ihren Augen glitzerte kalter Raureif.

»Wie habt ihr euch kennengelernt?«

Sie rieb sich die vor Kälte schmerzende Stirn.

»Auf einer Gartenparty. Er war der einzige Mann, der im Hemd kam. Der einzige Mann, der nicht nach Pot gerochen oder nach LSD-Trips gefragt hat.«

Ich sah imaginäre Blumen in ihrem Haar, die in jenem Sommer dort gewesen sein müssen, als sie einander begegneten. Ich hörte die vielen Armreife an ihren Handgelenken klimpern, wo heute keine mehr waren.

»Hast du ihn geliebt?«

»Ich war jung und naiv. Mit Liebe hatte das nichts zu tun. Ich bin ihm gefolgt wie die Ratte dem Flötenspieler. Unsere Libido ist einer der ältesten Triebe auf dieser Erde.«

»Wieso bist du dann mit ihm zusammengezogen? Wieso habt ihr gemeinsam ein Haus gebaut?«

»Wir haben das Haus nicht gebaut. Wir sind bloß eingezogen.«

»Ist fast dasselbe.«

»Er hatte einen Job in Deutschland bekommen. Einen guten Job. Gut bezahlt, gut in der Vita. Und ich war schwanger, also bin ich mit ihm gegangen.«

»Hast du den Echium gepflückt?«

Ein verlegenes Lächeln auf ihren Lippen. Dann schüttelte sie sacht den Kopf.

»Nicht wie du denkst.«

»Ich denke an blutrote Rituale gegen den Willen und das Herz eines anderen, Mutter.«

Meine Fingerspitzen waren taub.

»Dein Vater hat mich einmal nach meiner Lieblingsblume gefragt. Die billige Romantik der Blumen, typisch Mann. Ich habe ihm gesagt, man könne meine Lieblingsblume nicht kaufen. Man könne sie nur selbst suchen. Und dass die Suche mühsam sei und die Blüten mickrig und den Aufwand nicht wert …«

»Und?«

»Und der Idiot steht eines Tages vor mir mit einem riesigen Korb voll blühendem Echium. Nicht ausgerissen, sondern ausgegraben – zumindest so gut er konnte. Mit seiner langen Pfahlwurzel sitzt der Echium so tief in der Erde, dass man ihn nie gänzlich ausmerzen kann. Bleibt auch nur ein Stück davon zurück, wächst ein neuer Wurzelstock daraus und im nächsten Jahr eine neue Pflanze. Ich habe sein Geschenk in unseren Garten gepflanzt. Von da an wuchs der Echium dort. Von Mai bis Oktober, Blütentrauben in magischem Blau.«

Sie wischte sich die Tränen aus den Krähenfüßen und strich ihre fragile Schönheit sanft zurück hinters Ohr. Es war seltsam, sie von meinem Vater sprechen zu hören, wo doch nie zuvor ein Wort über ihn ihre Lippen verlassen hatte.

»Du hast ihn geliebt, oder?«

Sie nickte. »Ich habe ihn unsterblich geliebt. Er war der tollste Mann, dem ich in meinem ganzen verfluchten Leben jemals begegnet war, Arthur.«

»Aber wieso hast du ihn dann vor die Tür gesetzt? Wieso verschwand der Echium aus unserem Garten?«

»Menschen verlieben und entlieben sich, und man kann nichts dagegen tun. Plötzlich war das Gefühl weg, und ich konnte nichts machen.«

»Man kann es versuchen. Man kann versuchen, an Beziehungen zu arbeiten, oder? Hast du auch nur einen Moment an mich gedacht, bevor du ihn abserviert hast, nur weil du gelangweilt warst? Hast du jemals daran gedacht, dass dieses Kind seinen Vater gebraucht hätte? Ich habe immer nach ihm gesucht, aber nicht einmal eine seiner Socken hast du im Haus gelassen. Du hast ihn leer gesaugt vor die Tür gesetzt und alles vernichtet. Ich hätte ihn gebraucht.«

»Ich auch«, hauchte sie.

»Er wäre bestimmt zurückgekommen. Wieso hast du es ihm nicht gesagt? Dass es dir leidtäte und du einen Fehler gemacht hast?«

»Weil er gegangen ist, Arthur.«

Ich schien nicht zu begreifen. Ihre Worte ergaben keinen Sinn. Lügen und Wahrheiten waren eine Emulsion, die langsam zerfiel.

»Er hat mich verlassen, Arthur. Er mich. Nicht umgekehrt.«

»Aber …«

Ihre Augen waren müde und glasig vom Wechselspiel der Emotionen.

»Hörst du nicht zu? Menschen entlieben sich. Er hatte sich entliebt. Deshalb ist er gegangen. Weil er eine andere hatte. Wieso auch sonst?«, schrie die Wunde, die ich aufgerissen hatte, voller Demut.

»Aber … Du hast den Echium verbrannt, um ihn zu vertreiben. Du hast den Echium immer verbrannt, um sie zu vertreiben, wenn es dir zu viel wurde. Ich erinnere mich daran.«

»Du misst den falschen Dingen Bedeutung zu, Arthur. Ja, ich habe den Echium verbrannt, aber nicht, um irgendwen zu vertreiben, sondern um die Leere zu vertreiben, die bleibt, wenn sie uns verlassen. Ich habe jede einzelne Staude mit bloßen Händen ausgerissen, um nicht mehr daran erinnert zu werden.« Die Atmosphäre war plötzlich brüchig geworden wie Waldglas, leicht grün gefärbt von Eisenoxiden und Traurigkeit.

»Gefühle sind seltsam und rational nicht zu erklären – und der Schmerz auch nicht. Wieso also versuchen, darüber zu reden?«

Ich sah ihre schmutzigen Hände, den Kamin und die leuchtend blauen Blütenblätter in der roten Glut dahinschwinden und hörte das leise Fauchen, mit dem ein gebrochenes Herz eine Frau zurücklässt. Alles schien gesagt.

»Ich weiß, dass du nach ihm gesucht hast. Und dass ich dir nichts von ihm geben wollte. Aber er war meine Erinnerung – eine traurige noch dazu. Ich konnte sie unmöglich mit dir teilen. Was brächte es dir, an Dinge erinnert zu werden, die nur schmerzen?«

Über uns hatte der Himmel sich pflaumenfarben verdunkelt. Die Krähen kreischten ihr hässliches Sonett und pflügten die stürmische Atmosphäre. Was auch immer noch zwischen mir und meiner Mutter existierte, war stark genug gewesen, mich nach all den Jahren hierherzubringen, um sie zu Wort kommen zu lassen. Unsichtbare Hände lagen um meinen Hals und drückten ihn zu. Zum ersten Mal sah ich diese Frau, die ich zu kennen glaubte, wirklich. Sah sie allein ein Kind großziehen. Sah sie, wie sie alles, was sie wusste, an dieses Kind weitergab. Sah sie in meinem Leben stehen wie der unbewegte Fels, den keine Brandung erschüttern konnte.

»Mein Sparbuch. Das ganze Geld. Es ist von ihm gewesen, richtig?«

Sie nickte. »Ich sagte ihm, er könne sich seine Unterhaltszahlung sparen. Dass ich nichts weniger nötig hätte als sein Geld. Aber er überwies es trotzdem. Jedes Jahr eine Summe X. Ich habe nie einen Pfennig davon angerührt.«

»Wo ist er jetzt?«

»Das weiß ich nicht.« Ihr Brustkorb schüttelte sich, während wir beide unsere Seelen zurück in unsere Körper atmeten. »Der Walnussbaum.«

»Was?«

»Es gibt Briefe«, schniefte sie. »Und Fotos. Auch von euch beiden.«

Ich verstand nicht. Ihre Lippen zogen sich zusammen.

»Draußen im Garten, wo der alte Walnussbaum steht. Eine Kiste.« Sie legte die Hände über ihre Augen und blieb im Dunkeln. »Ich habe alles, was er noch dagelassen hatte, in eine Kiste geworfen und vergraben. Vielleicht gibt es sie noch. Mutter Erde verschlingt alles, aber sie ist nicht die schnellste Esserin.«

Meine Mutter war so schön. Selbst in ihren schwächsten Stunden war sie so ungeheuerlich schön, ihr Licht nur noch ein schummeriger Silberstreifen. Wie damals, als die Nächte mir noch Gutenachtgeschichten zugesäuselt hatten. Und dann lösten sich unsere Seelen voneinander und zerfielen in die autonomen Geister, die mit dem Wind ziehen und den Gezeiten folgen, ungebunden und frei. Achtundzwanzig Jahre lang hatten wir eine Nabelschnur geteilt, und nun waren wir unabhängig. Ich glaubte, meine Stimme zu verlieren, aber sie war noch da.

»Danke«, flüsterte ich. Sie nickte wortlos. »Ich denke, ich fange an zu verstehen.« An meinem Kinn hingen schwere salzige Tautropfen. »Aber das macht nichts gut.« Die Flut kam, ohne dass wir uns in Sicherheit bringen konnten. Unsere Füße blieben trocken, mehr aber auch nicht. Zwei bebende Körper. Ich konnte sie nicht in den Arm nehmen. Etwas in mir sträubte sich, und ehe ich noch weiter darüber nachdenken konnte, war sie still, atmete flach und gleichmäßig und kehrte in den gleichen hochmütigen Körper zurück, den sie immer besessen hatte.

»Ich muss gehen. Ich darf meinen Flieger nicht verpassen.«

»Deinen Flieger?«

»Ja. Längst gebucht. Vorhin online eingecheckt. Was hast du erwartet?«

»Einen fairen Deal.«

»Dann bist du diesmal die Weltfremde, Mutter.«

Die ersten feinen Tränen fielen aus den Wolken. Ich zog meine Jeansjacke aus und schirmte uns beide, bis eine Pflegerin auf uns aufmerksam wurde, meiner Mutter in ihren Rollstuhl half und sie davonschob.

Ich hatte von ihr gelernt.

München wurde kleiner und kleiner. Die Tragflächen der Maschine flackerten starr wie geschiente Schwingen. Ich bestellte ein Mineralwasser, setzte die Ohrstöpsel ein und sah aus dem Fenster in die Düsternis. Sah Skulpturen wie aus bleigrauem Zuckerschaum gespritzt. Sah jede einzelne Figur, die mein altes Ich als Fabelwesen gedeutet hatte. Und weinte stumm.

Als das Taxi mich absetzte, war es längst Nacht, und im Haus brannte zu meiner Überraschung Licht. Ich schulterte meine Tasche und schritt auf den Schatten zu, der auf dem Treppenabsatz saß und auf mich wartete.

»Ist alles in Ordnung?«, wollte Yusuf wissen und erhob sich. »Ich hab versucht, dich zurückzurufen. Aber dein Handy war aus. Bist du …« Ich ließ mich in seine Arme fallen, klammerte mich um seine breite Flanke, sog seinen Duft in meine Lungen und schluchzte in seine Halsbeuge

»Ich bin verliebt in dich«, heulte ich erstickt. »Es ist unnötig, das zu sagen, denn du solltest es längst mitbekommen haben. Aber so ist es. Und ich will nicht, dass du gehst.«

Yusuf sagte nichts, atmete nur sanfte Sommerbrisen an meinen Hals.

»Was ist passiert?«, flüsterte er. »Wo bist du gewesen?«

Ich erzählte ihm alles. Erzählte ihm die Geschichte. Von dem Brief, von der umständlichen Bahnverbindung. Von zwölf Stunden Fahrt quer durch die Republik. Von einer verschollenen und wiedergefundenen Frau, die nicht mehr und doch noch meine Mutter war. Ich erzählte ihm vom Regen, der längst aufgehört und eine dampfende Umgebung in schwüler Sommerhitze zurückgelassen hatte. Von Momenten so schmutzig gelb wie Neid oder nicht mehr frische Prellungen. Ich erzählte ihm von meinem Vater und seinen Überresten, die angeblich unter dem Walnussbaum vergraben lagen, und von ihren Gründen zu gehen, so selbstsüchtig wie uneigennützig. Und von einem Flugticket, das bereits gebucht war, noch ehe ich gewusst hatte, ob ich ihr wirklich begegnen würde. Erzählte ihm von der Fahrt vom Flughafen Rostock-Laage und den Unsummen, die mich die ganze Strecke gekostet hatte. Die es mir aber wert war zu zollen, um endlich meine Genugtuung zu haben.

Und Yusuf hörte zu. Erst als dem Polarstern unzählige Nachtlichter gefolgt waren und wir unseren Standort längst auf die Terrasse verlegt hatten, näherte sich meine Erzählung ihrem Ende.

»Darauf habe ich mein Leben lang gewartet, verstehst du?« Er antwortete nicht. Die Frage war rhetorisch. »Seit sie mich verlassen hat. Irgendwann war es mir klar geworden: Die Ersten werden die Letzten sein.« Ich starrte auf den Fleck unterhalb des Walnussbaums, wo ich damals so oft gesessen hatte. Die Stelle, an der das Gras wie immer in die Höhe schoss, als wäre es frisch gedüngt. Schatten sprang lautlos auf die Terrasse und rieb sich an meinem Knie.

»Und das ist es jetzt?«, flüsterte er endlich. »Dafür hast du das alles in Kauf genommen? Um sie genauso im Stich zu lassen, wie sie es selbst getan hat?«

Yusuf konnte das nicht verstehen, dachte ich. Er hatte nie Verrat erfahren. Nicht solch einen. Das Windspiel aus verbogenem Tafelsilber, Muschelschalen und Flaschenböden schlug disharmonische Klangspektren aus der Schwärze des Geästs. Seine Armbanduhr fiepte um Aufmerksamkeit.

»Zeit für dein Gebet.«

Ich richtete mich auf und ging ins Haus.

In jener Nacht schliefen wir beide unruhig – gepeinigt von eigenen Erinnerungen und denen, die geteilt worden waren. Ich trat mehrmals ans Fenster, um mich zu vergewissern, dass das Meer noch immer dort war, wo es sein sollte. Mit jedem Mal wurde es draußen ein wenig heller, bis ein neuer Tag sich aus der Dämmerung geschält hatte und der Küstenwind frische Luft durch das geöffnete Fenster blies.

Die folgenden Tage verstrichen, ohne dass etwas Besonderes geschah oder schmerzende Gedanken meinen Geist kreuzten. Ich blendete sie aus. Über meine Mutter redeten wir nicht mehr – sie war gestorben, symbolisch und womöglich bereits auch physisch. Ich empfing Patienten, behandelte Sportverletzungen, einen Kahnbeinbruch an einer Hausfrau, verspannte Muskeln und einen jugendlichen Patienten mit chronischem Reizdarmsyndrom. Ich nutzte den August, um die leuchtend gelben Blütenköpfe der Arnika zu sammeln und mit Doppelkorn zu einer Tinktur anzusetzen, und besuchte einen Vortrag zum Thema Akupunktur bei Kniegelenkarthrose. Ich recherchierte Fortbildungsmöglichkeiten im Bereich der Akupunktur. Dafür konnte ich mich begeistern: Setzt man Nadeln in bestimmte Meridiane des Körpers, soll man Einfluss auf den gesamten Organismus nehmen können. Mir war das Prinzip vertraut. Dabei braucht man eigentlich nicht einmal in die Nähe eines Menschen zu kommen – gezielte Nadelsetzung in den Körper eines Teigmännleins reicht mitunter, um Schmerzen zu lindern oder hervorzurufen. Die Magie der Puppen ist vermutlich eine der ältesten Formen der Medizin. Fast ebenso alt wie der Schmerz selbst.

Und dann geschah etwas Sonderbares.

In einer Nacht ohne Grillenzirpen träumte ich von Nächten, so warm, dass das Rauschen des Meeres Decke genug ist. Träumte von einem Haifischzahn, der ein Kreuz ersetzt, bis er sich in eine in Gold gegossene Rosette verwandelt. Ich träumte von getrockneten Maiskörnern, die in einem schwarzen Kessel zu zuckersüßen Wölkchen zerspringen, und von koksschwarzer Seife aus Schachtelhalm, mit der die Engel ihre transparente Haut pflegen. Ich träumte von einem Walnussbaum, durch dessen Geäst der Wind in den Klängen einer gebrochenen Gitarre säuselt. Und schließlich träumte ich von dem Fuchs. Sein herzzerreißender Todesschrei folgte mir in die Realität, als ich die Augen aufschlug und mein Körper aus Yusufs Umarmung schreckte. Die Wirklichkeit war fahl wie die Morgendämmerung.

»Hast du das gehört?«

»Das ist der Wecker.« Er tastete blind nach dem Gerät und schaltete das Signal aus. »Ich lass das Fadschr heute ausfallen, okay?«

»Nein, das meine ich nicht. Das war etwas anderes.« Ich schlug die Decke zurück und stieg aus dem Bett.

»Wo gehst du hin? Arthur? Arthur?«

Etwas zog mich an. Eine Kraft, ein Traum, der in die Realität entkommen war. Ich folgte dem leisen Trommeln in meinen Ohren, einem Rhythmus. Und als ich in den Garten trat und meine nackten Sohlen die Grasnarbe berührten, sah ich sie für einen winzigen Augenblick: die Fährte. Vor mehr als zwanzig Jahren von einem todgeweihten Fuchs zurückgelassen. Sie glomm transparent wie in den Tagen meiner Kindheit. Die Morgenröte füllte längst versiegte Blutstropfen. Und dann waren sie weg. Ich ging durch das hohe Gras zum Stamm des Walnussbaumes, und der Tau war klar und kalt wie die Erinnerung an jenen Wintertag.

»Arthur?«, hörte ich Yusufs Ruf, aber drehte mich nicht nach ihm um.

Zwei Spaten lehnten an der Tür des Schuppens, bereit, ihren Dienst aufzunehmen. Ich griff einen beim Stiel und stieß das Eisenblatt in den Rasen.

»Arthur?«

»Hilf mir bitte!«

Ohne zu zögern oder Fragen zu stellen, schnappte sich Yusuf den zweiten Spaten und machte sich ans Werk. Zusammen schütteten wir einen kleinen Ring aus Erde um uns auf, während das Loch im Erdreich tiefer wurde. Ein Fuchs, den es nicht gab, beobachtete uns. Ich stieß und schaufelte, stieß und schaufelte immer weiter nach dem Trommeln unserer Herzen, die erst leiser wurden, als die Spaten auf scheppernden Widerstand stießen und eine rostige Werkzeugtruhe zum Vorschein brachten.

Sie hatte nicht gelogen. Meine Mutter hatte die Wahrheit gesagt.

Ich zog an dem rechteckigen, metallenen Körper, aber die Erde ließ ihn nicht los. Schmutz saß dunkel und körnig unter unseren Fingernägeln. Erst als Yusuf mit anpackte, löste sich die Kiste ächzend aus ihrem Grab.

Die Truhe war zerbeult und von Rost durchfressen. Es gab kein Schloss. Tränen und Schweiß liefen mir übers Gesicht, als ich erstickt und außer Atem den Deckel öffnete und mich über den modrigen Inhalt beugte. Yusuf trat einen Schritt zurück.

Da waren sie. Die Beweise, nach denen ich mein Leben lang gesucht hatte. Erinnerungen, so greifbar, dass ich sie berühren konnte: die zusammengerollten Überreste eines Flanellhemdes, die Wechselklingen eines Rasierapparates und die fast weiß geblichenen Fotografien von einem Vater und seinem Sohn, den Anschein erweckend, die Vergangenheit wäre pastellen gewesen und nicht in den Vollfarben der Gegenwart. Briefe oder das, was einmal solche waren. Zerfressen von Fäulnis und Stockflecken.

Sie hatte die Wahrheit gesagt, flüsterte das Kind in mir immer noch weinend vor sich hin. Vielleicht zum ersten Mal.

Mittags saß ich noch immer über die Werkzeugtruhe gebeugt mit all ihren wertlosen Kostbarkeiten. Die Sonne hatte die Erde getrocknet. Yusuf brachte eine Kanne Tee und reichte mir eine von zwei dampfenden Tassen.

»Was hast du jetzt vor?«

»Ich weiß nicht.«

Ich nahm einen Schluck.

»Hat sich denn etwas an deiner Entscheidung geändert?«

Ich schüttelte den Kopf – nicht um zu verneinen, sondern um meiner Ratlosigkeit Ausdruck zu verleihen. Yusuf setzte sich neben mich ins Gras. Er hatte sich krankgemeldet, dabei war er kerngesund.

»Was sie damals getan hat …«, begann ich. »Der Fuchs war dem Tode geweiht. So oder so. Verstehst du?«

Er nickte, obwohl er es sicher nicht verstand. Hatte ich ihm die Geschichte jemals erzählt? Ich strich das zerknitterte Flanellhemd glatt und roch daran, in der Hoffnung, den Duft eines Vaters zu finden, der seine Familie verlassen hatte. Aber der Stoff roch nur nach Schimmel und Erde.

»Hör zu. Ich bin nicht gut darin, mich auszudrücken, aber ich versuch es, okay?« Yusuf legte mir die Hand in den Nacken. »Ich weiß, was sie dir angetan hat. Ich weiß, es ist furchtbar, vielleicht unverzeihlich. Aber sie ist keine Göttin, Arthur. Und sie ist kein Endgegner, den es im letzten Kapitel mit einer List zu bezwingen gilt.« Der Wind raschelte durch das Laub des Baumes über uns. »Sie ist ein Mensch. Und sie ist fehlbar, wie jeder von uns. Menschen machen Fehler. Und sie hat Angst zu sterben.«

Ich überlegte einen Moment und ging gedanklich alle Körperteile durch, die sich transplantieren ließen, um das Leben eines anderen Menschen zu verlängern.

»Yusuf?«

»Hm?«

»Kennst du dich mit Gynäkologie aus?«

»Nein. Du dich wahrscheinlich besser.«

»Wenn sie Vulvakrebs im Endstadium mit Metastasen in allen nur erdenklichen Körperteilen hat …«

»… dann gäbe es nichts, was du ihr spenden könntest«, beendete Yusuf meinen Satz und meine Gedanken. Über uns am Himmel zog ein Schwarm Schwäne in locker gestreuter Flugformation, mit ausgestreckten Hälsen und dem wimmernden Instrumentallaut schlagender Flügel auf dem Weg in südliche Richtung.

»Yusuf?«

»Ja.«

»Kannst du mir dein Auto borgen?«

»Du kannst nicht fahren.«

»Kannst du mir dein Auto borgen und hinterm Steuer sitzen?«

»Immer.«

Wir erreichten die Klinik am Chiemsee nach einer Autofahrt ohne Zwischenstopp um kurz nach sechs. Yusuf hielt in der Auffahrt, ließ mich aus dem Wagen springen und suchte dann allein einen Parkplatz, während ich zum Empfang stürmte, der diesmal von zwei anderen Damen besetzt war.

»Ich möchte zu Frau Sjöberg«, keuchte ich. »Inga Sjöberg. Ich war letzte Woche schon einmal hier. Aber ich erinnere mich nicht an ihre Zimmernummer. Ich habe sie draußen getroffen. Im Hof.«

Die Empfangsdamen schenkten mir ihr verständnisvolles Lächeln und klickten sich durch ihren Computer.

»Wie sagten Sie war der Name?«

»Sjöberg. S–j–ö–b–«

»Vielen Dank, ich habe sie schon gefunden. Bedauere, Frau Sjöberg ist schon vorgestern entlassen worden. Nach dem Gespräch mit dem Chefarzt.«

»Wie kann Sie entlassen worden sein? Sie ist todkrank.«

»Das wird der Grund sein.« Die Dame schaute milde zu mir auf. »Kann ich sonst noch etwas für Sie tun?«

»Ich brauche ihre Adresse.«

»Unmöglich.« Die Dame schüttelte resolut den Kopf und vertröstete mich gleichzeitig mit therapeutisch mitfühlenden Augen. »Das unterliegt dem Datenschutz. Darf ich fragen, wer Sie sind?«

»Datenschutz«, wiederholte ich, mehr für mich denn für sie. Ich begann zu zittern. Jede Muskelfaser in mir sträubte sich, die Wahrheit auszusprechen. Yusuf legte mir seine Hand auf die Schulter.

»Der junge Mann ist ihr Sohn«, erklärte er. Beide Damen zogen ihre kompetenten Blicke von mir ab und boten sie der Aufmerksamkeit des charismatischen anderen feil, der irgendwie, irgendwann einen Parkplatz gefunden hatte und im rechten Moment zu uns gestoßen war. Yusuf hatte noch nie in seinem Leben Bilsenkraut geerntet oder Orakelkarten in die Hände genommen. Er wusste nicht, dass der letzte Schluck Tee immer für die Göttin in der Tasse blieb oder dass es in schlechten Zeiten half, Blau zu tragen. Aber das war auch nicht weiter wichtig, denn Yusuf besaß seine eigene Art der Magie – und die entsprang keinem Aberglauben, sondern nur ihm selbst.

Eine halbe Stunde später hielten wir vor der ins Navi gehackten Adresse, vor einem kleinen, schmutzig-weiß verklinkerten Reihenhaus, zweigeschossig mit einem braunen Dach, ohne jegliche Witterungsspuren.

In der Auffahrt stand ein tannengrüner Nissan, daneben ein plattes Damenrad, halb in die immergrüne Koniferenhecke gekippt. Ich betrachtete mein eigenes verzerrtes Abbild in den Wölbscheiben der Tür und wartete, bis jemand mein Lauten erhörte. Als die Tür zaghaft aufging, wanderte mein Blick vergewissernd hinüber zum Klingelschild, weil ich die Frau nicht kannte, die mir gegenüberstand.

»Mein Name ist Arthur«, stellte ich mich vor. »Ich würde gern zu meiner Mutter. Ich habe ihre Adresse aus dem Krankenhaus.«

Die Pflegerin ließ uns ohne weitere Erklärungen ein. Es roch nach Sandelholz. Ich ließ Yusuf und die Fremde hinter mir zurück und durchquerte das Erdgeschoss. Als ich das Wohnzimmer betrat, saß sie in ihrem Rollstuhl auf der Terrasse und blickte hinaus in den kleinen Garten, der nicht einmal der leiseste Abglanz des Paradieses war, das unser Haus am Meer umgeben hatte. Ihr Kopf hing leicht schief, als träumte sie vor sich hin oder wäre kurz weggenickt. Das spinnwebweiße Haar floss dünn über ihre rechte Schulter.

Als ich durch die Terrassentür trat, drehte sie den Kopf, sah mich an, gebannt wie von einem zweiten Vollmond im selben Monat. Ihre Lippen flatterten ein wenig, aber nur ihre Augen begrüßten mich.

Sie hatte gewusst, dass ich kommen würde. Das konnte sie immer schon: Dinge erahnen, bevor diese Wirklichkeit wurden. Sie drehte den Rollstuhl, stieß sich mit einem kraftlosen Fuß ab, erwartete meine Reaktion. Ich atmete den Duft meiner Kindheit ein, der unmöglich in der Luft liegen konnte, den ich aber so sinnlich und wirklich wahrnahm wie den Schrei der weit entfernten Möwen.

»Es gibt keine Spende«, klagte ich sie an. »Das war eine Lüge. Der Brief ist … ein Schwindel.« Ich hielt das wertlose Stück Papier in der Hand. »Wen auch immer du für diesen Wisch bestochen hast, wieso der Aufwand?«

»Weil es meine letzte Chance war. Weil alles vergeht und …«

»Lass das!«, unterbrach ich sie. »Keine Phrasen. Ich kenne sie auswendig, Mutter. ›Alles zerbricht, alles löst sich auf. Darum verlieben wir uns, sooft wir können, und geben uns nur den schönen Seiten des Lebens hin.‹ Ich kann deine Mantras auswendig. Du hast sie in mich eingeritzt wie in ein Stück Holz. Sag mir bloß, wieso ich hier bin.«

»Ich habe dir etwas vorenthalten, Arthur. Meine Erziehung war mangelhaft. Es war der einzige Weg, es wiedergutzumachen.«

»Wie kommst du darauf, dass das möglich ist?«

»Du bist wieder hier.«

Ich schwieg, sie hatte recht. Ich war dort und wäre bereit gewesen, ihr alles zu opfern, was ich besaß: meine Leber, Milz, Niere. Alles bis auf mein Herz, denn das gehörte jemand anderem. Aber nichts davon wollte sie. Nichts davon hätte sie retten können.

»Ich wäre ewig an dieses Leben gefesselt, wenn ich dir dieses letzte Puzzleteil nicht noch auf den Weg mitgebe, Arthur.«

»Welches?«

»Liebe und Vertrauen«, raunte sie. »Diese Lektionen haben gefehlt in meiner Erziehung, dabei sind sie die Grundlage dessen, was ich dir beizubringen versucht habe.«

»Vertrauen«, wiederholte ich mit erstickter Stimme. Sie nickte.

»Bring es den Menschen entgegen, die du liebst. Sie verdienen keinen Zweifel. Ganz egal, was man dir angetan hat oder wie oft du dich an den Scherben deiner zerbrochenen Beziehungen verletzt hast, glaube an die Menschen. Und was noch wichtiger ist: Glaube an dich selbst. Wisse, dass du immer du bist und bleibst.«

»Wie kannst du das nach allem verlangen?«

»Das ist keine Forderung, kleiner Sonnenkönig. Das ist ein Ratschlag.«

Der frühe Abend tauchte jenen Moment unter der Kunststoffbedachung in gleißendes Metall. Ich wusste, was ich zu tun hatte.

Sie hatte mich im Stich gelassen, war verschwunden. Sie hatte mir meinen Vater vorenthalten und mich zum Außenseiter erzogen. Sie hatte mich mein Leben lang zu einem Suchenden gemacht und sich einen Scheiß um mich geschert.

Der erstickte Schmerz all der angesammelten Jahre sprudelte aus meinen Tränendrüsen hervor. Er war salzig und schmeckte nach Bittermandeln. Meine Mutter kniff die geröteten Augen zusammen. Das Meer rann an ihren Wangen herab, während die Abendsonne genau hinter ihrer Silhouette verschwand und eine gleißende Aureole um sie entstehen ließ. Wie eine gebrochene Heilige, dachte ich, oder eine endlich glühende Ketzerin.

Und dann erinnerte ich mich erneut. An bitterkalte Novembernächte an der Ostseeküste, in denen sie mich gewärmt hatte. An die Puppe, die sie mir vorbehaltlos kaufte, weil ich sie unbedingt haben wollte – lieber noch als jedes Auto. Ich erinnerte mich an selbst geknüpfte Traumfänger über meinem Bett, dort platziert, weil ich immer wieder träumte, sie zu verlieren. Und an getoastete Weißbrotscheiben, dick bestrichen mit Sanddornmarmelade, an einem Samstagmorgen in unserer Küche.

Und ich atmete lange aus und noch länger wieder ein, um die Summe all dieser kostbaren Szenen in Worte zu fassen:

»Ich verdanke dir mein Leben, meine Kindheit, meine Träume und Talente. Ich bin ein Teil von dir. Und ich will's versuchen. Ja, ich will dir irgendwann vergeben können.«

Ihre Augen waren leuchtende Sterne. Sie waren mir vertraut, seit achtundzwanzig oder einer Million Jahren. Und ich konnte aus ihnen lesen wie Seefahrer aus der Kartografie des nächtlichen Himmels. Ich sank vor ihr auf die Knie und weinte in ihren Schoß.

»Ich wünschte, ich könnte dich heilen«, schluchzte ich.

Sie küsste mich auf die Stirn.

»Ich bringe dich nach Hause.«

Wir erreichten das kalkbleiche Haus in den Dünen vor der Morgenröte. Die Sonne war noch nicht mehr als ein leises, farbloses Versprechen am Horizont. Yusuf parkte das Auto in der Einfahrt. Ich öffnete die Hintertür, nahm meine Mutter in die Arme. Yusuf trat um das Auto und bot mir seine Hilfe an, aber die war nicht nötig – nicht dieses Mal. Meine Mutter war, erlöst von all den Geheimnissen, die noch bis vor Kurzem auf ihr gelastet hatten, leichter als ein Stück Treibholz. Bevor ich ging, bat ich Yusuf, mir die Schuhe auszuziehen. Er löste die Schleifen ohne Widerworte, schälte die Socken von meinen Füßen und stopfte sie in das einsame Schuhpaar, das an der Straße zurückblieb, als ich meinen Weg mit nackten flachen Sohlen begann – den knirschenden Strand zwischen meinen Zehen, von der Morgendämmerung blau getönt. Die schemenhaften Möwen begrüßten meine Mutter aus heiseren Kehlen, als ich sie die Dünen hinabtrug, während eine Gruppe brütender Zwergseeschwalben noch immer ungläubig und betrunken von einem schier hundertjährigen Schlaf in unsere Richtung starrte. Mutter lächelte nur müde, legte den Kopf auf meine Schulter und begrüßte ihrerseits den breiten Pinselstrich des in Nachtblau und Zartrosa geteilten Horizontes mit sehnsüchtigen Blicken und schwellenden Lungen, die in meinen Armen vibrierten. In den Rippelmarken des Strandes hinterließ ich meine Fußspuren bis zum Priel, wo die Abdrücke in den seichten Wattrinnen zerliefen. Vor uns lag die Sonne, hinter uns der Mond. Das sprudelnde Meer griff nach meinen Fesseln, und ich wusste, wir waren zu Hause. Als ich schließlich zum Stehen kam, die Kühle meine Hüften umspülend, zerflossen bereits die ersten Sonnenstrahlen auf der Wasseroberfläche und färbten sie in glühendes Orange. Mutter küsste meine Schläfen und verlagerte sanft ihr Gewicht, um sich aus meiner Umarmung zu lösen. Die Wellen empfingen sie von den Zehenspitzen bis in den Nacken wie eine lange verlorene Tochter, legten ihren nassen Mantel der Ewigkeit um ihre schmerzenden Glieder und ein Band aus Tang in ihr Haar. Sie ließ den Kopf zurückfallen, tauchte selbst die Ohren in das Wasser und lauschte, rücklings von der Flut getragen, dem gurgelnden Echo einer kornblumenblauen Welt. Hinter uns wusste ich Yusuf, wie er wortlos und mit von der langen Autofahrt verspannten Schultern an der Küstenlinie stand und die Umrisse der zwei seltsamen Gestalten beobachtete, die sich dort draußen mit den Elementen versöhnten: Mutter und Sohn, schwerelos im Schoß der Welt. Kein Gestern, kein Morgen, nur das Heute.

Vor seinem Gott und unserem.

EPILOG

Meine Mutter verschwand an einem pastellfarbenen Augustmorgen aus diesem Leben, wenige Tage, nachdem sie zurück in meines getreten war. Wann immer ich von ihr erzähle, dann erwähne ich, dass sie sich in meinen Armen zu Seeschaum verwandelte – wie Hans Christian Andersens kleine Meerjungfrau, die aus inbrünstiger Liebe zu einem Menschen heraus stirbt, um als Schwester der Lüfte wiedergeboren zu werden. Nur so und nicht anders kann ich mir erklären, wieso ich ihre Stimme noch heute als Säuseln des Windes und in dem kaum wahrnehmbaren Rieseln des Muschelstaubs vernehme, der als Teil eines Jahrtausende währenden Schöpfungsaktes aus der Bucht stiebt und irgendwann die Wüsten der Zeit bilden wird.

Sie hat ein stilles Herz zurückgelassen, das nur ich vernehme. Eine Wehmut in mir, die kein Meer wegzuwaschen vermag – körnig wie Sand in den Schuhen nach einem unvergesslichen Sommer am Strand und blaugrau wie die kühlen Wogen der Novembersee. Aber keinen Gram. Da ist kein Kummer in mir, denn ich weiß, dass meine Mutter mich geliebt hat. Und dass ich fähig bin, den Menschen zu lieben, der mir des Nachts, bei Sturm oder Sommerbrise, in den Nacken atmet und mich hält. Sein ehrliches Lachen füllt meine Wunden.

Gibt es die Werkzeugtruhe noch, die alle Geheimnisse enthält, nach denen ich meine ganze Kindheit über suchte? Liegt sie noch immer in ihrem Grab zu den Wurzeln des alten Walnussbaums, in das ich sie zurückgegeben habe? Die Überreste einer enttäuschten Liebe und eines nie gekannten Vaters. Ich weiß es nicht, und es spielt auch keine Rolle. Es sind nur Gegenstände. An mir allein ist es letztlich, ihnen eine Bedeutung zuzuschreiben. Ob ich meinen Vater suchen werde? Und wenn ja, ob er das überhaupt will?

Meine Mutter riet mir: »Was immer du tust, wohin immer du gehst, tu es stets mit wahrhafter Liebe und rechtem Vertrauen.« Und daran möchte ich mich halten. Alles andere wird sich ergeben, während wir weiterleben.

In Wien weht Notus aus dem Süden, raunt mir zu, um mich mit zärtlicher Stetigkeit gen Norden zu bewegen – des Kompasses Anfang und Ende.

Aber noch bin ich hier, wo der Echium so missverstanden blüht wie unausgesprochene Empfindungen in der Brust eines Mannes. Wo er ein verkanntes Schattendasein fristet, bis ein Kind, alt oder jung, mit unschuldigem Gewissen ihn pflückt, um die erste wichtige Lektion seines Lebens zu lernen. Noch bleibt mir nur der säuselnde Ozean in mir selbst.

An welchem Ort wir morgen sein werden, weiß letztlich nur der Turm der Winde.

Ja, heute bin ich hier. Aber ich bin nicht allein.

DANKSAGUNG

Dieses Buch wäre nichts, ohne meine Familie und Freunde und jeden einzelnen Fremden, der auch nur für wenige Augenblicke mein Leben berührt hat. Ilona, Jim, Kira, Manuela, Martin, Rita, Rouven, Sanja, Thomas und Wim – vielen Dank für eure vielfache Unterstützung. Man wird euch auf ewig zwischen den Zeilen dieser Geschichte entdecken können.

Weil ich beim Schreiben Inspiration in Phyllis Thompsons »The Wiccan Rede« und der deutschen Übersetzung nach Gunivortus Goos gefunden habe, sollen auch ihre Namen nicht fehlen. Ich hoffe, sie sind nachsichtig, dass dieses Hexenkind seine eigene Stimme genutzt hat, um ihre Lebensphilosophie weiterzugeben.